乱世八艳

印星林——著

中国文联出版社

图书在版编目（CIP）数据

乱世八艳 / 印星林著. -- 北京：中国文联出版社，
2025. 1. --（印星林作品集）. -- ISBN 978 - 7 - 5190
- 5732 - 9

Ⅰ. I247. 5

中国国家版本馆 CIP 数据核字第 2024AG0803 号

著　　者　印星林
责任编辑　李　民　周　欣
责任校对　秀　点
装帧设计　小宝书装

出版发行　中国文联出版社
地　　址　北京市朝阳区农展馆南里 10 号　　　　　邮编　100125
电　　话　010 - 85923025（发行部）　　　　　　85923091（总编室）
经　　销　全国新华书店等
印　　刷　三河市华东印刷有限公司

开　　本　710 毫米×1000 毫米　　　1/16
印　　张　21
字　　数　282 千字
版　　次　2025 年 1 月第 1 版第 1 次印刷
定　　价　95. 00 元

序

大概半年前星林给我发了他的《印星林文集》电子稿，嘱我作序，我满怀期待地打开文件，不禁为之愕然——内含电影文学作品集五部：《绝地战将》《垛上花》《国宝追踪》《桃花运行动》以及《武松降虎》；电视剧剧本集：《不负青春不负卿》；更有纪实文学：《光影追梦》；小说：《碧凌剑》《啸长风》与《乱世八艳》。整部文集洋洋洒洒一百六十多万字，涵盖了小说、电影文学剧本、电视文学剧本等多种体裁，琳琅满目，令人一时不知从何读起。

坦率讲，当时的我并未将此全然放在心上，除了因为自己琐事缠身，难以静下心来品味如此浩瀚的书籍，还因为我一向都认为作序是名人名家的事，是锦上添花的事情。我非名人名家，况且才疏学浅，即使添花之心有余也力不足以添花，更妄论有花可添。几番推辞未果，问及缘由，他只说："你懂我。"

我与星林可谓亦师亦友，20世纪90年代初，星林考入南京大学中文系作家班，我做过一段时间他们班的班主任，所以一直以来他对我都持弟子之礼，总是称呼我为"张老师"，我也习惯应答，毕竟我的职业就是教师。就这样，一段长达三十年的交往，由此拉开了序幕。

星林出身于书香门第，我第一次到他老家时，见到了他九十多岁的老祖母，老人家随口便能吟咏诗词歌赋。这让我对星林拥有如此深厚的文学功底不再感到惊奇。看着他家那百年沧桑的老屋，尽管破落，但仍能从细节处窥见当年的荣华。我戏谑他是个破落户，他笑称自己是最后一个少爷。住在那锈迹斑斑的老屋里，喝着他自家酿的小麦酒，吃着新鲜的蔬菜，啃着刚会打鸣的小公鸡，听老祖母讲述家族往事，真是别有一番滋味。所以当我读星林的小说时，对很多场景都历历在目。往事已矣，如今老祖母不在了，老屋也拆掉盖了三层小楼。星林在写另一部《流连红尘》，是不是对老屋、对老祖母乃至整个家族的怀念，我不得而知。

星林是有少爷的命，却没有少爷的运。他出生时正赶上"文化大革命"，他父亲是小学校长，在"文革"中去逝。孤儿寡母，世态炎凉，生活之艰辛可想而知。上小学三年级的星林，也许实在是饿极了，跟几个同龄小孩去偷集体土地上的玉米。当别的小孩带着"战利品"回家时，家长直夸儿子有本事，而星林带着偷来的玉米回家时，却被一字不识的母亲罚跪在父亲的遗像前，母亲手持藤条，边抽边流泪：我不指望你成才，只希望你成人，不要让人戳着脊梁骨，骂这孩子没有人教养。

星林由于严重偏科，高考毫无悬念地名落孙山，在那个年代作为一个农村青年，何谈出路，更别说前途。他在老家的那四年里当过代课老师，干过翻砂工、搬运工、电焊工。那期间，他不乏漂泊流浪的经历，为了糊口，他还做过秘书、通信员等工作，凡是能维持生计，他都勇于尝试。如果你看过小说《平凡的世界》，主人翁孙少平就是星林的写照。为什么说命运掌握在有准备的人手里？星林在任何艰难困苦的情况下，手里始终有本书，这个习惯一直延续到现在。在那四年里，星林完成了中文大专自学考试，自学日语四级，发表了小说、报告文学、新闻等二十多万字，这背后蕴含的不懈努力与坚韧毅力，令人赞叹不已！

后来，真是一个偶然的机会，泰兴党史办派星林去采写曾经在泰兴战斗过的革命老同志的英雄事迹，其中就有南京电影制片厂老厂长张佩生，他看了星林为其撰写的文章后，慧眼独具，决定招星林作为厂里的临时工。于是星林从泰兴来到了南京，他的命运之门从此打开。尽管住在厂里的楼梯间，星林却拥有了一个宝库——海量专业书籍任他阅读，众多可望而不可即的编剧、导演等艺术家近在眼前，可以随时请教。他求知若渴，沉浸在不懈的学习与创作中，这两年临时工的生涯为他以后的成就奠定了坚实的基础。

果然，星林写的第一部电影《天地良心》就获得了国家"五个一工程"奖，后来又写了《无雪的冬天》《又见阳光》《同学》等十几部电影和电视剧，都或多或少产生了不俗的影响。正当厂里要正式收编他的时候，他却下海经商了。这不奇怪，当市场经济的大潮袭来，有多少国人能扛得住日进斗金的诱惑，把守着半死不活的文学？但是星林的一句话让我无言以对：当文学成为经济的工具的时候，不知道是文学的悲哀还是文人的悲哀？

读书时他不是班里最优秀的学生，还在外面开着一家广告公司，生意上倒是红红火火，后来还在南京大学中文系捐资设立了奖教金，以示对老师的敬重和感恩。但我总觉得凭他的天资聪慧，对文学勤奋吃苦的精神，经商可惜了。我劝过他几次，但他固执己见，那份少爷脾气一点没变。

从作家班毕业后，星林并没有沿着文学创作的道路走下去，而是继续他的经商生涯。后来，据我所知，伴随着中国经济发展的潮起潮落，转型升级，他的生意也是起起伏伏，几经挫折。后来，他终于放弃了纯粹的生意，不再办公司、开工厂，而是跑到北京跟文化打交道去了。其实他是公司破产避债而去的，听说当时他背负了沉重的债务负担，最终通过从事枪手写作，才还清了一百多万元的债务。

星林在北京的时候，我刚好去北京讲课，我们有过一次深谈。我听江小渔（我的另一个引以为豪的学生，著名音乐人，春节联欢晚会的总策划）讲，他在北京文艺圈很吃得开。我问星林是什么感觉？他哂然一笑，调侃道：什么叫吃得开？人模狗样，醉生梦死。我很惊讶他为什么会有这种感觉，就问他来北京是不是后悔了？他深深地叹息道：这倒没有，来北京就像人生打开了一扇窗，人生本来就是过程而不是结果。不过，我以为北京是中国文化的高地，其实不然，这里什么都有，却没有文化。

再后来，星林又回到南京，做起了电影，成了江苏星瑞影业公司的老总，并且做得风生水起，成为江苏省内屈指可数的民营电影公司，拍了好多部电影。我在央视电影频道上看到他们公司出品的《良心作证》《永贻芬芳》《步步惊心》《黑白道》《爱你烦不了》《埭上花》等二十几部电影，他不是编剧就是导演或是制片人。他们公司出品的电影，让我看到了星林这些年在文学创作包括电影创作方面实实在在的成绩和进步。我确信如此评说他应该是一点不为过的。

及至我静下心来认真读了星林的这几部长篇小说、电影、电视剧剧本的创作，我才深信，这些年来他一直在努力，在积累，在等待着创作上的厚积薄发。艺术作品向来仁者见仁、智者见智，但从中还是可以窥见作者的思想和境界。从作品中可以看出星林对社会、历史、文化、人生都有他独到的见解和评判。他是个思想者，同时也是个浪漫主义者，他的痛苦在于思想很浪漫现实很骨感。他无法把握这个世界的时候，选择冷眼观世态，归隐待人生。从这么多年他走过的路可以看出，星林是个孤独的堂吉诃德式文化人，但他从来不承认自己是个文化人。

当然，如果我把自己当作星林的老师，"教不严，师之惰"，还是可以对他的这几部作品创作提出一些更严格、更高的要求。例如，有些作品的叙述显得过于匆忙，影响了对人物性格的深度刻画；有些故事因为社会历史背景的复杂而采取了躲闪和回避的方式，影响了作品主题的深化与升华，等等。我语重心长地告诫他：要创作出脍炙人口、流传于世的艺术佳作，你面临的挑战还很多，道路还很长。

星林却笑笑：我就是个文学票友，张老师别对我要求那么高好不好，以后恐怕再也没有时间进行创作了。原来他又在忙着开发健康 AI 管家平台，对中老年健康做到预测、预防、预警，推广到全国，将惠及千家万户。我虽有些无奈，但对他的健康 AI 管家平台还是满怀期待！

星林就是个天马行空、我行我素、没落无为的少爷。

是为序。

张建勤

2023 年 5 月 6 日于紫金山北麓寓所

（作者为南京大学金陵学院艺术学院院长、书记）

•••••• 目录

楔　子

远古时期，恶龙悭奥为害人间，天帝派遣乐神长琴下凡轿子山除妖。不料，长琴在降伏了悭奥之后，念悭奥的千年道行修行不易，便将其私放了。

悭奥死里逃生，潜藏淮水深渊，从此以后再也不敢出来作恶。

天帝震怒长琴私放恶龙悭奥，将长琴贬至人间，经几世轮回修行。世乱轮回，于杞国拂宗末年，长琴投胎于一景姓农家。

杞国历经了几代君主的励精图治，国力渐盛，可是自古有云，盛极而衰。拂宗驾崩之后，音宗即位，因其为了巩固朝纲，大肆铲除朝中异己。一时之间，朝中良臣人人自危，乡野匪党四出，宛然沦为了一片乱世，可国都偏安南方锦秀之地，依然保持着一派祥和的景象。

第一章　试琴典礼上的搅局

莫愁城，作为杞朝的新国都，气派非凡，城内到处都是楼馆林立，行人如织。一条河流将这座大都市一分为二，南北两片由无数的石桥相互搭连，人行桥上，舟行桥下，各色鼎沸之声充斥着大街小巷，热闹而繁华。

在沿河两岸的各色楼馆之中，有一座翘宇显得尤为雅致，它临水而筑，虽然不是什么高楼大厦，却青墙灰瓦，回廊曲折，不时还从里面飘出阵阵琴瑟之乐或女子的吟唱，引得从此处泛舟而过的游人不由自主地对它翘首以盼，流连忘返。

——清溪教坊，莫愁城内的第一风雅之地。教坊的老板是一位风姿绰约的女子，四十几岁年纪，人家都叫她曼妙娘。教坊内的名伶更是个个艺貌双绝，很多外地的商贾巨富都经常慕名前来光顾，为的就是要一睹绝代芳华的风采。

与往日不同的是，今天清溪教坊的客人都是冲同一个女人而来——景溪，清溪教坊的头牌佳丽。

三天前，大内斑狱司的执笔巡察芮轩芮大人送了景溪一张蚕丝香木古琴，以玉髓为装饰，无比贵重。今天是景溪的试琴吉日，芮大人亲自来听琴。

华灯初上之时，清溪教坊的院内天井便挤满了人，为了确保秩序井然，芮轩大人还带了七八个斑狱司的禁军前来压阵。众人纷纷翘首以盼等着清溪教坊的第一名伶登场。

三声清脆的爆竹声响过，只见后台打开卷帘，一位身着白衣的清丽女子缓缓走了出来，朝台下众人微微倾身一揖，台下众人立刻安静了下来。白衣女子焚香一炷，静坐在香木琴前，素手轻抚，一股清流般的弦乐悠然而起，音色纯正，如行云流水，芮轩坐在卷帘后面的檀木屏风内，一脸愉悦地看着景溪，愣愣出神。

景溪先弹了一曲《梅花三弄》，台下众人掌声雷动，一起叫好。紧接着，景溪又即兴再弹一曲《幽兰结》，优美流畅，如风清月朗，芮轩听得如醉如痴，正陶然自得之时，忽然台下一阵骚动。

芮轩起身掀起卷帘朝台下望去，只见众人已纷纷四散奔逃，三四个身着劲装的汉子手持弯刀正追着一个衣衫褴褛的黑衣女人劈砍，口中还叫道："看你朝哪里跑！"

黑衣女人手里提着一把剑，且战且退，显然应接不暇，力不从心。

芮轩叫道："什么人敢来此行凶伤人？给我拿下。"

话音刚落，七八个禁军高手已经将几个劲装汉子截住，叮叮当当混战一团。芮轩冲到景溪的身前，将景溪挡在了自己身后，道："有我护你，别怕！"

景溪的脸上却没有丝毫的慌乱，她看着台下的打斗，皱眉道："他们出招如此狠毒，到底是什么人？"

芮轩也是狐疑，道："看他们身形招数，好像不是正统的江湖功夫，倒似军中擅长械斗的武士。"芮轩是当朝武状元出身，于各门各派的武功了如指掌，此时他一心想着保护景溪，并没有出手。

斑狱司的七八个禁军都是好手，三四个追着黑衣女人砍杀的劲装汉子没几个回合便落了下风，芮轩叫道："抓住他们！"

黑衣女人得到几个禁军相助，才得以保住了一条性命，稍稍喘息，叫道："芮大人，他们是落日营的人……"

"落日营？"芮轩奇道，"什么落日营？"再看那几个劲装汉子，虽然已经被七八个禁军攻得只有招架之力了，可还是拼死反抗，要想将他们生擒，并非易事。芮轩想在景溪面前一展身手，便抬手一扬，掷出袖中的几枚袖箭，直取几个劲装汉子的肩膀。

蓦地几道寒光闪动，只听"叮叮"几声响，数名禁军应声倒地。

芮轩这一惊非同小可，刚才他明明是对着几个劲装汉子出手的，可是袖箭却悉数射中了自己人？

定睛细看，台下除了正在打斗的十几个人之外，看客已经全部都跑了，唯独天井矮墙边的一株石榴树下端坐着一个鹤发的鸡皮老人，正手把着一葫芦，仰着脖子旁若无人地饮酒。

芮轩飞身上去，喝道："尊驾好雅兴，你是什么人？"

鸡皮老人"嘿嘿"干笑了两声，正眼都不看芮轩。

芮轩沉声道："看来尊驾是铁了心想跟斑狱司过不去了？"

鸡皮老人侧目看了看芮轩，道："斑狱司？我老人家只听说过寺院戏院妓院，斑狱司是什么院？"

芮轩大怒，道："大胆匹夫，你居然敢藐视朝廷，活得不耐烦了？"

探手过来，一掌击向了鸡皮老人的面门。

鸡皮老人不避不闪，抬臂一格，硬生生受了芮轩一掌。芮轩的掌心刚一接触对方的上臂，忽然觉得自己的一掌似乎击在了水流之上。正诧异间，对方的臂膀猛然一绕，已经将芮轩的手掌死死缠住，怎么也挣脱不开。

芮轩大惊失色，他是当朝武状元，论武技、论内力都是出类拔萃的顶尖高手，没想到在鸡皮老人手下仅一招便被制服。

鸡皮老人冷笑道："就你这几下三脚猫的功夫还想着护花呢？"

突然，银光闪动，鸡皮老人感到小臂一阵剧痛，不由自主地松开了芮轩，他脸上的鸡皮微微颤抖了几下，见面前已经多了一个白衣女子，正是令他垂涎三尺的景溪。

——今天他之所以不远数百里来到莫愁城，就是为了眼前的这个尤物。他只知道清溪教坊的头牌色艺双绝，却没想到还会飞针蜇人。

鸡皮老人眯眼打量着景溪，阴沉地道："御龙绵针？黄泥叟是你什么人？"

景溪道："他是我爷爷。"

鸡皮老人缓缓点头，道："难怪，难怪！没想到，没想到！"起身而去，头也不回地道："如有机会，代我向农神星师问好。"

芮轩斥道："你别走——"

鸡皮老人理都不理，径直去了。

景溪一把拉住芮轩，压声道："别拦他，让他走。要不是他忌惮我爷爷的名字，今天只要他强行出手，我们几个恐怕都无法逃脱他的魔爪。"

芮轩惊道："你知道他是谁？"

景溪道："如果我猜得不错，此人应该就是芝山老鬼。"

第二章　边关危情

芝山老鬼是臭名昭著的邪淫之辈，他虽匿居芝山，可在四海之地却犯下了很多罪孽深重的大案，由于他神出鬼没，邪门功夫更是令人谈之色变，连朝廷拿他也没办法。

至于传说中的芝山在何处更是鲜有人知，有人说芝山在南方，也有人说是在北方。

——芝山老鬼垂涎景溪美色已久，无奈清溪教坊的佳丽都是卖艺不卖身，便悄无声息来到莫愁城的清溪教坊，本来想将她掳走，不想却未能如愿。更令他颓丧的是，景溪的爷爷竟然是青龙门"农神星师"黄泥叟，这是他始料不及的。

芝山老鬼即使是再狂妄或者无知，也不可能愚蠢到与农神星师为敌的地步。于是他全身而退，来得诡秘，去得潇洒，也没有辱没"老鬼"之名。可是那几个劲装汉子却没那么幸运了，他们被斑狱司的禁军擒获。

芮轩第一次听说"落日营"三个字，问黑衣女人道："姑娘，你说他们是落日营的人，那你又是何人？为什么与他们结怨？"

黑衣女人抱拳道："我叫戴洗桐，家父戴传薪……"

"戴传薪？"芮轩一愣，道，"你说的可是镇守北疆相马关的赤目金刚戴传薪戴将军？"

戴洗桐道："正是。"

芮轩肃然起敬，道："赤目金刚戴将军骁勇善战，镇守边关十余年，方保得杞朝西垂稳固，可谓我朝的擎天一柱。"

戴洗桐哽咽道："相……马关遭到了悌血国落日营的偷袭，已经失守，家父战死，悌血国的斑斓王已经挥师东进，朝莫愁城杀来了。"

此言一出，芮轩、景溪大惊失色，均"啊"了一声。芮轩急道："戴姑娘你慢慢说，到底是怎么回事？"

悌血国是杞朝北边的睦邻，定都千里之外的杜鹃城，向来与杞朝交好，由于悌血国尊狗为神，每年都还挑选该国的俊朗之犬作为国礼赠予莫愁城的王宫。相马关虽是两国关隘，可是朝廷派赤目将军戴传薪镇守此处，并非防止悌血国入侵，更多的是针对一些荒原莽寇，为两国通商保驾护航，而且该国的皇后风里眠还曾经是杞朝的一位宫女，他们怎么可能突然率师南攻？

戴洗桐含泪道："一个月前，家父收到了悌血国大将军斑斓王的邀请，去关外五十里的喂马滩饮酒赏月。家父没多想，便带了十几个随从去了，没承想对方在喂马滩设下了埋伏。"

芮轩愤然道："真是岂有此理，悌血国阴险狡诈，反复无常，简直与禽兽无异。"

戴洗桐道："家父与随行的副将拼死一搏，无奈对方新组成的落日营杀手个个勇猛狠毒，终因寡不敌众，家父连同众副将全部都被杀了。"

景溪默默地听着戴洗桐的泣述，面色逐渐苍白，睫毛微微颤抖。

芮轩又惊又怒，道："那后来怎样？"

戴洗桐道："后来，对方的斑斓王谎称送醉酒的家父回相马关，骗开了关门，大批落日营的人杀入关内。我拼死逃出来，为的就是来莫愁城面圣，请求朝廷出兵，可……可是我根本就进不了王宫，他们把我阻挡在外。"

芮轩恨恨地道："那些宫廷侍卫骄横误国，实在太可恨了。"随即他又疑道："你说刚才的那几个人是落日营的人，既然如此，按理说悌血国的贼寇已经大举攻来了呀，怎么莫愁城和沿途的各地没有收到急报？"

戴洗桐道："这几个人是落日营内'血月五鸦'中的四个，他们的老大被我突围的时候杀了，便千里迢迢追击我而来，为的只是替他们的老大报仇。相信贼人之师此刻已经越过了数百里黄沙，快要到青牛津了。"

"原来如此，"芮轩道，"青牛津的守将善庸是我前朝三皇子的贴身护卫，多年前三皇子看破世事，出宫隐居之后，善庸善将军一直在宫中的禁卫营行走。三年前，青牛津的守将陈道出了意外，朝廷人尽其才，便遣善将军去青牛津驻守。此人武力过人，遇事稳重，相信他可以阻挡住敌寇继续东犯。"扭头轻轻握着景溪的手，温言地道："军情紧急，我要火速回宫，面见圣上。戴姑娘伤势过重，军中都是男儿，劳烦你照看一二，有事派人来斑狱司寻我。"

景溪点头，道："家国事大，芮大人只管去做自己该做的事情。戴姑娘交给我来照顾。谢谢你的琴，如此贵重之物我有点受不起呢。"

芮轩道："宝刀赠英雄，玉琴伴美人，此琴再稀罕，也唯有景溪配抚。"说完，带着禁军押着血月五鸦中的四人匆匆离开了清溪教坊。

一阵闹腾，早就把清溪教坊的主人曼妙娘和万尘尘、莫寄雁等佳丽吓得不轻，躲在各处窥望，芮轩一行人刚离开，她们纷纷出来，拢向了景溪。曼妙娘拍手道："景溪啊，你真是深藏不露，居然还会这手飞针的绝活！"

戴洗桐插口道："刚才那个老妖怪不是说了嘛，是御龙绵针。"

曼妙娘"啊呀"一声，道："你这臭丫头，要不是你来捣乱，今天晚上咱们清溪教坊可以入银百十两，现在好了，客人都吓跑了，这笔损失你来赔吗？"看了看蓬头垢面的戴洗桐，又咂舌道："看你这落魄的样子也赔不起。"

戴洗桐本来就是将门之女，舞枪弄棒还行，巧言令色却不擅长，被曼妙娘一阵抢白，不知说什么好，急得脸一红，只道："你……"

景溪淡淡地对曼妙娘道："戴姑娘的父亲是镇守边关的赤目将军，已经为国捐躯，她如此舍生忘死前来莫愁城请兵，难能可贵，嬷嬷不可这样对她。"

曼妙娘见景溪脸色难看，不禁尴尬地笑笑："景溪姑娘，我是逗戴姑娘说笑呢，怎能真叫她赔钱呢？"说罢，挽起戴洗桐的手，和颜悦色地道："嗨，这都多少天没洗澡了？衣服也都破成这样。莫寄雁，快去带戴姑娘好好洗个澡，换一身干净的衣服。戴姑娘，我们清溪教坊的衣服可是莫愁城内顶流的，一会你自己挑一套。"

莫寄雁生性高傲，见曼妙娘居然让她带眼前的这个脏兮兮的女人去梳洗，不禁心生不悦，站着一动不动，只是直直地看着戴洗桐。

一旁的万尘尘走上前，拉着戴洗桐的手，道："戴姐姐，你随我去。"

戴洗桐不好意思地朝万尘尘微笑示意："谢谢啦！"

景溪也道："我去帮戴姑娘挑选衣服。"说着众人都散了。

就在刚才众人打斗之时，清溪教坊的阁楼上，一个身着粗麻长衣的男子，正端坐在高处的窗边，一边饮酒，一边饶有兴趣地观战，他就是清溪教坊的箫手，万尘尘的知己——茅起。

第三章　等来的消息

经过洗浴装扮一番，当戴洗桐再次站在曼妙娘等人的跟前时，大家几乎都不敢相信自己的眼睛——皮肤虽然不是很白皙，可是秀发披肩，一袭间裙配着腰上的香带，煞是精神可人，内里束着一件粉色小襦，衬托出凹凸有致的身材来，连一向高傲的莫寄雁都不禁朝她多看了几眼。

曼妙娘啧啧称赞："没想到戴姑娘还是个美人坯子，就凭这好模样，还入什么行武？干脆留下来在我们清溪教坊舞剑演艺算了。"

戴洗桐正色道："多谢嬷嬷美意，只是小女子大仇未报，怎敢独自苟活偷安？"

景溪道："芮大人已经进宫面圣，相信不日便有消息。"当下曼妙娘便将戴洗桐安排在清溪教坊暂时住下。

一连三天过去了，始终未见芮轩从宫中带来任何消息，戴洗桐不由得忧心忡忡，景溪也觉得其中有蹊跷，只得安慰她道："圣上派兵，也需要周密部署，未必如我们所想的那么简单，还是再等等吧！再说，此事关系到杞朝的安危，相信圣上也绝不会坐视不理的。"

戴洗桐道："姐姐说的是。我就担心芮大人他——"

景溪道："你是担心芮大人这个人不可靠?"

戴洗桐支支吾吾，景溪笑道："戴姑娘只管放心，芮大人虽然是宫中的官僚，可是他有正义，重感情，做事可靠。你知道我和他是怎么认识的吗?"戴洗桐摇摇头。

景溪向戴洗桐讲述了一件往事——三年前，朝中青牛津的守将陈逍回京述职，芮轩作为他的好朋友特意在吟月斋定了一桌酒宴为其接风。不料正在他们酒兴酣然之际，陈逍被人以"惰军""通匪"之名举报，险遭禁军的捕拿，是芮轩冒着危险、义无反顾地放走陈逍。

芮轩当时的义举令景溪刮目相看，二人由此相识，成了朋友。

现如今，西部悌血国已经侵入杞朝，连相马关都失守了，而朝廷却还一无所知，莫愁城依旧每日徜徉在灯红酒绿之中，原先镇守北部边关青牛津的戍边大将陈逍则含着莫白之冤流落于江湖。

景溪隐隐约约感到杞朝哪个地方一定出了问题，可是问题的症结在哪里，却又说不上来。

戴洗桐道："我听家父生前提起过陈逍将军，说他是本朝难得的将才，当时他蒙冤受屈，被革去兵权，家父也曾经替他不平。可是父亲说，自古以来，历代帝王都忌讳大将间结党私营，所以也无法替陈逍将军出头。"

景溪道："令尊说得没错，三年前芮大人私自放走了陈将军，差一点遭来杀身之祸，若非他曾是圣上钦点的武状元，早就人头落地了。"

不知不觉，西窗外铺射进一抹斜阳，戴洗桐道："姐姐，我先回房去了，一有芮大人的消息，还望及时告知我。"

景溪道："那是自然。"正准备起身相送，门外有一声音道："芮大人来啦——"

景溪、戴洗桐大喜，迎了出去。

见芮轩一脸平静，脸上不悲不喜，景溪关切地道："芮大人，莫非——"

芮轩不答，却径直问向戴洗桐："戴姑娘，你确认相马关已经失守？"

戴洗桐不解："芮大人，你这是什么意思？"

芮轩微微一顿，道："圣上昨日还收到了悌血国风里眠皇后派使者送来的一对天然寒石神龟的珍玩。如果边关真如戴姑娘所言，那么悌血国万里之遥来到莫愁城，必要经过青牛津，守将善庸又怎可轻易通关放行？"

戴洗桐又惊又奇，道："有这样的事情？可是小女子说的句句属实呀，这……这是怎么回事？"

景溪也觉奇怪，道："会不会是悌血国使的狡诈之计？"

芮轩摇摇头："应该不会，昨日圣上龙颜大悦，还亲自宴请了对方的使者。"

戴洗桐急道："那——那前几天追杀我的血月五鸦到底审了没有？只要将他们一审，事情不就都清楚了吗？"

"我自然审问过了，"芮轩道，"可他们根本不承认自己是什么血月五鸦"，而是说因此前他们贩卖土茶，遭到了令尊戴将军的无端扣留，才对戴姑娘怀恨在心，并非悌血国军营的人。至于落日营，他们四人更是不置可否，一问三不知。"

戴洗桐一脸茫然无措，喃喃道："奸计，这就是彻头彻尾颠倒黑白的奸计……"

景溪道："那你没有向圣上禀明戴姑娘说的一切？"

芮轩道："圣上现在兴致正浓地陪着对方使者游览皇宫，我如何能提此事？"说着无奈地摇头："上次我私放陈逍一事，已遭凶险，要是这次稍有差池，我芮轩这身官服能不能穿着且不说，恐怕真要人头落地了。"

景溪和戴洗桐面面相觑。戴洗桐含泪道："看来家父大仇不可能得报了，杞朝危矣。"

芮轩叹道："其实圣上即位之后，先帝无端暴毙的悬案未决，这一直是他的一块心病，他对朝中诸臣都有诸多猜忌，我虽能与圣上常照面，可是伴君如伴虎，也是如履薄冰啊！唉！"

戴洗桐道："小女子曾听家父说过，先帝驾崩之后，圣上为了夺取帝位，也是大开杀伐的？"

芮轩点头道："天下江山谁不想得？更何况圣上是先帝的九子之首，离江山唾手可得仅一步之遥，他又岂会甘心放弃？唉，还是当年三皇子想得开啊，主动放弃了帝位的争夺，优哉游哉做了一个隐士，过着逍遥的日子，无忧无虑，岂不胜过殚精竭虑统治天下万倍？"

景溪愣愣道："三皇子？"

芮轩道："不错，先帝一共有九子，除了三皇子之外，其余每个皇子都生龙活虎。三皇子从小体弱多病，稍长大些之后，见到其他皇子个个龙威虎猛，他更是愈加颓废，便向先帝请辞出宫，十七岁时就去古淮水之滨做了隐士，从此不再理会朝中之事。十年之后，先帝驾崩，其他几个皇子为帝王之位争得你死我活，被杀的杀，被囚的囚，而他却在古淮水泛舟垂钓，怡然自得，这才是天底下最最智慧之人。"

景溪好像在什么地方听说过三皇子，可一时之间就是想不起来，她见戴洗桐一脸无助忧伤，心中不忍，看着芮轩道："难道真的就没办法了？我相信戴姑娘说的事千真万确，更何况戴将军已经战死沙场——"

芮轩道："我又何尝不想帮助戴姑娘，只是目前真相不明，我也无能为力。"

景溪的心中没有丝毫责怪芮轩，三年前，虽然圣上稀音宗没有充分的证据证明是芮轩放走了"罪将"陈逍，可是彼此心里都心知肚明。

收敛，无疑是芮轩近年来明哲保身最好的办法。

景溪叹道："唉，不知怎么了，我一时想起陈逍将军了。"

"陈逍？"芮轩道，"发兵需要圣上允许，纵然他现在仍然在职，又有何用？"

第四章　庙堂灵蜥

芮轩掌管斑狱司这几年深得稀音宗的赏识，渐渐地，音宗皇帝不仅把朝中的监司刑罚交由芮轩统管，甚至连军中的后备钱粮等事也一并让芮轩处置。芮轩是一个极度负责的人，他每天处置完了手里的司监杂务之后，都要去位于京都郊外的粮草大营巡视一番。

京郊的粮草大营是守卫莫愁城禁军的命脉，本来是由禁军都统善庸负责看护，善庸被调青牛津之后，芮轩便亲自担起了看护之责，他派驻于此的一队守兵都是经他自己亲自挑选的，守兵头目"庙堂灵蜥"原先一直在斑狱司担任执法。

身为朝中的禁军都统庙堂灵蜥，他在江湖上的名气却远胜朝中。当年，庙堂灵蜥曾经是一位专偷皇宫的江洋大盗，他一身邪派武功，阴险毒辣，加之狡猾异常，朝中的各路武将均拿他毫无办法。

然而，他在最后一次入宫盗窃玉玺之时很不走运，他遇到了一个叫平霄汉的皇宫老仆。

老仆瘦骨嶙峋，庙堂灵蜥哪里会将他放在眼里？但是接下来的事情却令这个叱咤江湖的大魔头怀疑起了人生——老仆似乎是在有意等着他。起初，庙堂灵蜥完全没将老者放在眼里："我手下不杀无名之辈，更何况你是一个扫地的糟老头子，你赶紧给我滚！"

老仆手拿一把扫帚，呆呆地站在原地看着庙堂灵蜥，还对着庙堂灵蜥傻傻地笑。这可把庙堂灵蜥给惹恼了，他骂了一句："好你个老东西，本尊原本想饶你一命，可没想到你如此不识抬举，算了算了，那我还是送你上路吧！"

庙堂灵蜥说着，人已经到了老仆的跟前，随手就是一掌，朝老仆人的天灵盖拍了下去。忽然，庙堂灵蜥感到手腕一紧，顿时全身一麻，动弹不得。庙堂灵蜥大骇，惊叫，道："你——你究竟是何人？"

老仆笑眯眯道："老汉姓平。"

庙堂灵蜥失声道："你莫不是传说中的三十四手平霄汉？"

当年庙堂灵蜥原本要被朝廷处死，可不知道为什么最后竟被赦免了死罪，一直囚于莫愁城的死牢之中。直到先皇驾崩，音宗即位，天下大赦，庙堂灵蜥才得以逃过一劫，还阴差阳错让他入了斑狱司，做了一名执法。

庙堂灵蜥每每想起这段往事，他都要感谢一个人，他就是芮轩——当年是芮轩将他从稀音宗的手下救了下来，从此以后他成了芮轩的心腹。

自从庙堂灵蜥被芮轩指派到京郊大营之后，他起初并不是很乐意，因为他是盗贼出身，根本就过不惯这样悠闲的日子，加之平时又自恃武艺超群，后虽归顺朝廷，可他宁愿征战沙场，也好过在这静悄悄的大营之中享福，每天除了喝酒就是睡觉。可是恩公芮轩的指令他不得不服从。

这天夜里，芮轩只身前来探视郊外的粮草大营，庙堂灵蜥正在喝酒，见芮轩突然造访，急忙起身相迎，道："芮大人，你这么晚来此地，不知有什么急事？"

芮轩道："最近外界传言，有麻衣帮匪徒蠢蠢欲动，他们企图对京城不利，我不放心，便前来看看。"

庙堂灵蜥道："麻衣帮？芮大人是说，他们会来偷袭京都的这座粮草大营？"

芮轩道："以麻衣帮的一干匪徒自然不敢明目张胆攻击皇都的禁卫军，可是要袭扰京都的粮草大营，还是有这个可能的，这也是我派你来镇守京郊大营的目的。"

"多谢芮大人栽培，"庙堂灵蜥抱拳道，"属下定不会辜负大人的重托。"

芮轩忽然道："我记得你曾说过，当年你入职斑狱司之前，经常往返悌血国，与那里的富人做生意？"

庙堂灵蜥面露惶恐之色，道："大人，那都是多年前的事情了，自从我得大人栽培以来，这十几年我可从来没有再做过盗——"

芮轩摆摆手，道："你误会我的意思了。我是想起来一件事，准备向你请教。"

庙堂灵蜥忙道："大人，您有什么事情，尽管问。"

芮轩漫不经心地道："你有没有去悌血国的杜鹃城盗过宝物？"

庙堂灵蜥一下子愣住了，道："芮大人，您——您这是什么意思？"

芮轩笑了，道："你如实告诉我就行了。"

庙堂灵蜥尴尬地笑笑，道："盗——盗过。"

芮轩道："如此说来，你对悌血国王城之中很是熟悉了？"

庙堂灵蜥得意地道："那还用说，连他们皇后的闺房我都进去过，只是那妇人屋子里除了一些花花草草和糕饼点心，什么宝贝都没有。"

芮轩从怀中掏出一个用蜡封的竹筒，道："这是一封密函，你明早启程，务必要将它送到杜鹃城，亲手交与悌血国的风里眠皇后。"

庙堂灵蜥愕然，道："大人，怎么派我去？朝中不是有遣信使吗？"

芮轩不理，道："记住，这是一封密函，除了风里眠皇后之外，不能让悌血国的任何人知道。"

庙堂灵蜥点点头，道："我明白了。大人，还有什么吩咐？"

芮轩道："你要亲手交给风里眠皇后，告诉她，这是当今圣上的亲笔密函，不得让任何人知晓。你速去速回，事成之后，你官升一级，拜莫愁城禁军统领之职。"

庙堂灵蜥大喜，道："谢大人！"

芮轩表情凝重，道："相马关已经失守，守将戴传薪将军已经战死，可这里面有很多的疑团尚且没有解开。"

庙堂灵蜥道："大人，听说前几日悌血国的特使还前来朝贡？"

芮轩忧心忡忡，道："这正是我心中不解的地方，可是我还是依然相信戴将军之女戴洗桐姑娘冒死传来的消息。眼下我杞国表面上看来一派安宁，其实背后却是危机四伏。麻衣帮的茅起等一干匪众看似不足为虑，可是我知道茅起与我朝廷有不共戴天之仇，而且他们人数众多，不得不防。"

庙堂灵蜥道："大人，朝廷为何不出兵将他们一举歼灭？"

芮轩叹道："本来朝中有出兵平匪的打算，可眼下的境况只得先查清楚悌血国兵犯边境一事。唉，与悌血国的虎狼之师相比，区区麻衣帮，又算得了什么呢？"

庙堂灵蜥正色道："大人，我这条命是你留下的，只要大人一声令下，我哪怕赴汤蹈火，也在所不辞。"

芮轩道："其实，除了麻衣帮和悌血国，我隐约感到，我朝之中还有一个大麻烦——"

还没有等芮轩把话说完，忽然营帐外传来了一声"嘿嘿"冷笑，只听到有人道："起用臭名昭著的江洋大盗充当将官，这样的朝廷岂有不完蛋之理？"

芮轩喝道："什么人？"向庙堂灵蜥使了一个眼色，双双追了出去。

第五章　驯猴散

芮轩和庙堂灵蜥见前面一条黑影朝西北方向而去，芮轩向庙堂灵蜥叫道："截住他！"

庙堂灵蜥是成名已久的大盗，他的轻功卓绝，远在芮轩之上，此时他急切想在芮轩面前立功，更是极力追赶，不几下便将芮轩远远甩在了身后。

眼见前面的黑影已经到了后山的脚下，庙堂灵蜥叫道："站住！"

黑影忽然停了下来，反身迎向了庙堂灵蜥，他身穿麻衣，手持长剑，正是前几日出现在清溪教坊的茅起。

庙堂灵蜥喝道："大胆狂徒，你居然敢讥讽朝廷命官，本尊要将你碎尸万段。"

茅起走向庙堂灵蜥，道："久闻庙堂灵蜥与芝山老鬼、囚水鼋王、漠北幽狼并称天下四煞，你的轻功果然非凡。"

庙堂灵蜥"嘿嘿"冷笑，道："轻功只是本尊的末技，真正让江湖之人闻风丧胆的则是本尊的毒功。你要不想死得很惨，就乖乖束手就擒。"

茅起道："朝廷昏暗，滥杀无辜，我乃左谏议大夫茅见初之子。我父亲官居四品，可是只因向圣上大胆谏言多说了几句，最终落得个满门抄斩的下场。要不是我命大，当年正巧在他乡学艺，也早就被杀了，又哪能活到今日？这样的朝廷还有什么天理可言？"

庙堂灵蜥忽然愣住了，他盯着茅起身上的麻衣看了看，道："原来你就是麻衣帮的茅起？"

茅起道："正是。"刚一说出两个字，突然觉得一阵阴风扑面而来，急忙抬剑，逼得庙堂灵蜥侧身闪过。庙堂灵蜥一身邪门武功纵横天下，凭的就是自己的一双肉掌，此时他急于立功，更是出手毫不留情，茅起手里虽然有长剑，却是一时之间无法伤了对方分毫。

就在此时，芮轩赶到，他叫道："千万不要伤他性命，我要活口。"

庙堂灵蜥狞笑道："遵命！"说着，他已经到了茅起的身后，探掌而出，抵住了茅起的背脊，道："着！"

茅起反手一剑，庙堂灵蜥变掌为爪，五指张开，便要硬生生捏茅起的剑锋，哪知道茅起的这一剑只是虚招，他的左手袖子里骤然一道寒光闪动，一把短刃已经刺向了庙堂灵蜥的小腹。

庙堂灵蜥叫道："来得好！"另一只手下按，将茅起的短剑压偏，随手一摆，茅起顿觉一阵异臭，还没有来得及逃开只觉小臂一阵刺痛，心知已经中了对方的毒，暗叫一声："不好！"

突然，远处传来了嘈杂声，芮轩抬头一望，大惊失色，叫道："不好，粮草大营着火了——"

庙堂灵蜥顿足，叫道："你——你果然指派了帮手！"便要一掌击落。

芮轩急叫："留活口！"芮轩还没有来得及阻止，突然斜刺里飞来一根黄灿灿的棒状之物，射向了庙堂灵蜥抬起的手。

庙堂灵蜥不假思索地翻手一抓，居然发现凌空飞来的竟然是一根铜箫。

万尘尘及时赶到，救了茅起一命。

芮轩经常去清溪教坊，自然认得万尘尘，不禁道："尘尘姑娘，你——"

万尘尘挡在了茅起身前，道："芮大人，求你高抬贵手，放茅大哥一马。"

芮轩惊讶地道："尘尘姑娘，你难道也是麻衣帮的人？"

万尘尘摇头，道："茅大哥是我的朋友，我不管他是乱党也好，是官宦也罢，尘尘此生认定了他，哪怕今天真的万劫不复，我也愿意与他共同面对。"说得斩钉截铁，义无反顾。

庙堂灵蜥"嘿嘿"冷笑，道："真没想到你一个烟花女子竟然有这样的豪气，倒是让我很是钦佩，只可惜你遇人不淑，白白搭上了一条性命。"

万尘尘原本是江湖上的卖艺女，几年前在一次卖艺途中不慎摔断了腿，后来被戏班遗弃了，幸亏被清溪教坊的曼妙娘收留，尝尽了世态炎凉的她从茅起身上得到了温暖与呵护。虽然清溪教坊的佳丽是卖艺不卖身，可是她与茅起早就以身相许了，当下道："只要能和心爱的人在一起，死又有什么可怕的？"

芮轩道："尘尘姑娘，茅起等人放火烧了朝廷的郊外粮营，这可是死罪啊！"

万尘尘看着芮轩，道："既然芮大人不愿开恩，尘尘就只能陪茅大哥一起。"

茅起道："尘尘，你这又何苦呢？"忽然一阵头晕目眩，险些栽倒。

庙堂灵蜥道："茅起，你中了我的独门蜥毒，已经开始发作了，要不想死的话，赶紧乖乖跟我走，我会给你解药，暂且保你性命。"

芮轩看看万尘尘，道："尘尘姑娘，既然如此，那——得罪了。"

万尘尘微笑道："这样再好不过。"

庙堂灵蜥冷冷地道："那我现在就把你们这对苦命鸳鸯一起押走吧……"忽然他手捂额头，失声道："你……你这个死丫头，对我做了什么手脚？"再看一旁的十几个公差，都已经瘫软在了地上。

万尘尘"呵呵"一笑，道："前辈，得罪了。刚才你说你会使毒害人，我没来得及告诉你，其实小女子以前在杂戏班行走江湖，也略微懂一点粗浅的药功。前辈，你中了我身上脂粉中的驯猴散，如果你不想死的话，赶紧就地打坐，闭目运功，否则毒气攻心，神仙难救。"

芮轩忽然也感觉浑身发酥，不禁惊道："尘尘姑娘，你可得想清楚了，你这是罪上加罪。"

万尘尘朝芮轩微微欠身，道："小女子只求大人开恩，放我们离开，无论如何也不敢伤了芮大人的性命。"

庙堂灵蜥又惊又怒，后悔不迭。他本来是用毒高手，可是天下之毒，数不胜数，再高明的毒手也未必能悉数精通，只怪他一时疏忽，被眼前的这个娇弱的女人给算计了，悔之晚矣，气急败坏地道："你的情郎中了我的奇毒，难道你不想要解药吗？"

万尘尘道："说起用毒，你是行家，哪怕你受我的要挟给了解药，又怎么能保证你不会在解药上动手脚？我茅大哥犯的是死罪，只能死马当活马医了，前辈的解药我怎么敢拜受？就此告辞！"扶着茅起，道："我们走！"

庙堂灵蜥和芮轩盘地而坐，眼睁睁看着万尘尘扶着茅起从自己的身边走过。

第六章　庙中高僧

万尘尘本来就是杂戏班出身，体质较常人强健，虽然是一介女流，可是背负着茅起却不显得怎么吃力，她就这样背着茅起向城外的山间去了。

——万尘尘没有想到的是，景溪和戴洗桐悄悄地跟在她的身后。原来，万尘尘刚出清溪教坊，便被景溪发现了，她和戴洗桐便暗中跟上了她。芮轩和庙堂灵蜥一时大意着了万尘尘的驯猴散的道，也都被暗中的景溪二人看在眼里。景溪原本以为万尘尘会乘机对芮轩下手，以绝后患，谁知道万尘尘只求带着茅起脱身而去，便继续跟踪着她。

转眼，景溪、戴洗桐二人远远地跟在万尘尘的后面，来到了城外的林丘内，景溪对戴洗桐道："他们这是要去伏龙寺找浩云大师。"

戴洗桐道："浩云大师懂解毒之道？"

景溪道："那就不知道了。但是浩云大师的佛门医术很是高妙，平时远近有人得了急症，都来求大师医治。"

果然不出景溪所料，戴洗桐随景溪继续朝前去，见万尘尘背负着茅起，进了丘林里一座寺院的山门，二人也随即跟了进去。

万尘尘背着茅起进了寺院，直奔方丈室，里面一位略显微胖的老僧迎了出来，正是伏龙寺的浩云大师。

伏龙寺是莫愁城外的知名寺院，平日里香火旺盛，万尘尘、景溪她们也经常来敬香礼佛，因此与浩云大师彼此都很熟悉，万尘尘道："大师慈悲，求你救命！"

浩云大师见万尘尘背上的茅起呼吸微弱，脸色发青，道："快将他放置榻上平躺。"

万尘尘依着浩云大师的吩咐照做了，焦急地道："大师救命啊！"说着"扑通"一下跪倒在地。

浩云大师将万尘尘扶起，道："万姑娘，不要着急，待老衲看看。"他抓着茅起的手，仔细在油灯下察看了一番，皱眉道："这是中的吞尸邪虫之毒，老衲恐怕也是无能为力呀。"

万尘尘哽咽道："茅大哥是中了庙堂灵蜥的暗算。"

"庙堂灵蜥？"浩云大师一惊，道，"此人的名号老衲也听说过。他施的毒，只有他本人才能解得，寻常的解毒之法于事无补，奈何不得。"他嘴里虽然这么说，却从怀中掏出两根银针，分别在茅起的中冲、涌泉两处穴道上扎下，道："守气先治神，这两针只能暂时封住他体内的邪火攻心，要想救他性命，必须另想他法。"说着，又从一旁经书架上的一个黑色小皮囊内取出一颗药丸塞入了茅起的口中。

万尘尘恳求道："还望大师慈悲为怀，指点迷津。"

浩云大师道："要想救此人性命，普天之下，估计只有一个人能做到了。"

万尘尘道："请大师明示！"

浩云大师道："他就是喂莺人，可是……"欲言又止。

万尘尘焦急道："大师，那这个喂莺人现在身在何处？怎样才能找到他？"

浩云大师苦笑着摇摇头，道："老衲只知道朱雀门的掌教喂莺人于毒研究极深，几乎达到了神一般的级别。可是以老衲一个区区伏龙寺的主持，哪里有资格与喂莺人相识？别说相识了，至于喂莺人是男是女，老衲都不曾知晓。"

万尘尘大失所望，喃喃自语道："这么说来，茅大哥这条性命是保不住了？"

"我知道喂莺人在什么地方，"景溪和戴洗桐现身而出，景溪道，"我带你去。"

万尘尘大喜，叫道："景溪姐？戴姐姐？"

戴洗桐向万尘尘点头，道："妹妹受惊了。"

景溪道："我怕一路上再有官兵加害于你们，所以就和洗桐妹妹暗中跟过来了。"她转身合十道："见过大师！"

浩云大师长叹一声，道："阿弥陀佛！想不到庙堂灵蜥一代宗师，居然也被朝廷笼络，助纣为虐。景溪姑娘，喂莺人乃是大神之辈，你有他的消息？"

景溪道："不瞒大师，小女子的爷爷和喂莺人相交深厚——"

"你爷爷？"浩云大师奇道，"你爷爷是谁？"

万尘尘道："大师，景溪姐姐的爷爷是黄泥叟。"

浩云大师失声道："景溪姑娘，农神星师黄泥叟真的是你爷爷？"

景溪点头道："正是。"

浩云大师肃然起敬，道："老衲也有所耳闻，当年青龙、白虎、朱雀、玄武四大门派论道之事，比拼到后来，青龙门黄泥叟前辈被封为农神星师，想不到他居然是你爷爷。善哉善哉！"

景溪道："大师博闻强识，见多识广，令人佩服！"

浩云大师道："有一件事情老衲不明白。农神星师是你爷爷，可你怎么在清溪教坊做事呢？"

景溪道："爷爷说，我出生没几天之后，我的父母便不知什么原因都双双去世了，我是爷爷一手养大的。我和爷爷本来住在淮水之滨，爷爷见我从小就对流水、鸟鸣、风雨之声等痴迷，就将我送来莫愁城学习乐艺了。"

"原来是这样。"浩云大师道，"人世间的一切都讲求一个缘字，景溪姑娘与乐有缘，想必也是上天注定的事，阿弥陀佛！只是老衲枉活一生，到今天才知道名动天下的农神星师黄泥叟原来不姓黄，而是姓景。"

景溪凑近看了一下榻上昏迷不醒的茅起，担忧道："虽然我爷爷与喂莺人有交情，可是我与他老人家并没有交情，只是以前曾经随爷爷去见过他几次。"

浩云大师道："老衲已经给这位义士施过针，用过药，只要再能得到喂莺人的援手救治，老衲敢说他一定可以转危为安。"

万尘尘眼巴巴地看着景溪，道："姐姐，那我们事不宜迟，赶紧动身吧？"

浩云大师道："不知道喂莺人现在仙居何处？"

景溪道："回大师的话，他现在就隐居在城东的长草滩。"

浩云大师很诧异地道："长草滩？城东的长草滩可是一片夜滩荒郊，并没有屋舍人家呀。"

景溪道："喂莺人他老人家就住在船上。"

浩云大师合十，道："阿弥陀佛！"

第七章　逃婚丫头

景溪等人去城里的四海镖局雇来一辆马车，带着茅起趁月色正浓，朝城东方向去了，好在沿途并没有遇到官兵，都不由得舒了一口气。

东方的天际微微泛着青光，不一会鱼肚白也渐渐露了出来。万尘尘道："想必庙堂灵蜥等人身上的驯猴散此时已经自行解除了，芮大人必定以为我会带上茅大哥出城去了，应该不会这么快就找到我们的。"

景溪道："放心吧，此时他们想必在忙于料理粮草大营被焚烧一事，还顾及不到寻找你们二人的下落，毕竟麻衣帮与朝廷为敌，也不是一两天的新鲜事，他们都见怪不怪了。"

戴洗桐忍不住失声笑了出来，道："尘尘妹妹，想不到你以前杂戏班里的驯猴散居然能让庙堂灵蜥这样的高手瞬间失去了反抗能力，这样一来，他庙堂灵蜥不也成了一只猴子了吗？"

万尘尘道："杂戏班的老猴非常聪明，有时候不听话，我们的班主便挖空心思想出来这样一种熏香的法门，没想到昨天竟然帮了我一个天大的忙。"

景溪道："天下的药法毒功微妙得很，有的只需要稍微调整一下配济，功效便可以迥然不同。任他庙堂灵蜥有多精明，在没有防备的情况下，只要着了道儿，一时三刻也只能任人摆布。"

万尘尘叹道："现在我就担心嬷嬷，我们毕竟是清溪教坊的人，不知道朝廷会不会怪罪于她。"

景溪道："曼妙娘的清溪教坊在莫愁城这样的地方经营几十年，官府的公差她也认识大半，何况犯事的又不是她，嬷嬷不会有事的。"

不一会儿，景溪等人就到了城东，此处是一片湖荡，显然与城内的繁华热闹无法相比。忽然，马车后面一阵骚动，有声音叫道："咦，人呢？""这小贱人跑哪里去了，找到了非扒了她的皮不可。"

景溪等扭头看，见河滩的不远处有几个手持弯刀的人急匆匆出了林子，朝这边的车马奔过来。为首的一个秃顶大汉用刀指着景溪等人，吼道："喂，你们三个在这里鬼鬼祟祟地干什么？"

戴洗桐大怒，道："本姑娘三人在欣赏美景，与你何干？"

几个人奔近，把马车团团围住，其中一人道："大师兄，我看那小贱人就躲在在辆车内。"说着就要掀开车帘朝里探头去看，被万尘尘一把挡住了。

万尘尘道："这车里是我们的病人，哪里有什么你们要找的小贱人？"

那人见万尘尘不让他查看，怒目一睁，道："既然没有，为什么不让我查找？"

戴洗桐"唰"地抽剑出鞘，剑尖指着对方，冷冷地道："再敢放肆，别怪本姑娘的剑不长眼睛。"

秃顶大汉斜着眼睛看了看戴洗桐三人，道："敢问三位姑娘，你们这是要去哪里啊？我们在寻找一个跟你们年纪差不多的女人，还请三位行个方便。"

景溪原本以为对方是前来追击的官差，心里还有点担心，此时才知道他们是几个莫名其妙的过客，淡淡地道："我们的车内只有一个病人，你们还是去别处找找吧。"

秃顶大汉打了一个哈哈，道："是吗？那如果我执意要到车内查看一下呢？"说着就要去掀车帘子。

戴洗桐喝道："无礼！"一剑劈了出去。秃顶大汉手里的刀一横，架住了戴洗桐的一剑。戴洗桐顺势手腕一转，剑锋平平掠过，直斩秃顶大汉的脖子。

秃顶大汉一闪避开，叫道："臭丫头，你还真敢跟你大爷动手？找死啊？"

戴洗桐从小在军营中长大，性格丝毫没有女子的软弱，而是偏向刚直，她的武功来自父亲赤目金刚的亲传，根底扎实。秃顶大汉一闪，戴洗桐知道他接下来便要竖刀来挡自己的剑锋，不待对方变招，便唰唰唰一连刺出三剑，秃顶大汉躲闪不及，脸上被划了一道口子，连连退了好几步，狼狈不堪。

其他人纷纷叫道："她奶奶的，黄毛丫头敢跟我们幽狼门作对？活腻味了吧？"他们想一哄而上，却又不敢。

戴洗桐哈哈大笑，道："你们这些鼠辈，再敢放肆，本姑娘就不会手下留情了，还不快滚？"

秃顶大汉气急败坏，道："好，你们几个黄毛丫头给我等着，我们暂且先走，我们的师傅会来找你们算账的。"说罢，便带着其他人逃也似的跑了。

万尘尘皱眉道："这些人是什么来路？跑到我们车里来找人。景溪姐姐，我们还是赶紧走吧！"

景溪道："是，我们走，赶紧找到喂莺人前辈要紧。"正说着，忽然，万尘尘在车里失声惊喊道："你是何人？什么时候进来的？"

车里多了一个十八九岁的绿衣女子，白皮肤，大眼睛，正躲在角落处，不安地压声对万尘尘道："别喊别喊，快让我躲躲。"

马车里躲进来的女孩叫花相思，是幽狼门的弟子。

景溪道："他们为什么要抓你回去？"

花相思嘟嘴道："我师傅把我卖给了一个财主老爷做小，那老家伙都老得快不行了，还想纳我为妾，我当然要逃出来呀。"

戴洗桐和万尘尘相视一笑，戴洗桐道："你师傅可真够狠心的。"

花相思叹气道："唉，我从小就是一个孤儿，是师傅把我养大的。她要卖了我，我也只能服从，可卖完之后我再逃出来，既没有违背师傅的意愿，也保全了我自己，岂不是一举两得？"

果然如景溪说的那样，城东的河面上蒸腾起了一层薄薄的水汽，水汽弥散的河边停泊着一条草篷船，船头的木桅杆上立着两只大鸬鹚正在打盹儿。

景溪走上前去，朗声道："黄泥曳孙女景溪有急事求见尤老前辈！"

船头走出来一个白胡子老人，正伸着懒腰，打着哈欠，道："景溪？原来是你这个小妮子啊，这么一大早，天都还没有亮，你来找我有何要紧的事？"

景溪道："请尤老前辈大发慈悲，救我朋友一命。"

老人打量了一眼景溪等人，指着万尘尘背上的茅起，道："这位姑娘背着一个死人做什么？晦气，晦气！"

万尘尘大急，道："老人家，还望你行行好。他不是死人，只是……只是病了。"

老人摇头，道："病成这样，奄奄一息，跟死人又有什么分别？"

景溪道："请前辈看在我爷爷的情分上——"

老人不等景溪把话说完，连连摆手，道："我只是一个捕鱼的糟老头子，又不是郎中，能治什么病？"

花相思"噌"的一下跳上船，一把揪住老人花白的胡子，喝道："喂，你这个老家伙婆婆妈妈的东拉西扯干什么？再啰哩啰唆的，本姑娘一把火烧了你这条破船，你信不信？"

景溪等见状，大惊失色，忙喊道："不得无礼！"

老人却似乎并不生气，只是连连向花相思求饶，道："姑娘息怒息怒，有事好商量嘛。真看不出来这位姑娘生得娇滴滴如花似玉一般好模样，脾气竟然这样的火爆？这要是以后谁家公子娶了你，可有罪受了。"

——老人正是传说中的朱雀门掌门、喂莺人尤小梁。

第八章　喂莺人

喂莺人用船将景溪等人载过了河去，却见对岸树林之中有一篱笆墙围着的土屋，众人上岸。喂莺人大概问了一下茅起中毒的经过，便让万尘尘等人将茅起抬到了里屋的一张竹榻上，对景溪道："你去外面篱笆院里的皂荚树上摘一些果子来。"

景溪依言去了，喂莺人又对戴洗桐和花相思道："你们两个去找一把铁镐，选个洁净的黄土地方，挖一个深坑，再倒入一桶清水，用木棍使劲搅动，等坑内的泥水澄清之后，取三四碗来。"

花相思好奇心起，道："这又是为何？"

喂莺人白了花相思一眼，道："老人家我是给人治病，不是在授课收徒，你这小丫头，哪里来的这么多问题？"

花相思伸了伸舌头，朝喂莺人做了个鬼脸，道："刚才还对人家挺敬畏的，一下子说翻脸就翻脸。"话还没有说完，便被戴洗桐拉走了。

万尘尘此时内心大慰，激动地道："前辈救命之恩，永世不忘。那——那需要我做什么？"

喂莺人指了指外屋，道："你嘛，去把河边的船上，把鱼篓里的那半篓鱼帮我喂一下船头的那两个伙计。"

万尘尘恍然大悟，道："前辈，我终于明白了，虽然人家都叫你喂莺人，其实你喂的不是莺，而是鸬鹚？"

喂莺人得意扬扬，道："我那几个伙计可比莺鸟难伺候多了。"

万尘尘连声道："那是那是，名动天下的喂莺人前辈身边哪里还能有俗物？那我去啦！"兴高采烈地去了。

不一会儿，景溪、戴洗桐等已经将皂荚和黄泥水取了回来。喂莺人命景溪把皂荚倒入黄泥水中拿去煎，约莫小半个时辰，景溪端来一碗紫黄色的汤汁，喂莺人待汤汁温凉了之后，便托起茅起的腮帮子，将一碗汤汁全部灌进了茅起的腹中。

景溪等静静看着喂莺人将一碗泥水汤汁灌完。见他拍拍手，似乎大功告成的样子，花相思小心翼翼地问道："这——这就完了？"

喂莺人点头道："对啊，可不就完了吗？"

花相思半信半疑，道："你——你这叫什么治病解毒？他中的可是庙堂灵蜥的剧毒耶。"

喂莺人不以为然，道："庙堂灵蜥的剧毒有什么可怕的？毒药与解药之间其实只隔了一层窗户纸。你猜过谜没有？"

花相思道："猜过啊。"

喂莺人道："毒药就是谜面，解药就是谜底。在谜底还没有猜出来之前，谜面永远都是那样的高深莫测，可一旦谜底揭晓了，是不是你就恨得牙痒痒——原来这么简单。"

景溪暗自点头，道："前辈高论，让人不得不叹服！"

花相思睁大眼睛问："天下所有的毒都是这样解吗？"

喂莺人随口道："差不多吧。"

忽然，茅起的身下发出了"噗"的一声响动，原来是昏迷中的茅起放了一个臭屁。戴洗桐兴奋地道："茅大哥有反应了。"

喂莺人慢条斯理地道："这小子鬼门关肯定是闯过来了，可要想完全康复，还得再过几天，不过，看他的体质这么好，应该比常人要痊愈得快一些。"

戴洗桐高兴地道："这下尘尘妹妹应该放心了。咦，尘尘妹妹呢？"此时戴洗桐才发觉万尘尘不见了。

喂莺人一愣，皱眉道："我让她去林边的船上去给我的那两个老伙计喂一下食，怎么去这么久还没回来？"

景溪也觉得蹊跷，茅屋离林那头的河边不远，给两只鸬鹚喂几尾鱼，按理说也该回来了，道："我去看看。"

花相思道："我跟你一起去。"

就在这时，只听外面的篱笆院外"扑通"一声，似乎是有人跌倒，喂莺人、景溪等抢步出去，原来外面浓浓的夜雾间，一个人跌倒进了篱笆院内，腿部受伤，正极力朝茅屋这边爬过来，正是万尘尘，她挣扎地叫道："前辈——景溪姐姐——恶婆婆——恶婆婆来啦！"

景溪和戴洗桐赶紧飞身过去，一把扶起地上的万尘尘，急速退后，景溪惊问道："尘尘妹妹！怎么啦？"

万尘尘惊恐万分，道："姐姐，不好了，恶人追来了——"

喂莺人上前几步，对着大雾弥漫的院外朗声道："何方神圣？快请现身吧！"

蓦地，夜雾中一个令人毛骨悚然的女人的声音飘了过来，道："嘿嘿嘿嘿，师兄，别来无恙！"

花相思一听这声音，吓得躲到了喂莺人的身后，浑身发抖，道："妈呀，这声音是人是鬼啊？"

喂莺人脸色微变，道："是你？"

夜雾中，一个缟服人缓缓走了出来，她头缠黑色纱巾，遮住了整个一张脸，要不是她开口说话，根本分不清是男人还是女人，她走进篱笆院，站在了喂莺人的面前，道："几十年不见，师兄还是那样的潇洒自在，令小妹好生羡慕。"

喂莺人叹了一口气，道："唉，师妹，没想到这么多年过去了，你居然还活着？"

缟服女人冷笑道："你是不是以为我早就已经死了？"

"没错，"喂莺人道，"三十多年前一别，师妹杳无音信，而且当年你还身负重伤，受剧毒反噬，谁又能想到你居然能挺过那一关？"

缟服女人道："师兄，幸亏你还记得当年我身负重伤，受剧毒反噬，真的是难为你了。"

喂莺人又叹一口气，道："那样痛彻心扉之事，我如何能忘记？这事虽然非我所愿，可你我毕竟是师出同门。"

景溪惊讶不已，道："你是谁？"

缟服女人一愣，看了一眼景溪，反问道："你又是谁？"

喂莺人道："师妹，这是黄泥叟的孙女——"

"黄泥叟？"缟服女人一惊道："原来你是黄泥叟的孙女，怪不得与其他几个死丫头不一样，只可惜你姥姥我并非讲求慈悲之人，今日你遇上了我，也只能算你倒霉了。"

戴洗桐从屋内取来佩剑，上前与景溪并肩站在一起，叫道："你这个妖妇，大言不惭说些什么胡话？"

喂莺人道："师妹，你我恩怨，无须牵扯他人，切莫滥杀无辜。"说着，喂莺人双臂一展，挡在了景溪等人的前面。

第九章　漠北幽狼

景溪见对方虽然只是浑身缟服，孑然一人，举手投足间却散发着一股令人毛骨悚然的气息，她知道眼前的这个女人并非等闲之辈——万尘尘之所以能从河边活着回来，应该是对方故意为之，否则恐怕万尘尘早就遭了她的毒手。

"尤前辈怎么会有这样一个冤家师妹？"景溪暗暗心惊，"既然尤前辈与爷爷齐名，能耐自然不会小，只是不知道能不能敌得过她。眼下屋内茅大哥体内的毒虽然已解，可是他尚且虚弱不堪，行动不便，这可如何是好？"此时的景溪抱定了决心，即使再凶险，也要护住喂莺人等的周全。

缟服女人"嘿嘿"笑道："师兄，若你今天能交出《移花经》上卷，我就放你一马，也会饶了这几个鬼丫头，如何？"

喂莺人缓缓道："《移花经》上卷是你当年自己不要的，现在又来抢夺，哪里还能如你所愿？这一上卷早就被我毁了。"

缟服女人冷笑道："那就别怪师妹我不给你机会了。"缓步朝前逼近。

戴洗桐提剑，叫道："止步！"一剑刺出。缟服女人身子微微一晃，就已经避开了戴洗桐的一剑，直接探出一掌，拍向了戴洗桐的胸口，低喝一声道："你找死。"

戴洗桐回剑一撩，想斩对方的手腕，哪知道缟服女人突然变掌为爪，一下子就捏住了戴洗桐手里的剑锋，戴洗桐只觉得一阵寒意从剑体传到了自己的手上，她还没有来得及"哎呀"一声，手里的长剑已经脱手而飞。

景溪大惊失色，她知道戴洗桐虽然称不上一流的剑术高手，可是她家传的剑法以上阵杀敌为要旨，招法凶狠，此时在一招之内便被对方夺去了手里的剑，此等诡异的手法怎不令人震惊？

戴洗桐在错愕之际，缟服女人已经五指如钩，抓向戴洗桐的颈脖。喂莺人中指一弹，手里的一粒细圆的黑丸射出，正中缟服女人的手腕，缟服女人手掌一缓，喂莺人已经欺身而至，一揽臂，将戴洗桐拉到了自己的身后。

缟服女人微微一愣，媚声道："师兄，你也背叛了师门？咱们朱雀门可是有严令，弟子不得习武哦。"

喂莺人微笑道："师妹，你高看我了，我这哪里是什么武功？只是平时捻药搓丸时熟能生巧练出来的一些小手法而已，比你的那些杀人技差太远了。"

缟服女人忽然喝道："快滚过来——"

众人一愕，却见花相思惊恐地摇头，道："我——我不过去——"

景溪看着花相思，疑道："你？你认识她？"

花相思还没有回答，缟服女人道："要不是这死丫头身上的味道，我怎么能如愿以偿地追踪到这里？你们不知道吧？这死妮子是我最疼爱的弟子。"柔声对花相思招招手，道："乖，快过来！"

花相思一脸害怕，颤声道："我死也不会回去！你——你就饶了我吧——"

景溪、戴洗桐等吃惊，戴洗桐指着花相思斥道："我们好心好意收留你，你竟然恩将仇报？你不是说你是被你师傅卖给人家做小——小那个什么的吗？"

花相思急忙摆手，道："真的不关我的事，我——我也不知道，我被她逼得走投无路才逃出来的。"

缟服女人得意地道："你当然不知道，凡是用为师的灵宝销魂露沐浴过身子的女人，身上自带一种无色无味的气息，天下只有我能识别出，哪怕你在百里之外，也休想避开我的跟踪。"

景溪盯着缟服女人问道："你是漠北幽狼？"

缟服女人忽然摘去头上的纱巾，戴洗桐、万尘尘不禁"啊"地叫出了声来——缟服女人身姿婀娜，可她的脸上却长满了暗灰色的毫毛，嘴巴鼻子突出，眼神之中闪着阴森的幽光，简直与恶狼一般。

喂莺人也吃了一惊，动容道："师妹！这些年，真的是苦了你了！"

缟服女人龇牙，道："你又何必假惺惺地装好人？当年我是怎么求你的？现在你知道自己大难临头了，就想来打动我？"她转头问景溪道："你怎么一眼就能认出我的身份？"

景溪道："我虽从未与前辈见过面，可是前辈的灵宝销魂露在江湖上臭名昭著，既然刚才前辈自己说出了灵宝销魂露，想必你就是漠北幽狼了，这又有什么稀奇？"

缟服女人喋喋地笑了起来，道："哦？是怎么个臭名昭著法？你倒是说来听听。"

景溪走上前两步，道："据江湖传言，漠北幽狼性情凶残，却独独偏爱美色，有一种专门给女人洗澡沐浴的露汁，就是你刚才说的灵宝销魂露了，凡是用这露汁洗过澡的女子，无不飘飘欲仙，任人摆布。"

缟服女人"嘿嘿"笑了，道："妮子果然聪明——"

景溪打断她的话，接着道："由此，江湖之人个个都以为传说中的漠北幽狼是一个恶贯满盈的淫棍，哪知道却是你这样一个半人半兽的老妖妇。"

景溪说这番话，意在激怒漠北幽狼，好找出她进攻的破绽，其实景溪自己的内心无比紧张，严阵以待。

谁料漠北幽狼听了景溪的嘲讽，不怒反喜，道："不错不错，妮子不仅见多识广，而且似乎对姥姥我也是充满了好奇之心，咱们来做一笔交易如何？"

景溪道："前辈请说。"

漠北幽狼道："只要你随了我的意，试着用姥姥的仙露沐浴一次，我今天就放了在场所有的人，包括里屋那个半死不活的臭男人。"

景溪这一惊非同小可。漠北幽狼自从出现以来，并没有进屋，她居然知道茅屋里还有一个"半死不活的臭男人"，这不禁让人感到恐惧。景溪心道："这老妖妇的嗅觉可真非比寻常，漠北幽狼四字果然名不虚传。"

漠北幽狼直勾勾看着景溪，一副垂涎欲滴的样子，道："怎么样？姥姥的这笔交易你不亏吧？"

戴洗桐叫道："妖妇，你太不要脸了，居然对冰清玉洁的景溪姐姐说出这样的污言秽语！"

漠北幽狼斜眼看天，叹道："冰清玉洁？冰清玉洁？呵呵，呵呵呵呵——"

——不知道从什么时候起，夜雾已经散去了，天上出现了一轮皓月，月光下，漠北幽狼的眼角竟然挂下来两颗泪珠。突然，漠北幽狼仰天长啸，从喉咙里发出一声恶狼般的号叫，她一扭头，目露凶光地盯着景溪，她的嘴角泛起了一丝诡异的笑容。

喂莺人低喝一声："小心——"

第十章　十步惊风丸

喂莺人话音未落，漠北幽狼已经到了景溪的面前，双掌上下错拨，发出了令人眩目的一道狐影，扑向景溪。

景溪天资卓越，四岁起就在爷爷黄泥叟的指导下修习玄门内功"御龙心法"，稍大之后黄泥叟便教她"御龙绵针"，直至后来她到了莫愁城内的清溪教坊，黄泥叟依然定期前去探访，除了对她讲述最新的江湖见闻，还是点拨景溪的内力修为与御龙绵针的技法，正因为如此，景溪看似娇弱的外形下其实拥有了一股浩荡之气。

漠北幽狼掌风逼迫到了景溪的面门，景溪一挥袖头，御龙心法催生出来的激荡之气喷薄而出，漠北幽狼被景溪袖口凌厉的内力反击，不禁脚步错乱一抖，险些站立不稳。

与此同时，喂莺人的指尖又接连弹射出了两枚药丸，直取漠北幽狼的双眼。

漠北幽狼本名卞荼，原来也生得貌似香兰，她与喂莺人都拜在了朱雀门"南山玉人"门下学医。朱雀门有严规，只能研医穷药，不得触碰武功，喂莺人始终坚持门规，由此直到现在他也不会丝毫武技，他弹射药丸的这手绝活正如他自己所言，只是几十年来闲暇之余玩出来的本领，可是卞荼则不同——

三十年前，卞荼由于一场毁灭性的造化，虽然活了下来，也在外形和性格上都发生了大变，万分悲怆下，卞荼远走漠北，将自己隐匿于寒峰之颠，苦修杀人之技。历经二十几年与群狼共存，卞荼九死一生，终于练成了一身阴毒的邪门功夫，此时的卞荼已经是一位让江湖中人闻之色变的绝顶高手了，她如何会将喂莺人弹指射出的区区两枚药丸放在眼里？

漠北幽狼面对迎面射来的两枚药丸，她双掌一翻，已经握在了手里，冷笑道："师兄，你还想故技重演？"干裂的手指轻轻一捏，两枚药丸顿时化成了粉末，窣窣飞散。

喂莺人平和地道："师妹，你走吧，我不会为难你的，你我今日一别，从此恩断义绝，再也不相欠。"

漠北幽狼道："你说得如此轻巧？你今日如果不将上卷《移花经》交出来，可别怪我心狠手辣。"

喂莺人道："《移花经》是师傅南山玉人毕生心血，我又怎能容你拿去践踏？你现在是不是感到双掌的掌心微微有些发痒？"

漠北幽狼脸色大变，道："你——你在这两枚药丸里掺杂了什么？"看看自己的双手，表情惶恐不安。

喂莺人道："师妹，亏你还是南山玉人的弟子，连本门的十步惊风丸都不认识了吗？"

漠北幽狼发出一声悲号，连退了三步，歇斯底里地叫道："尤小粱，为什么？为什么每次都是你赢我？"

喂莺人正色道："师妹，你自恃歹毒凶狠，却不知自古以来，邪不压正，我也是替仙逝的恩师在清理门户，你好自为之，此时若是知难而退，或许还可以留得一条生路，如若不然，后果你应该知道。"

漠北幽狼从牙缝里蹦出一句话来，道："尤小粱，总有一天我还会来找你的。"她又看了看景溪，啧啧一声，道："妙人儿，你不愧是黄泥叟的孙女，小小年纪竟然也能有如此御龙心法的修为，着实不易。也许我们日后还有再见面的时候，到时候你我再续前缘不迟，嘿嘿嘿嘿——"一甩头，发出一声悠远的号叫，身形一弹，瞬间消失在了夜幕之中。

喂莺人暗暗长吁一声，道："好险！"

直到此时，戴洗桐和万尘尘、花相思三人才缓过神来，均瞪着双眼朝篱笆墙外望去，戴洗桐心有余悸地道："老妖妇真的走了？"

喂莺人点头道："走了。"

景溪道："前辈，医毒同源，想不到你将医药发挥到如此境地，虽然不会武功，照样可以力退强敌。"

"此地不可久留，"喂莺人道，"唉，要是你爷爷黄泥叟在就好了，咱们赶紧先进屋再说。"

众人进了屋内，万尘尘见茅起虽然依旧沉睡，可已经是呼吸匀称，面色也转红润了许多，知道他体内的毒性已解，不由得感激涕零，道："前辈救命之恩，容当后报。"说着又要向喂莺人磕头，被喂莺人一把拉起。

喂莺人道："咱们得换地方了，我那卞师妹随时可能会回来。"

花相思打了一个哆嗦，道："我——我师傅她不是已经走了吗？"

喂莺人叹一声，道："其实，我射出去的那两枚丸子根本就不是什么十步惊风丸，而是两枚普通的药丸。"

"啊？"景溪等三人异口同声发出了一声惊呼。

喂莺人苦笑道："十步惊风丸在本门的《移花经》下卷里确实有过记载，所以我师妹她知道它的厉害，凡染过此丸者，在极短的时间内不得使用丝毫气力，否则全身经脉一散，再无重敛的可能，只可惜此方虽然被我师傅南山玉人录入了《移花经》，可真正的验方却没有出炉——"

景溪脱口而出，道："也就是说，此药有方无丸？"

喂莺人道："不错，十步惊风丸是我师傅他老人家临终前才研发出来的，只是一帖空方，到目前为止还没有真正入药。"

万尘尘急道："那——那可怎么办呢？时间一久，那妖婆子肯定会发现上当的呀，到时候她再折回来，可就更难对付了。"

万尘尘推了一把花相思，怒道："都怨你，好端端的，怎么就遇到你这个丧门星呢？害得我们大家都跟着你一起倒霉。"

花相思抽泣道："我也是没办法嘛，哪知道她会追了过来？你——你们可千万别丢下我不管，呜呜！"

景溪道："好了，大家都不要相互埋怨了，事已至此，说这些还有什么用？尤前辈说得对，现在咱们得赶紧走。"她转头看看竹榻上依然昏睡的茅起，沉吟道："可是我们现在能去哪里呢？"

喂莺人道："要是你爷爷在，那事情就好办多了。"

"对了，尤前辈，你知道我爷爷去哪里了吗？他已经有好久没来莫愁城看我了。"景溪问道。

喂莺人摇摇头，道："你爷爷还是在半年前来看望过我一次，后来便再也没有见过他。"

景溪担忧道："尤前辈！我爷爷不会是出什么事了吧？"

第十一章　斑狱司

喂莺人听景溪这么说，坚定地道："那倒不会，天底下能暗算你爷爷的人没几个，他有事去办，那一定是非同小可的大事，既然他不愿透露，自有他的道理。"

万尘尘怯怯地道："前辈说得极是，可是现在我们该怎么办？漠北幽狼邪门功夫高深莫测，以我们几个人的能力根本阻止不了她行凶杀人的。"

景溪忽然道："我想起来一个地方，大家一定能在那里暂避一时。"

戴洗桐道："姐姐说的莫非是清溪教坊？"

景溪顿了顿，道："是斑狱司。"

"斑狱司？"万尘尘一惊，道，"那我们此去不是自投罗网吗？"

景溪道："斑狱司是皇宫重地，守卫森严，我谅她漠北幽狼再厉害，也不敢孤身前去生事。"

斑狱司虽然在禁宫之中，可景溪等都是身负功夫之人，喂莺人虽然不会武功，可他毕竟是南山玉人的弟子，轻身之术依然了得，众人在天明之前如愿越过了禁宫的围墙，悄悄来到了斑狱司。

路上喂莺人将他与漠北幽狼的渊源简短地说了出来。原来，当年尤小梁与卞荼，先后投入师门，他们同属朱雀门南山玉人的弟子。三十年前，南山玉人羽化登仙，留下医宗秘籍《移花经》两卷给二人，上卷是医经，下卷是毒经。卞荼无意悬壶济世，一心想称霸天下，便选择了下卷。然而，由于她急于求成，在修炼途中走火入魔，以致遭到了毒性的反噬，变成半兽半人的怪物。当年，她求师兄尤小梁替她解毒，遭到了拒绝，从此她与师兄尤小梁结仇，自己也只得远走漠北。

后来，喂莺人也曾经听说过漠北幽狼的名头，可他并不知道名动天下的漠北幽狼居然就是自己早年的师妹卞荼。

花相思第一次听说师傅的往事，不由得呆了，道："唉，原来师傅她——她也是个苦命的人。"原本她的内心深处充满了对漠北幽狼的恐惧与憎恶，此时倒也稍稍对她有所释怀了，对喂莺人道："师——师伯，那你当年为什么不肯救救我师傅？"

喂莺人叹道："当年不是我不想救她，而是根本无能为力。家师南山玉人留下的《移花经》上卷载明，要解除她身上反噬的毒性，必须以我自己的精血与之推换方可，而这样一来，她身上的反噬之毒也就转移到了我自己的身上。试问，如此残忍的手法，天下又有谁能做到？"

景溪道："尤前辈，往事随风，不必过于介怀，所谓人生在世，各安天命，这一切都是她自己的劫数，与你无关。"

喂莺人点头道："话虽如此，可我昨夜亲眼看见她站在我的面前，心里还是万分难过。"

景溪虽然与斑狱司的执笔巡察芮轩交好，可是禁宫之中她却从未来过，原先她以为作为朝中的监司重地，势必守卫森严，可此时到了这里才发现跟她想象中的大相径庭。

——斑狱司除了楼高屋多之外，一片安静肃然之感，景溪等潜入其中的一座楼内，见整个楼里空无一人，每个回廊都有一处侧门，却也是无人把守。

大厅内到处都是墨色浓厚的书法壁画，满壁诗书，浑然一体，似乎是一幅巨幅长卷。

景溪诧异地喃喃自语道："这里叫斑狱司，却充满了墨香。谁能想到主宰刑罚的斑狱司布置得如此清雅。"

喂莺人愣愣地环顾四壁，一言不发。

就在景溪等人狐疑之际，从一侧的回廊里传来了一阵轻轻的脚步声，景溪等赶紧隐身于一处角落里。远处的回廊里走过来两个侍女一样的丫鬟，一高一矮，两人手里都端着一个托盘从景溪等面前经过，原来托盘之中是一壶酒和一只烧鸡，还有几碟果蔬类的甜品。

只听矮个子丫鬟道："秋水姐姐，你说芮大人为什么会有如此的肚量，容留一个这样的怪人在咱们斑狱司?"

高个子丫鬟道："我们做下人的，问这些东西干吗? 做好自己的本分就行了。"

矮个子丫鬟嘟嘴，道："我只是看不惯他的那副德性。"

高个子丫鬟道："走吧! 走吧! 再迟了说不定那怪人又要生气了。"

一高一矮两个丫鬟端着酒品从景溪他们的面前走过，直接下了前面的一个地下通道。

景溪与喂莺人相视一望，众人便跟了上去。

地下通道是一条甬道，景溪等人远远跟随，便听到前面有一阵阵呻吟与哀号之声，戴洗桐压声道："原来真正的监舍在这地下！"

景溪等尾随而去，见两个丫鬟拐进去了一个昏暗的石屋。二人将手里的托盘放到了一道铁栅栏前，矮个子丫鬟道："大爷，你慢用！"

只听到里面有一洪亮的声音道："芮轩呢？今天又不来见我？"

高个子丫鬟冷冷地道："我们芮大人的耐心是有限的，你最好乖乖地好吃好睡，一切等芮大人亲自来发落。"

铁栅栏内的那个洪亮的声音道："呸，快让芮轩来见我，否则我从今天开始就绝食了。"

两个丫鬟不再言语，放下托盘便转身离开了，景溪等见状，赶紧闪身暗处。等两个丫鬟走了之后，景溪看看喂莺人，压声道："这人吐气洪发，内力应该超凡入圣，怎会被斑狱司抓来囚禁于此？"

喂莺人若有所思，正准备接景溪的话，就在这时，万尘尘背上的茅起已经悠悠醒来，咕哝道："尘尘，这是什么地方？"

万尘尘还没来得及答话，铁栅栏里的人大声叫道："外面是什么人？不会是来劫我出狱的吧？哈哈哈哈！"

铁栅栏里的人声音洪亮，立即引来远处的回廊里人的呼喊："有人劫狱啦！"

景溪等闻言大惊，众人听到四面回廊里都有急促的脚步声传来，势必已经惊动了斑狱司里面早起的禁军，均不由得大急，暗自叫苦，心道："这可怎么办呢？"

第十二章　盛秋水

眼见四处有嘈杂的脚步声传来，景溪等心中叫苦不迭，原本是想来斑狱司躲避漠北幽狼寻仇的，谁知道一来就惹出来这样一个事端，各自的心中都只能做好了最坏的打算。万尘尘的内心更是心急如焚，因为她知道，要是茅起被抓，那就是死罪。

忽然，一条青影闪出，低声叫道："跟我来！"

景溪定睛一看，竟然是刚才离开的那个高个子丫鬟。危急时刻，众人不假思索，便跟着高个子丫鬟快速拐进了一道偏门。

高个子丫鬟轻车熟路带着景溪等出了偏门，眼前出现了一道满是芬芳的玉石阶梯，一直通到前面的一处花园之中。

景溪问道："多谢妹妹相助，前面通向何处？"

高个子丫鬟道："前面就是圣上的寝宫。"

景溪一惊，道："原来斑狱司跟当今皇上的寝宫是相通的。你为什么要帮我们？"

忽然，高个子丫鬟长跪不起，将头叩地，恭恭敬敬地道："奴婢秋水恭迎长琴大神！"

喂莺人等面面相觑，一脸愕然。

景溪上前，道："秋水？长琴是谁？这名字怎么这么熟悉？"

高个子丫鬟道："长琴大神！你真的忘记了？"

景溪上前，蹲下身去，托起了高个子丫鬟的脸，见她容貌清秀，肌肤白皙，似曾相识，疑道："你的容貌竟然也是如此的面熟——"

高个子丫鬟激动地道："奴婢秋水，前世服侍大神，今生投胎盛姓，取名盛秋水。奴婢为了等待大神，已经在莫愁城内做侍女十年，特意在此恭迎大神！"

景溪感到脑海一阵眩晕，扶起盛秋水，道："秋——秋水！快快请起！到底是怎么回事？你刚才称呼我什么？"

盛秋水道："当年天泽一战，大神力压悭臾，最终却因一念之仁，饶了它性命，由此悭臾逃脱，大神受天条惩罚，被贬人间，难道大神真的忘记了？"

景溪不置可否，喃喃自语，道："天泽之战？天泽之战？那后来又是如何？"

盛秋水道："大神被天帝贬入人间，我区区一奴婢又怎能幸免责罚？下界沦落凡尘，所幸今日能再与长琴大神相遇，实属天意。"

景溪愣愣出神，道："长琴大神？我吗？"

盛秋水躬身道："正是！你是乐神长琴转世，万尊之躯，请大神放宽心，一切有奴婢安排！"转身对喂莺人等道："诸位请！"说着，盛秋水带领着大家来到一座馆阁，道："大神，你们请先入内。"

喂莺人与戴洗桐等惊讶不已，相互你看看我我看看你，恍如梦中。

花相思喜色道："好啊，既然如此，大家都是自己人了，只要能摆脱我师傅的纠缠，我什么都听你的。"

戴洗桐轻声对景溪道："姐姐！怎么办？"

景溪道："先进去再说。"

盛秋水见众人还有犹豫，便道："诸位大可放心，那些禁军不会找到这里的。"

众人进了馆阁，见里面已经摆着一张香案，最前方悬挂着一面画像，众人一看，画上之人与景溪一般无二。阁内很是洁净，熏香扑鼻，更让景溪惊讶的是，屋内的正墙下横着一张暗黄的古琴，油光可鉴。

景溪上前，探指抚摸，看着盛秋水道："这里也有琴？"

盛秋水微笑道："奴婢前世为大神侍从，怎敢丢了琴瑟之器？"说着，招呼大家入座，态度之恭敬，令人感动。

景溪等入座，盛秋水道："大神，你们稍坐片刻。"说着，转身而去，不一会儿，盛秋水端来果盘菜肴，均是鱼鲜野味，花相思大喜，道："姐姐真的是好手艺。"

盛秋水微笑道："这里是皇宫，隔壁就是圣上的寝宫，烹调菜品又何须我操劳？"

众人早就饥肠辘辘，不由得大是欣慰。盛秋水替景溪等将酒斟满，看着景溪，眼眶含泪，道："想不到秋水今日能得偿所愿，再次与大神相逢，不枉在此苦守十年，秋水此生愿追随大神，天涯海角，永不相负！"说完，端起面前的一碗酒，一饮而尽。

景溪道："秋水，你刚才为什么叫我大神？"

盛秋水微笑道："天地之乐神，岂不是大神？"

"你说我是乐神长琴？"景溪问盛秋水道，"被贬人间？我怎么一点都想不起来了？"

盛秋水道："千真万确。奴婢曾经服侍过大神半生，岂有不知？"

景溪若有所思，道："我是长琴？你是秋水？"

盛秋水喜色道："你终于想起来了？"

景溪看着香案上方供着的画像，迷惘地道："你说的这些，怎么我爷爷都不曾与我提起过？"

盛秋水道："农神星师虽然掌管青龙门，可是毕竟他老人家也是一个凡人，未必清楚姐姐的来头。"忽然她问景溪道："对了，你可曾对令尊令堂的离世产生过怀疑？"

景溪点头道："没错，爷爷说，我生下来三天，我父母便莫名其妙地去世了。我曾经想过，以爷爷农神星师的能耐，应该不至于对我父母的死束手无策……"

盛秋水道："正是。令尊令堂两位高堂的离世归根结底是因为你。"

景溪愕然，道："因为我？"

"因为你的来头太大，两位高堂虽然名义上是大神的父母，可只是你的托胎之人，他们根本就承受不起你这般的大神喊他们一声爹娘。试想一下，天下凡人之中，又有谁能当得起乐神长琴的父母？所以——"

景溪面显悲伤，垂泪道："原来如此。"

盛秋水上前凝望着景溪，道："大神不必伤心，逝者已逝，无可奈何之事。"

"不知道爷爷现在何处，"景溪担忧地道，"秋水，以后你不要叫我大神了，就喊姐姐吧。"

盛秋水道："是，遵命！姐姐！农神星师沉稳多智，姐姐无须为他老人家挂怀，咱们现在最重要的是要做一件避免百姓生灵涂炭之事。"

景溪不解，道："秋水，你所指的是？"

盛秋水忽然顿了一下，问道："姐姐，你可知道刚才监舍的铁栅栏里关的是何人？他就是位列天下四恶之一的囚水鼋王。"

第十三章　面　圣

景溪一听盛秋水说到"囚水鼋王"四个字，不由得大吃一惊，道："他就是囚水鼋王？怪不得听他的声音如雷一般响亮。"

戴洗桐和万尘尘一脸不解地看着景溪，喂莺人也很惊讶，道："囚水鼋王是天下四恶之中内力最深的一个，想不到他销声匿迹这么多年，原来被囚禁在这里。"

盛秋水点点头，道："不错，我来此服侍圣上已经十年，我当年来这里的时候，他已经被囚禁于此了。"

景溪忽然想起来一件事情，道："对了，秋水妹妹，你怎么专门在此等我十年？难道你知道我一定会来？"

盛秋水道："其实，我是循着悭奥的踪迹而来的。"

"悭奥？"景溪道，"你是说悭奥大难不死之后，悄悄隐匿到了莫愁城的皇宫之中？"

盛秋水道："我也不知道，但是它身上的气味曾经在此出现过，我怕它会对姐姐不利，便一直潜在宫中，相信它有朝一日一定会现身的。"

喂莺人不解道："囚水鼋王内功绝尘，为人又机警，他怎么会被囚禁在这里呢？难道这莫愁城的禁宫之中还有那样的高手？"

正当大家狐疑之际，盛秋水起身，道："姐姐，你们在此休息，我要去给圣上喂药了。你们切莫离开，等我回来。"

景溪道："圣上病了？"

盛秋水道："是的，其实这几年圣上一直病着，所以朝中的很多事情都交由芮大人打理。"

景溪道："秋水，你能不能带我一起去见见圣上？"

盛秋水面有难色，道："这——往日都是我和芙蓉一起的，就是刚才跟我一起的那个宫女，不过，姐姐执意要一同前去，也未尝不可，只是要委屈姐姐换上宫女的衣扮了。"

景溪道："那是自然。"

不一会儿，景溪便换上了侍女的衣物随着盛秋水去了。此时，天已大亮，寝宫处在一片花园之中，正应了鸟语花香四字。景溪见有禁军在园中巡逻，不由得担心会被他们看出破绽，盛秋水似乎看出了景溪的心思，微笑道："姐姐不必过虑，这些禁军都是每天一轮，宫里的侍女又那么多，他们哪里记得住每个宫女的模样？"

果然如盛秋水所说的那样，她们端着药和早点从禁军们的面前经过时，禁军们连看都不看她们一眼。

二人穿过花园，进了一间五彩琉璃顶的宫殿，门边没有禁军把守，却见门的玉屏风后面有两个绿裙的宫女伺立着，盛秋水道："到了！"

景溪跟在盛秋水的身后，听到屏风后面隐隐有几声咳嗽传来。盛秋水带着景溪走了过去，只见里面有一张雕龙刻云的大紫红木床，床纱后面侧卧着一个穿白睡袍的中年人，应该便是当今的皇帝稀音宗了。

盛秋水上前轻轻道："圣上！该用早膳了！今天圣上的龙体感觉好些了吗？"

稀音宗咳嗽了两下，道："秋水，寡人这几天吃了你熬制的膏药，感觉好多了。"

盛秋水将手里的玉托盘放在了几案上，上前去扶稀音宗，道："圣上龙体康好，才是天下百姓之福。”

音宗坐起了身来，对站在一旁的景溪连看都不看一眼，径直接过了盛秋水递过的一粒药丸吞了下去，接着盛秋水用一盏水晶调羹慢慢将熬制的膏药一口一口地喂音宗服下。

景溪暗自打量着身前的稀音宗，见他五十几岁年纪，虽在病中，可依然可以看出他原先的体态很是魁健。

音宗吃了几口膏药，问盛秋水道：“这几日悌血国的使从都走了吧？”

景溪听到音宗提起悌血国的使从，不由得内心一紧。盛秋水答道：“回圣上的话，悌血国的特使昨天已经走了。”

音宗缓缓点了点头，道：“自从风娘娘远嫁杜鹃城之后，悌血国每年都不缺礼数，不远千里来朝贡，由此可见，胡野之人只要与我杞朝的礼制多多亲近，还是可以教化的。”

盛秋水道：“圣上说的是。”

景溪心道：“人家悌血国都快要打到家门口了，你还在为了一点点蝇头小利沾沾自喜，唉，真是一个糊涂皇帝。”

音宗接着道：“对了，这几日怎么没见到芮卿？”

盛秋水道：“芮大人掌管着朝中的诸般事务，料定也是分身乏术，圣上要不要将他召来一见？”

音宗叹了一口气，道：“先让他忙去吧，只是不知道那个人的消息如何了。那人一天找不到，寡人便寝食难安，这么多年了，寡人的心病便是因他而起。”

盛秋水小心翼翼地道：“圣上指的那个人是？”

音宗又叹道：“唉，不提这些事了。你告诉芮卿，那人一有消息，让他立即来见我。”

盛秋水道：“是。”

音宗道：“眼下看来，边关稳固，相马关、青牛津有戴传薪、善庸驻守，外患倒是没有了，我就担心麻衣帮这群流寇，好在芮卿独当一面，朝中事务他替寡人操持，也真是难为他了。"

盛秋水道："圣上的龙体快快好起来，这样由圣上自己亲自把持大局，朝纲就不用担心了。"

景溪听到这里，不由得暗自生疑，心道："听圣上的口气，似乎并不知道相马关失守的事情，芮轩果然最终还是没有将戴传薪将军之死的消息禀报于他。"

想到这里，景溪的内心大急，眼下面前的这人就是当今圣上，这么好的机会，景溪又岂能白白错过？

——景溪准备大胆一掷，把相马关的危急军情向音宗陈白，可就在这时，忽然听到屏风后面有一侍女道："启禀圣上，芮轩芮大人求见！"

景溪这一惊非同小可，心中暗叫："这下糟了！"赶紧将身子背了过去，生怕芮轩认出自己。

音宗道："宣芮卿进来！"

宫女答应了一声去了，不一会儿芮轩走了进来，道："圣上龙体康泰！"他见盛秋水在喂药，一旁的宫女背对着他在擦拭着玉案，也没有在意，接着问道："圣上今日看起来龙颜红润，气色不错。"

音宗道："芮卿辛苦了！待寡人康复之后，一定要重重赏你。"

第十四章　诸神聚

景溪内心大急，她不知道芮轩见到自己会有怎样的反应。

芮轩道："谢圣上！微臣为圣上分忧，是天经地义之事。微臣已经有两日没来面见圣上了，今早特意赶来请安！"

音宗点点头，道："芮卿可有事奏？"

芮轩略一迟疑，道："回圣上，微臣前来，是——是来护驾的。"

音宗愣了一下，道："护驾？谁人想害寡人？"

芮轩正要回话，外面传来了一阵急促的嘈杂声："快！围起来！""大家要小心了，任何人不得靠近！"

音宗大奇，问道："发生了什么事情？"

芮轩诚惶诚恐地道："回圣上的话，宫中出现了一头怪物，见人就杀，已经有数十位禁军死于非命——"

忽然，外面传来一声喋喋的狂笑声，让人觉得浑身汗毛直竖。

音宗大惊，道："刚才这是什么声音？"

芮轩急道："圣上不要害怕，有我在此，没人伤得了圣上——"

话音未落，外面传来了叮叮当当的打斗声，景溪一转身，挡在了音宗的身前，正与芮轩迎面相对，芮轩一下子愣住了，却没有说话，二人并肩护住了音宗。

景溪叫道："大家小心，她是漠北幽狼。"

外面又是几声惨叫声传了过来，显然又是几名禁军遭了毒手。

盛秋水也被这突如其来的变故给弄蒙了，道："芮大人，这到底是怎么回事？"

一团黑影从外面飞来，伴随着一声歇斯底里的狂笑，道："以为逃到了这里便太平无事了？"黑影呈半匍匐状落地，正是漠北幽狼。

景溪怒道："你阴魂不散居然追到了这里？"

漠北幽狼咧嘴大笑，道："我道你为什么不肯随我去呢，原来是来这里陪伴这个半死不活的皇帝，让我先杀了他，再来驯服你。"忽然，她的目光留在了一旁的盛秋水身上，邪笑道："今天姥姥真的是不虚此行，还能一箭双雕。"说着，一只锐利的爪子已朝床榻上音宗拍了出去。

景溪和芮轩一左一右迎上，此时的芮轩手里已经多了一杆巨笔。芮轩身为斑狱司的"执笔巡察"，笔上功夫当然是无比的精湛，想当初他参加状元武试之时就是以一杆铁笔击败了对手。此时，他遇到如此突发的危机，内心除了惊愕之外，就是愤怒。

哪知道漠北幽狼对于芮轩击来的一笔，不予理睬，回爪一拢，一下子捏住了芮轩手里的铁笔，一把将它扯得飞了出去。

景溪双掌翻飞，封住了漠北幽狼的步子，叫道："秋水，快带圣上走！"

芮轩一骨碌从地上爬起，拾起地上的铁笔又冲上前去，叫道："老妖婆忒地厉害，再来！"

漠北幽狼身形忽转，正眼都不瞧芮轩，只一翻身，已经跃到了芮轩的背上，猛地低头，便要咬芮轩的颈脖。

蓦地，一条绶带银练般直射漠北幽狼而去，一下子缠住了她的脸。

——盛秋水出手了。

此时的音宗皇帝万万没有想到，天天伺候自己服药用膳的宫女秋水居然身怀如此绝技，叫道："秋水小心！"

与此同时，景溪的双指疾弹，漠北幽狼的胸口已经着着实实地被景溪发出的一股内力击中，一下子从芮轩的背上跌落下来。

盛秋水一抬手臂，手里的绶带硬生生将漠北幽狼抽得身体连打了几个转，她顿时觉得咽喉深处一甜，"哇"地喷出了一口鲜血，瞪着惊讶的眼神道："你——你这是什么指法？"

景溪冷冷地看着漠北幽狼，道："你死到临头，多问何益？"

漠北幽狼披头散发，喘息道："想不到黄泥叟的一个毛丫头孙女竟然也有如此的功力，不过，你这一招看似内力迸发，其实暗藏玄机，绝对不是普通的指力，你能否赐教一二？"

景溪道："你说得没错，这的的确确不是我爷爷教我的御龙功，而是上古琴法催生出的玄指破天劲——诸神聚。"

漠北幽狼面如死灰，道："不错，不错！"她又盯着盛秋水，问道："这位姑娘的功夫好特别。"

景溪没料到盛秋水面对恐怖的漠北幽狼竟然毫无惧怕之意，只见她镇定地道："我这又是什么功夫，只不过是女孩子家的玩耍把戏罢了。"

方才景溪"诸神聚"三字一出口，漠北幽狼内心大吃一惊。

南山玉人在世之时，曾经对这两个弟子说过，天下绝技被碧凌天神编入《越缈神卷》之中，藏于海外仙山"迢台"。"迢台"每隔一甲子便有一次"四门论道"，选出"掌事之神"，掌管《越缈神卷》，凡阅过此神卷者均有比肩神仙之能。

上界论道，朱雀门南山玉人作为医家之圣，当之无愧有机会参阅《越缈神卷》，又糅合了自己的毕生心血，才著录了《移花经》传给了喂莺人尤小粱和他的师妹卞荼。

漠北幽狼清楚地记得，当年先师南方玉人与她讲述了《越缈神卷》中专门辟出一卷来记载玄指破天劲——诸神聚。

诸神聚，为远古乐神长琴所创，以指劲通过琴弦的声音而发出无形之气，遇魔杀魔，遇妖斩妖。据《越缈神卷》记载，当年乐神长琴与恶龙悭臾于天泽斗法，本来胜负未决，后来乐神长琴以"诸神聚"破天之劲力压悭臾，致使它险些被长琴的琴乐之气腰斩。生死一线之际，乐神长琴善念忽起，以自断琴弦而饶了悭臾一命。悭臾逃出生天，却连累乐神因私放悭臾犯了天条而被贬人间，从此"诸神聚"玄指破天劲失传。

此时，漠北幽狼听景溪说出"诸神聚"三字，不由心道："师傅明明说过，诸神聚已经失传，这死妮子又是如何习得？"

芮轩见漠北幽狼倒伏在地，若有所思。眼下正是结果了她性命的最佳时机，当即挥笔击下。漠北幽狼的喉咙里一阵汩汩闷响，她抬头发出一声狼般的号叫，双腿一蹬，身体凌空斜斜地射出了窗外，消失不见了。

景溪等人料定漠北幽狼已经受伤不轻，短期内不能再来侵害作恶，都不由得长舒了一口气。音宗本来噩病缠身，经此一吓，竟然一下子脑海之中清醒了不少，他念在景溪护驾有功，就不再追究景溪等人擅闯皇宫之罪了。

第十五章　面呈危机

音宗听闻与景溪等一起入宫的这个老者就是医神喂莺人时，不禁又惊又喜，忙请教于他，喂莺人替音宗号了一脉，道："圣上之病乃是常年忧虑所致，只要将圣上胸内淤积之燥火灭去，龙体自然就康复了。"随即便开具了一张药方，令御医去取药来。

音宗帝大喜，道："能得医神救治，寡人存活有望了。"当下便要设宴款待景溪和喂莺人等一行。

此时茅起体内的余毒已经完全清除，他原本要偷偷离开，可是芮轩悄悄对他道："茅兄，圣上对你并不相识，更不知道你就是茅见初大人的公子，你无须多虑。"

茅起道："我是义军头领，你是想趁此机会将我献给朝廷，好向你的主子表功吗？"

芮轩不悦，道："我芮轩做事光明磊落，如果我要擒你，现在就可以动手。"

茅起不解，道："那你是为何？"

芮轩叹道："唉，令尊茅见初大人是芮某的同朝忠臣，他当年的冤案芮某也是有所耳闻。难道你就真的愿意自己亲手将令尊大人的一世忠烈之名毁去？"

茅起恨恨道："那又如何？朝廷打压忠良，我茅家连同父命一起共计几十条人命，此等血海深仇我岂有不报之理？"

芮轩道："如果圣上能为令尊茅大人平冤昭雪，你能捐弃前嫌，为朝廷效力吗？眼下朝中缺乏良将，如果茅兄能以国事为重，芮某确保你前程。"

二人正私下里说着，已有宫人来报，已将酒菜备好，茅起只得随芮轩跟着宫人去了。

音宗亲自引众人入席，茅起大病初愈，突然闻得酒香，已然陶醉，大叫道："好酒！好酒！"不由分说，端起一盏，一饮而尽，赞道："帝王之家的酒果然与众不同。"

音宗含笑，道："此酒名为碧凌，乃是当年碧凌天神亲自炮验的酒方，普天之下，除了寡人之处，恐怕很难在别处品尝得到了。"

万尘尘急忙扯了一下茅起的衣角，压声道："茅大哥不得放肆，还不向圣上请罪——"

音宗笑道："哈哈哈哈，茅大侠性格豪爽，不拘小节，寡人很是喜欢，如若不弃，寡人封你为禁军都统，如何？"

茅起冷色道："圣上，茅某是一介乡野粗人，又怎么能当此重任？"转身对喂莺人深深一揖，道："前辈，茅起这条命是你救的，今生今世都将铭记在心。"

喂莺人道："茅大侠命不该绝，无须多谢。大侠能以有用之躯，报效朝廷，也不枉我对你的一番救助之恩。"

音宗道："我杞朝先祖当年为了建国，足足耗尽了几辈人的心血，好不容易稳固了百年，如今海内清平，人心初定，朝廷最需要像你们这样的人才。"

同在席间的戴洗桐一听音宗此话，忽地站了起来，道："海内清平，人心初定？圣上安居莫愁城，对边关之事难道真的没有一丝耳闻吗？"

音宗一愣，道："这位姑娘，你何出此言？"

景溪道："启禀圣上，她便是相马关守关大将戴传薪的女儿戴洗桐。"

"戴传薪将军的女儿？"音宗又惊又喜，道，"戴将军可好？"

戴洗桐再也忍不住了，她含泪"扑通"一声便朝音宗跪倒，道："悌血国大军压境，相马关失守，家父已经战死沙场——"

音宗大惊失色，道："有这样的事情？这——这——寡人怎么一无所知？"

戴洗桐哽咽道："洗桐冒死突围，前来京都呈报紧急军情，可是一直无法面见圣上。今日得以面呈圣上，死而无憾了。"

音宗侧目对芮轩道："芮卿，悌血国的使者不是才来朝贡的吗？"

芮轩道："圣上，边关危情我已经知晓，只是圣上最近龙体堪忧，臣没敢将实情向圣上启奏。"

音宗气急，道："糊涂！"

芮轩弯腰拱手道："圣上，臣已经火速飞鸽传书给青牛津善庸将军，让他死守要塞，朝廷援军紧随其后便到。"

音宗点头，道："嗯，寡人没有看错你。芮卿，赦你无罪。"

芮轩皱眉道："圣上，可是，朝中虽然禁军有余，而大将——"

音宗看着芮轩，道："你是说没有合适的将领？"

芮轩道："朝中的禁军都统有几位，但是他们都没有带过兵。圣上，行军打仗与守卫京都则是完全不同啊。"

音宗一下子愣住了，只自语道："要是陈逍将军在，就好了。"

景溪见音宗如此沮丧，便道："陈逍将军数年前被人举报通匪，据说后来查无实据，圣上何不赦免了他的那些空穴来风的罪名，重新起用？"

音宗长叹一声，道："景溪姑娘，你知道当年举报陈逍通匪谋反的人是谁吗？"

景溪、芮轩等面面相觑，景溪道："是谁？"

音宗道："正是陈逍的授业恩师介临风。"

音宗此言一出，连芮轩都深感意外。朝中谁都知道，青牛津守关大将陈逍是"金刀"介临风的大弟子。介临风在江湖上成名非常早，他是固舟山金刀寨的寨主，弟子数千人，遍布全国。金刀寨不仅仅是授习武艺，还经营盐业、江南丝绸等，可谓富甲一方。

陈逍是介临风的大弟子，也算是金刀寨中出的第一个有官职的人，而且位居青牛津的守关大将，"金刀"介临风居然举报自己的大弟子通匪谋反？

芮轩也是第一次亲耳听到音宗这样说起陈逍的案子，不禁为之疑虑，道："圣上，介临风举报他弟子谋反？可有真凭实据？"

音宗点点头，道："有，因为当时介临风亲自将陈逍身上的一块令牌偷偷取得了。"

"令牌？"芮轩道，"什么令牌？"

音宗道："钦赐武器令莫愁郡带械使令牌。"

景溪不解，道："这令牌有什么古怪？"

音宗道："钦赐武器令莫愁郡带械使一职早在十数年前就已被废除。而陈逍将军入朝才几年，他身上藏有钦赐武器令莫愁郡带械使令牌，那就说明陈将军与前朝的孽党有勾连。"

景溪更是摸不着头脑了，道："前朝孽党？谁啊？"

音宗欲言又止，道："先皇共有九子，除了我三弟早年退隐，寡人当年即位，还有其余七个人在争夺帝位——"

"三皇子？"景溪愕然了。音宗的话一下子将景溪拉回了十五年前的那个夜晚。

第十六章　往事如烟

那是在十五年前的一个大雨滂沱之夜，黄泥叟的草庐来了一位不速之客。黄泥叟认识此人，他是一个青年人，体形消瘦，面色蜡黄，原本住对岸的梅林里，已经有好几年了，只是他很少出那片梅林，偶尔撑着一叶扁舟，优哉游哉地在对岸的河北垂钓。虽然黄泥叟远远地见过此人几回，可是彼此却从来没有接触过，黄泥叟更不知道他姓甚名谁，从哪里来，为什么在此隐居。

来人一身蓝衣长衫，面色萎黄，撑着一把油纸伞，手里拎着一个坛子，礼貌地叩开了黄泥叟的柴门，道："造次叨扰了！"

黄泥叟忙将来人迎进，道："哎呀，快快请进，这天黑雨急的，难得先生有心来探望我这个小老儿，真是不胜惶恐！"

"在下烟水君有礼了！"来人稍微欠身，随黄泥叟进去了。

烟水君跟随黄泥叟进了屋，将手里的坛子放在了屋内一侧的松木几上，收起了手中的油纸伞。黄泥叟赶紧给他看座，道："邻居多年，本该先去看望先生的。"

烟水君笑道："农神星师客气了，在下乃是一介凡夫俗子，哪里敢劳烦您的大驾光临，今日正好我舍下还留有几坛老酒，特意送一坛来请星师品鉴品鉴。"

黄泥叟微微一惊，道："先生似乎对我这个乡野老儿有一些了解？"

烟水君含笑道："当今天下，谁人不知星师的盛名？在下虽是一个看淡红尘的生死之人，可在我归隐之前，身边倒还是有一些通晓天下事的能人，跟我讲过星师二十五年前迢台论道一事。"

黄泥叟的内心很是震荡。二十五年前他参与迢台论道的那一段往事，外界鲜有人知，眼前的这位烟水君又是如何知晓的？而且看此人虽然生的瘦弱，可浑身上下都透出一股高贵的气派，这不禁又让黄泥叟内心顿生疑惑，他默不作声，只呵呵自嘲地笑了一下，转身从竹厨里取出一个陶壶，奉上一碗粗茶，道："乡下简陋，没有什么好招待的，请先生喝茶。"

烟水君打量了一下屋舍内的陈设，虽然均为竹木制成，倒是干干净净，几乎是一尘不染，不由得内心叹道："真不愧是迢台七星之一的农神，果然与村野匹夫的居家生活不同。"呷了一口茶，赞道："好茶！"

黄泥叟道："既然先生已将美酒带来，不妨借花献佛，我来请先生喝，老汉厨内还有一碟盐水蚕豆和几块腐乳。"

烟水君大喜，道："如此甚好！"

就在这时，年幼的景溪走出了里内房，她也不怕生人，只睁眼愣愣地看着烟水君。

　　黄泥叟赶忙道："乖乖快进里屋去，爷爷要和这位烟水大爷喝酒，你赶紧上榻睡觉。"

　　烟水君道："这孩子骨格清奇，将来专攻乐律，应该可望大成。我在莫愁城有一个故交，经营一座清溪教坊，如星师有意，在下可推荐一二。"

　　黄泥叟喜道："如此最好，老汉也看这孩子整天愁容满面，唯有对音色之响颇为倾心。"

　　景溪默不作声看了看眼前几案上的一坛酒，转身进去了。黄泥叟取来陶碗与两碟咸菜，又从里屋端出来一盘新鲜的桃子，与烟水君相对坐了下来，提起烟水君带来的一坛酒，刚要拔开坛盖子斟酒，不禁愣住了。

　　烟水君道："怎么了？"

　　黄泥叟呵呵而笑，为烟水君把酒斟满，自己将酒端起来，双手捧起，道："老汉有眼不识泰山，不知三皇子驾到，实在是罪无可赦。"

　　烟水君惊讶道："农神星师好眼力！"

　　黄泥叟道："八年前，三皇子看破烦恼，选择离开王宫，外出隐居，避免了因先帝驾崩而引起的帝位争夺，此事早已经传得沸沸扬扬，只是我老汉没想到，原来三皇子居然一直高隐于此。我与三皇子做邻居这么多年，真是眼拙，还望三皇子恕罪！"

　　烟水君道："那你又如何知道我就是出走莫愁城的三皇子？"

　　黄泥叟指着木几上的酒坛，道："这云雾厚青釉盘龙纹酒坛乃是我的一位旧友当年应皇宫指派所烧，仅供皇室专用，我又岂能不认识？再有就是此酒醇香扑鼻，沁人心脾，我老汉在几十年前就有幸尝过，当今天下，除了皇宫之中，到哪里再去寻到此等天禄？"

　　烟水君轻轻咳嗽两声，道："农神星师说得不错，这就是传说中的碧凌酒。你的那位旧友是不是叫拿云子？"

　　"正是！"黄泥叟道，"三皇子果然是大神通，当年碧凌天神命四大弟子青龙、白虎、朱雀、玄武分别镇守四方苍穹，各立门派，千百年来，传到今日已经是第四十九代，拿云子正是第四十九代的玄武宗掌门。对了，今夜三皇子驾临，不知有何指教？"

烟水君长叹一声，道："天下再也没有三皇子了，农神又何必诩嘲我一个病恹恹的废人？我今日冒昧前来，是有一事相求。我先敬星师一碗！"端起陶碗，一饮而尽。

黄泥叟道："三皇子但说无妨。"也喝干了陶碗中的酒，咂咂嘴，道："真没想到事隔几十年后，还能再尝到如此醇香妙品。"

烟水君道："得星师夸奖，在下喜不自禁。我此番前来，恳请星师能否赐御龙丹一颗？"

黄泥叟被烟水君的这句话给噎住了。几年前，黄泥叟为了救自己的儿子和媳妇，特意请"医神"喂莺人前来医治，可是喂莺人却并没能救活自己的儿子和媳妇。因为当时缺乏一种药，它就是"御龙丹"。

——御龙丹乃是神方，需用五谷、百草、千红所炼，身为农神的黄泥叟，五谷、百草易得，可是"千红"一时三刻去哪里凑齐？

千红，顾名思义，就是要以一千种对症的红色草药配齐。

从某种意义上来说，御龙丹是黄泥叟此生之痛。为此，在儿子媳妇双双离世之后，黄泥叟花了整整三年时间，终于集齐了"千红"交由医神喂莺人，喂莺人炼出来了御龙丹三颗，自己留一颗，另外两颗交给了黄泥叟。

两颗御龙丹了却了黄泥叟的心结，可是这迟来的丹药再怎么灵验也无法换回儿子与儿媳妇的性命。

现在烟水君雨夜提酒前来求药，给还是不给？烟水君又咳嗽了起来，掏出随身带的白锦帕，擦了擦嘴角，有一丝殷红。黄泥叟忙道："三皇子你病了？"

烟水君微微摆摆手，苦笑道："几十年的老毛病了。"

这时的黄泥叟才想起另外一个关于眼前的这位三皇子的传言，据说他当年之所以弃了皇位之争而选择归隐，最大的一个原因就是健康问题——在先皇九子之中，三皇子自小体弱多病。

一个为了自己的健康而选择舍弃皇位争夺的人——黄泥叟恻隐之心泛起。

"我去拿！"黄泥叟道——那一夜，黄泥叟将一颗御龙丹赠予了烟水君。

第十七章　悭臾转世

景溪内心深处的这段回忆，让她此时隐约有了一种不祥之兆，她心道："按圣上所言，除了三皇子退隐不算，其余七个皇子成了余孽？他们不是都在当年帝位争夺之时被除了吗？"

只见芮轩道："圣上，介临风现在身在何处？"

音宗道："三年前陈逍出逃了之后，介寨主便担心受到牵连，也已经销声匿迹了。"

喂莺人捻着胡子沉吟道："圣上说前朝余孽是何意？难道指的是圣上其余的几位胞弟？"

音宗反问道："你们可知道斑狱司的牢内关押的囚水鼋王是什么人吗？当年之所以能抓住囚水鼋王，全是依仗了剑侯之功。"

"十二剑侯？"景溪一惊。

音宗点头，道："正是！"

"三十四手平霄汉，十二剑侯定乾坤"，这句话指的是传说中当朝的两个武官，一个擅长徒手搏斗，一个精于剑法。严格来说，他们不是官，而是朝中两个没有职务的闲人，却始终身处先皇的身边，寸步不离。

芮轩入朝之时，平霄汉与定乾坤已经离开了皇宫，不知去向。

"三十四手平霄汉，十二剑侯定乾坤"，此二人武技高到了何种程度，没有人知道。平霄汉和定乾坤犹如杞朝的两根定海神针，当年，先皇离奇暴毙，音宗即位，再其后平、定二人便失踪了，没有人知道他们去了哪里，仿佛人间蒸发了一般。

盛秋水奇道："圣上，十二剑侯不是早就不在宫中了吗？"

音宗道："囚水鼋王正是剑侯临走之前送给寡人的一份礼物。"

众人越听越糊涂了，都抬眼看着音宗。

音宗道："当年，囚水鼋王夜袭皇宫，企图加害于寡人，正巧剑侯定乾坤来向寡人辞行，这囚水鼋王便被剑侯给活捉了。"

喂莺人恍然大悟，道："原来如此。"

音宗接着道："这囚水鼋王是个厉害的狠角色，剑侯将他手脚经脉尽断，令他空有浑身内力，再也不能动武伤人，这才被关十年而没有逃走。"

景溪道："圣上，这囚水鼋王与前朝余孽又是什么关联？"

音宗道："囚水鼋王当年之所以来行刺寡人，便是受了我那个几个胞弟的指派。"

音宗此言一出，众人都惊呆了，面面相觑。

只听音宗道："当年先皇驾崩，我那七个胞弟为了争夺帝位，各自培植了一批心腹，而囚水鼋王就是其中我二弟的党羽。"

忽然，一直没说话的盛秋水插口道："圣上，我早年曾嗅到莫愁城皇城之中有邪气，似乎是悭奥身上的味道。"

音宗一愣，道："悭奥？"音宗莫名其妙地看着盛秋水，道："什么意思？"

景溪忙制止盛秋水的话，道："秋水，切莫胡乱猜疑。"

盛秋水道："姐姐，十几年前我就嗅到了莫愁城的皇宫之中有悭奥当年身上的气味，便留在宫中做了一名丫鬟。"

"悭奥是什么人？"音宗大惑不解，道，"秋水，快仔细说给寡人听听。"

盛秋水便简短地将乐神长琴当年在天泽与悭奘大战之事说给了音宗等人听了一遍。音宗越听越惊讶，喃喃道："想不到仙界之中居然还有这样一段离奇的故事。"

景溪缓缓摇头，道："不对，不对，陈逍既然是暗中与往日的几位皇子勾结，那他应该有很多谋反的机会，可他为何迟迟没有动手呢？反而等到被人来举报？更令人不解的是，圣上的几位胞弟都已经在早年清除了，他们的党羽为什么还要替死去的主子卖命？"

音宗点头道："这也是寡人想不通的地方。"

景溪道："另外还有一个说不通的地方便是，既然介临风是陈逍的师傅，他为什么要举报自己的弟子谋反？然后自己又胆小怕事玩起了失踪？"

"不错，"喂莺人道，"据我所知，金刀介临风是响当当的江湖名宿，这样的事情发生在他的身上，实在是令人费解。"

景溪道："圣上，眼下最最迫切之事，便是要立刻发兵，去增援青牛津。"说着，她将眼光投在了茅起身上，道："茅大侠，该你大显身手的时候了。"

茅起一脸冷漠，道："朝廷不是一惯卸磨杀驴吗，如今大敌当前，才束手无策？"

音宗喝道："大胆，你敢犯上？讥讽寡人？"

茅起冷色道："我说的难道错了吗？圣上可曾记得左谏议大夫茅见初？"

"左谏议大夫茅见初？"音宗一愣，道，"你是他什么人？"

茅起道："左谏议大夫茅见初茅大人就是家父。"

音宗惊道："难怪你也姓茅，如此说来，你就是麻衣帮的那个匪首？"

茅起大声道："麻衣帮是一群苦命的流民而已，圣上你高居人龙，又可曾想过百姓之苦？家父为官清廉，刚正不阿，最终却落得个满门抄斩的下场，难道圣上不应该给茅某一个解释吗？"

音宗道："茅见初当年参与了一场宫中的内斗，寡人杀他也是没有办法的事情。"

茅起怒道："朝中谁不知道家父对圣上你忠心耿耿，他又怎么可能背叛圣上？"

音宗叹道："你说得没错，茅卿对我的确非常忠心，可是他——唉！"

芮轩道："茅起，圣上，景溪姑娘说得对，眼下大敌当前，我们应该捐弃前嫌，抵御外寇才是。"

茅起道："要我协助朝廷抗敌也不难，圣上必须答应我一件事。"

音宗道："你所说何事？"

茅起道："圣上要昭告天下，为家父平冤，以证我茅家满门的清白。"

音宗道："此次出征，寡人命芮卿为统帅，茅起，你协助芮卿力破外敌，他日得胜凯旋，寡人定当给你一个交代。"

音宗这就算答应了茅起的请求，茅起很是宽慰，芮轩随即着手调令三军，准备向青牛津进发。

景溪和戴洗桐见朝廷终于即将发兵，心头自然也大是欣慰，喂莺人乃是医神，音宗再三恳请他留在宫中，他只得应允。

景溪等也要回清溪教坊了，盛秋水道："我也随姐姐一起！"

第十八章　落日营杀手

芮轩行走在去禁军司去布置军务的路上，此时的他心情格外好，想当年自己就想凭借着自己所学，为朝廷效力，虽然一直以来的仕途颇为顺畅，可只有他自己知道真正需要的是什么——他最想要的是建功立业，如今，这个机会终于来了。

突然天空乌云密布，风雨交加，电闪雷鸣。

很多人都在大雨中朝河边蜂拥而至，他们都戴着斗笠，兴高采烈地抢拾着跃上岸来的鱼，场面很混乱。

芮轩心知如此异常之象，必定有妖孽滋生，暗叫一声："不好！"飞身朝河边奔去。

河中的黑影瞬间窜了出来，跃到了半空——可是没有人发现头顶上的空中正盘旋着一团目露凶光的凶神恶煞，他们都在疯狂地低头抢着鱼。

芮轩从怀中掏出一支判官笔，冲进了人群之中，仰天站立，盯着天空上的那一团乌黑的炫影。芮轩看清楚了，那是一条盘着的乌龙。

一片混乱，抢鱼的人越来越多，由起初的笑逐颜开渐渐地变成了你争我夺，继而演变成了一场激烈的互殴，相互扭打在了一起，好不容易拾到篓子里的鱼又跑跳了出去。

芮轩站在人群中，一动不动，他全神贯注地与半空之中的那条恶煞对视着。忽然，一团黏糊糊的东西掉落在了芮轩的脸颊上。芮轩伸手一摸——是一小坨肉，肉上还带着温热的鲜血。

参加互殴的都是一些手无寸铁的小市民，即使打斗得再凶猛，又怎么会血肉横飞？

混乱的互殴不知道从什么时候开始变成了一场屠戮。

——三四个头戴斗笠、身穿高领长裤的灰衣人在人群中来回冲杀，他们手里的弯刀足足有三尺长，手起刀落之际，众人纷纷哀号着倒在了血泊之中，血水混杂着瓢泼大雨，在地上疾速地流淌。

芮轩抬手一撩，手里的判官笔格开了朝他挥过来的一刀。

三四顶大斗笠穿梭着向芮轩斜逼过来，随之而来的是几道明晃晃的刀光。

芮轩急退几步，闪过了两道刀光，探笔一击，刺中了一人的刀锋，将对方手里的弯刀一引，那人一个趔趄，芮轩飞起一脚，将他踢飞。

此时，芮轩不经意抬头一望，才发现半空中的那条恶煞已经消失不见了。

众市民纷纷奔逃，地上有十几具尸体也没人管了，均各自逃命。

四个斗笠人围住了芮轩。

雨水迷蒙着芮轩的双眼，芮轩只得微微侧着头，将眼睛闭上，用耳朵仔细辨别对方的细微声响。不，应该说是用心。

此时的芮轩已经从衣着打扮和手中的兵刃知道对方的来路了——他们是落日营的高手。刚才芮轩虽然只跟其中一人过了一招，可已知晓了他们的实力。

落日营是悌血国的"军中之魂"，原本他们应该是精于马战的，可是眼前的这四个人恰恰使的是江湖功夫，如此说来，先前戴洗桐所说的也许属实——落日营的杀手已经潜伏在了莫愁城。

——他们意欲何为？是想刺杀当今圣上音宗？还是另有所图？

一连串的疑问盘旋在芮轩的心头。可是此时的芮轩已经无暇细想了，他必须全神贯注迎击眼前的这四个人。

芮轩有信心击退眼前的这四个斗笠人，但是他的目标不是击退，而是活捉，至少要生擒住一人。然而，就在这个时候，令芮轩意想不到的一幕发生了。

——清溪教坊的莫寄雁竟然出现了。

莫寄雁在风雨中向芮轩跑了过来，叫道："芮大人！他们都是亡命之徒，你快跑！"

芮轩在心中暗暗叫苦，大喊："别过来！"

可是，已经来不及了，四个斗笠人一下子扩散开去，拦住了莫寄雁。

莫寄雁发出一声尖叫，返身往教坊跑，慌乱之中，脚下一滑，摔倒在地。

一个斗笠人已经到了莫寄雁的面前，另外三个人不约而同回过身去，阻击冲上来相救的芮轩。

芮轩出手了，他要确保一击必中，一中必杀。在此危急关头，任何犹豫都会误了莫寄雁的性命。芮轩没有与迎上来的三个斗笠人缠斗，而是将手里的判官笔掷了出去。

莫寄雁尖叫着，被那斗笠人一把从地上提起，她的挣扎无济于事。显然，斗笠人是想以莫寄雁为要挟，继而逼迫芮轩就范。可芮轩没有给他这个机会——一柄尺余长的铁笔直接插入了他的后心，贯穿到他的前胸。

斗笠人身子晃动了一下，提着莫寄雁的那只手一松，莫寄雁乘机将他推开，奔逃开去。斗笠人骨碌一下滚倒在血水地上。

与此同时，芮轩也身中三刀，一刀在左上臂，一刀在右肩，一刀在腰间。

从对方出手的默契程度可以看出，这四个斗笠人应该是一个训练有素的杀手组合。芮轩一个踉跄，强行稳住了身子，不让自己摔倒，因为他知道，一旦自己倒下，也许就再也没有站起来的机会了。

芮轩身上三处刀伤，肩上与腰间的伤并无大碍，最令他无奈的是左臂上的那一道，这处刀伤令他的整个胳膊无法提起。

余下的三个斗笠人疾速转身，没有给芮轩喘息的机会，如野兽般再一次扑了上来。

芮轩闪身，避过了其中的两刀，可是第三刀却无法避开，眼见对方的一把乌黑的刀刃劈到了面门，芮轩双眼一闭，心里叫一声："我命休也！"

"铮"的一声轻响，芮轩一睁眼，看到了景溪那如仙鹤般优美的身姿从不远处飘然而来——原本劈向芮轩面门的那一刀忽然从对方的手里脱手飞了出去。

芮轩叫道："抓活的！"

景溪的第一枚小小的御龙绵针射飞了斗笠人手中的刀，而第二枚针则不偏不倚正中对方的印堂穴。

——盛秋水和景溪一左一右包抄过来，剩余两位此时想再脱身，已是插翅难飞。

景溪、盛秋水几乎与此同时一招毙命，结果了两个斗笠人。

瞬间，血水横流的地上多了几具尸体。

第十九章　兵至核阳

三日之后，芮轩带领着三万莫愁城的禁军浩浩荡荡朝青牛津进发。这三万禁军是芮轩从京都抽调出来的。可是此去迎敌，对手是凶残的悌血国落日营大军，三万禁军显然力不从心，茅起道："沿途可以召集散落在各处麻衣帮的数万帮众，到时与禁军合兵一处，就可以凑成一支大军了。"

音宗大喜，亲自为茅起披上御赐战袍，道："寡人静候茅将军的捷报！祝你们早日凯旋。"

戴洗桐无比兴奋，她终于可以上阵杀敌，为父报仇了。更令戴洗桐惊喜的是，到了临出发之时，景溪、盛秋水、花相思和万尘尘四人竟然也一同来了。戴洗桐又惊又喜，道："姐姐，你们怎么也来了？"

景溪道："国难当头，我们怎么还可以在这莫愁城中莺歌燕舞，调琴作乐？"众人齐声叫好。

一路上，景溪等遇到很多麻衣帮的人，他们都是茅起沿途派人召集来的，约定在核阳会合。虽时正深秋，可是核阳已稀稀落落飘起了雪花。景溪、盛秋水等牵着马走在了核阳街头，熙熙攘攘，一派热闹，往来市民并未有大战来临之感。景溪道："看来，悌血国的落日营此时还没有突破青牛津。此地离青牛津还有多远？"

戴洗桐道："翻过桐柏山，再到南阳，越过伊河便是青牛津了。约莫还需半个月。"

当下，景溪等便找了一家小酒肆坐下，叫来店家，景溪道："店家，可有什么可口的菜肴？"

店家笑脸相迎，道："小店的鲜笋糟鱼、冷切麋肉、花椒肥蹄都是本地一绝，几位姑娘要不要尝尝？再来一壶高粱红，几个花卷，妥妥的一顿丰盛的小宴。"

景溪道："好，就按店家的意思。"

"稍等片刻！"店家兴高采烈地去了。

景溪环顾店内，虽就只几张桌椅板凳，客人陆续而来，很快，不大的店堂坐满了。

不一会儿，店家将酒菜端上，盛秋水久居皇宫，平时可谓吃鱼无数，此时见这家酒肆的鲜笋糟鱼色泽金黄，透出里面的嫩白细肉，加上鲜笋干与腌制的糟鱼搭配起来混蒸，再配以信阳黄酒、姜丝、葱段，香气四溢，不禁拍手叫绝，忍不住先尝了一口，道："真没想到这酒肆偏居小巷，名不见经传，菜品却如此绝妙！"

店家笑道："姑娘倒是真正懂吃之人。大酒楼吃的是一个排场，像咱们这样的小店吃的就是一个好口味。"说着连连打拱，退了下去。

景溪、盛秋水等虽然都是女流之辈，可是豪情丝毫不输男子，眼前如此佳肴美酒，顿时三人胃口大好，开怀畅饮起来。景溪道："此酒虽然不及碧凌酒醇厚，倒也甘美。"

就在这时，酒肆的门外走进来一个邋里邋遢的读书人，约莫五十岁，身穿一件脏兮兮的长衫，手捧一本破破烂烂的书，摇头晃脑地吟道："浊日高天落，急蹄平地惊。青山燕赵外，绝骑故人心——"他的身边还跟着一个伴读模样的人。

书生进得店内，喊道："店家！店家！"

店家急匆匆迎上前，道："哎哟，实在对不住，小店今日客满，嘈杂得很，客官能不能移步去别处小酌清饮？"

书生笑吟吟道："小生只求一杯淡酒而已。"

店家环顾左右，见每桌都已有了客人，唯独一旁角落有一竹椅，指了指道："要是客官不嫌弃，就屈尊坐在这里，酒菜与别的桌上无异，只是——"

书生怪眼一翻，道："吃得好不如坐得好，我堂堂读书人，怎可以猥琐坐角落里喝酒？难道我的钱就不是钱？"

旁观者见之，哈哈大笑，道："读书人应该讲求先来后到，怎么可以这样胡搅蛮缠？"

书生一本正经道："先来后到是不假，可是读书人不可以如此畏畏缩缩，也是真的。"

店家一脸为难，道："这——"

66

景溪静静地看着店家为难的神色，对书生道："这位先生，请来这边就座。"

书生应声朝景溪这边看了一眼，沾沾自喜道："姑娘是在叫我吗？"还不等景溪答话，便快步走了过去，道："几位姑娘貌美如花，诚邀在下喝酒，实在是荣幸，多谢！多谢！"

景溪扬声对店家道："店家，劳烦加二副碗筷。"

店家赶忙将碗筷杯盏送上，书生道："有劳了！"便与同伴一起坐了下来。

景溪端起酒杯，道："先生满腹诗文，气度不凡，我敬先生一杯。"

书生急忙道："姑娘盛情，在下铭记。海远清有礼了！"拾杯一饮而尽，也不客气，夹起一块麋肉，大快朵颐吃了起来，赞道："店家真是好手艺。"

盛秋水见书生虽然衣着邋遢，举止随意，可是一言一行透着文质彬彬的气度，而他身旁的同伴却不像一个读书人，他沉默寡言，只是埋头喝酒。

海远清只顾自己将杯中酒斟满，道："我穷酸一个，天生喜好游山玩水，走到哪里算哪里，这么些年，没少尝人间美味，阅尽天下春色无数，但都不及眼下的这顿酒喝得精彩，有你们几位绝色姑娘相邀，即使酩酊大醉又有何妨?"说着一仰脖子,又饮了一杯。

花相思感觉海远清言语轻浮,白了他一眼,道:"喝酒便喝酒,先生又卖弄你的那些陈年旧事干吗?"

海远清哈哈大笑,道:"这位姑娘说的是,读书人应该谨言慎行,顾全颜面,今日初来核阳,便蹭得几位姑娘的一顿美食,实在是惭愧得很,我自罚一杯。"又端杯饮尽。

景溪忽然起身,亲自为书生斟了一杯酒,道:"先生谦虚了,今日先生并非蹭饭,而是我们盛情邀请,招待不周,还请先生见谅。"

海远清埋头大块吃肉,连声说道:"客气!客气!"

戴洗桐心头大奇,她心知景溪慧眼识人,绝不可能无缘无故请陌生人同桌而饮,可她左看右看,越来越发觉眼前的这个穷书生海远清其貌不扬,油嘴滑舌,除了礼数不缺之外,并无其他特别之处,倒是他的那个同伴虽始终没说一句话,浑身却透露着一股英武之气,不禁暗自称奇。

第二十章　诗　妖

茅起召集的麻衣帮众纷纷从各地赶来,有数万余人。众人在核阳城外会合,旷野、林边,一下子到处都是人,大家都激情澎湃。

这一路上,芮轩居中军帐内,很少与景溪等相见,景溪等知道他一心在谋划着作战的方略,也尽量不去打扰他。

景溪等一干人更多的是与茅起的义军相处,茅起见景溪她们的身边多了一个海远清和一个陌生的中年人,便觉奇怪,悄悄问花相思:"这二者是何人?"

花相思道:"这人叫海远清,另一个是他的伴读。昨天原以为他只是蹭一顿饭,哪知道他们赖上了我们,就是不肯走。景溪姐姐也是奇怪,竟然对他们以礼相待，幸亏秋水姐姐兜里还有一些碎银子，要不然连饭钱都付不起了。"

茅起瞟了蹲在远处的海远清一眼，道："这穷酸虽然看上去邋里邋遢的模样，可是浑身上下却透出一股不同于平常人的气质。"

这时，海远清扭头朝茅起等人喊道："烤红薯熟了，快来吃啊！"

茅起与景溪等走近，此时，正在自得其乐地蹲在一棵大松树下烤红薯的海远清见景溪等人靠近，笑着道："烤红薯的香味诱人吧？神仙难敌的好味道，你们都来尝尝。"

茅起上前，道："海先生，你们主仆二人为什么要随我们的大军？"

海远清抬头看看茅起，摇头道："是我随军吗？是你们的景溪姑娘盛情相邀，我们才一同前来的。"

茅起仔细看了一下海远清，道："先生，你们是不是从青牛津而来？"

海远清点头道："没错，你怎么知道的？"

茅起一惊道："海先生，你从青牛津来，可知此时青牛津的战况如何？"

"战况？"海远清不以为然，道，"青牛津风平浪静，哪里有什么战况？"

茅起和景溪等内心舒了一口气，均想："看来悌血国的虎狼之师还并没有攻到青牛津。"

景溪看了看身边的戴洗桐，沉吟道："相马关相距青牛津仅数百里之遥，相马关既然已经失守，悌血国的落日营只需要乘胜出击，越过那片漫漫黄沙，不出半月便可以直抵青牛津了，此时的青牛津怎么可能依然还是风平浪静呢？"

戴洗桐也是大惑不解道："不错，青牛津与相马关之间并没有屏障可依，以落日营的行军速度来说，此时的青牛津早已经战乱不堪了。"

茅起道："难道是悌血国主动退兵了——"

景溪摇头道："落日营的杀手已经潜进了莫愁城，这是不争的事实，无缘无故退兵，这不符合常理。"

景溪道："海先生，你们是何时离开的青牛津？"

海远清道："一个月之前。"

茅起道："在此之前你们一直在青牛津？"

海远清道："正是。"

茅起道："那你为什么要离开？"

海远清呵呵一笑，道："我海远清生于天地之间，任我驰骋，难道我想去哪里还需要谁获准？"

茅起闻得海远清说这句话，不禁很是不服气，道："这么说来，你是天下第一了？"

海远清只是"嘿嘿"冷笑，不做任何答辩。

茅起见海远清神色傲慢，不由得心头大怒，道："你无非是一个穷酸，又有什么了不起？"

忽然，景溪道："海先生乃是云雾之龙，普天之下还有谁能束住你？"

海远清定睛看了一眼景溪，道："姑娘，昨天我穷酸就承你的情，好吃好喝招待，海某人不胜感激。既然这里有人不欢迎我，今日就此别过。"说罢对旁边的同伴说："我们走吧！"转身而去。

众人面面相觑。

景溪吟道："浊日高天落，急蹄平地惊。青山燕赵外，绝骑故人心——"

已经走出去几丈远的海远清忽然停住了脚步，回首直愣愣地看着景溪，道："你是何人？"

景溪上前一步，深深一拜，道："晚辈景溪，拜见诗妖海先生！"

景溪此举不仅使茅起等人感到诧异，就连盛秋水也大吃一惊——盛秋水可是神界下凡的天人，人世间哪里有她分辨不出的玄机？

——青龙、白虎、朱雀、玄武"四门之子"分别是黄泥叟、诗妖、喂莺人、拿云子。此时，景溪突然言道眼前的这个邋里邋遢的穷酸竟然是"四门之子"之一的"诗妖"，怎么不让人惊掉下巴？

海远清愕然，道："小妮子，你是何人？怎会认识我？"

——黄泥叟曾经对景溪讲述过这样一个故事：很多年前，白虎门掌门人"诗妖"海远清游历到塞外，结识了一个落魄的书生。书生的妻子长得美貌，被山林里的剑匪霸占了，书生却敢怒不敢言。此事被海远清知道了，他单骑绝尘，奔赴千里之遥，以一己之力，灭了剑匪一窝，救出了朋友的妻子。离别之时，海远清以诗相赠，"浊日高天落，急蹄平地惊。青山燕赵外，绝骑故人心。悬毡披蓑往，去年酒还新。为君当执剑，斩恶埋漠林。冷月寒霜夜，狂风闪电鸣。恩仇瞬间决，不负旧知音。云黄层层没，崖溪道道清。挥别茫然路，复怨犹记今"。

景溪是天人转世，记忆力超凡，昨日偶然听到海远清进酒肆的时候口吟了前面的几句诗，即心中一动，后来听闻他自报"海远清"，便认定此人就是"诗妖"。

只是，此时还有一个疑问在景溪的心头无法找到答案——诗妖海远清与黄泥叟、喂莺人等人齐名，按理说，他的年岁少说也该有七八十了，可是眼前的这个邋遢书生看上去最多也就五十左右，虽不修边幅，可脸色红润，容光焕发，毫无老态。

海远清似乎看出了景溪的心思，眯着眼睛笑嘻嘻道："你爷爷说起我来之时，有没有骂我是个怪物？"

"骂你是怪物？"景溪不解，摇头道，"我爷爷没有骂你呀，反倒是对前辈的侠义之举大加赞赏。"

海远清哈哈大笑，道："算你爷爷还是个忠厚老实之人，要是其他几位故友提起我来，都会在我的名字前面加上'不老妖怪'四个字。"海远清说着，对身边的同伴道："我们走吧！"

那同伴低头应允了一声，便随着海远清走了。景溪看着他们二人走远的背影，喃喃自语道："陈逍？"

一旁的花相思疑道："姐姐，你是说海先生身边的这个人就是圣上说的那个陈逍？"景溪点点头。

第二十一章　书记官

景溪来到中军帐里找芮轩，将遇到海远清的事告诉了他，芮轩道："海远清？这名字好熟悉——"

忽然，芮轩道："我想起来了，以前青牛津的守军之中的书记官好像就是姓海。"

景溪点头，道："这就对了——"

芮轩问道："怎么啦?"

景溪看着芮轩，道："海远清身边跟着的那个人好像是——好像是陈逍。"

"陈逍?"芮轩一惊，急忙道，"他——他在哪里?"

景溪道："他们已经走了。"

芮轩顿足，道："唉，你怎么不拦住他们?"

景溪道："几年前你在清溪教坊宴请他的时候，我隔着纱帘见过他一面，但我也不能确定他是否就是陈将军。再说——再说他身边跟着诗妖，我也不便强行将他留下。"

芮轩又是一惊，道："你是说青牛津原来的那个书记官就是白虎门的诗妖海远清?"

景溪道："你说的那个书记官和我见到的海前辈是不是同一个人不好说，不过看他和陈逍将军在一起，大致可以确定他们应该是同一个人。"

芮轩沉吟道："以诗妖这样的身份，居然会甘愿做一个区区青牛津的书记官，想必其中定有阴谋。"

景溪疑虑地道："据海前辈说，青牛津目前还是一切如常，这又是为何?"

芮轩道："无论如何我们都要火速赶到青牛津，见到了善庸将军，一切就有分晓了。"

就在这时，戴洗桐急匆匆赶来，道："姐姐，相思妹妹失踪了——"

景溪皱眉，心道："大军马上就要开拔了，这野丫头又跑去了哪里？"

众人分头去找，直到黄昏时分还是一无所获，只能失望而归。芮轩也没办法，大军只得先行出发，继续朝青牛津而去，景溪等都惦记着花相思的安危，一路上均郁郁寡欢。

——一个黑影提着另外一个娇小的女人疾速朝一处枯杨岭的深处掠去。

"师傅，你就饶了我吧！"一个女孩子的声音，竟然是花相思在哀求——既然花相思喊对方师傅，那显然另外一个黑影就是漠北幽狼了。

果然，漠北幽狼道："你这个死妮子，师傅是在救你，你竟然这样不领情？见到师傅如见鬼魅一般？"

花相思颤抖的声音道："你——你比鬼还可怕——"

"啪"的一声，似乎花相思的脸色挨了一记耳光，她"啊哟"尖叫了出来。

漠北幽狼狠斥道："早知你是如此忘恩负义之人，当年我就任由野狼把你叼了去。"

花相思带着哭腔，道："师傅，看在我这么多年服侍在你身边的分上，你就放过我吧。"

"你服侍在我身边？"漠北幽狼恨恨道，"你以为我不知道你死妮子的心思？你虽然人在我身边，可是你的心没有一刻是属于我的，你以为我看不出来？"

花相思一阵沉默。

忽然漠北幽狼柔声道："相思，师傅是一个苦命的人，我知道，把你这样一个如花似玉的美人儿强行留在我的身边，确实是师傅太自私了，可是你相信师傅，师傅这一次真的是为了你好。"

花相思摇头道："师傅，你不要再骗我了。"

漠北幽狼厉声道："你真的是死到临头还不自知，悌血国会退兵？这是悌血国的斑斓王精心设下的一个圈套，你不要太天真了。相思，师傅不能眼睁睁看着你去送死，你随师傅走吧，我们远走漠北，离开这令人厌恶的尘世，去那个没人的地方，过着神仙般的日子——"

花相思惊恐万分，道："不不不，师傅，我就是死也不会跟你走的——"

"你不听话，我就马上杀了你！"漠北幽狼怒道，"这普天之下谁都可以背叛我，唯独你不行，因为你是苍天赐给我的，注定一辈子不分开。"

突然，花相思惊喜地喊了一声："景溪姐姐！你来得正好，快救我——"

漠北幽狼在莫愁城皇宫中见识过了景溪的"诸神聚"的威力，她听花相思突然惊喜地喊了一声"景溪姐姐，你来得正好，快来救我！"顿时内心骇然，急忙丢下了花相思，转身过去迎战，可哪里有景溪的影子？再回过神来，花相思早已逃出去数丈远。漠北幽狼心知上当，不禁勃然大怒，叫道："你这个死妮子敢骗我？"

花相思被潜入军中的漠北幽狼一招擒获，挟持到了枯杨岭，本来已经绝望至极，她心知今夜难逃漠北幽狼之手了，刚才她佯装大喜过望的样子喊出的那一声，只是做了一次垂死的挣扎，其实并不抱太大的希望能挣脱漠北幽狼的魔爪，谁知漠北幽狼居然上当。极度的求生欲望令花相思内心狂喜，她抓住了这稍纵即逝的机会一下子就逃开了。

卞茶的外号"漠北幽狼"，身如鬼魅，枯杨岭上的枝杈纵横又怎么能束缚住她追赶花相思的步子？花相思刚窜出几丈，便感觉身后一股阴森森的气息袭来，吓得腿脚一软，险些跌倒，暗叫一声："罢了罢了，看样子今日无论如何也逃不出她的掌心。"

漠北幽狼狞笑道："我看这次你还能想出来什么花招？还不乖乖跟我走？"探手抓向了花相思的肩膀。

突然，寒光一闪，一把金刀飞旋而至。

——如果漠北幽狼不缩手，那她的一只手掌就会被硬生生切下。

漠北幽狼掌心一翻，疾速上旋手腕，金刀紧贴着她的腕下而过，尽管避得极其巧妙，可还是被刀锋在手腕上划出了一道细细的血痕。

金刀凌空绕转成一道弧线，又稳稳当当地回到了一个人的手中。

花相思连滚带爬地钻进了密匝匝的枯杨枝丛里。

漠北幽狼看清楚了来人——不，是两个人，正是海远清和他的那个同伴。

——这几日，漠北幽狼暗中尾随着芮轩的大军一直到此，她昨天见到景溪、花相思等几人在核阳城中邀请海远清二人喝酒，当时因为忌惮景溪，便没有出手，直到景溪离开，她才悄无声息地将花相思掳走。此时她又见到这两个穷酸，而刚才飞刀救下花相思的人正是穷酸身边的年轻人，不禁大怒，道："原来是你们？"

——此人真的就是金刀介临风的大弟子、失踪三年的"罪将"陈道。

第二十二章　刻骨铭心

花相思胆战心惊地钻进了枯杨岭荆棘密布的丛中。

栖息在荆棘丛生间的寒鸦不时被匍匐爬行的花相思惊起，扑棱棱而飞。

漠北幽狼没有死，这一点是花相思预料到的，否则她就不是漠北幽狼了——但是花相思万万没有想到漠北幽狼竟然还能在重伤之下一路跟踪到军营中来抓人。

平心而论，漠北幽狼虽然凶残，可她对花相思还是非常怜香惜玉的——

花相思六岁的时候在一次跟随走商的父母途经漠北的时候，遭遇了狼群的攻击，父母及商团的伙伴都命丧狼口，当时蜷缩在商队架子车木桶里的花相思吓得瑟瑟发抖，恐惧至极。

是漠北幽狼救了花相思。

花相思第一次见到漠北幽狼的那一瞬间，感觉她比恶狼还恐怖。可是，漠北幽狼却并没有伤害她，而是把她视若珍宝。

漠北幽狼把花相思带回了"悲哀谷"，这是一个高山深谷，却不见一棵树木，放眼百里，只有隆起连绵的荒丘、断崖和杂草。漠北幽狼的巢穴在一处断崖下，深不可测，却有潺潺的流水从巢穴的下端流出。在这里，花相思渐渐地由惊恐而变得平静了下来——原来这里除了漠北幽狼和花相思之外，还有一大群人，他们都是漠北幽狼的弟子，平时以抢劫为主，抢的都是一些漠北的大户，甚至还有一些域外的胡人商队。

在悲哀谷，花相思得到了漠北幽狼的宠爱，她享受着同门师兄师姐无法企及的待遇，吃得最好，住得最好，穿得最好，就这样，花相思在悲哀谷一待就是十年。其间，漠北幽狼教她武技，也常常带着她去遨游漠北的风光，在花相思的心中，漠北幽狼是自己的救命恩人，犹如再生父母一样。

直到有一天，花相思用漠北幽狼赏赐的一瓶秘制香水——灵宝销魂露洗澡，其后便经历了她永生难忘的屈辱一夜，她只能任由漠北幽狼摆布。也就是从那一天开始，花相思决定要逃离悲哀谷。

花相思一共逃了三次，每次都还没有跑出那百里荒丘，就被漠北幽狼抓了回来，每次被抓回来，她都要承受更屈辱的惩罚。甚至有一次，一个叫阿易的同门师兄为了掩护她逃跑而失去了生命。

作为情窦初开的少女，花相思怎么可能察觉不到师兄阿易对自己的一片爱慕之情？但是她知道，漠北幽狼的占有欲是何等的强悍，谁敢与漠北幽狼争夺心爱的人？更何况阿易还是一个老实巴交的人。

但是，令花相思没想到的事情还是发生了——一个深夜，阿易趁漠北幽狼离开悲哀谷的间隙，偷偷放跑了花相思，他们两个人一路狂奔，朝着胡人部落的方向。也就是在那天夜里，花相思才知道，原来阿易本来就是一个胡人，他是在漠北幽狼一次洗劫胡商时幸存下来的。

那一次，花相思依然没能逃脱漠北幽狼的手心，被抓了回来，而帮助花相思逃跑的阿易则被漠北幽狼分尸而食。从此以后，花相思绝望了，她知道无论如何也不可能跑掉了，她的一生注定要在悲哀谷中屈辱地度过。

然而，就在花相思万念俱灰的时候，发生在悲哀谷的一件事情让她又看到了希望。

悌血国的大将军斑斓王亲自率队前来悲哀谷招安漠北幽狼。漠北幽狼已经习惯嗜血的荒野生活，她对斑斓王的到来毫无兴趣，并且连杀了斑斓王手下的两员将领。正当别人都以为斑斓王要在悲哀谷大动干戈的时候，斑斓王却表现出了出奇的克制力，他抛出了一个令漠北幽狼无法拒绝的条件——让漠北幽狼恢复本来的面貌，重新变成一个真正的女人。

漠北幽狼是南山玉人的弟子，怎么可能轻易就相信了斑斓王的话？尽管花相思到目前为止都不知道斑斓王用的什么方法说服了漠北幽狼，可漠北幽狼最终确实还是答应了斑斓王的邀请，第二天便带上了花相思等几个弟子与斑斓王一起共赴悌血国的军营。

在悌血国的大营之中，斑斓王以上宾之礼款待了漠北幽狼，那一夜，漠北幽狼喝得酩酊大醉，花相思因此才得以逃脱。

——躲在枯杨岭深处的花相思不敢出去，她不知道漠北幽狼此时已经被陈道击退了。她伏在荆棘丛中一动不敢动，脑海中回忆着自己曾经在悲哀谷的那段过去，内心似乎又充满了绝望。

花相思抬头看看头顶，透过密匝匝的荆棘，她看到了遥远的夜空那一轮高悬的月亮。

"我该何去何从？"花相思心道，"要是景溪姐姐能寻到这里就好了。"想到景溪，花相思的内心一阵欣喜，她知道，漠北幽狼虽然凶狠，可是她是敌不过景溪的，可随即转念一想，不由得暗自苦笑，心道："我花相思是什么人？只不过是一个无处可去的落魄之人，是景溪姐姐她们看我可怜才勉强收留我与她们在一起的，说不定我消失了，正好给她们去了一个累赘，她又怎么可能还会专门来寻我？"

想到这里，花相思内心凄苦，不禁默默地流下泪来。她担心漠北幽狼会追来，打定主意赶紧离开这里，便继续朝前匍匐爬去，胳膊和腿上被尖锐的荆棘刺得鲜血淋漓却毫不自知。

花相思又朝前爬了一段，眼前忽然出现了一个深陷下去的大坑，花相思探头朝下望去，大坑黑漆漆的，深不见底。花相思心道："这里怎么会有如此大的一个坑？这万一要是掉了下去，可是凶险得很呢。"花相思正思量着，远处，背后窸窸窣窣传来一阵声响，还伴随着"呼哧呼哧"的喘息声，花相思心惊肉跳，心知必定是漠北幽狼追来了，她一咬牙一闭眼，朝坑内跳了下去。

花相思跃身一跳，直直地往下坠去，却感觉很是深邃，居然一时之间不能着地，不由吓得惊叫了起来。这一声惊叫刺破了夜空，凄厉而绝望。

第二十三章　平霄汉

忽然，花相思只觉得腰上一紧，已被一只手臂揽住，稳稳地落在了实地之上。花相思睁开眼睛，看到的是一个干燥的洞窟，壁龛上有一盏油灯照亮，一个精瘦的白胡子老者，正疑惑地看着她。

"谢——谢谢老人家！"花相思结结巴巴道，"是您救了我？"

白胡子老者冷着脸道："你怎么会闯到这里来？"

花相思惶恐地抬头看了看上面，道："我——我被我师傅追得走投无路，才——才——才掉下来的——"

白胡子老者道："你师傅？你师傅是谁？"

花相思道："我师傅叫卞茶，人家都叫她漠北幽狼。"

白胡子老者摇摇头，道："没听说过这个人！"

花相思睁大眼睛，道："老人家，您连漠北幽狼都没听说过？"随即道："哦，也是了，您又不是武林中人，自然不认识江湖上的这些人。"

白胡子老者呵呵笑了，道："那你算是武林中人了？"

"那是自然，"花相思道，"要不然我怎么会有师傅呢？"

白胡子老者哈哈大笑，道："你这个小丫头口气倒是不小，这么说来，你是不是做错了事情挨师傅的责罚才被追赶到了这里？"

花相思叹气，道："唉，一言难尽。"当下简短地将自己的身世说与眼前这位白胡子老者听。白胡子老者越听越惊讶，喃喃道："哦，原来你师傅是南山玉人的弟子？南山玉人我知道，我还知道南山玉人另外还有一个姓尤的弟子，医术高明——"

"老爷爷，你说的可是喂莺人尤小粱？"花相思脱口问道。

白胡子老者点头，道："正是。当年，南山玉人曾经带小尤去莫愁城，我们曾经有一面之缘。"

花相思一愣，道："小尤是谁？"

白胡子老者白了花相思一眼，没好气地道："小尤当然是指你刚才说的什么喂莺人呀，你怎么这么笨呢？"

花相思愕然，道："老人家，喂莺人尤前辈少说也有七八十岁了，您怎么还喊他小尤？"

白胡子老者翻眼道："七八十岁有什么稀奇？当年他师傅南山玉人带他进宫的时候，他才是一个十一二岁的孩子呢，可我那时就已经是先皇身边的红人了。我不喊他小尤，难道还要喊他老尤不成？"

花相思目瞪口呆，张大嘴巴，道："老人家，您——您以前竟然还是皇帝身边的人？你今年高寿？"

白胡子老者叹道："我闲着无事记这些烦琐的年纪做什么？反正在几十年前我离宫的时候已经过了八十寿诞了，寿宴还是先皇亲自给操办的呢!"说到这里,语气之中充满了得意之情。

花相思满脸钦佩,道:"老人家,您真厉害,连寿宴都由皇帝亲自给您操办,那您到底是什么人啊?怎么又会躲在这里?"忽然花相思"哎呀"一声,道:"您——您莫非是犯了大事被皇帝赶出宫去的吧?"

白胡子老者也不生气,摇头道:"小丫头胡说八道,你平爷爷是何等样人,怎么会躲在这里不敢出去?我是——唉,跟你说了,你也未必能听懂。"

花相思道:"哦,爷爷,您姓平?"花相思环顾了一眼身边,见有壁室,一块很大的平坦石头被安置在一角,四下里找不到一些可以吃的东西,而眼前的这个"平爷爷"却是穿着一套锦裘,虽然看上去很旧,但是一看就是用高档的丝绸织就,非常地考究。

白胡子老者道:"是啊,你怎么知道的?"

花相思道:"不是您自己刚才说的吗?"

白胡子老者"哦"了一声,道:"爷爷我叫平霄汉,你叫什么名字?"

"我叫花相思,"花相思道,"老爷爷,您这里看上去好像没有吃的,你难道平时是爬出去到集市上找吃的吗?"

平霄汉摇头道:"我已经好几年没有出这个天坑了。"

花相思大奇,道:"那您岂不是要被活活饿死?"

平霄汉道:"饿倒饿不死我,我可以用坑里的小石子朝外弹射打鸟充饥,可是——可是——"说到这里,平霄汉忽然喘息起来。

花相思急忙上前替平霄汉轻轻地捶背,道:"平爷爷,您怎么啦?"

平霄汉强自让急促的喘息渐渐平复下来,道:"你平爷爷我受了非常严重的内伤,恐怕——恐怕快要不行了——"

花相思大惊失色,急道:"啊?平爷爷,您可千万不能死啊,您死了,我怎么办?这天坑这么深,我可上不去。"忽然又叹一口气道:"唉,我师傅还在外面找我呢,与其被她擒去,还不如和平爷爷一起死在这里。"

平霄汉忽然问道:"小丫头,你师傅很厉害吗?"

花相思道:"那是啊,江湖上很多人听到我师傅的名字,都吓得望风而逃。"

平霄汉斜眼看着花相思,道:"真的假的?你说她是南山玉人的徒弟,难道她青出于蓝,比南山玉人还要厉害?"

花相思茫然道:"我师祖南山玉人是什么样子我都不知道,哪里还能将她们做比较?但是论武功,我师伯喂莺人肯定是不如我师傅的。"

平霄汉道:"尤小粱只不过是个医者,他又懂什么功夫呢?"

花相思好奇地道:"平爷爷,听您的口气,好像您的功夫很厉害?"

平霄汉愕然,随即哈哈大笑,道:"哈哈哈哈,这也怪不得你年幼无知,你竟然连我'三十四手平霄汉'的名头都不曾听说过,可见你这个小丫头实在是无知透顶了。"

花相思嘟着嘴,委屈地道:"我本来就一直跟师傅在漠北长大嘛,我师傅她平时也没有教我什么功夫,她怕教会了我,我就会逃跑,所以那些年她只是教了我一些粗浅的基本功而已。"

平霄汉道:"哦,原来是这样,那你想不想有一天你的功夫可以超过你师傅,那样你就再也不用怕她了。"

花相思沮丧道:"当然想啊,可是,这是不可能的,以我现在的这个样子,再练一百年也打不赢我师傅。"

平霄汉"嘿嘿"笑了,道:"小丫头简直是胡说八道,你不求我,我老人家总不能厚着脸皮来主动帮你吧?"

花相思大喜,道:"平爷爷,您真的有办法让我打赢我师傅?她——她可是漠北幽狼啊——"

平霄汉不屑一顾地哼了一声,道:"漠北幽狼?无名之辈而已,你要想打赢她,又有何难?"

第二十四章　传　人

平霄汉收花相思为徒，实属无奈之举，他将花相思带进了一个挖通的坑室，花相思被地上的两堆白骨吓了一跳，尸骨的旁边还有一把乌黑的短剑，并没有剑鞘，虽然此剑看上去已经被遗弃在这里很久了，却闪烁着逼人的寒光。

花相思失声惊叫道："平爷爷，这个人是您杀的？"

平霄汉道："天底下没有谁能杀得了他，他是死于自己的心魔。"

花相思大奇，道："他是谁？为什么要自己杀自己？"

平霄汉不理，又指着地上的其中一堆白骨，道："这里一共有两具白骨，他们便是白虎门的二位高手，寒梦和汤水——"

花相思大吃一惊，道："白虎门的高手？那不是很厉害的人吗？他们怎么会死在这里？"

平霄汉淡淡地笑笑，不理花相思的话，又指着另外一堆白骨，道："此人姓定，曾经和我并称杞朝的擎天二柱。可惜，他误入了歧途，不仅仅害死了先皇，连我差一点都把命搭在他手里。"

花相思不明白平霄汉说的是什么，只是"哦"了一声，她弯腰拾起地上的那把漆黑的宝剑，见剑柄上刻有几个小字，不禁念道："碧——凌？"

平霄汉点头道："正是，这就是传说中的碧凌剑。"说着，平霄汉叹了一声，又道："从现在起，你就不是什么幽狼的弟子了，你要拜我为师，继承我的衣钵，我要教你手战之道。"

花相思又惊又喜，道："平爷爷，什么叫手战之道？"

平霄汉道："如果说，两个人决斗，一个人手里有刀，而另外一个人则是赤手空拳，比如是我这样的人，你说谁的胜算更大一些？"

花相思脱口而出，道："那还用说，当然是手里有刀的那个人呀——"

"胡说，"平霄汉斥道，"我说的是像我这样赤手空拳的人。"

花相思被平霄汉无故发怒吓得赶紧伸了伸舌头，委屈地道："您干吗生气嘛，我又不知您到底有多厉害？您说的那些以前陈芝麻烂谷子的事情我根本就听不懂。"嘟嘴侧过身去，眼圈一红，差点掉下泪来。

平霄汉长叹一声，道："好了好了，这也不能怪你——"说着，又是一阵急促的喘息。

花相思赶紧扶平霄汉坐下，柔声道："平爷爷您赶紧先坐下歇一会。"

平霄汉一屁股坐在了一旁的石凳上，道："几年前，我内伤发作得还没有现在这样严重，可以自由出入这个天坑，当时曾经物色了一位传人，他是青牛津的一个守将，本来想将衣钵传给他的，可是他却从那一次见面之后，却再也没有回来，后来朝廷却派去了另外的一个姓善的守将——"

花相思道："平爷爷，您说的物色好的那个人是不是陈逍？"

平霄汉道："正是！"

花相思替平霄汉又轻轻地捶起了背来，道："您说的那位陈逍哥哥后来回莫愁城述职，被莫名其妙地治罪了，幸亏他跑得快，才没被下狱。今夜在坑外的岭上助我逃脱我师傅魔爪的就是他。"

平霄汉若有所思地道："哦，原来如此。"

花相思说到这里，不禁自言自语道："不知道陈将军他现在怎么样了？他肯定不是我师傅的对手。"

平霄汉道："你是一个心地善良的小姑娘。"

花相思叹气，道："心地善良又有什么用？论武功的底子，我不及陈逍将军十成中的一成，恐怕会让平爷爷您失望了。"

平霄汉摇摇头，道："习武当然要讲底子，可是天分更重要。想学爷爷我平生绝学'三十四手'，更是要有天分。"

花相思转忧为喜，道："平爷爷，照您这样说，我可以学成？"

平霄汉点头，道："你只要想学，就能学成。"平霄汉指着面前的空地，道："跪下！"

花相思依平霄汉的话，当即跪倒在平霄汉的面前。

平霄汉从怀里掏出一张薄薄的羊皮，道："这是三十四手的圭臬之宝，你要好生收藏，从今天开始，你就是我平霄汉的徒弟，也是三十四手的开山大弟子。"

花相思诚惶诚恐，道："是，平爷爷——"

平霄汉正色道："以后不要喊我平爷爷了，你要叫我师傅。"

"是，师傅！"花相思毕恭毕敬道了一声，接过平霄汉手里的那张薄羊皮。

平霄汉道："手战之道，其实也没有什么特别的奥秘，归纳起来也就是三个字，那就是力、气、势。"

"力、气、势？"花相思不解，道，"师傅，可是我一个女孩子，哪里有什么力气呢？"

平霄汉呵呵笑了起来，道："傻孩子，一个人再强壮，他的力气能有多大？我说的这三个字其实就是指的内力，面对一切对手而不惧怕的气概，还有就是虚实、进退的拳势和步法。"

平霄汉令花相思用一个晚上时间记清楚那张薄羊皮上的一幅图，图上有正反两面的人体，密密麻麻标注着各处的大穴。

花相思感觉很是困扰，道："师傅，这上面这么多穴位，我眼睛都看花了，哪里能记得住？"

平霄汉怒气冲冲，道："记这么两张简单的经络图都记不住，你还奢望能学成我的绝学？"说着便不再理她，自顾倒头睡了。

花相思见平霄汉生气了，不敢再说话，强耐住性子，死死盯着羊皮上的图，心中默默念叨："我一定要记住，师傅说得对，这么简单的事情都不能做到，那还谈什么学成师傅的武功？要是学不成师傅的绝技，以后怎么应付漠北幽狼？"

尽管花相思此时还不知道眼前的这个师傅平霄汉到底是个什么样子的厉害角色，可是她依稀能感觉到此人绝非等闲之辈。可是，花相思本来就不认识几个字，加上天坑的耳室内油灯昏暗，羊皮上的图标注了那么多点点和线条，她仔细看了一会，觉得脑袋昏昏沉沉，便恍惚睡去。

第二十五章　临终遗言

那几日，平霄汉悉心讲解了"三十四手"的攻防退击之道，花相思认真记在心里。平霄汉还不断演示，有时候明明看似无解的招式，在平霄汉的手下却轻松化解了，花相思渐渐地对平霄汉佩服得五体投地起来，也暗自下定决心，要一门心思苦修这"三十四手"，才不负平霄汉的倾囊相授之恩。

花相思每天都要研习到很晚才躺下休息，平霄汉见她习得刻苦，内心甚是欣喜宽慰。

这天夜里，花相思沉沉睡去，不知过了多久，她便觉得浑身燥热，还伴随着周身针刺般的疼痛，不由自主醒来，刚一睁开眼，竟见一个形容枯槁的老者正端坐在自己的面前，静静地看着自己。花相思吓了一跳，道："你——你是谁？"再定睛一看，原来眼前这个看似油尽灯枯的老人就是自己的师傅平霄汉。

花相思失声道："师傅，您怎么一下子变成这个模样了？"

平霄汉的两只眼睛浑浊不堪，已经深深地陷了进去，道："刚才我趁你熟睡之际，已经把我毕生的功力通过你的印堂、膻中、气海三穴都输给你了。丫头，师傅已经快不行了——"

花相思大惊，道："师傅，您——您是说你快要死了吗？"

平霄汉点点头，道："师傅的时间不多了。先前你体内没有丝毫真气，让你死记硬背羊皮上的穴道，也难怪你记不住，现在你不需要记住这些穴道的位置，只需要看图上的线谱，就可以打通体内的大周天，你试一下看看。"

花相思依着平霄汉的话，拿起那张薄薄的羊皮打开，顺着上面的人体经脉线路看，内心想着自己的身体相应的部位，忽然感到一股暖流随着自己想的方向奔涌而去，从头至尾看了一遍，顿觉通体舒坦，不知不觉浑身的刺痛也消失了，而且似乎体内还有使不完的力气，她深深地吸一口气，感到胸中如千岩万壑，奔腾不息，不禁又惊又喜，道："师傅，我——我感觉自己要飞起来了——"

平霄汉含笑，道："你已经拥有了我毕生的功力，自然跟此前的那个黄毛丫头不可比拟。"

花相思喜道："师傅，那我接下来应该怎么办？"

平霄汉喘息了几口，道："三十四手的攻防诀窍都——录在羊皮上，你要用心去体味，最重要的是，你现在急需要奋力一搏，去找别人打一架，记住了，一定要与高手相斗。"

花相思愣愣地道："与高手相斗？多高的高手？"

平霄汉道："最起码是你原来的那个师傅——那个叫什么漠北幽狼的——"

花相思吓了一跳，道："师傅，我——我怎么可能战胜得了她？"

平霄汉脸色一板，道："我平霄汉的弟子，要是胜不了那个什么幽狼，那我还有什么脸面？"平霄汉这番话说得斩钉截铁，似乎花相思已经稳操胜券一般。

花相思奇道："师傅，您突然变得这般模样，就是因为把真气全输给了我，是吗？"

平霄汉道："没错，师傅的这身真元，常人要想正常通过修炼而得，最起码要苦修百年——"平霄汉刚说一半，已经断断续续，似乎很是吃力了。

花相思柔声道："师傅，您先别说话，我给您揉揉胸口！"说着花相思轻轻地在平霄汉的胸口揉了揉，道："师傅！好些了吗？"

平霄汉苦笑，道："没用的，孩子，师傅在临终之前，有几句话要交代与你。"

花相思垂泪，一把将平霄汉揽在怀里，哽咽道："师傅，徒儿在听！"

平霄汉躺在花相思的怀中，睁开空洞的双眼看着上方的岩石顶，道："这块三十四手羊皮诀你要好好保管，千万不能丢了，将来——将来要一代代传下去。"

花相思抬手抹抹眼泪，道："师傅放心，这是师傅留给相思的圣物，相思哪怕自己的性命丢了，也不会丢了它。"

平霄汉惨淡一笑，道："你的性命也不会丢的，但——但是，以后万一要遇到三官大阵，你可要小心了。"他指了指一旁的那堆骨骸，道："他神勇一生，最终还是难逃三官大阵的噩运。"

花相思惊异，道："三官大阵？这是什么人？"

平霄汉喘得厉害，道："这事说来话长，你记住这四个字就可以了，师傅还有一件心事未了，你要去替师傅完成——"

花相思急忙道："请师傅吩咐，弟子一定去办。"

平霄汉侧目看了看一旁地上的那副白骨，道："我这位老哥哥曾经和我同伺先皇数十年，形同一人，可到最后落得一个埋尸荒野深坑的下场。他虽然不是我亲手所杀，却也与我有莫大的干系。我死了之后，你把我们两个人的遗骸在此天坑中就地埋了，也好让他有个伴。"

花相思含泪点头，道："弟子知道了！师傅，您还有什么吩咐？"

平霄汉道："我这位老哥哥的遗物——就是那把剑，你要好生保管，日后——日后你要将它——将它交到一个姓海的手里——"

花相思愣了一下，道："姓海的？是男是女？他是什么人？我如何才能找到他？"

平霄汉气若游丝，道："他——他是——是——"头一歪，倒在花相思的怀中，就此不动。

花相思悲痛万分，叫了两声："师傅！师傅！"可是任花相思如何呼喊，平霄汉再也没有睁开眼睛。

花相思虽和平霄汉只有数日之缘，可这足以改变她的一生，想起平霄汉对自己的好，花相思不禁抱着平霄汉的尸体号啕大哭起来。

埋葬了平霄汉和定乾坤之后，花相思想到一旁的另外那堆白骨，心道："这两个白虎门的人好歹也陪师傅在此多年，怎么说也要让他们的尸骨入土为安。"便也将他们掩埋了，还恭恭敬敬朝两堆坑底的新坟磕了几个头，抹抹眼泪，转身离开了。

花相思出了天坑，见此时刚好是清晨，东方的天边一道朝霞托着冉冉升起的太阳，绚丽而温暖，抬眼望去，整个岭上一片清净，她自言自语道："这么些天过去了，景溪姐姐他们应该早就走了。他们是要去青牛津，我得赶紧去找他们。"

第二十六章　接宴风波

相传，老子出关途中，所骑的青牛在一片水草肥美的滩涂上因贪图一时口福而差一点弄丢了，老子找了它整整三天才终于将它找到，临别之时，很多人来为之送行，此地便因其取名"青牛津"。

青牛津守将善庸亲自带着一队人马前来相迎。善庸头戴盔甲，身披战袍，看上去极其精神，芮轩在此偏远的大漠又遇同朝的旧僚，不禁自是欣喜，二人久久相拥，感慨不已。

茅起带领的是一群义军，不便与朝廷的禁军混在一起，便命他们在离青牛津还有五十里处扎营。芮轩邀请茅起和万尘尘一同前往善庸的津关，而芮轩带来的一众军士则被善庸安排驻扎在了青牛津外数里。

芮轩向善庸一一介绍了景溪、盛秋水、万尘尘三人，至于茅起、戴洗桐，芮轩则道："这两位也是我们一同来的伙伴。"

善庸豪爽之极，道："你芮兄弟的朋友就是青牛津的贵客，欢迎之至！青牛津有的是肥美的牛羊和美酒，哪怕再来几拨朋友，我也款待得起。"

从善庸的语气中，芮轩听得出来，他这个青牛津守将这些日子过得非常不错。其实对青牛津而言，芮轩再熟悉不过，这里虽然是津隘要塞，可是前有相马关，后有伊河、桐柏山，要不是悌血国兵犯，此处是非常安稳的，牧民过着衣食无忧的日子，将士们名为戍边，实则是养兵。

善庸在将军府大摆筵席，宴请芮轩一行人等，自然少不了美酒佳肴，却不见茅起、万尘尘、戴洗桐和盛秋水等。

景溪还以为是茅起他们在偏厅就座，她暗暗观察着善庸，见他对待自己一干人的热情确确实实发自内心，并无虚掩，心中原先对他的提防也就渐渐地减了许多。

善庸道："芮大人此番携大兵千里而来，定然有要紧的事情，能不能说与老善听听？"

芮轩将到嘴边的一碗酒放下了，道："善兄，据外界传言，悌血国的落日营一直对咱们杞朝的疆土虎视眈眈，圣上不放心——"

善庸哈哈大笑，道："我说嘛。不错，前些日子，悌血国的铁骑曾经一度侵扰了相马关，连赤目金刚戴传薪戴将军也都为国捐躯了，好在他们的侵扰仅限于此，不再南下。"

芮轩脱口道："这么说来，相马关的确已经落入了悌血国贼人的手里？"

善庸摆摆手，道："芮大人无须忧虑，悌血国的斑斓王已然退兵，如今的相马关还是我杞朝的疆土。"

善庸此言一出，景溪等面面相觑。

芮轩道："善兄，相马关现在的守将是谁？"

就在这时，盛秋水急匆匆进来，道："姐姐，你们赶紧出去看看，茅大哥跟善将军手下的人打起来了。"

景溪蹙眉，道："怎么回事？"

盛秋水道："善将军手下的一个将士无端调戏尘尘妹子，茅大哥上前制止，却不想被对方辱骂，还引来了其他人的嘲笑，茅大哥一气之下便动手了。"

景溪看看善庸和芮轩，便起身出了营帐，老远便听到一阵嘈杂的吵架声。三人循声赶去，见在一处草垛前，茅起和几个善庸手下的将士互相推搡着，茅起手里拿着一把剑准备跟对方打斗，却被万尘尘死死拽住，万尘尘道："茅大哥，你别跟他们斗——"

茅起叫道："怕什么？大不了离开这里，难道茅大爷还怕了这些兵痞不成？"

几个将士一脸怒气对着茅起和万尘尘做着挑衅的动作，似乎有意想激茅起动手。

"住手！"忽然听到一声大喝，原来是善庸赶到了，几个将士随即安静下来，神情却还是一脸的满不在乎。

善庸沉着脸道："发生了什么事？"

茅起怒色道："善将军，你的手下调戏尘尘妹子，你管不管？"

善庸看看万尘尘，又看看面前的几个将士，道："这是军营重地，你们别闹事。"

几个将士相互看看，一脸不屑地转身离去。

茅起大怒，道："这样就想走？"欲上前阻止那几个人离开，万尘尘紧紧拽住他，道："茅大哥，算了！"

善庸微笑地看着茅起，道："茅大侠，那依你的意思，这件事情该怎么解决？"

茅起道："他们是你的人，你反而来问我？"

善庸道："这几个人言语之上冒犯了尘尘姑娘，所幸并没有酿成大恶，我刚才已经训斥过他们了。"

茅起冷冷一笑，道："善将军果然是治军有方，爱兵如子。"

善庸脸现不悦，道："茅大侠话中有话，善某岂能听不出来？只是这里的将士大多是边陲的本地人，性情与南方人也有差别，他们性格直爽，你说他们不拘小节定是有的，但也并非奸恶之徒。"

茅起、万尘尘和景溪等都听出来善庸有袒护手下士卒之意，内心顿感失望。茅起还待据理力争，却被景溪拦住了。

景溪道："茅大哥，善将军爱兵如子又有何不对？这里军中的将士和武林之人自然是不一样的，我们是善将军帐下的客人，这件事情就此作罢，既是给了善将军的面子，也算是还了主人的情分。"

茅起向来对景溪很是敬佩，他见景溪这样说，便悻悻地道："既然景溪姑娘都这样说了，我茅起还能再说什么呢？"说着面向善庸又道："此番在青牛津，多承善将军款待，后会有期。"茅起拉着万尘尘的手转身便走。

景溪道："茅大哥要去哪里？"

茅起哈哈大笑，道："我茅起生性闲散，不喜欢在一个地方久居，好在悌血国贼兵未犯，我一腔报国之心也可化为逍遥乐趣了，天宽地阔，从此以后，我和尘尘游历江湖，去过快活日子，岂不是好？"

万尘尘走近景溪，道："景溪姐姐，往日在莫愁城承你多有照顾，今日一别，不知道何时才能再次相见，我——我心里好不舍得。"眼眶泛红，隐隐含泪。

景溪知道茅起和万尘尘去意已决，也不便强留，道："二位多保重！"

戴洗桐和盛秋水也依依不舍地上前以示安慰，她们虽然与万尘尘相处时日不多，却都心知万尘尘是一个本分善良的人，这些日子下来，彼此已然形同姐妹了。

万尘尘拉着景溪的手，道："姐姐，相思妹妹的安危不知如何，还望姐姐能再找找，唉，她虽然年幼无知，误入了漠北幽狼门下，可她心地善良，活泼可爱，也是一个苦命的人。"

景溪道："尘尘说的是，你放心吧，我定会放在心上的。"

第二十七章　老篾匠

万尘尘与茅起离开了津关，她问道："茅大哥，我们现在该怎么办？"

茅起看着津外弯弯曲曲的河道上细雪漫天飞舞，隐隐约约可见远处低矮的山峦间似乎有些许青绿，道："这善庸今日的表现有些古怪，前面似乎有农家，我们不妨先去探访一下再作打算。"

万尘尘道："也好。"二人打马过去，果见在前面不远处的山坳里有一座茅屋，一个白发稀疏的短衣老者正坐在茅屋前埋头用篾刀破着竹子。

茅起上前道："老丈！我们是过路的，向您讨几碗水喝。"

老篾匠抬头看看面前的几个人，道："你们是关内来的吧？"

茅起道："老丈怎么知道？"

老篾匠起身，道："看两位身上的装束便可知道了。请二位进来吧。"

茅起点头道："多谢！"他打量着眼前的这个老篾匠，虽是一介山野匹夫，身上所穿的衣服也是补丁连着补丁，却是洗得干干净净。他看上去约莫七十年纪，满面红光，说话声音洪亮，一看就不是普通的农人可比。

万尘尘和茅起跟着老篾匠进了茅屋，不禁又均大感意外——茅屋内虽然并不宽敞，却是一尘不染。一张竹席将屋子隔成了里外两间，外间摆放着几把竹子编制的椅子，一张松木方桌旁的火炉上，一把釉光透亮的陶罐正在微微冒着热气。老篾匠道："茶早就煮了，这里的水好，煮出来的茶也香。"

茅起道："多谢老丈！就您一个人住这里？"

老篾匠道："是啊，就我一个孤寡老人，无儿无女！"

万尘尘道："老人家，您编的这些竹器怎么卖？"

老篾匠呵呵笑道："有时候津关内的人也经常来买一些，尤其是他们守关的营房里的人，是我老汉的大客户，一买就拉几车去。"

茅起问道："老丈，津关的军营也来买老丈的竹器？他们的将军善庸您可曾认识？"

老篾匠一愣，摇头道："二位说笑了，我只是一个乡野的老篾匠，人家可是大将军，怎么可能认识我这样的糟老头子？喝茶喝茶！"

茅起和万尘尘闻得茶香，都忍不住口中生津，老篾匠笑道："此茶可合二位的心意？"

万尘尘喝了一口，顿觉香入心脾，神清气爽，道："想不到世间还有如此美妙的香茗。"

老篾匠道："这是引雏茗，是我在多年前从一卷神书上偷偷默记下来的茶方，此茶还不是那神卷中记载得最好的一款。"

万尘尘惊讶道："还有比这更好喝的？"

老篾匠道："那是当然，当今最好喝的茶，名为碧凌。只可惜，我当时没来得及记下茶方。"

老篾匠"碧凌"二字一出口，茅起与万尘尘面面相觑，异口同声地道："碧凌？"

——前些日子在莫愁城的皇宫之内音宗皇帝也提到"碧凌"，只是当时他们喝的乃是酒。

老篾匠见茅起二人神色异常，便问其缘由，当下茅起便将莫愁城宫中之事以及一直到青牛津等简短地跟老篾匠说了，老篾匠听了久久才道："难怪天下人个个都抢着要一统天下，且不说江山美人，奇珍异宝享之不尽，就是仅凭能天天饮得碧凌酒一桩，就足以让人魂牵梦萦了。"

茅起是个爱酒之人，一听老篾匠说这样的话，不禁问道："老丈，您也曾喝过碧凌酒？"

老篾匠眯着眼睛，似乎沉浸在回味之中，道："碧凌酒乃碧凌三宝之一，是以赤水河之水与火高粱融入了天地精气所酿，当年伏羲大帝与玉灵天画在赤水河论道，碧凌神君吩咐其四大弟子镇守四方数年之久，全凭此酒，青龙、白虎、朱雀、玄武四大神兽才护道成功。"

"碧凌三宝？"万尘尘道，"何为碧凌三宝？"

老篾匠道："碧凌剑，碧凌酒，碧凌茶。"他指着松木桌上的茶碗，道："这款引雏茗是摘半开的幽兰花朵，连花带蒂一起装入瓷瓶之中，加入炒盐，用箬叶、厚纸密封数月，饮时打开盖子，先在青瓷杯中放入少量的蜂蜜，再加入三四朵腌过的兰花，把滚开的热水倒进去，花在水中渐渐舒展开来，如同鲜蕊一样可爱，异香扑鼻，数丈之外可闻。"

万尘尘惊叹道："这么复杂啊？"

老篾匠继续道："此茶取水极其讲究，并非用的山泉之水，而是取深井里黎明时分的水，再过滤停放一白昼，待水质清盈有光泽，用瓦罐盛着在小炭盆上烧沸——"

万尘尘听得目瞪口呆，道："这——这还是喝茶吗？岂不是比炼丹还麻烦？"

老篾匠道："碧凌三宝，本来就出自道家，即使如此，这款引雏茗与碧凌茶相比，口味还是相差甚远。我糟老头子曾经有一段时日几乎可以天天能尝到碧凌酒，可是，时光飞逝，转眼已经几十年了。唉！"说着，老篾匠长叹一口气，道："过眼云烟，世事沉浮啊！"

茅起定睛看了看老篾匠，道："老丈，看您也不像普通的乡野之人，为何会隐居在此？"

老篾匠道："我糟老头子在这里已经十几年了，天下之大，在哪里不都是一样。"

茅起摇头，道："不对，老丈，您绝非一般人，您——您一定曾经是朝廷的大官，要不然怎能天天能喝到碧凌酒？"

老篾匠顿了顿，不答茅起，反问道："你们二位就这样离开青牛津军营了？如今该作何打算？"

茅起道："现在看来，青牛津安然无恙，悌血国也已经退兵了，我等留此也是无用，不如——"

老篾匠缓缓地道："二位急着要走，我糟老头子也不拦你们，只是凡事都不可看表象，兵退了，还可以再回来。"

茅起一愣，道："老丈，您是不是知道些什么？"

老篾匠正要答话，忽听得外面隐隐有脚步声传来，接着便听到屋外有一洪亮的声音道："拿云兄！别来无恙！老朋友雪天前来造访，也不见你出来相迎？"

94

万尘尘一听，心道："这声音好熟悉。"还没等细想，她便和茅起随老篾匠出了茅屋，只见屋外的雪地上站着两个人，正是前些日子在核阳分开的海远清和陈逍。

第二十八章　碧凌剑之谜

茅起和万尘尘在核阳见过海、陈二人，没想到他们竟然也来到了青牛津，不由得心里感觉奇怪，此时，海远清也认出了茅起和万尘尘，似乎很是出乎意外，道："二位怎么也在这里？"

在核阳的时候，茅起已经知道了眼前的这位"诗妖"海远清便是白虎门的掌门人，当下不敢再跟以前那样瞧不起他了，便上前恭恭敬敬朝海远清一拜，道："晚辈拜见海掌门。"

海远清哈哈一笑，道："士别三日，当刮目相看，没想到桀骜不驯的茅大侠此番见到我海某人，也知道行礼了。"

万尘尘道："海前辈，你们怎么也到了青牛津？"

海远清道："我老人家和这位陈小友来会见我的这个老朋友。"说着朝老篾匠一指。

老篾匠呵呵笑道："你是心里惦记着我的那几罐好茶吧？"说着引海远清等进屋。自始至终，跟在海远清身边的陈逍一言不发。

海远清一进屋子，便嗅了嗅鼻子，道："老家伙，你煮茶的手艺越来越好了。"说着，便围炉坐下，自顾自地倒了一碗茶，一饮而尽，咂嘴道："好茶！好茶！"

老篾匠没好气地道："你以后能不能别再来打扰我清净？"

海远清脸色一端，道："我以前在军中做官的时候，你可是没少去骚扰我，现在我落魄了，你居然这样对我？"

老篾匠笑骂，道："胡说八道，你那小小的书记官还不抵人家的一个偏将，那也叫官？"

就在这时，一直没有说话的陈逍道："前辈，你就答应海先生吧！"

老篾匠白了陈逍一眼，不悦道："我拿云子好歹也是一派掌门，我会觊觎他白虎门的东西？"

茅起一惊，脱口而出道："前辈就是玄武门的掌门拿云子？"

老篾匠道："你也知道玄武门？"

茅起肃然起敬，道："碧凌神君座下四大弟子青龙、白虎、朱雀、玄武各镇一方，天下谁人不知？久闻玄武门拿云前辈的威名，没想到居然是隐居塞外的一个篾匠，真的是令人匪夷所思，今日有缘能同时得见当今两大世外高人，实在是三生有幸。"

拿云子对海远清道："你听听人家年轻人说话，多么中听入耳。哪像你们，一进门就跟讨债一样。"

陈逍正色道："前辈，此事关系到我大杞国的安危，还望前辈三思。"

拿云子怒气冲冲地道："我已经跟你们说了无数遍了，当年莫愁城打赌，你愿赌服输，至于后来发生的事情，我也毫不知晓。"

忽然，海远清对万尘尘道："这位姑娘来帮我们评评理。"

万尘尘微笑道："海先生，你们有什么不愉快的事情，好好商量，别海远清道："二十几年前，他在莫愁城宫中当差，专门负责给皇帝老儿烧制器玩。有一次他邀请我去皇宫玩，这位拿云兄提出来要借我白虎门的镇山之宝碧凌剑一观——"

拿云子抢道："他当时死活不同意，还要和我打赌，说要是他输了，便将碧凌剑给我赏玩一夜，要是我输了，便把三官大阵的要诀传授与他。"

万尘尘道："你们比什么？"

拿云子道："我们都是两大门派的掌门，打赌比武自然是伤了和气，便打赌喝酒，谁先醉谁输。"

茅起插口道："打赌喝酒好啊。"

海远清道："那是我第一次喝到碧凌酒，真没想到世上还有如此佳酿，闻一口便觉得飘飘欲仙，一时没有把握住，便喝醉了。于是就把碧凌剑借给他赏玩一夜，说好了第二天一早归还。可是到了第二天我酒醒之后，他却告知我，碧凌剑被偷了。"

拿云子道："当时我也是好生奇怪，我明明将剑放置在枕边的，可到了第二天醒来之后却不见了。从此以后这不老妖怪便缠上了我。"

海远清"呸"了一声，道："你堂堂一派掌门，竟然干出这样的事来，还怪我缠你不放？"

万尘尘道："拿云前辈，如此说来，这件事就是你的不对了，人家海先生好心好意将心爱之物借给你玩玩，你怎么能将它弄丢了呢？"

拿云子叹道："唉，这件事情我也觉得很是蹊跷。当晚，我也喝多了，夜里谁人进过我的房中，确实没有察觉。从那以后，这个不老妖怪就阴魂不散地与我为敌。我迫不得已，辞走莫愁城，远赴这苦寒之地，一住就二十年。"

万尘尘道："为什么要来这里呢？前辈，你可以查出当年盗取碧凌剑的人啊——"

拿云子道："事情过去了好几年，我才知道，原来曾经有一个臭名昭著的庙堂灵蜥经常光顾莫愁城皇宫，我也曾经找过他，可是他矢口否认当年盗取碧凌剑之事。"

"庙堂灵蜥？"万尘尘和茅起不由得相互一望，异口同声道。

海远清怒色道："怎么可能是庙堂灵蜥？多年前，我得到消息，碧凌剑在青牛津的军营里出现过，而庙堂灵蜥那时候早就被囚在莫愁城即将问斩了。"

拿云子道："不错，正因为此，你才乔装打扮隐于青牛津军营多年，哪怕给你一个小小的书记官，你也欣然接受，为的就是要找到碧凌剑丢失的真相？"

海远清道："正是。可是你不知道的是，此前我也曾经获得消息，在核阳也有碧凌剑的踪迹，我们白虎门的两大高手前去查找，杳无音讯。我想你既然来到塞外，说不定隐藏军营之中也未可知，于是便去了青牛津，也正因为这样，才与陈逵将军相识。"

拿云子大声道："如此说来，你就认定是我窃取了你们白虎门的碧凌剑了？"

海远清道："你我这么多年相互纠结，你难道真的将我们白虎门放在眼里吗？"

拿云子道："你是什么意思？"

海远清道："眼下悌血国对我杞国虎视眈眈，你还藏着碧凌剑不还，我问你又是什么意思？"

拿云子道："碧凌剑当年的丢失，我确实有责任，我苦心孤诣隐居塞外二十年所为何来？可是这跟我杞国的安危又有何关系？"

海远清顿然敛色，眉毛一竖，道："你糊涂啊。悌血国已经兵犯相马关了，接下来就要大举进攻青牛津，如果有碧凌剑在，就可保我杞国无虞。"

第二十九章　退兵疑云

悌血国落日营的铁骑突袭相马关，却又退兵而去，景溪从青牛津守将善庸的嘴里听到的却是另外一个版本——

善庸道："你们可能误会了，其中是有来龙去脉的。"

芮轩一愣，道："怕？有什么隐情，你说来听听，戴传薪将军的女儿口中说出来的，难道还有假？"

景溪不解道："善将军的意思是——悌血国的落日营并没有血洗相马关？"

善庸道："当时，悌血国的斑斓王元帅邀请相马关的戴将军去喂马滩饮酒赏月，可是戴将军却悄悄带上一批高手——"

景溪奇道："戴将军为什么要暗中带上一批高手，难道是他另有所图？"

"不错，"善庸道，"相马关戴传薪将军其实是奉了圣上之命，去落日营捉拿一个人。"

景溪一愣，道："捉谁？"

善庸道："捉拿一个叫裘无衣的人，据说他是拿云子的弟子。"

"裘无衣？"景溪大吃一惊，道，"玄武门的掌门人拿云子？"

善庸道："'玄武门'三个字我今天是第一次听说，既然景溪姑娘说是，那也就应该错不了了。"

景溪道："拿云子号称工神，他精通各门奇巧绝技，手法之精，据说已经达到了出神入化的境地，圣上为什么要和他这样一位世外高人过不去？再说，据我所知，拿云子曾经还在宫中做过造办主簿，他怎么会在悌血国的落日营大军之中？"

善庸道："我也想不通其中的缘由。不过，当日戴将军带去的人确实在喂马滩闯下了大祸——"

景溪道："闯下了大祸？"

善庸点点头，道："当日，正逢斑斓王元帅的爱女在军中的一处温泉帐中洗澡，戴将军的手下几个人在暗中到处搜寻那位裴无衣的时候，不巧撞上了正在温泉帐中洗浴的斑斓王的千金，他们——他们便——"

景溪道："他们做了什么？"

善庸道："他们将斑斓王的女儿给奸污了——"

"啊？"景溪惊道，"居然有这等事情？"

芮轩迷惘道："戴将军治军严明，他手下的人怎么会这样？"

善庸叹道："那几个作恶的人防止事情败露，竟然事后还将斑斓王的女儿给杀了。斑斓王对这个独生女的宠爱胜过自己的性命，发生了这样的事情，这还了得？当时，戴将军正在陪斑斓王饮酒赏月，有人来汇报斑斓王，说他的爱女不幸惨死。戴将军这才知道他的手下闯了弥天大祸，可是一切都已经晚了。"

景溪愕然，道："这——这——原来是这样？那后来呢？"

善庸道："后来斑斓王当场就将戴将军等一行人给斩杀了，还不解气，就一不做，二不休，率军攻下了相马关，要不是杜鹃城的风娘娘及时阻止，恐怕斑斓王元帅真的要挥师进发，长驱直入了。后来，风娘娘还及时派人去了你们莫愁城，向你们的圣上禀明了事情的来龙去脉，以免引起两国的争端。"

芮轩摇头道："不对不对，杜鹃城的使节确实到了莫愁城，还送去了礼物，可是他们并没有提及此事啊，否则此次圣上为何还要令我统领发兵——"

善庸也大感意外，道："这确实令我想不通。"

景溪问道："那后来又如何了？"

善庸道："斑斓王痛失爱女之后，性情大变，风娘娘已经将他召回了杜鹃城，现在落日营的主帅是蛋蛋王。"

善庸嘴里的"凤娘娘"就是多年前远嫁悌血国的凤里眠。

景溪听爷爷黄泥叟说过，很多年前，"诗妖"海远清曾经为远嫁异国他乡的凤里眠写过一长诗《落花行》，诗云：

圆荷滴露应落花，后续花期无颜色。

俗人颂梅有傲骨，不知花语重霓裳。

冰雪本非花乐土，天妒娇柔摧容颜。

春风长诱花尽发，博得妩媚取少年。

世道无花遍沧桑，花多花艳又遭陷。

人人喜花却折花，假装斯文看不见。

雅士空谈偏爱竹，熟料花开眼迷离。

辣手摘花插瓶中，玩赏风流自为是。

多情贵为世人心，反讥杨花水性殇。

粉黛桃花香气远，亦逢纨绔赞轻佻。

幽兰避讳险涧生，难逃孤傲诽谤言。

华贵牡丹园中识，只伴王孙丑恶前。

芙蓉出水半含羞，静待食客脸肥子。

金菊天性四面风，盘盘罐罐瓮中死。

有花不落何处藏？黄叶飘飞更忧堪。

可怜杜鹃满山处，花堕风中悌血眠。

尤恨花落君去也，陶然潇洒待明春。

岁岁芳心皆厄运，年年厮守薄情人。

从此以后，悌血国的国王加果子便将京都"凉城"改名"杜鹃城"。

"诗妖"海远清为何要为素昧平生的"凤娘娘"写下这首诗？这诗又为何能传到加果子国王的耳朵里，这些已经不可考了。可考的是，凤里眠，这个曾经的大稀朝宫女在悌血国举国上下受到了"天人"般的爱戴，国王加果子更是对她宠爱有加。

善庸叹道："戴将军的手下犯下了如此不可饶恕的大错，险些引起我大杞的祸殃，实在是太不应该了。这次要不是有风娘娘，后果真的不堪设想。"

景溪道："原来风里眠虽然此时身处异国，她却对故土还有眷念之情。"

风里眠当年远嫁悌血国之时，芮轩尚未入朝为官，可是善庸比芮轩要年长，他对风里眠却很是清楚。善庸道："风娘娘当年在莫愁城的时候，便是人见人夸的奇女子，原本大家都以为风娘娘会升为妃子的，可不承想突然远嫁了出去，我们这些做臣子的人虽然心里有疑问，却也不敢提。"

芮轩疑虑地喃喃自语道："圣上密令戴将军去落日营搜寻工神拿云子的弟子？这又是为何？"

景溪沉吟道："这么说来，一切都在圣上的掌握之中？又或许是杜鹃城的使节真的并没有提及相马关失陷一事——"

善庸打断景溪道："那不可能，如今相马关的守将还是圣上钦定的人选呢，他又怎么可能不知情？"

芮轩和景溪面面相觑，芮轩道："善兄，如今相马关的守将是何人？"

善庸道："金刀介临风。"

"介临风成了相马关的守将？"芮轩一下子愣了，道，"这——这怎么可能？"

三年前，金刀介临风向音宗皇帝密报自己的弟子陈道勾结异匪，企图谋反，如今他自己却被音宗授以官职，代替了死去的戴传薪成了相马关的守关大将，这是芮轩万万没有想到的。

既然如此，音宗显然对相马关之变了如指掌，那他为何要装着毫不知情？甚至于连芮轩都被他蒙在了鼓里。

景溪道："眼下诸多谜团未解，看来只有面见金刀介临风，才会水落石出了。"

善庸道："芮大人，后天正值本人半百寿诞，介临风将军会前来贺庆，到时候你有何疑虑，尽管当面向他澄清。"

第三十章　三官大阵

海远清见拿云子始终不承认将碧凌剑据为己有，气得脸都紫了，道："你不会是暗中勾结悌血国的人吧？"

拿云子一愣，道："不老妖怪，胡说八道！"

"那你为什么半年前去了喂马滩的落日营？"海远清静静地看着拿云子问道。

拿云子呵呵一笑，道："老妖怪，你的鼻子好灵通啊。没错，我是去过悌血国的落日营，可是，我并不是什么里通外国，而是为了去查一个真相。因为我发现了悌血国的落日营在偷偷地操演三官大阵——"

海远清脱口而出："三官大阵？这不是你们玄武门的不传之秘吗？"

拿云子道："正是，悌血国的落日营怎会懂得此阵。"

海远清道："那你又查出来什么？"

拿云子道："三官大阵是当年碧凌大神钻研出来的一套阵法，此阵绝密非凡，除了我玄武门历代掌门，外界根本不可能知晓，落日营所演的三官大阵，确实有几分相像。只不过我潜在喂马滩短短数日，后来被他们发现了，只得匆匆离开。"

海远清冷笑道："堂堂玄武门的掌门拿云子还有丢盔弃甲的时候？"

拿云子怒道："什么丢盔弃甲？我是从从容容离开的，临走之时，我还在他们主帅斑斓王的火炕上撒了一泡尿——"说着，拿云子傲然抬头翻眼看着头顶的茅屋顶。

万尘尘听到这里不禁"扑哧"一声，笑了起来，道："前辈真逗，那岂不要将那贼大王给活活气死？"

陈逍道："前辈，三官大阵有何讲究？悌血国的落日营怎么暗中也在操演此阵？"

拿云子道："三官大阵是按天、地、水三官的主宰，以三催七之法，演变成一张天罗地网，阴阳互济，刚柔并包，任何入阵之人，都不可能逃脱，遇妖除妖，遇魔诛魔。落日营操演此阵，自然是为了他日入侵我大杞准备的。"

陈逍忧心忡忡，道："前辈，碧凌剑一日找不到，三官大阵便无法破解，这可如何是好？"

海远清补充了一句道："悌血国看似退兵，但其中暗藏诸多隐患。"

拿云子傲然道："三官大阵虽然厉害，可也并非不可破解，世间万物，相生相克，你身为白虎门掌门，不会连这个道理都不懂吧？想当年，我们青龙、白虎、朱雀、玄武四大门派布下三官大阵围歼十二剑侯定乾坤，不也一样被他逃脱了？"

"你——"海远清闻言，大惊失色，道，"你别乱说——"

拿云子不以为然，道："海兄，我们曾经做下的事，又何必遮遮掩掩呢？"

海远清叹道："唉，当年我们偏听偏信，以至于酿成大错，时至今日我依旧耿耿于怀。"

茅起和万尘尘对海远清和拿云子之间的对话感觉一头雾水，可陈逍却道："啊？这么说，当年参与围攻定乾坤老前辈的人里面，还有——还有你们二位？"

拿云子道："你也知道定乾坤？"

陈逍道："定乾坤前辈我无缘相识，可是我见过平霄汉前辈。"当下，陈逍讲述了七年前的一段际遇——

三年前的一个夜晚，陈逍在青牛津第一次遇到了平霄汉。

那是一个瘦骨嶙峋的老者，目光如炬，十指如炭。

"我曾经逃离皇宫，"平霄汉说，"先皇驾崩，我有不可推卸的责任。"

当时的陈道很震惊，道："既然如此，你不怕我抓你？"

平霄汉道："你不会，因为我知道，也许有一天，你也会和我一样，成为一个无处藏身的人。"

陈道听出了平霄汉话中的意思，他一下子明白了眼前的这个精瘦老者是何人，拜倒在地，道："三十四手平霄汉？晚辈拜见平老先生！"

平霄汉将陈道扶起，道："难得将军还能想起我这个老汉。"

陈道道："久闻前辈乃朝廷之栋梁，可是朝中传闻前辈已作古多年，怎么现在却突然——"

平霄汉呵呵笑道："天下期盼我老朽早死的人，又何止朝中的几个跳梁小丑？"

"三十四手平霄汉，十二剑侯定乾坤"，这句话指的是传说中当朝的两个武官，一个擅长徒手搏斗，一个精于剑法。严格来说，他们不是官，而是朝中两个没有职务的闲人，却始终身处皇上的身边，寸步不离。

陈道入朝之时，平霄汉与定乾坤已经离开了皇宫，不知去向。

"三十四手平霄汉，十二剑侯定乾坤"，此二人武技之高到了什么程度？无人知晓。

平霄汉和定乾坤犹如大杞朝的两根定海神针，当年，先皇离奇暴毙，其后平、定二人便失踪了，没有人知道二人去了哪里，仿佛人间蒸发了一般。

也就是在那一次，陈道第一次从平霄汉的口中听到了先皇之死的另外一种版本——死于谋杀。可是，平霄汉也并没有真凭实据。陈道感到很震惊，却也是半信半疑。

——三年前，陈道回京述职，将这一"传闻"悄悄告知了时任禁军统领的善庸。

当时，论交情而言，斑狱司的芮轩和禁军统领善庸都是陈道的好朋友，之所以陈道选择了将这件事情告诉善庸，主要原因是芮轩与当今圣上稀音宗走得较近，而自己和善庸则都是前三皇子的近臣。

——如果平霄汉猜测的是真的，那么先皇之死一定与当今圣上稀音宗有莫大的关联。所以陈逍便有意避开了芮轩，他提醒善庸，适当的时候着手暗中调查一下此事的真伪，这也是一个良臣应该做的事情。

可是陈逍没想到仅仅过去了一天，他自己却无端获罪，被逼踏上了逃亡之路。

对于三年前与平霄汉的那次相逢，陈逍除了告诉过善庸，并没有跟第三个人提起。可是现在，他觉得没有必要再隐瞒下去了，因为他心里清楚，也许说出来会更接近揭开事情的真相。

——"碧凌四门"为什么要布下三官大阵全力围歼定乾坤？自己为什么会无端获罪？原本平霄汉跟陈逍约定，等他莫愁城述职回到青牛津之时，会告知陈逍事情的真相，可是平霄汉现在又身在何处？

其实，在陈逍的心中，还有一件事情放不下，那就是自己的师傅——自从他被追缉之后，便与师傅介临风失去了联系，他始终为此感到惴惴不安。

第三十一章　将军寿诞

善庸的寿宴极其隆重，早在寿诞的前一天，前来贺寿的客人都已经悉数到了，青牛津一下子热闹了起来。前来贺寿的那些客人名单中有青牛津首富庞金山、伊河总兵潭非、桐柏山的桐柏双侠等，却唯独不见"金刀"介临风。

"相马关相距此地即便是快马也需数日，介将军一定会到。"善庸道。

寿诞当天，将军府张灯结彩，善庸更是穿戴一新，浑身上下喜气洋洋，见人就拱手作揖，完全不像是一位武将，而更像员外或者富绅。

戴洗桐看着来人都拿着大包小包的贺礼前来，便对景溪道："姐姐，你看我们两手空空，是不是也要准备一份礼物？"

景溪蹙眉，道："按理说，是该备上的，可一般的贺礼想必善将军也不会稀罕，这可如何是好？"景溪平日里最头疼的就是繁文缛节，可是事到临头，场面上的这份人情着实令她措手不及了。

芮轩听了哈哈大笑起来，道："景溪姑娘，你要真的想送礼物还不简单吗？对你来说，可是举手之劳，任何人的礼物都跟你的这份礼物没办法比的。"

景溪不解道："芮大人的意思是？"

芮轩道："景溪姑娘身怀绝学乐艺，莫愁城内多少豪门巨富、王公相卿都梦寐以求一聆姑娘的神曲，若姑娘能在善将军的寿宴上愿意露一手绝艺，岂不比那些金银珠宝来得更高贵雅致？"

戴洗桐拍手，道："芮大人说得极是，我怎么没有想到呢？姐姐的神曲必是至高无上的贺礼。"

景溪颔首微笑道："我们在善将军府上白吃白喝了这么多天，正逢他五十寿诞，献上一曲又有何难？只怕未必能中善将军之意。"

善庸得知景溪准备在寿宴上献艺，不禁大喜，亲自朝景溪作揖，道："善某在朝中就知闻景溪姑娘绝艺怀身，名动莫愁城，想不到能在这偏远的边塞居然也能亲眼见识到姑娘的琴技，真是三生有幸。"

善庸命人在将军府宽阔的庭院内临时搭建了一方实木高台，铺上了厚厚的驼毛毡子，十几桌宾朋，座无虚席。宴席用的全是羊肴，酒则是青牛津首富庞金山特意从家里私窖中拉来的，满满两牛车"梦春乡"。

据说青牛津首富庞金山祖籍是江南徽川，该地以酒盛名，庞金山幼年随父来北方经商做"香酒"买卖，随后庞氏一族就在青牛津定居。庞金山有一个大酒窖，里面藏有只为他自己而酿的"梦春乡"，此酒既有北方酒的浓烈，又有南方佳酿的绵柔醇香，庞氏盘踞青牛津，傲居首富之位，靠的就是"梦春乡"。事实上，他私藏在酒窖里的"梦春乡"才是真正的极品，与外面流通买卖的酒质完全不同。

黄昏，残阳如血，天空却一片清白。

清亮的苍穹之下，将军府内外一片喧嚣，觥筹交错声鼎沸，半里可闻。

忽然，喧哗声骤然而止，随之而来的就是一阵经久不息的掌声——景溪抱琴登场了。

——景溪身边跟着一个飘飘然如仙子一般的蓝衣女子，手执两条宽阔的红绸带，盈盈步入琴台中央的，正是盛秋水。

所有的宾朋都把目光投向了台上的两位佳人。一阵透亮的琴声犹如云间降落，整个将军府顿时鸦雀无声，紧接着，盛秋水翩翩舞起，长袖摆动，手里的绸带翻飞旋转，形成了丈余的弧虹。

景溪低着头拨弄着琴弦，时而缓如流水，时而疾若骤雨，音符浑然一体，与盛秋水的绸带舞相互应和，美妙的琴音和盛秋水大开大合的舞姿辉映交叠，众人观之，如醉如痴。

突然一阵嘈杂的声响，芮轩扭头循声望去，只见将军府的大院内不知什么时候多了七八个斜披皮袄的汉子，为首的一人身材肥硕，大腹便便，头顶一顶红色尖翎帽，叫嚷着："善将军大寿，怎能少了我们助兴？"

善庸喜出望外，道："王爷亲自驾临本府相贺，善某实在诚惶诚恐。"说着朝翎帽汉子恭恭敬敬一揖，道："请王爷上坐！"

翎帽汉子也不推辞，大摇大摆走向了上席。

众人一脸惊讶，窃窃私语："这些人是什么来路，到了将军府还敢这么骄横跋扈？"景溪和盛秋水此时已经下得台来，来到了芮轩身边，景溪压声道："这是怎么回事？"

芮轩道："不清楚，介临风到现在没来，怎么又冒出来一个王爷？"

就在这时，只见善庸抚掌几下，提高了嗓门道："各位高朋静静，我来向大家介绍一下。"他指着身边的那个肥胖的翎帽汉子，道："这位就是悌血国的蛋蛋王爷，今日蛋蛋王爷能大驾光临，实在是令善某惶恐之极，惊喜莫名。"

芮轩和景溪等听善庸这一介绍，不由得大吃一惊——蛋蛋王是悌血国已故国王加果子的堂兄，他在悌血国的地位尚在斑斓王之上，这样一位重量级的大人物，怎会不远百里亲自前来为善庸贺寿？

蛋蛋王很是得意，一副居高临下的样子。就在这时，酒席上的青牛津首富庞金山、伊河总兵潭非等都一一前来向蛋蛋王躬身行礼，唯独坐在一旁的桐柏双侠浑然不动，连正眼也不瞧蛋蛋王一下，只顾着自己二人自斟自饮。

桐柏双侠史无双、史独秀是一对孪生兄妹，二人都是四十几岁年纪，使双剑。史氏兄妹成名较早，在他们二十几岁的时候已经凭着两把剑叱咤西北，行侠仗义，由此才得了一个"桐柏双侠"的称号。其实，史氏兄妹与善庸并不熟悉，这次他们二人前来青牛津贺寿，完全是被伊河总兵潭非拉来的——潭非是史氏兄妹的舅舅。

蛋蛋王的随从见桐柏双侠对自己的主人很是漠视，不由得心头怒起，其中一人走到史独秀身边，戏谑道："你这女人虽然年纪颇大，倒也风韵犹存，自斟自饮有什么趣味？不如我来陪你们喝几杯。"说着，自己倒了一杯，大赫赫朝史独秀道："我们连干三杯——"

史无双不等对方把话说完，已经手臂一抖，手中的长剑半出鞘，抵住了对方的颈部，史无双喝道："大胆淫贼，想找死也不寻一个地方，这里是青牛津的将军府，你竟然敢如此肆无忌惮？"

第三十二章　蛋蛋王

史无双的这句话意思很是明确，今日是善庸的寿诞，他不便出手伤人，但是善庸是这里的主人，难道善庸就会放任这些后来的客人胡作非为吗？

哪知史无双的话音刚落，善庸还没有来得及开口，那个蛋蛋王的随从居然"哗"的一下将手里的酒径直泼在了史独秀的脸上。

史独秀哪里曾受过这样的羞辱？她一把拿起桌子上的佩剑，也不抽出，直接一搠，剑把一头实实地击在了对方的小腹，那人闷哼一声，扑通倒地，双手捂着肚子打起滚来。

顿时四下里一片哗然，众人看得分明，都见刚才是这个蛋蛋王的随从故意挑衅在先，现在他咎由自取，自然也怪不得别人。

善庸急忙快步赶过来，扶起地上的那人，道："刚才冒犯，我替双侠向你赔罪。"

史无双愤然大声道："善将军，我们兄妹二人何罪之有？"

善庸连连赔笑，道："双侠切莫生气，都是我待客有欠缺之处，还望双侠和各位高朋见谅。"

伊河总兵潭非是桐柏双侠的亲舅舅，可是他与善庸也是至交，见此情景，赶忙也过来打圆场，道："无双、独秀，今天是善将军的寿诞之喜，凡事都要忍耐。蛋蛋王是贵客，还望你们二人看在他的分上，这件事就算了吧。"

史独秀愤愤道："我不认识什么蛋蛋王，我只知道大家都是善将军邀请来的客人，为什么其间竟然还有这样的狂徒？"

这时，蛋蛋王忽然道："我道是谁有如此大的胆子，敢教训我的家奴，原来是桐柏双侠。"说着，他走向了桐柏双侠。

史无双冷眼看着走过来的蛋蛋王，道："家奴无赖，理该教训，以示惩戒。"

蛋蛋王拍拍手，道："好，好，好，久闻桐柏双侠英武勇猛，双剑合璧更是威震江湖，想必已经到了炉火纯青的境地，不知道外界传言是真是假，本王很想看看。"

众人一听蛋蛋王这话，顿感火药味十足。景溪静静地看着蛋蛋王，心道："今天是在善庸的将军府，蛋蛋王的身份即使再特殊，应该也不会当众挑事。"

史无双冷冷地道："蛋蛋王爷是想对我们兄妹二人赐教几招吗？"

蛋蛋王打了一个哈哈，道："本王久居杜鹃城，很少过问你们大杞国的江湖之事，不过对于桐柏双侠的名头，我还是有所耳闻的。如果双侠不嫌弃本王年岁衰老，体态不佳，我倒确实想印证一下双侠是不是真的名副其实。"

史独秀道："你是说，你凭一双肉掌就可以胜了我们兄妹手里的两把剑？"

蛋蛋王一脸傲慢的神色，道："如果双侠胜了，我会亲手杀了这个没用的家奴，当场向双侠谢罪，不过要是我侥幸赢了，双侠必须息事宁人，今天是善将军的寿诞，刚才发生的不愉快事情，就此作罢，双侠以为如何？"

蛋蛋王此言一出，景溪立即就明白了他的用意——蛋蛋王是想趁此机会出手震慑一下在场的所有人，以此来显示他的威严。

"但是，他真的有这个把握能凭一双手掌就可以击败桐柏双侠吗？"景溪不禁心生好奇，"我虽然没有亲眼见过桐柏双侠的剑法是如何高妙，但仅凭他们兄妹扬名江湖几十年，足以推断其并非浪得虚名，这可是一场好戏。"

善庸见蛋蛋王执意要与桐柏双侠比试，不由万分焦急，道："王爷是万金之躯，切不可以身犯险，有什么话，大家好商量。"

蛋蛋王一脸的不以为然，道："善将军是大杞国难得的猛将，你的寿诞之上，岂可没了功夫助兴？"他又将目光投向了景溪和盛秋水，道："刚才二位姑娘的琴舞，令本王大开眼界，接下来由本王与桐柏双侠一起演绎一场比试，今日的寿诞欢娱就算是圆满了。"

坐在一旁的青牛津首富庞金山首先鼓起掌来，齐道："好！好！"
史氏兄妹相视一望，微笑不语。

蛋蛋王"呵呵"笑一声，道："本王成了你们赌局的噱头了？"大踏步上前，负手在身后，对着桐柏双侠道："你们两个一起上吧！"

景溪看在眼里，很是纳闷，心道："这个悌血国的亲王莫非真的要单挑桐柏双侠的双剑？"

桐柏双侠扬名江湖二十载，与无数高手较量过，却从来没有遇到过像眼前的这位蛋蛋王如此托大的对手，此时虽然名义上是切磋，其实大家都心知肚明，这一战事关双方的生死荣誉。史无双向史独秀微微一点头，兄妹二人走下场去，迎面对着蛋蛋王，齐声道："请！"

善庸想上前阻止，可是眼看战局已经拉开，他心知无力阻挡，便退后一步，道："大家点到为止！"

蛋蛋王挪了一步，眼神盯着桐柏双侠的脚下看了看，抬头道："你们尽管来攻！"傲慢之态，无以言表。

史无双喝道："失礼了！"一剑刺向蛋蛋王大腿。

几乎与此同时，史独秀的一剑也已经到了蛋蛋王的胸前。

桐柏双侠数十年修炼"桐柏剑法"，双剑应敌已是到了心心相印的地步，此时二人见蛋蛋王体态肥硕，料定对方防守的步法不灵，二人双剑各攻一路，且出招快如闪电，令一旁观战的芮轩等都为桐柏双侠暗自喝彩："好剑法！桐柏双侠果然名不虚传！"

蛋蛋王并没有退让，他站在原地，只是微一抬腿，避过了史无双的一剑，单掌一捺，已经按住了史独秀的剑锋。史独秀剑锋一转，正要转变招法，顿觉手里握着的剑一阵震颤，差一点把拿不住，暗叫一声："不好！"

说时迟那时快，蛋蛋王蒲扇般的大手已经捏住了史独秀的剑刃，低喝一声："撒手！"

史独秀手里的长剑应声脱手。

史无双回剑再挥击，蛋蛋王已经迈上一步，到了他的跟前，不等史无双剑锋回转，已经探手别住了史无双执剑的手臂，史无双左手变掌为指，直插蛋蛋王的双眼，蛋蛋王另外一只手已经格开了史无双的臂膀，"啪"的一声，史无双胸口中了蛋蛋王的一掌。

一口鲜血从史无双的嘴里喷出，史独秀叫道："大哥！"扑过来相救，蛋蛋王一侧身，史独秀扑了一个空，顺势朝前一把抱住了史无双，兄妹二人双双倒地。

第三十三章　挑战生死

112

在场所有的人都惊呆了。蛋蛋王敢挑战桐柏双侠，自然是艺高人胆大，可是大家都万万没有想到，名震江湖的桐柏双侠居然在其貌不扬的蛋蛋王手下连三招都过不了。

景溪的内心震惊了，她与盛秋水对望一眼，见盛秋水手里的绸带微微颤动，似乎想随时出手解救桐柏双侠。

"天底下竟然还有如此的高手？"景溪在心里突然问自己，"要是我上前应战，胜算又有几分？"

史独秀扶起史无双，道："大哥！你怎么样？"

史无双脸色惨白，嘴角鲜血不断溢出，道："妹子，对手——对手很厉害，我们确实不如他。看样子，从此以后，江湖上再也没有桐柏双侠了。"

史独秀心知哥哥史无双这句话是什么意思，含泪道："胜败乃兵家常事，你又何必这样？"

伊河总兵潭非冲上前去，拦在了蛋蛋王面前，道："大王手下留情！"

蛋蛋王拍拍手，面带微笑，道："潭总兵无须紧张，本王只是与桐柏双侠切磋一下，并无意伤及他们性命。"

如此一来，桐柏双侠更觉得颜面无存，兄妹俩相互点点头，史无双苦笑道："我们走吧！"说着抬手一剑势朝自己的脖子上抹去。

霎时，一条绸带飞来，将史无双手里的长剑一裹，扯飞了出去——原来是盛秋水及时出手救了史无双一命。

盛秋水和景溪同时飞身上前，景溪急叫道："双侠！千万不可。"

蛋蛋王脸现惊讶之色，道："想不到二位姑娘不仅琴舞之艺一绝，身手更是出人意料。有趣，有趣。"

盛秋水怒道："既然说好了切磋，为什么要下如此的重手？"

蛋蛋王"咦"了一声，道："这位姑娘是在埋怨本王吗？大家都是习武之人，负伤自是家常便饭的事情，本王已经是手下留情了，要不然，又哪能等得到你出手救他？"

盛秋水道："你——你欺人太甚了。"

蛋蛋王道："刚才看姑娘出手，想必也是身手不凡，要是有兴趣，本王也可以陪你玩玩。"

盛秋水柳眉一竖，道："你以为本姑娘怕了你不成？"

蛋蛋王哈哈大笑，道："姑娘千万不要生气，本王下手自然有分寸，你出招吧！"

景溪叫道："且慢！"

蛋蛋王一愣，道："这位姑娘，莫非，你也想两个人一起上？"

景溪刚才目睹蛋蛋王应对桐柏双侠的经过，心知以盛秋水的身手，并没有取胜对方的把握。

"可我又有几成把握？"景溪在心中不停地问自己。

善庸见此情景，急急上前，道："大王息怒，今日是我善某的寿诞，大家都是善某的朋友，千万不可伤了和气。大王神功盖世，有目共睹，还望大王看在善某的薄面上，先饮酒，先饮酒。"

忽然，一个柔美的声音从人群中传了出来，道："有目共睹是自然，神功盖世则未必。"

众人循声望去，见一绿衣少女款款从人群中走了出来。景溪又惊又喜，道："相思妹妹?!"

花相思"嘻嘻"笑道："姐姐，这些天有没有想我?"

景溪上前一把抓住花相思的手，喜色道："你——你没事就好，我还以为——"

花相思点点头，朝盛秋水道："秋水姐姐，对付这样一个胖老头，何需你动手? 让我来。"

景溪、盛秋水等都愕然，花相思虽然是漠北幽狼的徒弟，可是她只会一些粗浅的功夫，对付几个地痞无赖尚可，要说迎战眼前的蛋蛋王，那无异与以卵击石。

景溪压声道："相思妹妹别胡闹，你退下!"

哪知道花相思置之不理，冲着蛋蛋王道："喂，胖老头，我要是赢了你，你该如何向桐柏双侠认错?"

在场诸多宾客并不认识花相思，他们方才亲眼所见蛋蛋王仅凭空手就在三招之内击败了执剑的桐柏双侠，还令双侠之一的史无双负伤吐血，如此惊世骇俗的神拳让在场的所有人都无不为之叹服，娇滴滴的花相思又何来这样的胆子敢向他挑战?

众人都为花相思捏了一把汗。富商庞金山怜香惜玉，叫道："姑娘，这蛋蛋王爷一拳就可以将你击毙，为什么要白白送死呢? 还是别逗了，赶紧坐下来吃酒。"

花相思向庞金山做了一个鬼脸，道："那要不你下场来跟这个胖老头斗斗?"

庞金山连连摆手，道："不不不，我是个通情达理的生意人，让我喝酒可以，打打杀杀的事情我做不来。"

花相思道："好，既然如此，那等我打赢了他，你就得喝十八碗，不许抵赖。"

庞金山拍手，道："一言为定。"

庞金山此言一出，众人心中都对他很是鄙视，均想："这姓庞的真的是看热闹不嫌事大，万一蛋蛋王真的一拳将这个姑娘打死了，你又于心何忍呢？"

蛋蛋王哈哈大笑，道："小姑娘，本王自出娘胎以来就备受尊崇，所到之处，无人不对我奉若神明，即使是我们的国君见到我也是恭恭敬敬，今天还是第一次听别人喊我胖老头，哈哈哈哈，今天咱们就不比试了，你坐下来陪本王喝三杯酒，本王就恕了你的不敬之罪，如何？"

花相思摇摇头，道："今天是善将军的寿宴，酒是一定要喝的，打完再喝也不迟。"

蛋蛋王看看善庸，又看看身边的随从，众人都一起哄堂大笑。

善庸道："好了，好了，大家都别闹了，继续喝酒。"

花相思道："不打也行，那就让他向双侠认错。"

蛋蛋王摇摇头，道："练武就是要比试，他们输给了我却让我低头认错？天底下哪有这样的道理？"

花相思道："那我要打赢了你呢？"

蛋蛋王一愣，笑道："你打赢了我？你打赢了我，本王让你骑着我在青牛津转三圈。"

花相思摆摆手道："我不要骑你转三圈，你不嫌累，我还嫌累呢。你只要答应向双侠认错就行了。"

蛋蛋王脸色铁青，道："你真的要跟我打？"

善庸原本不认识花相思，可他见景溪与她很熟，便一直忍着没有发作，此时再也忍不住了，斥道："不知死活的臭丫头，你先前冒犯蛋蛋大王，也就算了，竟然敢一而再再而三挑衅？今天是我善某的寿诞，但是军营的牢房可是绰绰有余。"

花相思吓了一跳，道："善将军？你是怕这个蛋蛋王要输吗？"

善庸正待说话，蛋蛋王道："既然如此，姑娘，你出招吧！本王陪你玩玩，你放心，我不会伤害你的。"

第三十四章　初露锋芒

景溪抢上一步，挡在了花相思的前面，对蛋蛋王道："相思妹妹年幼无知，她与大王对招，不是有失大王的身份吗？我来替她应了这一场比试，无论输赢，不要伤了和气，也不要驳了善将军的面子。"

芮轩和盛秋水双双抢上，芮轩道："我来！"景溪在芮轩的心目中是何等重要，他怎么会让她以身犯险呢？

景溪轻轻推开芮轩，道："放心吧，我会全力以赴！"景溪虽然这样说着，可是她的内心没有丝毫把握。

"即使是用诸神聚相搏，最多是两败俱伤而已。"景溪心知肚明，蛋蛋王不费吹灰之力，重创桐柏双侠，这个蛋蛋王其实是一个深藏不露的绝顶高手。

景溪正要上前，花相思道："姐姐，让我先试试，如果我斗不过这个胖老头，你再出手不迟——"

蛋蛋王哈哈一笑，道："姑娘说得极是，要不你们三个一起上吧。"他指着盛秋水道："如果我胜了你们，有何说法？"

景溪和盛秋水还没有说话，花相思道："胜了我陪你喝酒！但是你如果现在罢战，你还是要喝酒，只是我不陪你喝，我在一旁看着你喝。"

蛋蛋王一伸手，道："一言为定，请！"

景溪再待说话，花相思已经走上前去，道："胖老头，你年岁长我，你先请！"

蛋蛋王愕然。

庞金山哈哈大笑起来，道："这姑娘实在是有趣得很，这一战无论胜败，我都押她赢。"

蛋蛋王脸上的杀机顿起，对花相思道："你真的有把握赢我？"

花相思还未来得及开口答话，只觉面前影子一晃，蛋蛋王已经临她的面门只寸许，花相思脚下一错，斜身避开了与蛋蛋王的对视，忽然出指，戳向了蛋蛋王的右肋。

蛋蛋王暗喜，心道："原来这丫头只是懂得一些躲避之法，轻飘飘的一指，又能奈我何？"正想着，突然觉得右肋一阵沉闷的击打，他顿时感到如被锤击的疼痛，不禁大吃一惊，挥右掌下砍。

——如果花相思受了蛋蛋王的这一砍，轻则臂膀断裂，重则丧命。可是蛋蛋王却劈了个空，因为几乎与此同时，花相思右掌平平推出，一下击中了蛋蛋王的前胸。

蛋蛋王肥胖的身体犹如一面墙，轰然倒塌，朝后面直直地飞了出去，撞倒了好几桌酒席，"啪"地跌在了地上。

蛋蛋王的体内犹如翻江倒海一般，他想将喉咙里的一股温热的黏液咽下去，可是还是没有按压得住，"哇"的一声，一口鲜血喷涌而出。

众人都惊呆了，一时之间竟然没有人上前去搀扶蛋蛋王，一个个如雕像般一动不动。

到目前为止，景溪都还没有反应过来，花相思却已经拍了拍手，踮着脚跳了起来，大喜过望，道："胖老头，你输了。"

蛋蛋王天生神力，自幼就是一个武痴，本来可以继承悌血国的君王之位，可他偏偏不受，反而将帝位让给了自己的弟弟，自己则远赴万里之外，遍访胡域异人学习技击之术，艺成之后，享亲王的赐封。蛋蛋王纵横悌血国数十年，为悌血国第一勇士，从来没有遇到过敌手，即使是落日营的元帅斑斓王都对他忌惮三分。刚才他本想吓唬吓唬花相思，好让她知难而退，却万万没想到花相思突然出手。

——更令蛋蛋王没想到的是，长相甜美婀娜多姿的花相思戳出的一指、推出的一掌居然有排山倒海的刚猛雄力。待蛋蛋王发觉对方身负雄奇之力而要运功抵御之际，已经来不及了。

花相思的内力瞬间将蛋蛋王的反击之势压制了下去。

惊讶、后悔、怀疑……种种极度复杂的心情令蛋蛋王一时之间竟然伏地不起，他的胸口依然在翻涌，喉咙里一甜，又是一口鲜血喷出。

几个悌血国的随从飞身上前，抢步奔到了蛋蛋王的面前，七手八脚地将他扶起，慌神道："王爷！王爷！"

景溪与盛秋水等都惊呆了，戴洗桐更是惊喜交加，张大了嘴巴，道："姐姐你们——你们刚才看清楚了吗？相思妹妹她——她怎么一下子变得这么厉害啊？"

刚才花相思与蛋蛋王的过招，景溪看得再分明不过——蛋蛋王之所以一招落败，主要的缘由就是他自己的托大，着了花相思的一记回击。

但是，令景溪想不通的是，花相思的一掌居然能将蛋蛋王二三百斤的魁梧之躯击飞出去，伏地吐血。

"就算我凝集诸神聚的法力，也未必能做到。"景溪心道，"相思妹妹失踪的这几天，究竟遭逢了什么奇遇？"

就在众人被花相思出其不意的神功惊得还未回神时，忽见善庸一挥手，四下里立刻拥上前来一队将军府的士卒。善庸大声道："将这女人拿下！"

士卒们纷纷将花相思围了起来，他们每个人手里都握有大刀，可就是谁都不敢朝前迈一步，只是一脸紧张地盯着花相思看。

花相思一脸不解，道："善将军，你这是为何？"

善庸喝道："你用阴毒的诡计暗算蛋蛋亲王，还有什么话说？"

"我暗算他？"花相思睁大眼睛，奇道，"刚才明明是他先冲到我面前来的，怎么说是我暗算他呢？"

"你——"善庸一时语塞。

被伊河总兵潭非扶到一旁休息的桐柏双侠面面相觑，史无双有伤在身，倚靠在墙窗上，赞道："真是人不可貌相，这位姑娘年纪轻轻，居然身怀如此绝技，实在是令我辈汗颜。"

此时，潭非的心里很是解气，刚才桐柏双侠被蛋蛋王击伤，身为舅舅，却无法出面，内心很是难堪。可眼睁睁看着蛋蛋王不可一世地张狂，他又心有不甘，就在此时，有花相思这样一个模样可人的女子替自己的两个外甥出头，不仅击败了蛋蛋王，还将他打得重伤吐血，内心不由大悦，道："英雄出在年少，此言一点不虚。"

蛋蛋王已经被随从扶起，踉踉跄跄站在那里，盯着花相思看，眼神之中充满了诧异。

善庸赶紧朝蛋蛋王惶恐而拜，道："大王息怒！大王息怒！这女子是来路诡异，善某一定会将她拘捕，严加审问。"

蛋蛋王摇摇头，不理善庸，直接问花相思，道："你——你是平霄汉的什么人？"

第三十五章　武　痴

蛋蛋王的这句话让景溪心头一震，"三十四手平霄汉，十二剑侯定乾坤"，平、定二人对很多江湖人士来说，连名字都闻所未闻，即使是成名已久的高手，平、定二人也只是传说般的存在，又何况蛋蛋王这样一个域外的亲王，他怎么就凭花相思的一招一式就能断定她的功夫出自平霄汉？

花相思一脸疑惑，道："你怎么认得我师傅？"

景溪大吃一惊，心道："相思妹妹是平霄汉的徒弟？这——这怎么可能呢？"

——不久之前，花相思还被漠北幽狼追得惶惶不可终日，要不是景溪等救下她来，恐怕她早就遭了漠北幽狼的毒手，她怎么突然一下子变了平霄汉的弟子呢？

"平霄汉是你的师傅？"蛋蛋王惊愕，道，"你——你信口雌黄——"

花相思嘻嘻笑，道："你不相信，那我也没办法了，反正我是他老人家如假包换的徒弟。"

蛋蛋王斜视花相思，道："你小小年纪，怎么会有如此雄浑的内力？"

花相思白了蛋蛋王一眼，道："我师傅这辈子只收了我这样一个宝贝徒弟，他在临死之前当然要把他的毕生功力传给我呀，难道白白浪费带进黄土里去吗？"

花相思的话引起了众人一片哗然，大家虽然很少有人知道平霄汉是何许人也，可是透过蛋蛋王的诧异之色，足以说明她口中的这个师傅平霄汉是多么厉害的角色。

蛋蛋王大吃一惊，道："你是说，平霄汉死了？"

花相思心里难过，道："是的，我师傅已经过世了。"

忽然，蛋蛋王狂叫了起来，道："不会的，不会的，我还没有来，他怎么能死呢？"

蛋蛋王这番话令大家丈二和尚摸不着头脑："生老病死是人之常态，人家寿命终结，与你何干？"

善庸小心翼翼道："亲王，您也认识平霄汉前辈？"

蛋蛋王捶胸顿足，道："你可知道，本王此番前来青牛津，还有一个心愿想在此了结，那就是要拜平霄汉为师，现在倒好，他——他居然仙逝了。"

蛋蛋王面有愧色，对花相思道："实不相瞒，本王曾经在三十年前与平霄汉交过手，也是一招落败。"

"三十年前？"花相思道，"三十年前你才多大？就敢挑战我师傅？"

蛋蛋王道："当年我才三十几岁，有一天，我和我的加果子皇弟一起去莫愁城朝拜你们大杞国的拂宗皇帝，在都城逗留了一个多月，渐渐地，我知道了你们皇帝老儿身边有两个功夫深不可测之人，一个姓平，一个姓定。"

花相思道："三十四手平霄汉，十二剑侯定乾坤？"

"对，没错。"蛋蛋王道，"我天生是一个武痴，见到谁的功夫好，我便忍不住要上前与之比试一番。"

花相思道："结果如何？不用说，肯定是你败了。"

蛋蛋王叹气，道："我落败是一定的，只是我没想到败得莫名其妙，当年，平霄汉也只是用了一招就击败了我。不过，你师傅出招可没有姑娘你今日这般狠，我当年虽然败了，可并没有受伤。"

花相思顿感歉意："蛋蛋大王，实在对不起，我师傅将洪荒功力传输于我，可我现在还不能做到收发自如。"

蛋蛋王道："姑娘说得极是。当年从那莫愁城与平霄汉一战之后，我便请求平霄汉收我做徒弟，可是他始终不肯，回去之后，我本可以继承悌血国的帝位，可我却将帝位让给了我的弟弟加果子，而我则孤身前往万里之外的胡人国求艺。"

众人听到这里，都心想："这蛋蛋王真是一个武痴，放着皇帝不做，却偏偏要学功夫，到头来还战胜不了一个小姑娘，这实在是个令人捉摸不透的怪人。"

桐柏双侠本来心中对蛋蛋王还充满了愤恨，此时忽然感觉到眼前的这个对手其实也不是那么可恨了。

花相思道："那后来呢？"

蛋蛋王道："后来我学成归来，想再去莫愁城找平霄汉比试，可是你们的拂宗皇帝已经病故，音宗即位，他身边的平、定二人也至此失踪，下落不明了。"

景溪和芮轩等原先对蛋蛋王的敌意渐渐地被他的讲述消除了。

"这是一个纯粹的武痴。"芮轩心道，"他的内心世间里没有野心和邪恶，有的只是对武技境界的追求。"

景溪起初一直对悌血国的退兵修好心存怀疑，此时见悌血国的蛋蛋大王亲自来青牛津为善庸将军贺寿，不由得内心的疑虑消去了，心道：

"看来善庸将军所言非虚，悌血国看样子应该是退兵了。"

花相思兴奋得像一只小麻雀，紧挨着景溪、盛秋水和戴洗桐，大口吃着美味佳肴，嘴里咕哝着："这么多好吃的，太让人失态了，你们都吃呀。"

戴洗桐笑道："慢点吃，没人跟你抢。"

花相思道："洗桐姐姐，你不知道，这几天可把我饿死了，我跟我师傅在一起，饿的时候就只能由我师傅用小石子打几只鸟下来吃。"

当天晚上，花相思和景溪等讲述了她在枯杨岭奇遇平霄汉的经过，戴洗桐也为花相思高兴，道："相思妹妹，你以后再也不用怕你师傅——不，再也不要怕漠北幽狼了。"

花相思叹气，道："其实，她也是一个苦命的人。"

景溪似乎陷入了沉思。

戴洗桐问道："姐姐，你怎么啦？"

景溪沉吟道："我在想，当年拂宗驾崩之后，平、定二人相继失踪，其中必定有不为人知的内情。而此时我们才知道，原来这两位前辈这么多年来却一直在此偏远的大漠，只是定乾坤前辈死得蹊跷，以平霄汉的身手，想为定乾坤报仇，实属易如反掌之事，他为什么偏偏没有那么去做？"

盛秋水忽然脸上闪过一丝担忧之色，道："茅大侠和尘尘姑娘已经去了好多天，不知道他们有什么发现。我总觉得好像有什么地方不对。"

景溪道："实不相瞒，我也有这样的感觉。可到底哪里不对，又说不上来。善庸将军说好的今天介临风要来贺寿，可是却并没有出现。"

第三十六章　夜　袭

当茅起告知陈逍，三年前是金刀介临风向音宗密告其谋逆时，陈逍惊愕得说不出话来。茅起道："是圣上亲口说的，还能有假？"

陈逍茫然道："师傅对我恩重如山，他怎么可能污蔑我？"

——陈逍从小是个孤儿，是介临风收养了他并且教他武艺。由于金刀介家有盐、丝绸等产业，与莫愁城皇宫都有生意往来，在陈逍学艺有所小成之后，便将他推荐到了皇宫做了一名禁军，陈逍由此便慢慢地从一个小小的禁军做到了青牛津守将的位置。

拿云子嘿嘿一笑，道："据老汉所知，你师傅金刀介临风现在已经成了介将军，他现在是相马关的守将。"

"这——这怎么可能呢？"陈逍道，"我师傅富甲一方，在江湖上也算是地位尊崇，他为什么要贪图一个相马关的守将之职呢？"

海远清轻抚着下额，道："悌血国暗中操练三官大阵，兵犯相马关，杀了赤目金刚戴将军，然后又退了回去，眼下相马关的守将又换成了介临风？这之间到底唱的是哪一出？"

拿云子道："三官大阵是我玄武门的绝学，我到现在也不明白悌血国怎么懂得其中的奥妙？"

就在这时，海远清忽然侧耳细听，压声道："有人来了！"

茅起和陈逍相互看了一眼，各自迅速拔出了腰间的兵刃。

拿云子仔细听了一下屋外，道："对方有四个人，不，有五个人——"

海远清等走出屋外——外面的雪已经停了，地上有一层薄薄的积雪，天上却不知何时挂出了一轮圆圆的月亮。湛蓝的夜幕上，这轮圆月似乎离大地很远很远。

雪地上一字排开五个人蒙面人，均头戴斗笠，身穿黑衣，各自手里拖着一把长长的弯刀。

"你们是落日营的人？"拿云子道。

对方五个黑衣人一言不发，忽然散开呈扇形，并且同时举起了手里的弯刀。

海远清和拿云子对望了一眼，海远清道："你看看落日营现在的胆子有多大，都敢明目张胆来挑衅了，你还说他们已经退兵修好？"

拿云子道："不老妖怪，人家既然想死，那还留他们在世上有什么用？"

五个黑衣人似乎也感到很意外，他们面面相觑却始终一言不发。

海远清笑道："人家明明是冲着你来的，你却想让我来帮你打发——"

果然，海远清话音未落，五把长刀已经疾风骤雨般扑向了拿云子。

拿云子是玄武门的掌门，对于区区几个落日营的刺客又怎会畏惧？他此时虽是赤手空拳，可是面对扑上来的五个蒙面人，却丝毫没有一丝慌乱，喝一声："果然是冲我老汉而来。"猿猴一般朝前一纵，已经身处五个蒙面人之中，双掌翻飞，斗在了一起。

陈道是"金刀"介临风的得意弟子，对于刀法自然很是熟悉，此时他静静地观察着与拿云子缠斗的五个人，他们手持的弯刀形状不像是杞国的兵刃，可是五人使出来的招数却依然透出非常明显的江湖气息，与悌血国的战将风格迥然不同。

场上的五个蒙面人步健刀长，起初海远清以为拿云子会在数招之内便可以将对方解决掉了，可是转眼十招已过，对方却丝毫未见败象，拿云子以一敌五，尽管不落下风，可要是想一时取胜，也非易事。

海远清见场上的五人攻防兼顾，出招阴狠，偶尔也露出空隙，好像是防备一旁的陈道等人加入战团，不禁暗想："这五个人为什么要蒙面？看样子他们似乎是专门来刺杀拿云子的，只是没料到恰恰遇到了我们这么多人在此。"

五个蒙面人默契程度已经到了五者合体的地步，招招想要拿云子的性命，拿云子身形虚晃，双手却多了两把短刃——两把随身携带的篾刀，身体犹如狂风中的乌龙，疾速腾空旋转，霎时之间四下里"呲呲"声骤起——拿云子面对五个蒙面人的攻击，不避反进，朝五人凌空压了过去。

茅起赞道："好功夫！"

拿云子身在半空，随着"滋滋"声响起，以一敌五，手里的两把篾刀飘然而起，对方其中的一人胸口已被刺中。

——与此同时，拿云子手里的另外一把篾刀已经插入了另外一个蒙面人的左肩。

对方见一下子有两人伤在了拿云子的手下，顿时感到了慌乱，其中一人叫道："二弟——"

茅起听到对方的这一声喊叫，顿时大感意外，失声道："原来他们不是悌血国的人？"

拿云子起先也是为了试探出对方的底细，才没有使出杀招，经过十几个回合，他再也无心与对方缠斗下去，出招是愈加狠了起来，转眼之间伤了对方二人，余下的三名蒙面人一下子慌了，可是此时他们想要抽身又怎么可能？

三名蒙面人好像心有灵犀，招招凶狠，却是分别朝拿云子的身边游斗，海远清料到三人想要从不同方向脱身，便叫道："拦住他们！"

茅起和陈逍欺身上前分别截住了对方的去路。万尘尘在一旁叫道："茅大哥小心！"

陈逍的功夫出自金刀介家，自然也非泛泛之辈，他一上场，便迎上了其中的一名蒙面人的长刀。对方此时已经是急于奔逃，出招更是阴险狠毒，陈逍接了对方一招，手中的短刀险些被震飞，这才意识到原来五人个个都是高手，不禁打起精神，不敢有丝毫大意。

一旁的茅起持的是剑，他本是好斗之人，走的剑法也是刚猛路子，此时的茅起一心想要在海远清面前露一手，直接与迎上来的一个蒙面人拼起了狠，唰唰唰一连三剑，直取对手的要害。

那蒙面人挥刀挡开了茅起的三剑，步法也开始散乱了起来，茅起看准时机，叫一声："着！"一剑刺中了对方的大腿。

海远清淡定地站在一旁观战，抚掌道："我劝你们束手就擒吧，这样或许还可以保命。"

对方除了其中一个胸部中刀已经奄奄一息之外，其余的四人虽然都身上有伤，可还是拼死力敌。

又是数招，与茅起对拼的那蒙面人也被一剑穿喉，顿时毙命。陈逍叫道："留活口——"话音刚落，对手的一刀挥来，陈逍闪身避过，不假思索地递出了一刀，竟然也将其透颅而过。

剩下的两个蒙面人忽然停了下来，相互暗自点了点头，竟出其不意地挥刀朝自己的脖子上抹去，拿云子没有料到对方竟然会这样做，想要阻止已经来不及了，两个蒙面人双双倒地。

陈逍抢上前去，一把揭开其中蒙面人的面纱，见其已经气绝身亡，顺手"刺啦"一下撕去对方身上的黑衣，却见他里面穿着的竟然是青牛津将士的兵服，失声道："他们是善庸手下的人？——"

第三十七章　夜月伏兵

花相思与景溪等散而重逢，喜不自禁，非要缠着和戴洗桐同床共榻，戴洗桐对这个妹妹很是欢喜。戴洗桐跟花相思说起万尘尘被逼离开之事，花相思非常生气，道："想不到善庸堂堂一个将军，居然纵容手下胡作非为。"

戴洗桐叹道："眼下悌国已经退兵，我想茅起大哥他们留在这里也是枉然，尘尘姐与他一起离开，也是情理之中。"

花相思嘟嘴道："要是茅大侠和尘尘姐两个人倒是没什么，可是茅大侠还有那么多帮中兄弟怎么办？大家都是千里迢迢赶来，朝廷这不是要着人玩吗？"

忽然，戴洗桐道："相思妹妹，要是姐姐有事求你，你会不会帮我？"

花相思睁大眼睛："那还用说吗？当然得帮啊！"

戴洗桐道："那好，我想让你跟我一起去杜鹃城，助我一臂之力杀了斑斓王。"

花相思惊道："姐姐要去报仇？"

戴洗桐咬牙道："虽然悌血国现在已经退兵了，可是斑斓王杀我全家，此仇不报，我誓不为人。"

花相思迟疑片刻："这——要不和景溪姐姐商量商量？"

戴洗桐压低声音："此事千万不能让景溪姐姐知道，悌血国眼下已然退兵，我们此时若杀了斑斓王，悌国人岂肯善罢甘休，落日营大军一定会卷土重来。景溪姐姐是一个顾全大局的人，她一定不会赞成我这么做的。"

花相思点点头："嗯，姐姐说得极是。可是我们俩势单力薄，如何能杀得了斑斓王？"

戴洗桐道："妹妹，你跟蛋蛋王比武，我见识了你的实力，真的是令人刮目相看，姐姐的仇只有你才能帮我得报。"

花相思沉吟了一下，道："那我们什么时候出发？"

"即刻就动身，"戴洗桐见花相思同意，喜色道，"趁现在夜深人静，我们得赶紧离开青牛津，等天明景溪姐姐发现咱们不在之时，想要追赶也来不及了。"

当下花相思跟随着戴洗桐悄悄出了军营，朝青牛津外潜去。为了不被军营的巡逻兵察觉，戴洗桐将两匹马的蹄子用棉布包裹了起来。

虽是深夜，可是雪地上的旷野却被天上高悬的一轮明月照耀得通亮。高低起伏的荒丘上原本蒿草丛生，此时已经被塞外的霜雪袭打得枯萎凋零，一眼望去，漫无边际。

二人一出青牛津，正要翻身上马，忽然花相思压声道："姐姐且慢！"

戴洗桐奇道："怎么啦？"

花相思警觉地环顾着四周密匝匝的荒野，道："我怎么听到很多马匹喘气的声音？"

戴洗桐一愣，看了看身旁的两匹马，道："我们就两匹马呀——"

花相思缓缓摇头，道："不对，不对！应该有很多匹马。"

戴洗桐生气了，道："相思妹妹，你是不是反悔了？"

花相思一把将戴洗桐按下身去，道："你细细听——"话音未落，"嗖"的一支箭不知道从什么地方飞了出来，正中二人身边一匹马的脖子，那马发出一声凄惨的嘶鸣，倒地蹬脚乱跳。

戴洗桐大惊，拔剑在手，叫道："妹妹小心！"

说时迟那时快，花相思一个跨步拉着戴洗桐闪身钻入了高高的蒿草丛之中。顿时，无数黑衣劲装的人手持弯刀从各处的旷野上冒了出来，月光下显得异常恐怖。

这一惊变让戴洗桐的心一下子提到了嗓子眼，半捂着嘴颤声道："谁说悌血国退兵了？这——这些不都是悌血国落日营的人吗？"

花相思和戴洗桐二人趴伏在高高的蒿草丛中，连大气都不敢喘。倒地的那匹马蹬跳了几下，就此不动，而另外的一匹马却不知何时受惊跑了。戴洗桐暗自叫苦，心道："原来悌血国的人这么奸诈，得赶快回去给芮大人报信。"

就在这时，有几十个黑衣人提着弯刀向戴洗桐她们这边走了过来。花相思压声道："快跑！"

戴洗桐恨恨道："你赶快去速报芮大人和善将军，我拦住他们。"

花相思道："我断后，你快跑！"

正说话间，落日营的人已经到了二人藏身的蒿草丛前，其中一人叫道："你们是什么人？再不出来，就放箭了。"

花相思和戴洗桐只得慢慢地现身出来，只见眼前一个秃头的黑衣人手里提着一把长长的弯刀，正警惕地盯着花、戴二人看，他的身后站着几十个同样装束的杀手，个个面目阴森。

花相思暗觉不妙，此前她虽战胜了蛋蛋王，可此时敌人众多，且对方实力不明又是亡命之徒，要想全身而退，她的心中也没有把握。

——更让花相思担心的则是戴洗桐："怎样才能让戴姐姐赶紧脱身去向芮大人报讯呢？"花相思的脑子飞快地转动着。

秃头人喝道："兀那妮子，你们在这里鬼鬼祟祟地做什么？"

花相思强颜欢笑，道："嘻嘻，你们鬼鬼祟祟一直躲在这里，却说我们的不是？我们是路过的，准备离开这鬼地方。"

"离开？"秃头人逼问道，"离开去哪里？"

"我们——我们要去杜鹃城，"戴洗桐忽然灵机一动，道，"我们要去找你们的皇后——"她曾听景溪说过，悌血国的皇后原先是杞国的宫女，此时万般无奈下，便慌乱地随口一说。

秃头人一愣，道："我们的皇后？"

花相思连连点头，道："对对，我们是你们皇后的娘家人。"

秃头人一脸狐疑地看了看戴、花二人，道："什么娘家人？"

花相思笑吟吟地朝秃头人招招手，道："将军，你过来，我告诉你。"

秃头人见花相思娇滴滴的模样可人，而且她两手空空，便提刀走近，不料他刚一近身，花相思便快如闪电般一下子扣住了他的脉门，叱道："你们不想他死的就退后。"

众黑衣人顿时一下子慌了，齐喝道："快放了我们的将军！"

秃头人身经百战，却一时疏忽被眼前的这个小丫头制服，不禁又惊又怒，可此时的他已经浑身使不出一点力气。花相思一把抢过秃头人手里的刀，架在了秃头人的脖子上，她扭头朝戴洗桐喊道："姐姐快跑！"

第三十八章　斑斓野兽

景溪睡得正酣，忽被盛秋水叫醒了："姐姐醒醒，洗桐和相思两个人不见了，刚才还少了两匹马，不过现在又有一匹马回来了。"

盛秋水的话让景溪大吃一惊，心里一下子紧张了起来，道："洗桐妹妹定是拉着相思和她一起报仇去了，马匹折返，她们必定遇到了危险。"

二人急忙出了大营，见雪地上有马蹄印，正待要追去，却隐约听到阵阵沉闷的喘息声。景溪疑惑地道："什么声音？"

盛秋水侧耳一听，道："是兽的喘息声——"

景溪点头，道："不错，是猛兽，很多猛兽。"

——塞外荒原，雪夜猛兽出没是常有的事，可从隐约传入景溪和盛秋水耳中的喘息声来判断，这些猛兽并非一般的野兽。

——那是一群令人恐怖的声响。

就在景、盛二人疑惑之际，只见雪地上两条人影一闪，是桐柏双侠。

景溪讶然："桐柏双侠深夜出营，这是要去哪里？莫不是与洗桐妹妹她们有关？"便和盛秋水暗暗点了点头，跟了上去。

桐柏双侠是在江湖上成名已久的兄妹，二人的剑法轻功都是一流，景溪和盛秋水远远地跟在了桐柏双侠的后面。桐柏双侠绕过了一个沙丘，进了一座黑色的营帐——景溪知道，这营帐便是善庸专门为前来贺寿的蛋蛋王而设的。

"桐柏双侠在席间被蛋蛋王打得吐血，他们深夜来此，莫非是要来行刺？"景溪心道，"以双侠的身手，这岂不是以卵击石吗？"想到这里，景溪不禁暗自为桐柏双侠担心起来，与盛秋水一起潜近。

只听黑色营帐之中有一人道："你们来了！"却是伊河总兵潭非的声音。

营帐内的史无双道："舅舅，你——你果然在这里？"似乎很是出乎意外。

潭非道："蛋蛋大王是我的好朋友，大王亲临青牛津督战，我岂有不来相陪之理？"

帐外的景溪一听到"督战"两个字，顿时心中一凛，她与盛秋水相互一望，更是屏气凝神起来。

就在这时，帐内传出来蛋蛋王的声音，道："桐柏双侠，你舅舅潭将军也不是外人，说话就不用遮遮掩掩了。你们对本王的忠心，本王自然记得，待大事可成之日，本王自然会信守承诺。"

在帐外的景溪和盛秋水闻言不禁惊异万分，在善庸的寿宴上，景溪等亲眼所见蛋蛋王将桐柏双侠打得颜面扫地，差一点要横剑自刎，怎么此时却成了一伙的了？

只听帐内的史独秀道："舅舅原是悌血国的内应？你骗我们将拿云子前辈的下落说出来，却是为了讨好这个番王？"

潭非不悦地道："独秀，你对蛋蛋大王要有礼数。不错，我答应过你们，等你们打探到了拿云子的下落，舅舅就会将碧凌剑借你们兄妹一观。"

史无双长叹道："唉，想不到我们兄妹历尽千辛万苦寻得了拿云子前辈的下落，反而最终是害了他老人家。舅舅，只是我有一事不明，你帮这个番王打探拿云子前辈的下落却是为了什么？"

不待潭非回答，蛋蛋王道："拿云子精通三官大阵的破解之法，而且他手里有白虎门的碧凌宝剑，此人始终是我悌血国的心头大患。"

史无双冷冷地道："你号称仁王，不是对军务不感兴趣吗？"

蛋蛋王道："军务我当然无暇理会，可是我对本国的国运兴衰不得不上心。据我所知，不仅我们悌血国对拿云子此人有兴趣，你们的杞朝不也是想方设法在寻找他的下落吗？"

景溪越听越惊，桐柏双侠以剑成名，他们爱剑，不足为奇，让景溪感到吃惊的是——白虎门的至宝碧凌剑怎么会在玄武门的掌门手里？桐柏双侠探得了玄武门掌门人拿云子的下落，身为伊河总兵的潭非却将这一消息告诉了悌血国的蛋蛋亲王，这就令人生疑了。

——尤其是潭非的一句"大王亲临青牛津督战"，令景溪毛骨悚然，暗道："悌血国退兵果然是虚与委蛇之计，其实他们早就包藏祸心。"

蛋蛋王道："桐柏双侠，你们是来想刺杀本王，还是跟踪潭总兵？"

潭非温言道："你们听舅舅的话，归顺了蛋蛋大王，等青牛津一破，抓住了拿云子，蛋蛋大王答应会将碧凌剑借你们兄妹一观，绝不食言——"

史独秀打断了潭非的话，道："潭总兵，这么说来，你是铁了心要叛国了？你就不怕我们将你的事告知善将军和从莫愁城来的芮大人？"她不称潭非为舅舅，而是喊他"潭总兵"，可见桐柏双侠已经不将其视为自己的亲人了。

潭非哈哈大笑，道："哈哈哈哈，善将军？善将军早就投靠了蛋蛋大王，要不是善将军，我怎么又能结识上蛋蛋大王这样尊贵的朋友？"

潜身帐外雪地的景溪和盛秋水面面相觑，她们虽然早就料到悌血国退兵是假，可是万万没有想到善庸会背叛大杞，转投悌血国。

盛秋水低声道："姐姐，我们赶紧去告知芮大人。"

景溪镇定地道："已经来不及了——"景溪话音未落，二人的身后传来了簌簌声响，盛秋水回头一看，大吃一惊——就在离她们身后不足十步的地方密密麻麻排列着一群五彩斑斓的怪兽，它们似虎非虎，似牛非牛，口中喘着白乎乎的热气，虎视眈眈地盯着景溪和盛秋水，一副随时要扑上来的样子。

盛秋水惊得一声低呼，道："这是一些什么怪物？"

景溪强作镇定地道："它们应该就是悌血国斑斓王煞费苦心培育出来的斑斓兽兵，秋水，我们可要小心了。"

众多的斑斓怪兽已经拢上前来，将景溪和盛秋水围在了中间。就在这时，黑色大帐内叮叮当当响起了一阵兵刃交接的声音，忽然"哗啦"一下从里面倒飞出了两个人，重重地摔在了雪地上，正是桐柏双侠。紧接着，蛋蛋王雄壮的身子走了出来，朗声道："帐外的朋友，该现身了吧？"

景溪和盛秋水正要一跃而出，没想到一侧的雪崖后缓缓现出一个人来，只见他"嘿嘿"干笑一声，道："在下特意来向大王敬献礼物一件。"

乍见此人，景溪一惊，压声道："他怎么来了？"

盛秋水道："他是谁？"

景溪道："庙堂灵蜥。"

第三十九章　乱象端倪

庙堂灵蜥上前递给蛋蛋王一个蜡封的竹筒，道："这是我们的皇帝老儿写给你们杜鹃城风娘娘的密信。"

蛋蛋王随手一捏，竹筒立即裂开，蛋蛋王从里面取出一片白锦端详了起来，随即呵呵笑了，道："没想到音宗皇帝还挺有心机的。"

庙堂灵蜥道："大王，皇帝老儿在密函中写的什么？"

蛋蛋王得意地道："音宗在信中赞我宅心仁厚，特向我们的风娘娘建议撤换斑斓王，让我取而代之。"

庙堂灵蜥点头道："音宗这个时候能想到说服风娘娘换去落日营的主帅，以此来缓解边关的压力，也不失为一步妙棋。"

蛋蛋王忽然蹙眉："庙堂灵蜥，你受皇命去给风娘娘送密函，却为何将此密函私自截留给我？"

庙堂灵蜥哈哈一笑，道："我只想用此密函，换取大王手里的一条人命——"

蛋蛋王问道："是谁？"

庙堂灵蜥道："芮轩芮大人。大王你此番前来青牛津名为贺寿，实则暗中调集了重兵，已经将青牛津围得水泄不通，我只希望你能放了芮大人。"

蛋蛋王瓮声瓮气地道："想让风娘娘通过换帅来停止两国的杀戮，他未免太天真了。你可知风娘娘为何将落日营的帅印交由我来执掌？"

庙堂灵蜥一愣，道："据说是你们的斑斓王由于痛失爱女，心智变得失常了——"

蛋蛋王摇头哈哈大笑："此言虚也，都是道听途说的。真相就是风娘娘懿旨，令他破了相马关之后，率军直取青牛津，可是他却抗旨。"

被一群斑斓怪兽围在中间的景溪和盛秋水将蛋蛋王的一番话听得清清楚楚，不由得又惊又奇，均想："风里眠虽是悌血国的王后，可毕竟出身大杞，也曾在莫愁城内做过宫女，她怎会如此仇恨杞国？"

庙堂灵蜥干笑道："嘿嘿嘿，这么说来，音宗皇帝还高估了你？"

蛋蛋王道："庙堂灵蜥，你多年前可没少献我宝物，尤其是那份抄录的三官阵图更是帮了我的大忙。如今，你既然开了口，我倒想卖你这个人情，只要你再帮我做一件事，我就让你们的芮大人活着离开青牛津。"

庙堂灵蜥道："你还想着要得到碧凌剑？"

蛋蛋王傲然道："当然，我蛋蛋王想要的东西，一定要得到。"

景溪一惊，心道："想不到蛋蛋王也对碧凌剑垂涎三尺，此剑一旦落入了蛋蛋王之手，那我大杞危矣。事有蹊跷，悌血国的大军已到了青牛津，可是相马关却还在金刀介临风的手里，这是怎么回事？"

庙堂灵蜥道："你们明明已将相马关、伊河和青牛津都收入了囊中，为何还假惺惺地以宾客相待？难不成真想直取莫愁城？"

景溪闻言，和盛秋水面面相觑。只听蛋蛋王道："莫愁城虽说是花花世界，可对我来说，一文不值。我只不过是奉命行事罢了——"

蛋蛋王话还没有说完，忽听得远处西南角的夜空上"嗖"的一声，一支响箭直冲苍穹，在空中炸散，煞是刺眼。蛋蛋王还没有反应过来，身边的潭非失声道："这——这可不是善将军的营中哨令，大王，难不成芮轩带来的禁军和善将军的戍边军打起来了？"

——相马关失守在景溪等人的预料之中，然伊河和青牛津都已经处于悌血国的掌控之下，这是景溪万万没有想到的。

——既然善庸、潭非已经投靠了悌血国，那相马关的金刀介临风显然也已是归顺了杜鹃城。

——金刀介临风出任相马关大将果真是音宗的秘旨？

此时，已经容不得景溪去多想，她此时此刻最要紧的是如何摆脱这群斑斓兽。可是，令景溪大感意外的是，这群斑斓兽尽管看上去凶恶无比，却并没有扑上前来撕咬景溪和盛秋水，而是龇牙咧嘴地将她们二人团团围住。

蛋蛋王嘴里发出一声呼哨，成群的斑斓兽一窝蜂随着蛋蛋王等朝西南方向奔去，瞬间，雪地上就剩下了奄奄一息的桐柏双侠以及惊魂未定的景溪和盛秋水。

桐柏双侠显然受到了蛋蛋王沉重的一击，史无双一动不动躺在地上，史独秀虽然生命垂危，却还有一口气。景溪俯下身去，急道："史女侠，你们探得了碧凌剑的下落？"

史独秀缓缓睁开眼睛，苦笑道："我们兄妹两人都上了潭非的当了——"

景溪道："这到底是怎么回事？"

史独秀艰难地道："潭非是我们的亲舅舅，他——他说让我们帮忙寻找玄武门的掌门人拿云子，说只要找到了拿云子，便可以解杞国之危，哪知道——哪知道他暗下竟早就里通外国——"

景溪急问："史女侠，那你可知金刀介临风出任相马关总兵之事？"

史独秀口中的鲜血开始朝外涌，断断续续地道："这——这都是一场——一场大阴谋——杞国——杞国危——"突然史独秀的头一歪，就此不动。景溪叫了两声，史独秀没有丝毫反应。

盛秋水轻轻地摇了摇头，道："姐姐，我们赶紧去找芮大人。"

景溪抬头看了看西南边的天空，隐隐约约有厮杀声传来，道："看来，芮大人的禁军已经和他们打起来了，要真是这样，芮大人必定凶多吉少，只是茅大哥和尘尘已经走了，要不然，我们的人加上茅大哥他们的麻衣帮，还可以抵挡一阵。"

盛秋水道："姐姐，刚才那群怪兽为什么没有对我们发起攻击？"

景溪摇头，道："眼下顾不了这么多了，擒贼先擒王，秋水，我们赶快去，一定要生擒这个蛋蛋王，或许我们还有翻盘的可能。"

盛秋水点头道："姐姐说的是，可惜相思妹妹不在，要是她在的话，擒住蛋蛋王，应该不是什么难事。"

第四十章　变　脸

芮轩在善庸给他安排的营帐中久久未眠。

如果说这么多天的疲乏令他忧虑不堪，那么现在芮轩已经很坦然了——相马关已经守将定了，金刀介临风武功盖世，他虽然没有带兵的经验，可是介临风身手卓绝，个人素质完全可以信任。

——善庸的寿宴悌血国蛋蛋王亲自前来祝贺，一起来的还有伊河总兵潭非、青牛津首富庞金山等，由此看来，边关危急纯属以讹传讹。

——"真的是这样吗？"芮轩的心里一遍遍问自己，"善庸说介临风会准时到来，为什么没来？"

"只有见到介临风，一切才会水落石出。"芮轩心道，"圣上明明已经任命介大侠为相马关的守关大将，说明圣上已经对边关的军务了如指掌，可他为何还要瞒着我，让我千里迢迢领军前来作战？"

更让芮轩不可思议的是——花相思居然轻而易举打败了蛋蛋王。

芮轩没有见过"武痴"蛋蛋王，可他听过其名号，蛋蛋王爱武如命，令芮轩钦佩。芮轩是武状元出身，他天生亦热衷习武，由此便生惺惺惜惺惺之感，然原本武技平平的花相思仅仅用了一两个回合便击败了蛋蛋王，令芮轩匪夷所思。

——尤其是花相思的内力更是令芮轩瞠目结舌，尽管花相思说，她的一身雄奇的内力是拜其师平霄汉临终之前所赐。

三十四手平霄汉，十二剑侯定乾坤，对于他们两人的传闻，芮轩一直以来都是揣着怀疑的态度——芮轩不相信世上真有武功如此之高的人，可当他亲眼目睹花相思击败蛋蛋王之后，完全信服了。

"平、定二位前朝的高人居然一直活到现在才去世？"芮轩不由暗暗称奇，"二人销声匿迹，原来他们一直隐居漠外。"

就在芮轩内心澎湃之时，忽听得外面嘈杂声大起，正要奔出去看个究竟，一名副将跌跌撞撞跑了进来，急叫道："芮大人！大事不好了，善将军——善将军他——"

芮轩惊道："善将军怎么了？"

副将叫道："善将军的手下谋反了——"话还没有说完，被后面扑上来几人乱刀砍倒在地。

芮轩这一惊非同小可，他一把拿起床前的铁笔，呼呼划出两招，逼退了对方，定睛一看，这几人正是善庸手下的士兵，当即喝道："大胆狂徒，竟敢谋反？你们把善将军怎么了？"

一人冷笑道："芮大人，小将奉善将军之命，前来请你！"

芮轩一愣，道："善庸为什么自己不来？"

另外一人笑了笑道："芮大人，这里是青牛津，不是莫愁城，哪来那么多废话？"

芮轩恍然大悟，道："原来——原来是善庸想谋反，我说呢，谅你们几个也没有如此大的胆子，带我去见他！"

芮轩嘴上这么说着，可是心里却是万分焦急——自己从莫愁城带来的一干军士全部驻扎在了青牛津五里外，此时如果善庸真的谋反，势必早就将他们全部制服了。

眼前的几个士兵当然奈何不了芮轩，可是芮轩急于要见到善庸，便没有再与他们相斗，便随他们出了驿帐。

芮轩跟着几个人来到将军府，见善庸端坐正堂，面带笑容地等着他。芮轩喝道："大胆善庸，你为什么要这么做？"

善庸哈哈大笑，道："芮大人，善某的手下不懂礼数，冒犯了大人，我在此向你赔罪。"

芮轩镇定自若，道："善将军，朝廷对你不薄，你真要谋反不成？"

善庸脸面一冷，道："我善庸已年过半百，到如今还是一个边关守将，你说朝廷对我不薄？音宗皇帝当年不也是通过谋逆上位的吗？"

芮轩喝道："大胆，你居然说出这样大逆不道的话？难不成你还想做皇帝？"

善庸摇头道："芮大人你高看我了，我善庸即使再自大，也不至于愚蠢到如此地步。只是，眼下悌血国强兵富民，非我们大杞可比，这大漠以南的大好河山被音宗老儿治理得不堪入目，百姓积贫积弱，忠臣良将，贬的贬，诛的诛，怨声载道——"

"放肆！"芮轩喝道，"圣上乃是秉承先帝遗训才继承皇位，还轮不到你来说三道四。"

善庸道："秉承先帝遗训？先帝生有九子，我试问，除了疾病缠身的三皇子看破红尘，早年离宫而去，眼下其他七个皇子还有哪一个活在世上？音宗喜怒无常，茅见初大人一家遭满门抄斩，便是一例，而且此君生性多疑，陈道将军要不是那一年跑得快，也早就成了音宗暴政下的冤魂了。"

芮轩一愣，道："金刀介临风成了相马关总兵，又是怎么回事？"

善庸嘿嘿一笑，道："金刀介临风是货真价实的相马关总兵，这是不争的事实，只不过，他的任命不是出自莫愁城，而是——"

芮轩大惊，道："原来你们都已经商量好了，一起投靠了悌血国？却故意引我前来？"

善庸正色地道："芮大人，当今大杞朝廷之中，数你还算得上是个人才，我善某一直以来对大人也是由衷敬佩。现在相马关、青牛津、伊河三处要塞已经全落入了悌血国之手，只要你能改弦易辙，我们齐心协力一举推翻了音宗的暴政，于国于民，岂不皆大欢喜？"

芮轩被善庸的一番话气得浑身发抖，指着善庸道："你——你已经犯下了诛九族之罪，还在此和我大言不惭？我芮轩生是大杞人，死为大杞鬼，怎么可能与你这等逆贼同流合污？"

善庸摇头叹息，道："唉，芮大人食古不化，我善某也是爱莫能助，只不过，你的一番愚忠却害了身边数千将士的性命，实在是可惜啊。"

芮轩喝问："善庸狗辈，你果然城府极深，那天你以军营拥挤为由，故意将我和他们分开，让他们驻扎在青牛津外五里，原来是早有预谋。"

第四十一章　误打误撞

东方破晓，四野被雪覆盖着，一片苍茫。此时，陈逍已经得知了茅起的身份，不由大喜，道："有麻衣帮的兄弟相助，抗击悌血国贼寇就更有把握了。"茅起告知陈逍，芮轩此番作为统帅前来抵御外敌入侵是受了皇上的指派，陈逍叹道："芮大人虽是武状元出身，可是带兵打仗他并没有经验。"

芮轩的援军一路北上，陈逍早就和海远清探得清清楚楚，因陈逍是戴罪之身，不敢轻易与芮轩见面，直到此时听茅起和万尘尘说起芮轩千里迢迢援军青牛津的事情，陈逍才稍感到一丝宽慰。

——"师傅介临风对自己有养育、授艺之恩，他为什么要污蔑自己谋反？"陈逍始终不相信这是真的。

善庸勾结悌血国是陈逍万万没有预料到的——善庸是杞国的老臣，曾经一度是三皇子的贴身侍卫，三皇子离宫之后，善庸又跟随当今圣上，为音宗皇帝即位立下大功。这样一个人，怎么可能说投敌就投敌呢？

现在最要紧的是与茅起的义军联手抗敌——善庸的手下乔装打扮成落日营的人前来刺杀拿云子，可见善庸已经不准备继续伪装下去了。

当下，茅起用响箭联系部属，很快便集结了散落在青牛津四周的帮众，由陈逍统一指挥，做好了迎敌的准备。

此时已是晨曦初显，青牛津四下杀声震天，芮轩从莫愁城带来的禁军和善庸的戍兵混战在一处，尸横遍地。

陈逍痛心疾首："没想到善庸竟大兴反旗，明目张胆勾结悌血国，害我大杞军士自相残杀至如此境地。"

海远清道："我仿佛嗅到落日营斑斓兽兵的气味了，估计一场恶战在所难免，我们得赶紧找到芮大人，将义军和禁军两军合一处。"

茅起道："善庸的将军府此时恐已壁垒森严，芮大人凶多吉少。"

陈逍原本就任青牛津总兵，对青牛津的地形自是极为熟悉，他率众穿过一道沙梁，沿着一片低矮的滩涂，前面便出现了连绵起伏的丘包，远远望去，无数斑斓怪兽正在蛋蛋王的驱使下朝青牛津的将军府奔去。

万尘尘惊道："这些是什么怪物？"

拿云子和海远清对望一眼，皱眉道："悌血国的斑斓兽兵果然已经悄悄到了青牛津，看来一场血战在所难免了。"

海远清道："斑斓兽兵是斑斓王潜心多年养育成的一支妖兵，它们凶猛异常，可以以一抵百，我们的将士万不可与它们硬拼，白白丢了性命。"

陈逍道："擒贼擒王，我们要出其不意，先控制住它们的统帅才行。"

茅起点头道："不错，陈将军，不如由我率一队人马，攻击对方统帅，你和两位前辈去解救芮大人他们，随后我们合兵一处，再作计较。"

陈逍道："好，事不宜迟，咱们赶快分头行动。"

茅起和万尘尘随即带上几十个麻衣帮的帮众匆匆离去，陈逍和海远清、拿云子率众赶赴将军府。

此时的将军府内，芮轩焦急如焚，他明白自己身处绝境，却并没有看到景溪等人，便喝问道："善庸，你把景溪姑娘她们怎么了？"

善庸冷冷地道："你带来的人早已舍你而去，识时务者为俊杰，我劝你还是赶紧降了吧！"

芮轩大怒，道："逆贼，我芮轩今日有辱圣命，着了你的圈套，你要杀便杀，又何必多言？"

善庸冷笑道："既然你敬酒不吃吃罚酒，那我就送你一程——"

他话还没有说完，忽然一人慌慌张张进来，惊恐地道："将军，大事不好了，营中来了一群怪兽，见人就撕咬，已经——已经快到将军府了——"

善庸失声道："斑斓兽兵？蛋蛋王何在？"

芮轩一下子愣住了，心道："真是天助我也。"当下不由分说，趁善庸分神之际，手里的两支铁笔一展，朝善庸的面门击去。

善庸身边的侍卫紧急上前阻挡，被芮轩一笔洞穿前胸。善庸也是武将，论身手，不在芮轩之下，此时见芮轩起手反抗，冷笑道："芮大人，纵然你身手再好，要想凭一己之力出了这将军府，也是千难万难。"说着提起佩剑与芮轩斗在了一处。

这时，外面传来一阵乒乒乓乓的打斗声，只听得有人喊道："芮大人！芮大人！"正是景溪的声音。

芮轩大喜，叫道："景溪姑娘，我在这里！""唰唰"两笔将善庸逼退一步，夺门而去。芮轩一出去，便见景溪和盛秋水正在与善庸手下的几员大将相斗，叫道："二位姑娘，不可缠斗，赶紧去我们营中——"

景溪边斗边叫道："外面全部都是猛兽，将去往大营的路堵死了。"

芮轩急道："其他几位姑娘如何？"

景溪道："大家都散了，先冲出这里再说。"

眼见善庸的手下越聚越多，景溪等左冲右突，却始终不能突破重围，不由大急。景溪原本擅长诸神聚内力和御龙绵针，这两种绝技应对高手过招自然是不落下风，可是要让景溪用它们来对付数以百计的士兵，却是丝毫不占优势。

善庸是青牛津总兵官，此时他手下的将士一心想抢功，更是拼了性命前来与芮轩等厮杀，一边高呼："不要放走了姓芮的！"

芮轩与景溪、盛秋水三人奋力相搏，几次险些突围而去，又被蜂拥而至的士兵团团围住，一直无法脱身。

就在芮轩万分焦急之际，忽阵阵低沉的吼声传来，紧接着又是数声凄惨的号叫，远处骚动声起，夹杂着恐惧，道："怪兽来啦！大家赶紧逃命啊——"

景溪抬头望去，只见三四只斑斓猛兽跳跃着朝这里冲了过来。景溪大叫："芮大人，我们朝这几只畜生那里冲过去。"

芮轩一听，立即明白了景溪的意思，此时善庸的手下被猛兽吓得四下逃窜，猛兽身边反而是士兵最少的地方，凭着景溪等人的身手，想要避开猛兽的攻击反而比与那些士兵缠斗更容易得多。

果然如芮轩所料的那样，猛兽一味只顾着追咬士兵，善庸只能眼睁睁看着芮轩等三人趁乱从士兵中间穿梭而去。

第四十二章　师徒相见

花相思和戴洗桐拼命朝青牛津军营奔突，悌血国的秃头将军带领一众落日营的杀手紧随其后，叫道："别跑！再跑就放箭了！"

霎时，一阵箭雨射来，均被花、戴二人挥刃击落。不一会儿，戴洗桐和花相思被后面策马追来的落日营士兵赶了上来，花相思叫道："姐姐你先走，我来拖住他们！"

戴洗桐挥剑道："相思妹妹，看样子我们今天谁也脱不开身了，不如放手一搏，跟他们拼了。"说着刺出两剑，两个追兵当即被刺倒在地。

就在这时，荒丘的后面传来马蹄声，旋即十几匹黑色的战马奔了过来，戴洗桐定睛一看，不禁大喜，道："是茅大哥他们！"

马上的茅起和万尘尘也看到了被围追堵截的戴洗桐二人，万尘尘叫道："两位妹妹不要惊慌！"

茅起率麻衣帮的高手冲了过来，迎面直击秃头将军。秃头将军初以为茅起等人是芮轩的部下，可刚一交手，便觉得对方并非军中之人，尤其是茅起的手中长剑招招凶狠，杀得秃头将军一阵手忙脚乱，险些丧命。

秃头将军喝道："你们是何人？"

茅起哈哈大笑，道："爷爷是专门来送你们这些贼寇上路的。"说着连连攻出数招，直将秃头将军击得步步后退。

花相思叫道："茅大哥，悌血国的大军已经掩杀过来了。"

茅起见花相思在众杀手之中游刃有余，不禁大奇，道："小妹妹，数日不见，你怎么突然变得这么能打？"

万尘尘也很是惊奇，喜道："相思妹妹，再见到你真是太高兴了。"

戴洗桐和花相思没空理会二人，翻身上马，戴洗桐叫道："快去营救芮大人！"

万尘尘道："陈将军已经率军前去接应芮大人了，我们先擒住这秃头将军。"

秃头将军气急败坏，麻衣帮中人平时乃是拼死之徒，此时同仇敌忾，其勇猛程度不亚于落日营的杀手，瞬间十几匹战马便在秃头将军的包围圈中来回厮杀，众敌顿时死伤一片。

茅起一马当先，紧盯着秃头将军便是一顿狠招，秃头将军招架不住，乘机打马逃窜。万尘尘叫道："茅大哥，快截住他！"说罢，便一勒马缰，朝秃头将军追了过去，一人一骑顿时消失在了滚滚黄沙之中。

花相思惊道："不好，尘尘姐要落单了。"也紧跟着打马追了出去。

茅起惦记着万尘尘的安危，也飞驰而去，一众战马风驰电掣般朝青牛津北边奔去。

万尘尘紧跟秃头将军的快马后面，叫道："你往哪里跑？"身后阵阵马蹄声传来，知道茅起等也追过来了，心里便踏实了许多。

忽然，前方传来一阵隐隐约约的嘶嘶之声，万尘尘吃了一惊，正思量间，却见前方百米开外涌来一队人马，马上之人扛着一面大旗，上书一个黄色"介"字。

万尘尘来不及细想,依旧紧追不舍,转眼已经到了那队人马的跟前。秃头将军冲进了迎面而来的队伍之中,不想被一个穿黄色战袍的老者横刀一拦,老者喝道:"来者何人?"

秃头将军道:"你是介将军?本将是蛋蛋王手下偏将,你来得正好,快快将后面的来人拿下。"

黄袍老者怒色道:"什么蛋蛋王的偏将?明明是悌血国的番将,还不下马受擒?"

秃头将军又惊又怒,道:"反了,反了,你不是已经招降了我们悌血国——"话音未落,被黄袍老者一刀击中后背,摔下马来,边上士兵立马上前将他绑了。

万尘尘大喜,道:"敢问将军是何人?"

黄袍老者抱拳,道:"在下相马关总兵介临风,你又是什么人?"

万尘尘闻言一愣,道:"你——你就是金刀介临风?"

介临风道,"正是在下?你认得我?"

万尘尘知晓金刀介临风与陈道是师徒,而且传言介临风已经出任了相马关的守将,一时间她无暇细细分辨,但见他刚才降伏了秃头将军,便知此人理应是友非敌,道:"多谢介前辈相助!晚辈万尘尘,是令徒陈道将军的朋友。"

"陈道?"介临风道,"你与小徒相识?"

万尘尘道:"令徒陈将军也已经到了青牛津,此时他正率军去抵御悌血国的来犯之敌。"

介临风喜色道:"此话当真?介某也是获悉了悌血国兵犯青牛津,便率军前来援助抗敌。"

万尘尘听介临风说到此番带兵前来增援青牛津,心头大慰,直道:"青牛津有救了。有介老英雄驰援,我们还怕什么悌血国的斑斓兽兵!"

介临风当即让万尘尘随军一同火速朝青牛津进发,刚走出不到两里,茅起和花相思赶到。双方彼此见礼，均是欢欣鼓舞。

　　茅起心道："介临风此番前来驰援青牛津，他应该是一个重气节之人，可是他为何要检举弟子陈逍谋逆呢？"心中虽有疑问，可毕竟眼前军情危急，也顾不得那么多了，等到他们师徒碰面之时，事情真相终会水落石出。

　　一行人浩浩荡荡来到了青牛津的城堡之外。此时的万尘尘才得知秃头将军只不过是落日营中一个不足为道的偏将，真正的敌人主帅是蛋蛋王。

　　早有探子将金刀介临风率众前来增援的讯息报于陈逍，陈逍得此讯息也是又惊又喜，策马前来相迎，师徒见面，百感交集。陈逍命军士将金刀介临风的部属安顿在城堡外扎营休整，等与恩师商量好破敌之策，再作计较。

　　陈逍将秃头将军提来审问，得知此番蛋蛋王亲率斑斓兽兵前来，着实是做足了充分的准备，不仅出动了落日营的精锐之师，更是将三官大阵训练得异常纯熟，为的就是要在青牛津与杞国一决高下。

第四十三章　重叙往事

　　青牛津城堡紧闭，面对着高约数丈的巨石城墙，陈逍等只能是望城兴叹。

　　陈逍有几次想亲口问师傅介临风，为什么三年前要检举他谋逆，可是话到嘴边又说不出口。介临风见到陈逍倒是一脸久别重逢的喜悦，道："逍儿，没想到为师在这里能遇到你，真的是太好了。"

　　介临风的话让陈逍有一股莫名其妙的哀伤。

　　陈逍道："师傅，你怎么成了相马关的总兵？"

介临风叹道："唉，眼下我大杞国乃是多事之秋，能为国出一份力，也是我们习武之人的本分。"介临风的话语中虽然听起来豪气干云，却没有正面回答陈逍的疑问。

就在这时，有前哨官兵来报，道："陈将军，外面有一人求见。"

陈逍一愣，道："是什么人？"

来人道："来人自称是芮轩大人的朋友。"

陈逍闻言，赶紧道："快快有请！"

不一会儿，一个长相奇特的人被带了进来，一旁的茅起见了不禁吃了一惊，道："你——你不是庙堂灵蜥吗？"

庙堂灵蜥乍见茅起，也很是惊讶，道："怎么是你？"

陈逍直直审视庙堂灵蜥，道："阁下有何指教？"

庙堂灵蜥正要回话，突然他看到一旁的介临风，惊讶地道："金——金刀介大侠？"

介临风狐疑地道："你认识我？"

庙堂灵蜥哈哈大笑，道："金刀介临风介大侠名满江湖，谁人不识？想当年，本人在莫愁城中第一次失手，就是拜介大侠所赐。"

介临风和陈逍等面面相觑，道："哦？你说来听听。"

庙堂灵蜥道："说来那已是三十几年前的事情了，在下嗜好珍奇异宝，曾经多次光顾莫愁城的皇宫。三十年前，一次进入三皇子殿内盗取一块草花玉髓，就遇到了你介大侠，可惜我当初技不如人，敌不过你，只得狼狈而走，介大侠可曾记得此事？"

介临风淡淡一笑，道："阁下说的往事，我还真的想不起来了。"

庙堂灵蜥的话，令陈逍心里一动，道："阁下三十年前就与家师交过手？"

茅起压声道："陈将军，这庙堂灵蜥擅使毒功，你要小心！"

庙堂灵蜥道："三十年前，介大侠可是莫愁城皇宫的红人，他与青牛津的善庸将军同为大杞三皇子的左右二侍，谁人不敬畏三分？"

"原来师傅曾经在皇宫中做过侍卫？"陈逍听到庙堂灵蜥这样一说，不禁很是惊讶，心道，"我怎么从来没听师傅提起过？"

介临风道："请恕老朽昏庸，已经记不清那么多年前的事情了。对了，你来找陈逍将军到底有何事？"

庙堂灵蜥一拍光秃秃的脑门，道："哎呀，我差一点把正事给忘记了。我此番路过青牛津，原本是要去悌血国的杜鹃城送密函的，可是中途得知悌血国的大军进犯青牛津，围困住了铁笔巡查芮轩大人。芮大人于我有恩，我想此事在下不能坐视不理——"

庙堂灵蜥作为天下四恶之一，介临风又怎么可能没有听说过他的名头？只是刚才介临风不屑于庙堂灵蜥的恶名，才无心与他搭话罢了。然刚才这番话不禁让陈逍等倍感震撼。

茅起抚掌，道："想不到庙堂灵蜥也怀感恩之心，我们从莫愁城一路北上，途中芮大人也和我闲聊过你以前的事，有道是，知错能改，善莫大焉，那你是愿意加入我们的队伍了？"

庙堂灵蜥道："善庸勾结悌血国，占我大杞疆土，人人得而诛之。"

介临风冷冷道："庙堂灵蜥，你怎么知道善庸叛国呢？"

庙堂灵蜥道："眼下他将朝廷将官芮大人围困在了青牛津，逼他降敌，难道还不是叛国？"

此话一出，陈逍的心中"咯噔"一下——三十年前，介临风曾经与善庸同为莫愁城中的左右侍卫，这让陈逍心中疑云重重。

147

——善庸替代自己成了青牛津的总兵，而自己之所以被善庸替代，则是因师傅介临风的举报。更令人不解的是，师傅介临风也代替了战死的赤目金刚戴传薪，成了相马关的总兵。

如果这一系列的事纯属巧合，那么关键的问题来了：眼下，善庸勾结悌血国，引兵南犯，那师傅介临风又是扮演何种角色？

陈逍心道："师傅从小待我恩重如山，我怎可以这样猜疑他老人家呢？"

心念及此，陈逍道："青牛津城高堡深，若要强攻，定然死伤无数，不仅救不出芮大人，反而会投鼠忌器，适得其反。庙堂灵蜥，你有何妙计？"

庙堂灵蜥面有忧色，道："若仅仅一个善庸，倒是不难对付，最令人头疼的是，悌血国的蛋蛋王与他的斑斓兽兵也已经到了青牛津的城堡之内，那是一群食人怪物，凶残无比。"

万尘尘脸色大变，颤声道："这——这可如何是好？"说着，看着茅起，眼神之中满是期待。

茅起一时之间也没有了主意，道："尘尘莫要惊慌，现在有金刀介大侠前来增援，区区一个青牛津，定然可以攻克的。"

介临风手捻长须，道："唉，悌血国的斑斓兽兵我倒是听说过的，据说这是一群形同鬼魅的兽兵，只听从主帅一人之令，的确很难对付。"

陈逍道："师傅先稍安勿躁，等拿云子和海远清两位前辈回来了，我们再从长计议。"

介临风脱口而出，道："拿云子和海远清？他们怎么会在此？"

陈逍叹道："三年前，弟子受人无端检举，身背被通缉之名，本来想去固舟山金刀寨投奔师傅的，只是弟子戴罪之身，怕牵累师傅您老人家，于是便流落江湖，幸亏遇到了海远清前辈，一路做伴而来。"陈逍说着，静静观察介临风脸上的表情。

"哦——"介临风轻叹一声，"为师对你三年前的遭遇也有所耳闻——"

陈逍急忙道："师傅也听闻弟子蒙冤之事？那您可知道其中的蹊跷？弟子身负莫白之冤，始终不知是何人诬陷了弟子。"

介临风长叹一声，道："逍儿，世间之事，祸福难料，要不是三年前你离开青牛津，恐怕此时也会和善庸一样，成为他人的棋子。"

陈逍一愣，师傅介临风的话，让他丈二和尚，摸不着头脑。

第四十四章　强攻进城

临近暮色时分，前去青牛津城内打探消息的拿云子和海远清二人回来了。青牛津虽然城门紧闭，可是区区一道城墙根本难不倒这两位当今世上的绝顶高手。

原来，此时的青牛津城内戒备森严，悌血国的蛋蛋王挟斑斓兽兵，已经完全控制住了城内的局面，善庸率军全部归降了蛋蛋王，正全城搜捕芮轩和景溪、盛秋水三人。

"如此说来，芮大人和景溪姑娘他们暂时还没有落入敌手。"茅起道，"看来，我们只得强行攻城了。"

陈逍道："茅兄所言甚是，朝廷派来的将士都被他们事先故意安顿在了城外，可见善庸早就有所预谋。青牛津城内方圆不过十里，要是举城搜捕，芮大人他们定凶多吉少，只有破城而入，方能解救。"

正说着，介临风也巡营归来，陈逍赶忙向拿云子和海远清介绍自己的师傅。介临风一听眼前的二人便是碧凌神君旗下玄武、白虎二派的掌门，不由得肃然起敬，抱拳道："久闻二位掌门乃是仙家一般的人物，今日一见，实属介某三生有幸。"

拿云子和海远清均还礼，道："好说！好说！"

海远清道："介大侠此次率军而来，是不是也为了解青牛津之危?"

介临风道："介某本是收到善庸的请柬前来贺寿的，路上偶感风寒，耽误了两天，哪知道竟发生了这样的事情。"

万尘尘一愣，心道："介大侠原先可不是这样说的呀，他先前是说获悉了悌血国兵犯青牛津，便率军前来援助抗敌的，怎么此刻又是别个说法?"

当下，陈逍等一众商议，决定等天黑之后，便趁着夜色强行攻城。

先由庙堂灵蜥悄然入城，斩杀城内看守城门的士兵，由陈逍与茅起带领麻衣帮近千名帮众从正面攻击，而海远清与拿云子、介临风率人从侧翼攀缘偷袭。此时天色还未完全黑下来，众人一个个摩拳擦掌，准备奋力一搏。

花相思和戴洗桐、万尘尘三人被茅起安排在自己身边，茅起道："相思妹妹，你身手好，尘尘和洗桐两位妹妹就随你身旁，大家到时一定要多加小心。"

天色已经转暗，介临风和海远清、拿云子带领着一干人悄悄绕道去了青牛津的侧翼城下，陈逍道："师傅！你们一旦攀缘到了城上，便以响箭为号，弟子便率众攻城。"

介临风点头，道："有玄武、白虎二位大掌门相助为师，你就放心吧！"

庙堂灵蜥是大盗出身，再高的壁垒对他来说也是如履平地。此时，天色已经完全暗了下来，庙堂灵蜥道一声："我去也！"便独自去了。

茅起对庙堂灵蜥还是有一些不放心，悄悄对陈逍道："这家伙正邪难料，靠不靠谱？"

陈逍道："用人不疑，疑人不用，更何况他为了救芮大人，不惜冒死前来求援，我们应该相信他。"

不一会儿，有军中探子来报："启禀将军，青牛津城内有厮杀声。"

陈逍与茅起等来到城外，隐隐约约听到城堡内嘈杂一片，其间夹杂着兵刃交击的声响，陈逍喜色道："家师和海前辈他们已经进城了。"

茅起道："怎么没有听到介大侠的响箭为号？"

陈逍道："可能是庙堂灵蜥还没有到正门之处，只要正门一开，我们便杀进去。"

正说着，只听得正门里一阵骚动，紧接着青牛津的两扇石门缓缓开启，陈逍大喜，挥手道："一起攻进去。"率先冲上前去，余下将士蜂拥而至朝前，顿时杀声震天。

花相思对身边的万尘尘和戴洗桐叫道："进城之后不可恋战，我们先去找寻芮大人和景溪姐姐他们。"

万尘尘与戴洗桐齐道："不错，先去和景溪姐姐他们会合。"

近千人冲进青牛津的正门，与迎面而来的城内守兵相交，顿时混战一团。

忽然，陈逍听得身后马蹄声响，回头一看，借着月色，只见黑压压的一团骑兵朝城门这边疾驰而来，有人叫喊道："朝廷的兵马到了。"

茅起回望，果然是芮轩的部属挥舞着兵刃赶到，喜色道："大伙一鼓作气，冲进去！活捉善庸！"

麻衣帮众人本就是江湖豪侠，平时虽未曾经历战事，可人人武艺高强，此时在帮主茅起的率领之下，更是士气高涨，他们冲在最前方，逢人便杀。青牛津的守军平时养尊处优，哪里见过这样的阵势？一时之间竟然被击得抱头鼠窜，瞬间麻衣帮的义军和朝廷的禁军如过江之鲫，朝青牛津的城堡内涌了进去。

陈逍远远望到正在前面厮杀的庙堂灵蜥，叫道："快去找寻芮大人！"

庙堂灵蜥道："陈将军莫慌，我们且杀一阵，已经有三位姑娘前去救援了。"

陈逍等率领众将士一直杀向城中，沿途的百姓早已家家关门闭户，不时有守军杀出来迎击，也轻松被陈逍的队伍击退。

茅起道："陈将军，你师傅他们呢？"

陈逍被茅起的这句话给点醒了，他侧耳细听，原先在攻城之前介临风率领的一支军士从侧翼包抄厮杀，此时却没有了一丝响动。陈逍道："可能师傅他老人家已杀向了将军府，我们赶紧去接应！"

义军和朝廷的禁军共数千人在青牛津城内一番厮杀，城内的守军毫无招架之力，溃不成军。

陈逍曾是青牛津总兵，对城内的地形极为熟悉，他和茅起带上一支数百人的队伍直插将军府，令他没有想到的是，越是接近将军府，出来迎击的守军越少。地上到处是士兵的残骸，一滩滩鲜红的血迹，触目惊心。

茅起惊异地道："看来庙堂灵蜥说的没错，城内果然是有异兽之兵。"

陈逍也皱眉道："这些都是善庸手下的士兵，可是为什么那些兽兵不出来与我们作战呢？它们去了哪里？"

——是啊，此时的青牛津一派死寂，敌人在哪里？

茅起忽然叫了起来，道："尘尘她们呢？"他高声喊了数遍"尘尘！尘尘！"，可是并没有听到万尘尘的回答。

陈逍环顾四周，也是吃了一惊，道："不好，得赶紧把三位姑娘找到，以免中了对方的圈套。"

第四十五章　深沟大壑

万尘尘和花相思、戴洗桐三人一入城便进入了一条岔道，这条岔道可以直接通到将军府，前几日花相思独自一人进青牛津，到将军府，就是误打误撞走的这条道。当三人将要靠近将军府之时，迎面奔过来三人，正是芮轩和景溪、盛秋水。万尘尘大喜，道："芮将军！景溪姐姐！终于找到你们了。"

景溪见到花相思和戴洗桐，也是喜不自禁，道："你们怎么来了？"

花相思道："姐姐，我们前来接应你。茅大侠和陈逍将军也都杀进城来了。"

"陈逍？"芮轩一听到陈逍的名字，也是喜色道，"有陈逍兄弟来指挥这场硬战，我们就有胜算了。"

景溪道："悌血国的蛋蛋王亲率斑斓兽兵前来青牛津，一定是做足了准备。有道是，擒贼先擒王，相思妹妹，我正愁没有把握赢得了那个胖子亲王呢，如今有你在，我就放心了。"

花相思道："那个大胖子亲王在哪里？我们这就去将他擒了。"

景溪道："刚才我和秋水妹妹已经到过蛋蛋王的大营，可是此时他已经率领着落日营出营了。悌血国要南下进犯，必定是将主攻之营扎在青牛津的城北。"几人一起点头，便都急匆匆朝青牛津的北城奔去。

青牛津的城北是一望无际的深沟大壑，绵延不绝，少说也有数百条之多，其间一些荒原突兀耸峙，甚是怪异。芮轩等来到此处，见到这样的地形不禁感慨，芮轩道："此处藏兵，果然是绝佳场所。"

景溪眺望着眼前纵横的地势，道："大家小心了，千万不可走散，一定要比肩而行，一旦落单，被对方分割开来，就危险得紧了。"

几个人一起下得深壑，见岩壁疏松，壑底四通八达，恍若迷宫一般。景溪警觉地道："我似乎嗅到了一股沉澄之气。"

盛秋水点点头，道："我也嗅到了这样的气味。"

戴洗桐道："是了，落日营的士兵都是荒蛮之人，他们常年不洗澡，身上的味道的确是极重的。"

大家一起朝前探去，不知不觉已经到了沟壑的中央，地形变得更加复杂，却并没有见到一个落日营士兵的影子。

就在景溪等诧异之时，忽然不远处的一条山沟里传来了一个雄浑的声音，道："天堂有路你们不走，却偏偏自己闯进了这个鬼门关，哈哈哈哈——"

景溪和芮轩一惊，异口同声道："蛋蛋王？"

盛秋水和花相思相互看了一眼，顿时一左一右散开，挡在了戴洗桐和万尘尘的身前。

花相思高声道："蛋蛋王，你是本姑娘的手下败将，还不出来让本姑娘骑着你在青牛津转三圈？这可是你当时自己亲口说的。"

蛋蛋王身穿一身大红色的长袍，跃然而出，喝道："不知死活的臭丫头，到现在还在跟本王贫嘴？那天是本王一时之间大意了，才上了你的当，可现在你想从本王手里全身而退，就没那么轻松了。"

花相思踮起脚，骂道："蛋蛋王，你怎么如此不要脸？说过的话不算数？枉你还是一国的亲王呢。你这样出尔反尔，怎能统帅三军？"

蛋蛋王道："我不和你做无谓的争辩，一会儿你就会知道本王的厉害了。"

芮轩扬声道："蛋蛋王，善庸在哪里？"

蛋蛋王笑道："善庸这个无能之辈，连我的几只玩宠都应付不了，被困在了青牛津的城中呢，本王正准备率它们血洗青牛津城堡，不过既然你们前来送死，我只好先解决了你们。"说着，蛋蛋王将手里的一面小黄旗轻轻一挥，顿时间，从四面八方的沟壑之中涌现大批的斑斓兽，个个张着血盆大口朝芮轩等扑过来。

芮轩在善庸的将军府曾经亲眼见过这些斑斓怪兽的凶残，不由得大叫道："几位姑娘小心！"

戴洗桐和万尘尘哪里见过这样恐怖的怪物，一下子被吓得花容失色，惊叫着纷纷挥舞着手里的兵刃，封住了对方的来路。芮轩将手里的两支铁笔一横，挡在了景溪的前面，道："景溪姑娘，你去保护尘尘妹妹她们！"

数十只斑斓神兽跳跃着冲了过来，它们身形未到，利爪已经探出，一副凌空压倒之势。

景溪连连抬手，射出了几枚御龙绵针，顿时射瞎了几只斑斓兽的双眼，不料，这一下更激起了怪兽怒火，纷纷朝着万尘尘和芮轩他们袭来。芮轩奋力击杀，招招取向怪兽的眼睛，无奈这些斑斓兽的牙尖爪利且力大无穷，不一会儿芮轩的前胸后背便被怪兽的利爪所伤，鲜血淋漓。

盛秋水和花相思左右冲锋，护着戴洗桐和万尘尘，艰难支撑着。景溪飞身跃过来，单掌劈下，一只斑斓兽应声倒下，旁边的几只斑斓兽见状忽然绕过了景溪，直取万尘尘和花相思。

景溪一愣，心道："这些斑斓怪物怎么不来攻击我呢？"景溪正这样想着，她却看到扑向花相思那边的几只斑斓兽竟似乎也对盛秋水十分地忌惮，并没有对盛秋水发起攻击，而是专挑花相思、戴洗桐和万尘尘袭击。

花相思虽然武力高超，可是此时她面对的是一群凶残的怪兽，她苦于有劲使不出来，连连遇险。

忽然，景溪听到芮轩的一声尖叫，她不假思索地抬手一掷，御龙绵针飞出，与此同时，景溪已经飞身到了芮轩的身边，娇叱一声："你们这些死畜生！"双掌抡翻，"诸神聚"神力迸发，两只斑斓兽顿时"嗷嗷"长叫数声，当场毙命。

盛秋水意识到这些怪兽虽不敢靠近自己，却对花相思和戴洗桐、万尘尘攻击猛烈，即使自己全力以赴，还是难保她们安全，不禁大急。"哗啦"一声，戴洗桐的右臂被斑斓兽的利爪扯去一块皮肉，疼得她"啊"的一声叫了出来。

花相思就在戴洗桐的身边，惊叫道："姐姐！"飞速掏出怀中的碧凌剑划出，正中斑斓兽的劲脖，立即将它齐肩砍断。

蛋蛋王也发觉这些斑斓神兽似乎不敢靠近景溪和盛秋水，狐疑间将手里的黄旗猛然挥舞了几下，刹那间沟壑中涌出来一队精兵，有百十人，均手持弯刀朝这边奔来。

第四十六章　艰难鏖战

百十个落日营的精兵只是围着景溪和盛秋水游斗，景溪和盛秋水虽然对他们并不惧怕，可她们一边回击，一边还要分心照顾芮轩等人，一时之间也是被弄得手忙脚乱。

花相思手中的那柄短剑看似钝玉一般，却能一挥而就斩杀了一只斑斓兽，这让蛋蛋王大吃一惊，蛋蛋王喝道："臭丫头，你不是不用兵刃的吗？怎么还怀中藏剑？"

戴洗桐骂道："你好没有道理，只能你们为非作歹，还不允许别人用兵刃？真是强盗奸人。"

花相思嘻嘻笑道："对付你，我是不用兵刃，因为赤手空拳绰绰有余，对付这些畜生嘛，该用的时候还得用。"

蛋蛋王大怒，道："本王是武痴，对你手里的这柄短剑很是好奇，这柄剑能否借给我一观？"

花相思摇头道："这叫碧凌剑，是我师傅临终之前托付给我的圣物，岂能给你这个无耻番王触碰？"

正在与落日营精兵缠斗的景溪离花相思很近，花相思的这句话说得虽然轻描淡写，可景溪却听得清清楚楚，蛋蛋王听了更是欣喜若狂，颤声道："什么？你说——你说它就是碧凌剑？你别在此哄骗人了。"

花相思斥道："好你个番王，本姑娘为何要骗你？你要是不相信的话，自己过来看。"

景溪惊道："相思妹妹，万万不可。"

花相思扭头朝景溪暗下做了一个鬼脸，景溪顿时明白了花相思的心思——花相思是想将蛋蛋王引诱至身边来，好一击而中，将他拿下。

——凭蛋蛋王的身手，要想瞬间将其制服，还真的只有花相思才能做到。

哪知道蛋蛋王却并不上当，哈哈一笑，道："臭丫头，本王自讨斗不过你，你想对本王下手，本王可不上你的当。不过，任你武功再高，我的这些斑斓兽兵哪怕无法取你性命，只要它们一直将你围困，累也累死你。"

万尘尘听到花相思说起"碧凌剑"三字，也是吃了一惊，边回击闪避那些斑斓兽，边急道："相思妹妹，你手里的这柄真的是碧凌剑？海前辈可是在苦苦寻找呢！"

还没等花相思回话，蛋蛋王已经迫不及待了，他将手里的那面小黄旗一通舞动，顿时从一侧的沟壑之中又涌出了一队精兵，朝景溪和盛秋水扑了过去。

蛋蛋王的心里很清楚，花相思的武技在对方这几个人之中是最高的，可是她被斑斓兽兵缠住了，保全自己不丧生兽口已属不易。眼前最令蛋蛋王不解的是，景溪和盛秋水二人不知道身上施了什么法术，居然能让生性残暴的斑斓兽避之不及——只要将景溪和盛秋水拿下，其余诸人便不足为虑了。

——身为一代武痴的蛋蛋王做梦也想不到，斑斓兽之所以不敢靠近景、盛二人，其实是因为景溪和盛秋水二人乃是半神半人之体，她们一个是"乐神"长琴转世，而另外一个则是天神的前世侍女，斑斓兽即使再凶残，又怎敢对她们二人轻易冒犯？

景溪和盛秋水被众多落日营的精兵包围着，击杀一批又涌上来一批，始终脱不了身。景溪心里大急，心道："如此下去，很是糟糕，别说擒住蛋蛋王了，就是想全身而退，恐怕都难以实现。"

——景溪想凌空去直取蛋蛋王，可无奈对方的精兵源源不断涌上来，一时无法抽身。

芮轩此时已经浑身是血，他身上有自己的血，也有被击毙的斑斓兽身上的血，可他依然拼死而战，叫道："景溪妹妹，你去保护相思妹妹她们，这里我独自应付。"

景溪看到盛秋水被精兵围困，正在奋力拼杀，而另一侧壑中的花相思既要护全戴洗桐，又要顾念万尘尘的安危，手忙脚乱，频频遇险。

蛋蛋王站在不远处的壑岗之上，见此情景不由得哈哈大笑，道："芮大人，你们还不投降？何必做无谓的牺牲？"

芮轩挥笔击退一只冲上来的斑斓兽，叫道："自古以来都是邪不压正，想让我芮轩降你，做梦去吧！"

蛋蛋王道："好，那你们就这样耗下去吧，等你们个个遍体鳞伤，奄奄一息的时候，正好饱了我这些神兵的口腹之欲。"

景溪知道，蛋蛋王的这番话，并非虚言。想到这里，景溪又急又惊，可也无计可施，只得使出"诸神聚"神力，尽量将被围困的圈子击得散开去，好借机飞身突袭不远处的蛋蛋王。

斑斓兽兵是落日营前任统帅斑斓王苦心孤诣、秘密培植起来的一众凶兽，它们平时都是以血淋淋的生物喂食，因而养成了嗜血的本性。此前落日营换帅，蛋蛋王接管了该群猛兽，更是在给它们的喂食中加入了异国的咒粉，从此以后，这群凶兽就只听蛋蛋王一人调遣。

蛋蛋王原本想着依仗这些斑斓兽兵，可以战无不胜，哪知道景溪和盛秋水二人并不惧怕恶兽的攻击，这让蛋蛋王的内心产生了极大的焦虑。

——碧凌剑，唯有碧凌剑可以驱杀斑斓兽兵，可现在，景、盛二人却凭着自己的血肉之躯居然也能让斑斓兽兵退避三舍，这是他万万没有想到的。

"这样下去可不行，"蛋蛋王心道，"斑斓兽兵是有大用场的，这样下去，即使将芮轩他们全部杀死，可斑斓兽兵也会损失过半。"

这时，戴洗桐和花相思在盛秋水的相助下已经渐渐杀出了一道出口，慢慢向景溪和芮轩这边靠拢，景溪大喜——只要她和盛秋水她们合在一处，这群斑斓兽便不敢近身，剩下的就是对付眼前的这群精兵了，以自己和盛秋水、花相思三人之力，应付这些精兵自是绰绰有余。

每个人都在全力以赴击杀，没有人注意到万尘尘，

——万尘尘不知什么时候已经不见了。

蛋蛋王也不见了，不仅仅是蛋蛋王一个人，接着精兵和斑斓兽也都渐渐退散而去，四处的沟壑间忽然冒起了滚滚浓烟，这是一种黄色的烟雾，味道刺鼻。

芮轩叫道："烟里有毒。"说着赶忙捂住了口鼻，不经意间一抬头，失声道："尘尘姑娘呢？"

第四十七章　不一样的潭非

到处都是浓烈的黄色烟雾，景溪捂着鼻子叫道："大家快撤出去！"

芮轩等纷纷往沟壑外后撤，戴洗桐被呛得差一点晕厥，幸亏被盛秋水揽着一路飘飞才好不容易到了一处原上的草滩。

花相思急得直跳脚，道："尘尘姐不见了，她不会被那些怪兽给吃——"

景溪皱眉道："不，尘尘一定是被蛋蛋王抓走的。眼下我们不能与他们硬拼，得赶紧回去与陈将军和茅大哥会合。"

戴洗桐担忧道："可是——可是尘尘姐被蛋蛋王掳走了，我们回去怎么向茅大哥交代？"

芮轩道："尘尘姑娘被俘，我们也是无能为力，只好先回去商议再说。蛋蛋王已经伏下重兵，他们很快就要攻城了。"

几人回到了青牛津城内，此时芮轩的部属与茅起的义军已经合兵一处，将青牛津全部占了，金刀介临风也率众前来会合。原来，正值陈道他们攻城之际，介临风也已经进入了城中，可就当他前来接应陈道之时，却遇到了串入城内的几只斑斓兽，一番恶斗之后才将它们击杀。

芮轩初见介临风，不禁很是好奇，他的心中有太多的疑团，可是毕竟是乍一相见，也不便细问，倒是介临风见了芮轩，很是肃然起敬，抱拳道："下官见过执笔巡察芮大人！"

芮轩道："芮某前几日才得知介大侠已是相马关总兵，真是可喜可贺！对了，善庸说你要前来贺寿，怎么当时没见你身影？"

介临风顿了一下，叹道："唉，其实，我和善庸、潭非乃是多年前的旧僚，此次我从相马关不远数百里而来，主要是为了潭非。"

"潭非？"景溪愣道，"伊河总兵潭非？"

介临风道："不错，潭非老弟忍辱负重，为的就是有朝一日能重整我大杞国威，他是我特别敬重的人。"

景溪和盛秋水面面相觑——在蛋蛋王的黑帐之外，景溪和盛秋水清清楚楚地听到了潭非和蛋蛋王、桐柏双侠之间的对话，潭非勾结悌血国已经被坐实，怎么此时在介临风的口中却是另外一个模样？

介临风接着道："我在此之前就得知潭非老弟与善庸将军这些年与悌血国相交甚密，只是潭非是表面迎合，实则是对我大杞忠心耿耿。"

景溪冷冷道："伊河总兵潭非为了讨好蛋蛋王，逼死自己的亲外甥桐柏双侠，是我亲眼所见，这还有假？"

介临风一惊，道："桐柏双侠死了？"

盛秋水道："桐柏双侠被蛋蛋王突袭，双双殒命，当时我和景溪姐姐就在现场。"

介临风摇头道："不可能，这怎么可能呢？我在中途还收到了桐柏双侠的飞鸽传书，称善庸已经布好了局，蛋蛋王已经到了青牛津。"

芮轩铁青着脸，道："蛋蛋王暗率精兵到了青牛津，不正是善庸引来的祸端吗？"

介临风跺脚，道："错了错了，本来善庸将军是想借着这次蛋蛋王前来贺寿之际，我们合相马关、青牛津、伊河三处兵力将悌血国的落日营一举歼灭的，怎么会变成这个样子呢？"

这时，外面传来军探的声音道："陈将军，城外十里的飞莺滩有紧急军情，海前辈和拿云子掌门被困在那里。"

陈逍大惊，道："两位前辈怎么去了那里？"

军探道："属下不知，特来求援。"

陈逍立即与茅起、介临风三人带着景溪等一众人飞马出城去增援，老远望去便见海远清和拿云子正护着三人在与落日营的精兵厮杀，其间还有十数只斑斓兽在围攻着。

景溪定神一看，喜道："那不是桐柏双侠吗？原来他们还活着？"

盛秋水"咦"了一声，道："那人不是潭非吗？"

陈道等人掩杀过去，对方的精兵原本就不是海远清和拿云子的对手，要不是兽兵相助，早就被击溃，此时见对方一下子来了这么多的援军，哪里还有斗志，顿时四散而逃。那些斑斓兽虽然凶残至极，可待景溪和盛秋水杀入阵营，也一下子全都闪避。

景溪等一顿出击，瞬间将海远清等人救出了围困。

海远清骂道："这是一些什么怪物，居然如此难缠？"

景溪和盛秋水赶上前去，搀扶着桐柏双侠，景溪惊喜地道："双侠！你们——你们不是已经——"

史独秀道："景溪姑娘，这是我们兄妹和舅舅唱的一出双簧戏。"

景溪和盛秋水面面相觑，一脸茫然。潭非走上前来，道："景溪姑娘，我潭非蒙大杞皇恩，怎可能做出叛国投敌之事？只是我没有想到，善庸竟是临阵倒戈，做了俤血国的奴狗。"

这时，介临风走上来，道："潭老弟，你没事吧？"

潭非道："介兄，我潭非今日幸亏得遇白虎、玄武两派掌门的相救，要不然还真的要死在这群番狗的手里。"

芮轩愕然，道："到底是怎么回事？"

潭非道："其实，俤血国一直对我们大杞国虎视眈眈，我们又岂有不知？本来我和介兄、善庸一起商量，趁俤血国的蛋蛋王这次来青牛津贺寿之机，将他斩杀，可惜，蛋蛋王却带来了重兵，又遭善庸反水，反而被他们暗算了。"

芮轩正色道："介大侠，相马关不是已经失守了吗？你怎么会突然担起了相马关总兵一职？"

介临风道："这事说来话长，待平定了俤血国之乱以后，你自然会有分晓。"

正说着，桐柏双侠走到海远清跟前，跪拜下去，齐声道："弟子拜见师傅！"

海远清道："快快起来吧，你们伤势如何？"

史无双道："师傅，我们身上的这点伤没事，只是我们故意将碧凌剑的下落让舅舅告知了蛋蛋王，想引他上钩，没承想他却并未上当，而是先令善庸派人前去试探。"

史独秀道："不错，要不然，以师傅和拿云前辈二位的功力，任他蛋蛋王有通天的本领，也只能被生擒。"

景溪愕然，道："原来双侠是白虎门的人？"

海远清道："自从碧凌剑丢失之后，白虎门的弟子便全部下山，遍走江湖，打探碧凌剑的下落，但都必须隐匿自己白虎门弟子的身份。"

第四十八章　逗喜出更

在一旁的花相思听到"碧凌剑"三个字，忽然心中一凛，心道："师傅临终之时交给我的这把玉剑，不正是碧凌剑吗？眼前的这个海前辈也姓海，难道是让我交给他？"可她转念又想："师傅所托之事，非同小可，还是先不要声张为好。"

想到这里，花相思便故意朝后退了几步。

景溪看了花相思一眼，已经明白了她的心思，便道："蛋蛋王的斑斓兽兵正集结待发，一会儿便要攻过来了，大家赶紧进得城内，再做计议。"

芮轩等一干人退回了青牛津，命人紧闭城门不出，一夜无话。

花相思躺在榻上，辗转难眠，她起初对碧凌剑知之甚少，白天她听到海远清说碧凌剑是他们白虎门的镇山之宝，居然不惜举全教之力去搜寻，便心知此物非同小可。

"师傅临终之前将此剑托付给我，莫不是师傅与白虎门的人有什么恩怨？"想到这里，花相思不由内心一阵发颤。

　　——青龙、白虎、朱雀、玄武是上古神君碧凌旗下的四大门派，任何一派都可以碾压举世派别，如果师傅平霄汉与白虎门有往日过节，即使将碧凌剑归还给了海远清，他心中的芥蒂也是难以消除。

　　"我该怎么办？"花相思心道，"要不要将碧凌剑交给海前辈？可是万一将此剑交给了海前辈，那尘尘姐又如何得救？"

　　花相思越想越烦恼，便沉沉睡去了。花相思一连做了好几个噩梦，一会儿梦到漠北幽狼前来找她，一会儿又梦到万尘尘被落日营的番兵严刑拷打，还梦到青牛津城被蛋蛋王攻破，城里的老百姓呼天抢地，死伤无数。

　　梦里的花相思焦急万分，她无数次挣扎，却始终难逃梦魇。

　　就在这时，花相思忽然感觉到脸上一阵凉意，似乎有什么东西正在舔她的脸颊。她一下子就醒了过来，乍见到一个毛茸茸圆乎乎的精灵正瞪着一双圆溜溜的眼睛出神地看着自己。

　　花相思大惊，忽地坐了起来，惊道："你——你是哪里来的小家伙？敢戏弄我？"

　　精灵朝花相思打了一个喷嚏，张开嘴巴，哈气连连，老气横秋道："小家伙？切，我比你奶奶的岁数还大呢？我叫逗喜，是特意来会你的。"

　　花相思奇道："逗喜？我不认识你。"

　　逗喜捂着嘴笑道："你当然不认识我，我是白虎山的精灵，与我的主人失散多年了，今日还是循着碧凌剑的神迹才找到了你。"

　　"白虎山的精灵？"花相思立即警觉了起来，道，"你找我有什么事情？"

　　逗喜一下子凑近花相思的脸，道："我知道，我们白虎门的掌门小海先生苦苦寻找了几十年的碧凌剑此时就在你的身上——"

　　花相思忙摇头，道："不不不，我身上哪里有什么碧凌剑？"

　　逗喜"呵呵"笑了，道："小丫头，别紧张。我此番来找你，并不是

163

乱世八艳

要向你索要碧凌剑的。那是你跟我主人之间的事情，时机成熟，你自然会交付与他。"

花相思忽然道："你刚才说什么？你称呼海远清前辈叫小海？"

逗喜脖子一直，傲然道："我是白虎门先师游云神尼的得意玩宠，海远清是游云神尼的徒孙，你说我该称呼他什么？我不叫他小海，难道还让我喊他老海不成？"

花相思半信半疑，道："真的假的啊？"

逗喜道："如假包换。"

花相思疑惑地道："那你三更半夜来找我何事？"

逗喜道："我来是想要告诉你一件天大的事情。我暗自打探仔细了，悌血国的蛋蛋王已经在青牛津的西南北三面布下了陷阱，就等着你们上钩，唯独东面的城门空虚，到时你们万一抵挡不住，便可从东城突围。"

花相思好奇心起，道："为什么他们偏偏在东门留有空隙？会不会其中有诈？"

逗喜白了花相思一眼，道："他们之所以没在东门布阵，就是那些斑斓怪物生性怕水，而青牛津的东城之外便是青龙湖。"

花相思一听，大喜，道："逗喜，你此话当真？"

逗喜在花相思的耳根旁窃窃笑道："真假莫辨，你自己思量吧。我走了，切记，千万不可跟海远清说起我来过。"

花相思一愣，道："那又是为何？"

逗喜道："我离开白虎山已经几十年了，谁受得了他们的那些清规戒律呢？"说着跳窗而去。

夜已深了，此时的议事馆内却是油灯亮着。茅起已知道了万尘尘被俘之事，不由得焦虑万分，只是一个劲地来回走动，很是烦躁。

景溪看在眼里，心里也是很不好受，道："茅大侠，尘尘一定不会有事的，我们一起想办法，定能将她救回来。"

茅起不停踱步，急得直搓手，道："眼下善庸带着他的部下全体弃城投敌，不知去向，青牛津就是一座空城，凭我们这点兵力与蛋蛋王的雄兵相抗，无异于以卵击石，要想救出尘尘，谈何容易？"

芮轩也是眉头紧锁，道："如若仅仅是落日营的精兵，倒也不难对付，可怕的是那些斑斓兽，它们不通人性，不惧伤亡，实在是棘手。"不难看出，芮轩说这句话的时候，还心有余悸。

这时，有兵前来慌慌张张报告："落日营从北边开始攻城了，陈逍将军正带着戴姑娘他们过去阻击。"

芮轩怒道："善庸这个狗贼想必已经与落日营联手了。我们一起去支援。"

景溪道："芮大人，切不可中了对方的调虎离山之计。青牛津有东西南北四面墙，蛋蛋王不可能仅攻一面，我们还是分别把守为好，以防万一。"

芮轩不以为意，道："蛋蛋王在城北藏有重兵，万一北城一破，城内的百姓可就要遭殃了。"

景溪道："芮大人，你既然知道了蛋蛋王在北城布下了重兵，他又何尝不会在其他三面的城下部守？我们应该同时加强对其他三面城的巡逻，以防突袭。"

城北传来的厮杀声越来越激烈，芮轩大声道："陈逍他们恐怕抵挡不住了，你们不去，那我去。"说着，疾步走了。

茅起见阻拦不得，只好也疾步跟了去。

盛秋水看着景溪，道："姐姐，怎么办？"

景溪略一思索，道："蛋蛋王诡计多端，他们大肆进攻北门，我们偏偏去守南门，赶紧去看看。"

第四十九章　灵验的水攻

急匆匆赶到了青牛津的南门，景溪见南门处已有众多军士枕戈待旦，为首的正是海远清。原来，陈道已经预料到了四面防范，早将海远清安排在此，静等敌军。

海远清见景溪她们到来，道："你们怎么来了？"

景溪道："海前辈，蛋蛋王已经在北面大举攻城了，我们来看看这边的情况。"

海远清道："陈逍料想蛋蛋王可能会使诈，让我老人家在这里等着那个胖番王呢。"

正说着，城外一声"嗖"响，紧接着便是万马奔腾般的声音。景溪和海远清等急忙登到城头观望，大惊失色，只见城外一里处起伏的矮丘间涌出了数百只斑斓兽，正张着血盆大口朝城下狂奔而来。

花相思急匆匆来到议事馆找景溪，士卒告诉她，景溪等人已经分头抗敌去了。花相思侧耳一听，果然南北两边隐隐约约传来厮杀声，心中暗叫一声："不好，蛋蛋王果然已经发起攻城了。"打探清楚，得知景溪去了南城，便赶了过去。

青牛津的城南此时战况惨烈，景溪和盛秋水无惧斑斓兽，便各自从身边将士的手里拿过一把战刀，从城上飞身跳下，杀入了兽群之中，一时之间，血肉横飞。

海远清则指挥着守城将士不断用弓箭射杀从城墙根下爬上来的斑斓兽，可是斑斓兽实在太多，并且身形闪跃，城上的士兵见它们张牙舞爪地朝城头攀爬猛扑，均又惊又惧，纷纷将箭射下，随着被射杀的尸体越来越多，其余的斑斓兽居然踏着同伴的尸体不断往上攀爬，情形十分危急。

这个时候花相思也赶了过来，叫道："海先生，景溪姐姐她们呢？"

海远清指着城下，道："她们在那里。"

花相思急道："海先生，对方来势太凶，我们得想办法撤出城内。"

海远清摇头道："不行，我们一旦撤了，城内的老百姓怎么办？岂不成了这些斑斓兽的腹中之物？"

花相思道："蛋蛋王的目标不是城里的百姓，而是要趁机剿灭我们。只要我们撤了，蛋蛋王自然会率军追击我们，到时候城中之围便解了。"

海远清一听，觉得花相思言之有理，便道："好，等我们一起先将城下的这一群畜生杀光了再撤。"说着，中指连弹，手里的数枚暗器射出，正中城墙上爬上的几只恶兽脑袋，顿时将它们射得脑浆崩裂。

花相思赞道："海先生！指力通神！"

海远清是白虎门的掌门，内力修为在四大掌门之中仅次于黄泥叟，射杀区区几只斑斓兽，当然不在话下。此时城下，景溪和盛秋水在兽群中杀得正酣，地上被她们二人杀死的斑斓兽尸横遍地。

城上的将士早就无心困守城池，只想冲出去，与悌血国的落日营好好来一场拼杀，此时，他们听说待将眼前这群恶兽击退之后便可撤出城去，顿时精神大振，个个将弓拉满，直射得那些怪兽嚎叫连连。

海远清运足内丹，朝城下的景溪叫道："二位姑娘不可恋战，快快回来。"

盛秋水道："海先生在叫我们回去。"

景溪奋起手中的刀，砍翻了几只游走的斑斓兽，道："莫非是陈将军那边有危险了？我们得赶紧回去看看。"

成群的斑斓兽尽管凶猛，可是哪里敢拦景、盛二人？纷纷避之不及。

二人飞身上得城上，景溪急道："海先生，莫不是陈逍将军那里战情危急？"

海远清道："暂且没有消息。"遂将花相思刚才与他说的话简单复述了一遍，景溪听了也觉得有理，只是一时拿不定主意。

盛秋水道："青牛津是通往中原腹地的最后一道屏障，此城一旦失守，那悌血国长驱直入，该如何是好？"

花相思欲言又止。景溪见状，心知花相思定是心中隐瞒了事情未说，便道："相思妹妹，你有什么话，尽管直说。"

花相思迟疑了一下，道："是——是逗喜说的。"

"逗喜？"海远清大奇，道，"你见到逗喜了？它在哪里？"

花相思道："它走了。"

海远清怒气冲冲，道："这家伙仗着自己是游云祖师爷近宠，整天游手好闲，贪玩成性，已经离开白虎山好多年了，我可是一直在找它。"

说话间，海远清和景溪他们却并没有闲着，又是一连击杀了好几只飞攀上来的斑斓兽。城头上的士兵也是乱箭如雨，可是斑斓兽却不惧生死，攻势依然不减。

盛秋水急道："海先生，这可怎么办？"

花相思一拍脑袋道："我有办法了，快随我去取水。"说着带着几个士兵转身离开，不一会儿，拎来数十只大木桶，里面盛着满满的清水。

景溪和盛秋水大惑不解地看着花相思。景溪奇道："相思妹妹，你这是做什么？"

花相思不答，对几个士兵道："等这些畜生攀到中途的时候，便将这些水当头泼下。"

正说着，数只斑斓兽攀着城墙朝上蹿来，花相思一运气，搬起一大桶水便泼了出去，只听到"嗷"的一声嚎叫，那头爬到中途的斑斓兽被劈头盖脸一淋，顿时身体翻滚着跌落下去，狠狠地摔在了地上，扑腾了几下，逃也似的扭头就跑了。

城头上的士兵大喜，纷纷如法炮制，将木桶里的水泼了下去，一时之间斑斓兽发出的嚎叫声不绝，均如临大敌，没被泼水的野兽，也吓得全都跳了下去，逃得无影无踪。

饶是海远清这样的高人，也被这突如其来的一幕惊呆了，道："这——这是何故？"

花相思拍手，道："哈哈哈哈，逗喜果然是神物！这是逗喜告诉我的，它说斑斓兽怕水。"

海远清和景溪等面面相觑，又惊又喜。盛秋水道："既然斑斓兽惧怕水，我们那又何必弃城而走呢？"

忽然，一名麻衣帮的弟子急匆匆跑上城头，道："海先生，几位姑娘，北城快抵挡不住了。"

景溪等大惊，道："我们快赶过去。"众人率一队兵急忙向北城赶去。

第五十章　败走伊河

青牛津北城杀声震天，蛋蛋王在此处集结了重兵，不仅仅有落日营的精锐和零散的斑斓兽，还有数门矮脚火器，对着城墙轮番轰炸，几次将城轰得出现一道道豁口，又被陈逍命人拼死抵抗才得以阻挡对方冲进城来。

一番恶斗下来，茅起率领的麻衣帮死伤过半，可没有一个临阵退缩，都杀红了眼，齐声叫道："杀！杀！"

陈逍与芮轩并肩作战，惨然道："芮大人，没想到我们分别三年，今日重逢，便血洒疆场。"

芮轩看着对方攻势有增无减，道："陈逍，一旦城破，百姓生灵涂炭，我们只得死守，芮某愿与青牛津共存亡。"

陈逍点点头，道："我陈逍能与芮大人一起殉国，也是平生之幸。"

这时，有人急匆匆来报："将军，大事不好，西门已被攻破。"

陈逍大惊，道："啊？介将军那边如何？"

来人道："介将军已经带着全城百姓去了东城，准备出城避难。"

"东城？"陈逍诧异道，"青牛津的东边便是青牛湖，那里哪里有出路？"

来人道："有富商庞金山早预备了大小船只在守候，全城百姓都已经上船了。"

"庞金山？此人我知道，以前曾一直想跟我们青牛津的军营做营生。"陈逍仰天长叹，道，"想不到我陈逍今日居然沦落到靠一个商贾来渡过劫难。"

芮轩道："陈逍，留得青山在，不怕没柴烧！我们赶紧撤吧！"

陈逍点头，道："事不宜迟，赶紧去东城，护送百姓出城。我断后。"

此时的戴洗桐经过久战，已经浑身血迹，赶上一步，道："我跟你在一起。"

桐柏双侠也道："你们快去护送百姓出城，我们在这里抵挡他们。"

当下，芮轩点头，道："你们要多加小心。"紧急率人撤出，直奔东城而去。

芮轩等朝东城而去，途中遇到从西城退下来的拿云子正领着一群士兵迎面而来。拿云子急道："西门已经失守，大批的兽兵正朝这里追来。"

拿云子是玄武门的掌门，精通奇门之术，自身的武力也很是了得，可是在这样的万军之中，仅凭一己之力要抗击敌军的进攻，定如螳臂当车。

此时，景溪和海远清他们一起赶到，得知东城有全城百姓急需等待护送，便集齐各路人马，一同朝东城赶去。

快到东城之际，景溪忽然道："茅大侠呢？"

芮轩左右顾盼寻找，不见茅起，道："估计还在北城与陈将军他们在一起，护送百姓要紧，他们一会儿自然来与我们会合。"

到了东城，果然见此处城门大开，并没有敌军前来滋扰。金刀介临风本来担负起守护东城的重任，可是潭非决定先由庞金山事先准备好的船只，护送城里的数百户百姓出城。

——原来，富商庞金山早就预料到青牛津会失守，早早准备了大小船只数十艘在东城外的青龙湖接应。

介临风并没有预料到东城的敌军全无，此时见百姓都纷纷上船避难，也是心头大慰。

景溪等赶到，心中的一块石头落了地。潭非道："过了青龙湖，便是直抵伊河的水路，我们先暂且去伊河避一避。"

潭非是伊河总兵，此话经他口中说出来，众人都放心了。

景溪道："陈逍将军还没有来，我们再等一等。"

庞金山上前，急道："要不然先让城中的百姓先走，你们再回去接应陈将军，否则敌军一旦追到青龙湖，这么多百姓，谁也走不了。"

景溪道："不错，我们不能这样一走了之。"她上前看着庞金山，道："庞大爷，原本我以为你是一个为富不仁的商贾，想不到紧急关头，你竟有如此侠义心肠。"

庞金山道："身为大杞子民，国难当头，尽一些绵薄之力，实则是分内之事。"

潭非道："也好，我们在伊河相会。"说着，便与介临风、海远清、拿云子等登船，率众百姓先行，仅留了几条船只在此候着便匆匆忙忙去了。

景溪和盛秋水、花相思三人带着身边几十个将士重新奔回了北城。此时的北城已经血流成河，尸横遍野，城门已经被敌军攻破，到处都是卧死的尸骸，就是不见一个活人。景溪等人在众多的尸体堆里翻了一个遍，却始终不见陈逍和戴洗桐、茅起。

盛秋水道："找不到他们的尸体，那他们应该还是活着。"

景溪忧虑地道："陈将军他们以寡敌众，彼此过于悬殊，估计是凶多吉少了。"

花相思闻听此言，不禁流下泪来，道："可怜戴将军大仇未报，陈将军他们就这样殒命沙场，真让人痛心。"

忽然，一士卒叫道："景溪姑娘，你们快来看！"

景溪等奔过去，见士卒拨开地上一个奄奄一息的人，正是桐柏双侠的史无双。

景溪俯下身去，道："史大侠！史大侠！"

史无双此时还没有完全咽气，他缓缓睁开眼睛，道："是——是景溪姑娘？"

景溪急切地道："史大侠，陈逍将军他们呢？"

史无双艰难地抖动着嘴唇，道："陈将军——陈将军他们——他们都战死了吧？"

"啊？"花相思道，"史大侠，可是我们找不到陈将军呀。"

"火器——"史无双断断续续道，"对方的火器实在——实在是太厉害了，练武之人毕竟是血肉之躯，哪里——哪里经受得起这样的猛——"

景溪试图将史无双扶起，却见史无双已经身体越来越冰凉。

史无双摇摇头，苦笑道："景溪姑娘，我——求你一件事情——"

景溪心知桐柏双侠兄妹情深，她知道史无双要说什么，道："史大侠，你是说令妹？"

史无双道："是的，我们——我们从小父母双亡，妹妹与我不离不弃，自从——自从投入了白虎门，师傅对我们更是恩重如山。青牛津一役，我——我与她生死两别。要是景溪姑娘能找到她的遗体，我——我希望能将我们合葬一处——"史无双说完，缓缓地闭上了眼睛。

景溪叫了两声："史大侠！史大侠！"

盛秋水难过地道："姐姐，史大侠已经咽气了！"

第五十一章　疑云重重

富商庞金山确实很富有，仅家里的妻妾就有十几人，连同子女和其他奴仆悉数几十口人，可是此时的船队之中却未见他们一人。原来庞金山早在七八天前已经将他们悄悄转移到了别处。

船队趁着夜色急匆匆出了青牛湖，进入了一条水道，向北而去。

拿云子和庞金山一起站在船头，拿云子忽然问道："庞大官人的祖上可曾在莫愁城做过官？"

庞金山一愣，道："这庞某还真不知，我们庞家历代经商，即使偶有仕途，最多也就是芝麻绿豆般的小官而已。"

拿云子摇头，道："不，庞大官人的祖上应该官还不小。"

庞金山吃了一惊，脱口道："前辈，何以见得？"

拿云子笑而不答，却自顾自地道："在二十几年前，莫愁城皇宫之中丢了一份酿酒的配方，估计是宫内人所为。那人原本想要盗取碧凌酒的配方，可是当时由于先皇早就预料到有人会打碧凌酒的主意，便将一款别的酒方上贴上了碧凌酒的字样，于是那人盗取的不是碧凌酒，而是另外的一款宫廷香酒的配方——"

庞金山支支吾吾，道："前辈，你——你是何人？"

拿云子微笑道："庞大官人不必惊慌。老朽当年和那盗酒方的人恰好是同朝为官，我是工办令，他是工办提察，官居朝中从三品。"

庞金山大惊失色，诚惶诚恐地跪伏在船头，道："前辈，庞某有眼无珠，拜见工办令大人！"

拿云子摆摆手，道："什么工办令大人，老朽早就辞官多年了。"说着扶起庞金山。

庞金山道："我庞门一族对外称，从徽州搬来此处由来已久，实则也就才二十年的光景。前辈有所不知，当年——家父做出那等大逆之事，实在是事出有因。"

拿云子点头，道："当年，先皇的一壶碧凌酒中被人暗中做了手脚，以至于差一点要了先皇的命，你父亲庞伴龙身为工办提察，自然有不可推卸的责任，要不是当年他走得快，恐怕天下从此以后就再也没有你们庞氏一族了。"

庞金山再次拜倒，道："前辈说的极是。当年，家父出走莫愁城，也是无奈之举，是为自保。只是那在先皇酒中下毒之人至今未找到，实是大遗憾，家父临终之前还为此耿耿于怀。"

拿云子正要说话，芮轩也走出了船舱，道："庞大官人，我们的船是否已经出了青牛津地界？"

庞金山道："过了前面的疯羊滩，便有一条大河直通伊河。"

拿云子不解道："大杞和悌血国是邻邦，表面看，相马关与悌血国接壤，可是，伊河才是深入悌血国腹地，紧临悌血国的杜鹃城，悌血国为什么没有直接拿下伊河？"

芮轩道："前辈，悌血国是荒蛮之邦，可能自认为伊河本来就可手到擒来，便先急着扩张别处。"

拿云子道："芮大人入朝应该也有多年，有没有听说过当年先皇差一点遇刺一事？"

芮轩道："当年，先皇饮酒遇险，我确实有所耳闻，此事交由斑狱司法办，后来不了了之，我也是莫名其妙。"

庞金山在青牛津已经攒下了丰厚的家业，原本想就此安享晚年，可他没想到突发战事，更没想到父亲庞伴龙的往事早就被拿云子知晓，这使他很是惶恐——要知道，此行去伊河的船上就有朝廷斑狱司的执笔巡察芮轩，此人可是掌管着大杞国朝野的一切司法刑典。

——盗取皇宫财物、背叛先皇，可是死罪。

更令庞金山胆战心惊的是，发生在先皇身上的那桩悬案至今仍未破获，一旦朝廷继续追究，庞氏一族将难逃噩运。

"既然潭非早就知道青牛津总兵善庸勾结悌血国要谋反，那他为什么不提前告发朝廷？"庞金山心道，"按理说，潭非和介临风二人合力，完全可以在蛋蛋王来之前就能将善庸给拿下了。"

乱——此时一个"乱"字缠绕在庞金山的心头。

东方天际泛出了鱼肚白，船队已经出了青牛湖，转入另外一条浑浊的河流之中，河两岸乱石耸立，连绵不绝，气势巍峨。

芮轩站在船头，举目四望，心头不禁一阵悲凉。此地处大杞国的西北，虽然不及江南繁华，可是山河壮阔，乃是立国之根基。大杞国自开国以来，历经数百年虽屡有外患，却都会轻易平息，唯独这一次，极是险峻。

——悌血国虎视眈眈，难道是一两日的事？应该是觊觎已久了吧？为什么到现在才显现出他们的野心？

"综观满朝上下，可用之才实在是寥寥无几，到底是为什么？"芮轩心想，"原来的戴传薪、陈道、潭非以及善庸，这些人全都是可以独当一面的，可现在死的死，叛的叛，难道朝中真的出了大问题？"

想到这里，芮轩又记起了景溪，不由得担忧起来。芮轩心中一直憧憬着有朝一日能与景溪举案齐眉，逍遥一世，可现在，一切都被打破了。

"不知景溪她有没有与陈道接应上？"芮轩望着茫茫江面，暗自思忖。

此次退守伊河是潭非和庞金山早就安排好的，这一点确实让人生疑。按理说，悌血国既然有野心吞并杞国疆土，直取伊河犹如囊中取物，可是他们却偏偏没有那样做，而是先占相马关，又将其归还，舍近求远来攻占青牛津，这葫芦里卖的是什么药？

最让芮轩疑惑的是，相马关现任守将是当今圣上音宗帝亲自派任，接管了战死的戴传薪，可为什么此事要做得如此诡异？

——千里迢迢从莫愁城发兵前来增援青牛津，那还要相马关守将做什么？

芮轩头痛欲裂。

第五十二章　潭非之死

潭非死了。

最先发现潭非死了的人是海远清。由于潭非所乘的船只负责保卫青牛津的百姓，他们稍微落后于庞金山他们，但是有海远清、介临风在他们的船只左右压阵，大家都很放心。到了天明之时，海远清见潭非的船上依旧没有动静，便跃上了潭非的船，进舱内一看，潭非身体已经冰凉了。

这一突发事件令所有人感到震惊。

介临风百口莫辩——潭非与介临风昨天夜里在一起喝了不少酒，天南地北聊了一通，感到有些困意，便回到了自己的舱内休息了。

——潭非死在了自己的船舱内，他身上没有伤，就如同睡着了一般。潭非死得很蹊跷。

此次败走伊河，是不得已而为之，可是现在伊河总兵潭非就这样莫名其妙死了，任谁来判定，也是一起谋杀。

潭非的死一下子引起了芮轩、拿云子等人的警觉。可是，身为斑狱司巡察的芮轩内心知道，断案讲求的就是证据——严格地说，此行船只上所有的人都有谋杀潭非的嫌疑，可是证据在哪里？

就在芮轩一筹莫展之际，有人想到了蛋蛋王，悄悄地对芮轩道："会不会是蛋蛋王下的手——"

还没有等对方说完，被芮轩喝斥道："一派胡言，蛋蛋王虽然神勇狡诈，可他又不在此行船队里，如何加害得了潭总兵？"

拿云子仔细检查了潭非的尸体，发现潭非的眉心有一处细微的红点，大约针尖大小。

潭非在死之前喝了很多酒，因此脸上有点点泛红也是常理之事，所以没有人会注意到他眉心的这一处红点。

可是拿云子却看出了其中的端倪。"这绝不是饮酒之后的正常反应，"拿云子道，"这是一处致命伤。"

潭非眉心的那一处极其细微的红点在拿云子的心中引起了轩然大波——潭非是被杀的，而并不是死于意外。

——潭非是伊河守将，虽然在醉酒之后，一般人还是非其敌手——能让潭非死得如此安详，凶手绝非寻常之人。

介临风是最后一个与潭非接触的人，他逃不了谋杀的嫌疑。

介临风喊冤，道："船队上下有那么多人，为什么偏偏怀疑我？"

庞金山与潭非交好，垂泪叹道："潭兄，可怜你一心为民操持活命之事，想不到还是难逃恶人魔手。"说着看了看介临风。

介临风仰天长笑，道："昨天夜里，是他自己非要拉着与我促膝长谈，我临走之时潭将军还是好好的，我想不通你们为什么都怀疑我，莫非我介某在什么地方得罪了你们？今日正好伺机报复？"

芮轩道："介大侠稍安勿躁，事情终究有水落石出之时。"

介临风看了一眼海远清，忽然叫道："海前辈，昨天连夜行船，我与潭将军一直在商议日后的御敌之策，你去了哪里？"

海远清万万没有想到介临风为了自保，居然说出这样的一番话来，不禁大声道："介总兵，你这是什么意思？"

介临风淡然道："海前辈不要误会，潭将军之死，我们每个人都有嫌疑。"

介临风的这句话正戳中了芮轩心里的疑团。昨天到现在，自己和拿云子、庞金山一直在前面的船只上，在潭非之死的这件事情上，此二人连同自己根本是可以排除嫌疑的——再说，以庞金山一个商人，即使有加害潭非之心，恐怕也难以得手。

——后面的船队之中，能伤害潭非的只有海远清和介临风。介临风虽号称"金刀"，可是要在举手投足之间杀死潭非，也绝非易事。

拿云子给潭非检查了尸身，说眉心的一针是致命伤。介临风身上虽然有很多令人生疑之处，可是身为斑狱司的巡察，芮轩此时的心里保持着非常冷静的品性。

直觉告诉芮轩，金刀介临风虽然是潭非死前唯一接触过的人，可是他绝不可能是杀害潭非的凶手。

海远清沉声道："介大侠，你难道是知道自己罪责难逃，还想拉一个垫背的不成？你再胡乱咬人，信不信我将你就地处决？"

介临风打了一个哈哈，道："谁不知道白虎门的掌门人海远清海前辈是绝世高手，杀一个区区的潭非，简直是易如反掌。"

海远清呵呵笑道："介大侠，你说的确实不错，凭我海远清要想杀谁，谁能阻挡？只是我海远清做事光明磊落，用得着藏着掖着吗？"

芮轩叫道："海前辈切莫冲动！"芮轩心知，如果海远清一旦动起了手，势必没有回旋的余地。眼下大敌当前，在真相没有查清之前，妄自杀戮，徒增麻烦而已。

——更何况事情牵扯到命案，非同小可。搞不好是敌人的阴谋，也未可知。

芮轩正色道："介将军，眼下是多事之秋，我们虽然暂时摆脱了悌血国凶兵的纠缠，可依然是前途未卜，此时大家窝里斗，如何能抵得住落日营的铁骑？"

介临风当然听得出芮轩的意思——芮轩之所以称呼自己为"介将军"而不是"介大侠"，自然是以朝中官衔而论的。

——芮轩为斑狱司执笔巡察，统管朝野的所有司案。不仅如此，即使按当朝官衔论，区区一个相马关总兵只是三品，而斑狱司执笔巡察则是正一品。

介临风侧目而视海远清，道："一切当有芮大人法断，我看谁敢造次？"

海远清"嘿嘿"一笑，道："那是自然。"

庞金山看着芮轩，道："大人，潭总兵一死，我们怎么办？伊河去还是不去？"

介临风大声道："眼下自然是不能再去了，伊河也是边陲重镇，没有潭总兵亲自引领，驻镇官兵听候谁的调遣？"

芮轩道："那倒无妨，我有圣上的令牌在身，凡是我大杞的疆土，可任意支配各级将官。"

拿云子和海远清暗暗点头，拿云子道："潭总兵去世的消息暂且秘而不发，不然会引起边民的恐慌。"

芮轩道："前辈所言极是，我们得尽快过了前面的疯羊滩，待到了伊河，将这些边民安顿好之后，再作计较。"众人点头称是。

第五十三章　疯羊滩

乍一听"疯羊滩"这个名字，让人会误以为是一片滩涂，其实，疯羊滩是处山涧突然急转而下的激流，地势之险峻，令船上江湖经验丰富的众人都不禁心里暗生胆怯。

芮轩站在船头，环顾着四周的山峰，好奇地问庞金山，道："庞大官人，此处明明没有滩涂，可为什么叫疯羊滩呢？"

庞金山道："大人有所不知，此处盛产一种毒灵芝，毒性很烈，无人敢采，可是这里的野羊却好食之，且食后不会中毒，所以人们都叫它们疯羊。"

芮轩道："可是这里没有滩，只有山呀——"

"不错，"庞金山道，"疯羊滩是一般外地人叫唤的名字，它真正的名字叫疯羊山。"

芮轩点头，道："原来如此。"

庞金山道："其实，它还有一个名字，叫芝山。"

芮轩一愣，道："芝山？"

"是的，"庞金山道，"听人家说，这山上有一个妖怪，有时候会下山来偷吃山下的女人，凡是被这妖怪抓上山去的女人，都是花容月貌漂亮至极。"

"芝山老鬼？"芮轩大吃一惊，脱口道，"原来这里就是他的老巢？"

庞金山不解，道："芝山老鬼？芮大人，你说的就是山上的那个妖怪吗？"

芮轩恨恨地道："可惜眼下大敌当前，无暇顾及这个败类，要不然趁着海前辈等一众高手在，将这魔头的老巢剿灭了，岂不正好？"

庞金山看着芮轩，道："芮大人，如果你能为我们边陲之地铲除那妖怪，实在是百姓之福——实不相瞒，我原先府上有几名使唤丫鬟也被那个妖怪掳去了，至今下落不明。"

芮轩道："可是现在俤血国血洗边陲，我们身负保护百姓重任，又哪里有精力来对付这魔头？"

庞金山叹道："芮大人说的是，凡事当以大局为重，是我多嘴了。"

芮轩道："庞大官人，实在对不住！"

庞金山朝芮轩一揖，道："国难当头，孰轻孰重，我庞某人还是能分得清的。"

说话间，船队过了一个激流湾，前面便是一片开阔平坦的水面。

芮轩长舒了一口气，道："险境终于过了，前面还有多远到伊河？"

庞金山道："芮大人，这芝山有百里险恶之说，前面看似风平浪静，其实正是深入芝山腹地，此处是顺流，再过两个时辰，要是没有意外发生的话，我们便可出芝山而入伊河。"

芮轩喜色道："那就好——"

就在这时，忽然芮轩听到身后的船只上传来嘈杂之声，芮轩循声望去，叫道："发生了什么事情？"

身后的船上有人喊道："大人，又有人死了——"

芮轩大惊失色，飞身到了身后的一只船板上，喝道："怎么了？"

只见船板上的两个艄公已经七窍流血倒在了船上。芮轩惊道："他们是怎么死的？"

船上的士兵惶恐地道："我——我也不知道——"

这时，海远清和介临风也跃上了这条船，见此情景，均不由得面面相觑，你看看我，我看看你，不置可否。

芮轩蹲下身去查看，船板上的两人衣着正常，面色如初，只是窍孔流血，已经气绝身亡。

潭非死了，很是可疑。现在行船的艄公又莫名其妙死了两个，这就不是巧合了。

芮轩的第一感觉就是——船上有高人。

——敌人。

与芮轩有相同想法的还有拿云子、海远清、介临风。

可是，敌人在哪里？舟船沿途并没有靠岸，换言之，船队上，除了芮轩、白虎门、玄武门掌门之外，就是介临风等一干将领、士卒。

在海远清等一众高手眼皮子底下，谁有这能力可以杀人于无形？

芮轩一下子迷惘了。

但是，敌人就藏于船队之中，这一点是肯定的。

芮轩决定彻底清查。他下令，船队选一缓流之处靠岸。

在一行人之中，论职位，芮轩的官职最高。芮轩要查明潜藏的真凶，自然没有人敢反对。

——谁反对，谁就是对号入座，等于是不打自招，承认了自己是真凶。

船队在一处水流舒缓的地段停了下来。庞金山抬眼看看四周，道："芮大人，这里是芝山腹地，不能停留。咱们要查潜藏的凶手，也要过了这里。"

芮轩道："此去伊河，至少还需要七八个时辰，谁又能确保在此之间不会再发生蹊跷之事？"

庞金山一听，只得唯唯称诺，退在一旁，道："一切听大人安排。"

船队缓缓靠岸，船上的百姓根本不知道发生了什么事情，只知此时已经远离了战乱，忧虑全无，纷纷从船舱之中探出头来，均道："是不是这些官爷要给咱们分发吃的了？"

待船队靠岸停稳，芮轩将海远清、拿云子、介临风等召集在身边，道："各位前辈，我们遇到大麻烦了。"

拿云子点点头，道："芮大人，依你看该怎么办？"

芮轩道："咱们一条船一条船查，我就不相信揪不出来。"

拿云子看了看海远清，道："怎么查？"

芮轩见拿云子和海远清二人的脸色，不由内心一紧，道："二位前辈，你们是不是早就已经——"

拿云子顿了一顿，道："芮大人，潭非将军之死，我已经和诗妖老怪探讨过了，当今世上，能让潭将军死得这么蹊跷的人，只有他——"

芮轩紧问一句："前辈，你说的是谁？"

拿云子缓缓道："青龙门掌门，黄——泥——叟——"

"黄泥叟？"芮轩大吃一惊，道，"他——他不是景溪姑娘的爷爷吗？"

"正是。"海远清镇定地道，"潭非将军死于御龙绵针，这是不争的事实。当今世上，会御龙绵针的就两个人，一个是青龙门的掌门、农神星师黄泥叟，还有一个就是他的孙女景溪。"

拿云子接口道："景溪姑娘为国为民，此时为了去营救陈道和茅大侠他们，生死未卜，她并没有分身术，所以——"

"所以，农神星师是唯一的人——"海远清道。

芮轩与景溪相识几年，知道她是农神星师黄泥叟的孙女，可是，以往每次问及她爷爷，景溪都把话题岔过去，到目前为止，芮轩对与农神星师黄泥叟的确是知之甚少。不过有一点芮轩是清楚的，那就是——御龙绵针高妙神力，无与伦比。

第五十四章　芝山老鬼

拿云子和海远清的话令芮轩陷入了深深的恐惧之中。

——青龙、白虎、朱雀、玄武四大门派是天下武林天花板级别的存在。黄泥叟、海远清、喂莺人、拿云子四者似人似仙，神通广大，海远清、喂莺人、拿云子三人芮轩已经见过了，唯一素昧平生的就是黄泥叟。

要是拿云子和海远清说的是真相，那么麻烦就大了。且不说能不能将黄泥叟绳之以法，单论他是景溪的爷爷这点，便让芮轩左右为难。

摆在诸人面前的，还有一个疑问——那就是黄泥叟为何要杀死潭非？

——虽然四大门派的掌门平时很少有来往，可在拿云子和海远清的心目中，黄泥叟一直是憨厚朴实的老大哥，他一生隐居世外耕作，从不过问江湖之事，对于朝廷的纷争，黄泥叟更是不会参与。

潭非只是一名伊河守将，他不可能与黄泥叟有过节。

既然潭非与黄泥叟没有私人恩怨，那只能是另外一种可能了——黄泥叟杀死潭非必定是与悌血国此次的入侵有关。

换言之，黄泥叟是在阻止芮轩等前往伊河。

一时之间，众人都猜不出其中的关键所在。

芮轩思索了一下，道："两位前辈，那船上的艄公暴亡，难道也是黄泥叟所为？"

拿云子和海远清相互看了看，不置可否。不错，假设潭非真的是黄泥叟所杀，但船上的两个艄公之死，凶手又该是谁？

——以黄泥叟的身份，他绝不可能偷偷摸摸杀害两个普通的老艄公。

介临风也点头道："江湖盛传黄泥叟擅长御龙绵针和洪流功，两个艄公的死状难看，显然是体内中了剧毒，而黄泥叟却不擅使毒——"

芮轩道："凶手无论是谁，但是此人必定在船上，这是毋庸置疑的。"

拿云子捻须，沉吟道："我们这船队大小船只几十艘，船上百姓不说一千，也有几百，要想将伪装的凶手从中找出来，委实不是一件容易的事。"

"会不会是芝山老鬼？"芮轩忽然惊呼道，"此处是他的老巢，以芝山老鬼的阴险毒辣，未必不能做出这样的恶行。"

当下，庞金山便简单地向众人介绍了一下这处芝山的概貌，道："至于芮大人说的山上那个专吃女子的妖怪是什么芝山老鬼，我就不知道了。"

芝山老鬼的名头对于普通的江湖人士来说，可能比较陌生，但是海远清他们又怎会不知道。

——芝山老鬼、漠北幽狼、庙堂灵蜥、囚水鼋王并称天下四恶，四人之中数芝山老鬼年岁最大。论实力，也当数四人之中最强的。

多年之前，庙堂灵蜥、囚水鼋王他们两人双双折在莫愁城皇宫之中，一个被"三十四手平霄汉"生擒，一个被"十二剑侯定乾坤"挑断了脚筋，唯有芝山老鬼与漠北幽狼还在江湖浪迹，却也是行踪诡异，多数人甚至连他们的名头都没有听说过，更别提交手了。

此时，饶是拿云子、海远清这样的绝世高人也未免感到棘手。这二位掌门倒不是敌不过芝山老鬼——要是论对决，拿云子和海远清二人之中的任何一个都可以完胜芝山老鬼，然而，此处是芝山老鬼的老巢，他既然敢在船队上行凶杀人，一定是有恃无恐。

海远清道："我曾经听说过漠北幽狼擅使毒，可没听说过芝山老鬼也精于此道呀。"

忽然，介临风脱口道："哎呀，大事不好——"

芮轩等被介临风吓了一跳，道："介将军有何发现？"

介临风道："如果说潭将军的死是黄泥叟下的手，而这两个艄公又死于芝山老鬼之手，如此说来——"

"你是说，黄泥叟和芝山老鬼已经联起手来了？"芮轩失声道。

介临风面色凝重地点点头，道："正是。"

介临风的一番话，令玄武、白虎这二位掌门人顿觉背脊发凉。

——芝山老鬼纵然再险恶，毕竟自身不济，船队上的兵力，加之当今几大高手，必将可以将其剿灭。

可是，如果有黄泥叟与芝山老鬼为伍，胜负则未可知。

黄泥叟是青龙门掌门，除了"洪流功"内力天下无敌之外，他的"御龙绵针"也是奇绝，拿云子和海远清的内心均无必胜的把握。

芮轩扫眼看了看拿云子和海远清，心里已经明白了几分，道："两位前辈，我们切莫乱了自己的阵脚——"

就在这时，忽然远处的一艘船上的士兵叫道："不好啦！着火啦！"

芮轩等大惊，循声望去，见远处船队里的一条船上冒起了滚滚浓烟，船上的百姓有的纷纷跳水而逃，其他人则是相互拥挤着各自涌向隔壁的船只，一时之间乱成一锅粥。

介临风首先冲了过去，叫道："大家都不要慌乱！"他一面令那船上的官兵泼水救火，一面组织船上的百姓撤离。

芮轩喃喃自语，道："他们——他们终于要动手了。"

与此同时，另外两艘船上也燃起火来。海远清和拿云子不由分说飞跃过去，抢救船上的百姓。好在船队停泊的地方，紧靠着岩岸，大家纷纷跳水朝岸上划去，尽管天寒地冻，各自也顾不得那么多了。

顿时，船队大乱，其他没有着火的船只上，百姓也惶恐不安，均顾着自己逃命，纷纷跳水极力向岸上游去。

——北方的百姓大多不擅水性，一时之间，被淹死的有数十人。

芮轩虽贵为斑狱司巡察，官居高位，此次带兵经历恶战，与敌人真刀真枪地斗一场，大不了血洗疆场就是——可是，此时的境遇却令他手足无措。

——连敌人在哪里，都不知道，怎么办？更要命的是，自己还身负着保护这些青牛津百姓的性命。

眼睁睁看着百姓跳水而亡，被河水冲走，芮轩无奈地仰天长叹，道："景溪姑娘！你在哪里？"

第五十五章　入山诱战

就在芮轩对眼前的变故一筹莫展之际，忽然两岸山间传来阵阵令人毛骨悚然的笑声。众人大惊，芮轩叫道："大家小心，我们好像入了他们的圈套了。"

笑声一起，百姓更是恐惧，四下里尖叫哭喊，乱成一团，胆小的也不敢再朝岸上逃命了，又退缩到了船舱内。

海远清大声叫道："大家不要慌乱，赶紧回到舱内去！"

芮轩也喊道："有我们在此保护大家，切不要先自乱了阵脚。"

山上的笑声此起彼伏，阴森之极。海远清暗运一口气，突然发出了一声清啸，啸声起初似潮水忽起，紧接着便如大海之下喷出的一股冲天巨浪，直上云霄，瞬间将山上诡异的笑声淹没了。

群山一下子安静了下来，静得特别出奇。

介临风虽然知道白虎门掌门人海远清的功力高深，可此前还不怎么心服，直到此时，介临风才不由得心生敬畏，心道："难怪诗妖之名冠绝天下，就单凭此等内功，我定然是比拼不过的。"

芮轩命现场士兵全都上岸做好阻击准备，以防山上的伏兵突然偷袭。可是大家严阵以待等了一会，却没有丝毫动静。一时之间众人的心里都惴惴不安。

忽然，有人喊了一句："又来了一只船——"

芮轩抬头望去，只见远处的河面上一叶轻舟飞速而来，舟上站着的正是景溪她们几人。芮轩大喜，道："是景溪姑娘她们——"

轻舟疾速到了眼前，舟上的景溪、盛秋水和花相思不约而同跳到了大船上，芮轩喜色道："你们终于追上来了，陈道将军呢？"

景溪与盛秋水相互一视，均黯然神伤，花相思道："我们赶去的时候，北城的乱战已经结束，我们并没有看到陈将军他们。"

"那戴洗桐、茅起呢？"芮轩追问。

景溪摇了摇头，道："也都不见了。"

海远清皱眉道："莫非他们都已经战死？"

景溪道："我们仔细查看了北城的战场，尸积如山，但并没有他们三人的遗骸。"

海远清一听，顿时脸露喜色，道："只要找不见尸体，那他们就有活着的可能。"

当下，芮轩将眼前的情形简短地与景溪说了，担忧道："屡遭恶人袭扰，这些百姓已经是人心惶惶，要是落日营的追兵到来，岂不遭殃？"

介临风道："芝山老鬼作恶多端，本就是邪恶之徒，我们此时有海前辈他们在此，正好替天下人将他除了，也未尝不是一件好事。"

芮轩道："可是对手不现身，尽用一些下三滥的幻术侵扰，我们如何是好？"

景溪浅浅一笑，道："只要那老鬼在此处，除掉这个魔头，简直是易如反掌。"

芮轩闻言，又惊又喜，他知道景溪的为人，从来不说夸口之语，既然景溪此时这样说，那她定然有十足的把握，便道："姑娘，我们该如何行事？"

景溪让海远清、拿云子、介临风在船头警戒，自己则拽着花相思和盛秋水道："我们进舱内说话。"又朝芮轩道："你也进来。"

介临风看看拿云子，道："前辈，你看这——"

拿云子知道介临风欲言又止的话外之意——潭非之死，黄泥叟的嫌疑还没有排除，而景溪又是黄泥叟的亲孙女，这样的交错，难免让人对景溪心生芥蒂。

景溪四人进入船舱内，不一会儿又出来了，芮轩道："大家准备起锚，继续赶路。"

介临风奇道："芮大人，咱们这就走了？"

芮轩还没有开口，景溪道："介大侠，我们先带百姓赶赴伊河，秋水、相思两位妹妹断后。"

海远清和拿云子相互点点头，拿云子道："芮大人是督军，我们就听芮大人的吧。"

介临风道："好，只要能将一众百姓平平安安送到伊河，也算是大功告成了。"

几十艘船只重新起锚，继续前行。盛秋水、花相思则弃了轻舟，上得岸去，眼见众船队过了激流滩，消失在了山坳的拐弯处，盛秋水道："我们上山去吧！"

芝山上的道路崎岖，花相思道："姐姐，原本我是要随船一起走的，为什么要来这山中采什么灵芝？"

盛秋水"咯咯"笑道："天下奇珍出芝山，既然我们姐妹到此，又怎么能入宝山而空手回呢？"

花相思道："姐姐说的是，那我们就去山上找一找，要是真的能找到一棵千年的上等灵芝，也不枉我们来这芝山一回。"

花、盛二人往山上去，走了一段，花相思娇滴滴地道："姐姐，我实在走不动了，歇一会再赶路吧。"

盛秋水道："妹妹，听说这山里有专门吃女人的怪物，可不敢大意——"

就在这时，山间传来一声喋喋的笑声，一个声音回荡响起，道："二位姑娘莫怕莫怕，再凶恶的怪物，有爷爷我保护你们，又有何惧？"

盛秋水和花相思惊愕地四下抬眼搜寻，盛秋水叫道："什么人？"

那声音道："姑娘莫怕，爷爷是好人。本来先前要为难一下刚才过往的船只，只不过有你们二位姑娘留下来给爷爷做伴，爷爷就放他们一马了。"

话音刚落，一个身穿红衣的鸡皮老者突然凌空飘落，正是芝山老鬼。

花相思和盛秋水佯装惊恐，不断往后退去，叫道："妖怪！妖怪！"

芝山老鬼笑骂道："嘿嘿，两个死妮子胡说八道，爷爷明明是豪杰人精，怎么在你们二位眼中就如此不堪？"

盛秋水胆怯地道："老——老爷爷，你想干什么？"

芝山老鬼不答，只是垂涎地盯着盛秋水和花相思看，不住地点头，口中赞道："不错，不错！两位姑娘虽不是什么名门闺秀，可浑身透露出的却是一股芬芳的野性，再配以这样上等的容颜，实在可堪称奇珍异宝。"

花相思娇斥道："喂，糟老头子，你嘴里念念有词说什么呢？"

芝山老鬼淫笑道："爷爷是说，二位姑娘是天赐尤物，我老人家如不照单全收，怕是对不住上天的美意。"说着，芝山老鬼如同一只鹰隼，扑向了花、盛二人。

第五十六章　事出有因

芝山老鬼的这一扑，完全在花相思和盛秋水的意料之中，二人身形两下一散，分一左一右不避反而迎了上来。

原来，当景溪决心在此除去芝山老鬼的那一刻起，她心中便有了主意——芝山老鬼曾经在莫愁城的清溪教坊与景溪交过手，这次如果再由景溪出面，芝山老鬼定然不会上当，便在船舱中商量对付之策。

——芝山老鬼好色成性，如果让花相思和盛秋水出面，诱出芝山老鬼则容易得多。花相思是平霄汉的秘传弟子，身手之绝，令景溪都自叹不如，盛秋水的功法之高妙虽然比不上花相思，可也不输于一流高手，由她们二人引出芝山老鬼，将其制服，应该不是难事。

——景溪之所以没有留下与花、盛二人一起应付芝山老鬼，那是因为她在舱内听到了潭非的死因之后甚是蹊跷和震惊。

景溪不相信潭非死于爷爷黄泥叟之手，可是天下除了爷爷之外，还有谁会使御龙绵针？即使有飞针之术出奇之人，又怎么能在江面的行船之上避开海远清等绝世高手而杀潭非于无形？

——所以景溪决定自己随船一起走，她要将此事查个水落石出。

景溪算计得丝毫不差，芝山老鬼果然现身了。花相思和盛秋水虽然不及景溪绝色出尘，可二人也是清丽美女，令芝山老鬼怦然心动。

只是芝山老鬼万万没有想到眼前的这两个尤物却是身怀绝技。

芝山老鬼以手战之道和绵功见长，数月之前在莫愁城的清溪教坊，他曾一招之间让武状元出身的芮轩险些丧命。

——芝山老鬼自负普天之下除了青龙、白虎两派掌门，他谁都不怕。当然，他也曾听说过"三十四手平霄汉，十二剑侯定乾坤"之语，可是平、定二人都一直活在传说之中，他对此二人功夫的真实性抱有严重怀疑。

令芝山老鬼万万没想到的是，"三十四手平霄汉"不仅仅真实存在，而且还有了传人——眼前的这个令他垂涎三尺的美人。

花相思在芝山老鬼飞身扑来的那一瞬间，身形立马移位到了他的左侧，轻出一掌。芝山老鬼感觉花相思的出掌绵软无力，不禁心中暗喜，心道："这美人虽然灵活，可毕竟是个粉嫩的妙人儿。"他随手一挡，右手成拢一抓，想一招拿下右侧来攻的盛秋水。

盛秋水拳风鼓荡，芝山老鬼突然觉得一股凌厉的内劲直插自己的肋部，暗叫一声："好内力！"微微一挪，避了开去，变爪为掌，直推盛秋水的胸部。

正当芝山老鬼得意之时，忽觉得自己的左肩一阵剧痛，一回眼看见自己的左边肩膀上已经搭上了花相思的一只手——原来，花相思在出其不意间用平霄汉独门的"手道"制住了芝山老鬼的一只胳膊，令他动弹不得。

——与此同时，盛秋水绶带飘然而出，一下子缠住了芝山老鬼的右手，顺势一绕，将芝山老鬼的整个手臂缠了起来。

芝山老鬼大骇，惊道："你们这两个死妮子是什么人——"话还没有说完，芝山老鬼顿感左臂一软，一只手臂已经被花相思卸脱了骨结，垂了下来。

花相思反腿踢了芝山老鬼一脚，"咯咯"笑，骂道："你这个死老鬼，居然还敢调戏本姑娘，这是你自己找死，可怨不得别人。"

芝山老鬼骇然道："二位姑娘到底何方神圣？我老人家一生见过高手无数，却从来没有遇到过像二位姑娘这般的神技。"

盛秋水冷冷地道："你死到临头，还在寻求脱身之法？"

花相思朝芝山老鬼做了一个鬼脸，笑道："臭名昭著的芝山老鬼，原来是个不堪一击的糟老头子，就凭你这三脚猫功夫还敢色胆包天，纵横江湖几十年？"

芝山老鬼面如死灰，道："我明白了，你们是专门来找我麻烦的，你们是朝廷派来的人！"

盛秋水出指点中了芝山老鬼的前胸，手臂一扬，芝山老鬼直接被掀翻，滚了出去，趴在了地上，一口鲜血吐了出来。

芝山老鬼自知死期已到，惨然道："我芝山老鬼风流一生，死不足惜，可是，二位姑娘到底是何身份？万望告知，也好让我死个瞑目。"

盛秋水朝芝山老鬼鄙夷一视，道："你作恶多端，临死之前还想玷辱了我们姐妹的名讳？"便欺身上前，一掌拍下。

突然，一团黄色的影子斜刺里袭近，一个洪亮的声音喝道："此人杀不得！"

盛秋水明明掌已击落，可却仿佛被一股雄浑的力量托起，她内心一惊，奋力格开，低击而出，哪知道对方出掌连环一绕，尽数将她的力道化解，盛秋水待再发力，对方已将芝山老鬼拖出了盛秋水的掌风之外。

花相思和盛秋水定睛看去，面前多了一个身穿黄衣、敦实矮小的老人，正背着双手，如一尊铁塔一般屹立在那里。

"你是谁?"盛秋水惊讶地看着眼前这个黄衣老汉，喝道："难道——"

黄衣老汉道："老朽黄泥叟，恳请二位姑娘手下留情，留他一条性命。"

盛秋水和花相思面面相觑，不约而同道："你——你是黄泥叟?"

——黄泥叟是景溪的爷爷，这是众所周知的事情，青龙门的掌门人

黄泥叟乃是盖世奇人，怎么会袒护一个恶贯满盈的芝山老鬼?

黄泥叟面无表情地道："二位姑娘，请便!"

盛秋水一时之间没有了主意，呆立当场。

花相思道："前辈，你——你身为一代宗师，为何要袒护这个魔头?我们都和景溪姐姐情同亲姐妹，你这样景溪姐姐不伤心吗?"

黄泥叟看了看伏地不起的芝山老鬼，只道："此人不能杀!"

盛秋水上前道："前辈，莫非你——你也是和悌血国一起的?伊河总兵潭非果然——果然是前辈所杀?"

"不错!"黄泥叟道："潭总兵居心叵测，此去伊河，本来就是一个陷阱，此人不除，祸及大杞江山。"

盛秋水大惊失色，惊道："前辈，那如此说来，景溪姐姐他们岂不是很危险?"

黄泥叟不答，道："二位姑娘赶紧离开，否则老汉就无理了。"黄泥叟的语气之中透着一股毅然决然的气势。

花相思压声对盛秋水道："秋水姐姐，怎么办?"

盛秋水点点头，道："前辈是景溪姐姐的爷爷，我们自然不敢造次，还是先与景溪姐姐会合再说。"

第五十七章　浮云往事

自从景溪、万尘尘离开了清溪教坊之后，莫寄雁便整天百无聊赖，终日以调琴为乐。莫寄雁原本是莫愁城内的大家闺秀出身，只是在她十四岁的时候，家道败落，没有一两年父母便双双病逝了，家中所剩不多的一点财产被叔父霸占，她被扫地出门，幸亏往日有娴熟的琴艺，便进了清溪教坊谋了一个女艺的出路。

在清溪教坊内，莫寄雁平时里孤傲不群，与万尘尘、景溪等看上去和睦相处，实际上她内心很是瞧不起她们。万尘尘是戏班出身，自不必说，莫寄雁自认为景溪是攀附上了芮轩才登上了清溪教坊头牌的交椅，因此处处不给她们好脸色。然而景溪等一走，莫寄雁便一下子落寞下来。

曼妙娘的内心也是很惆怅。清溪教坊是她多年的心血，忽然间变得冷冷清清，这令她无法接受。曼妙娘发现，莫寄雁最近像变了一个人似的，总是一个人坐在楼上的窗前，凭栏静思。

清溪教坊现在就靠着莫寄雁一人支撑门面了，曼妙娘心知她必须得对莫寄雁好一点。因此她会不经意间来找莫寄雁解闷，还会给她带来一些零嘴或是一盏自己精心泡制的"引雏茗"。

对于曼妙娘的示好，莫寄雁由诧异逐渐变得理解了起来，因为每次曼妙娘来找莫寄雁聊天的时候，都会有意无意地说起往日清溪教坊的热闹景象。莫寄雁知道，曼妙娘是在回味着以前日进斗金的日子，她是担心自己有一天也弃她而去。想到这里，莫寄雁有一些得意。

又是一个寂寥的月夜。看着窗外清冷的月光，莫寄雁的内心思绪万千，久久无法平静。

"六年了，"莫寄雁的心在滴血，"六年了，你在哪里？"

——"你是生是死？还在不在这个人世间？"莫寄雁内心的痛苦一下子把她拉回到了六年前的那个冬天：

莫寄雁原本不叫莫寄雁，而是叫莫虹，父亲膝下无儿，莫虹是他的掌上明珠，视她为莫家的希望，便给她取了这个名字，意为天上的彩虹。

那一年冬天，漫天大雪，整个莫愁城笼罩在一片白茫茫的世间里。当时，年长自己五岁的裘无衣匆匆忙忙来找自己，道："有人要杀我，你给我一百两银子，我要离开这个地方。"

裘无衣是莫寄雁心里山一样的男人。他是莫愁城中的一个孤儿，平日里以在镖局的货场搬运为业。莫虹在一次他给自家运货的时候认识了他，两人从此便一见倾心。

"为什么要离开？"当时的莫虹惊讶地道，"你去哪里？"

裘无衣惶惶地道："有人要杀我灭口，我得赶紧走。你给我一百两——"

莫寄雁一下子愣住了，道："我——我哪里有一百两？"

父母刚刚双双离世，丧葬后事还是叔父帮忙一手操办的，她此时名义上是莫家的大小姐，可却犹如失去阳光的一根幼草。

裘无衣当然知道莫家出了大事，也非常了解莫虹的处境，便道："那我不难为你了，以后我会来找你的，你看到天上飞过的大雁，或许那就是前来探望你的我。"

从此以后，裘无衣便再也没有了消息。

莫虹也就改名莫寄雁，一直到今天。

一等就是六年，豆蔻年华的莫虹已经成了风姿绰约的莫寄雁，可是裘无衣仍旧没有一丝消息。"无衣哥，你为什么要逃走？"莫寄雁无数次看着茫茫的夜空，对天长问，"当年是谁要杀你？又为什么要灭你的口？你到底做了什么让人家对你恨之入骨，以至于要取你性命？"

六年前那个冬天的夜晚，裘无衣惶惶不可终日，他没来得及向莫寄雁说明白一切，就匆匆忙忙离开了。

"夜长月远，云淡风轻，叹光阴荏苒，岁月悠悠，唯独不见有雁飞过，哪怕是一声隐隐约约的哀鸣！"莫寄雁望着浩瀚的夜空，时常在内心喃喃自语。

忽然，一声"啪啪"的敲门声将莫寄雁从记忆中拉回到了现实。

莫寄雁道："谁啊？"

"寄雁妹妹，开开门！"门外传来的是曼妙娘的声音，道，"妹妹睡了吗？我来给妹妹送一点茶茗。"

莫寄雁将门打开，道："嬷嬷，这么晚你还没睡？"

曼妙娘穿着白色貂皮小袄，手里捧着一盅引雏茗站在了莫寄雁的门外，笑吟吟道："寄雁妹妹，刚刚调好的茶，特意送来给妹妹尝尝。"说着，便径自走了进来，道："妹妹，最近天干气燥，多饮茶好。"

莫寄雁道："多谢嬷嬷关心！"便给曼妙娘让座。

曼妙娘将茶盅放在花几上，道："妹妹，最近可有景溪和尘尘她们的消息？"

莫寄雁摇头，淡淡地道："自从数月前她们一走，杳无音讯，朝廷对她们几个的缉拿令张贴得满大街都是，不知道她们是否安好。"

曼妙娘给莫寄雁斟了一碗引雏茗，道："景溪姐姐她们的缉拿令已经解除了，听说，朝廷将要在咱们清溪教坊举行一场盛大的琴瑟会，到时不知道景溪她们能不能回到莫愁城，要是那样，咱们教坊昔日的姐妹又可以重逢了。"

"琴瑟会？"莫寄雁一愣，道，"朝廷为什么要办这样一个盛会？"

曼妙娘道："详情我也不知，不过我听说，悌血国与我们重修旧好，到时候我们外嫁悌血国的风里眠娘娘还要返京来省亲呢。"

莫寄雁茫然道："风里眠娘娘返京来省亲？"莫寄雁对大杞朝往事一无所知，"风里眠"三个字也是第一次听说，但是她听到朝廷解除了对景溪和万尘尘的缉拿令，还是挺欣慰的，不由得道："嬷嬷不愧是神通广大，连这样的消息也能知晓，真是让寄雁折服。"

曼妙娘笑笑，道："这算是什么秘密，多年前风里眠娘娘大婚出嫁，整个莫愁城都张灯结彩呢。"

莫寄雁"哦"了一声，道："我可不记得了。"

曼妙娘凑近，朝莫寄雁微微一笑，道："我再告诉你一个好消息，你朝思暮想的那个人，也有消息了。"

莫寄雁一愣，道："嬷嬷，你是说——"

曼妙娘俏皮地捏了一下莫寄雁的脸蛋，笑道："你的裘无衣呀！"

莫寄雁脑子一下子"嗡"的一响，道："啊？你——你怎么知道裘无衣？"

第五十八章　半截锦帕

当曼妙娘口中说出"裘无衣"三个字的时候，莫寄雁特别惊讶。

——莫寄雁从来没有将心事说给任何人听，曼妙娘怎么知道的？

曼妙娘看出了莫寄雁内心的狐疑，道："寄雁妹妹，天下的男人不仅仅全部都是有情郎，也有可能是负心汉，甚至——甚至有时候还是盗贼。"

莫寄雁莫名其妙地看着曼妙娘，道："嬷嬷，你说这些是什么意思？"

曼妙娘不动声色，只是道："妹妹，你朝思暮想的那位情郎是不是曾经在四海镖局里做杂工？"

莫寄雁一下子呆住了，心道："她连这个都知道？"不禁点点头，道："是的，嬷嬷怎么知道的？"

曼妙娘道："我不仅知道他曾是四海镖局的杂工，我还知道，六年前他为什么会匆匆忙忙离开四海镖局——"

莫寄雁脱口而出，道："你知道他为什么突然离开？"

"没错，"曼妙娘道，"因为他曾经做过一件错事情，欠下了别人一笔重债。"

莫寄雁越听越糊涂了，道："欠债？欠谁的债？"

曼妙娘道："他在十几年前，也就是在他刚进四海镖局做杂徒的时候，曾经私吞了一件东西。"

莫寄雁很是诧异，道："十几年前的事情了？没错，他确实是十几年前进的镖局做杂徒的，那时候他才十七八岁，我当时很小，经常有镖局的人来我们莫家送镖货，我也就是那时候认识的他。"

"他私吞的那件东西非常珍贵，"曼妙娘道，"所以在六年前人家特意来索取了。"

莫寄雁道："十几年前的事情为什么直到六年前才发现呢？"

曼妙娘道："那是因为寄这支镖的人远在数千里之外，按镖局的规矩，托镖与保镖是最值得信任的，而且，当年收镖的人确实也收到了那支镖，只是——"

"只是什么？"莫寄雁急于知道事情的真相，道，"嬷嬷，你快说呀！"

曼妙娘道："只是她收到的那东西却少了一半。"

莫寄雁愕然，道："少了一半？你的意思是说，另外的一半被裘无衣私吞了？"

曼妙娘点头，道："是的，当年正是裘无衣经手的这件东西。"

莫寄雁道："这东西很珍贵，那托镖人应该去找四海镖局索赔呀——"

"索赔？"曼妙娘淡淡地道，"就是十个四海镖局也抵不上丢失的那一半，何况——何况这支镖本来也是绝密之事，也许，在外人看来，它很普通，但是一旦事发，将会引起不小的祸事。"

莫寄雁大惊，道："嬷嬷，这——这支镖——托的到底是什么东西？"

曼妙娘道："是一块锦帕。"

"锦帕？"莫寄雁目瞪口呆，道，"无衣哥私吞人家的锦帕做什么？而且还只是半块？"

曼妙娘道："因为那是一部绝世秘籍。"

莫寄雁目瞪口呆，喃喃自语道："绝世秘籍？"

曼妙娘道："当年，裘无衣可能并不清楚那块锦帕上的奥秘，也许他只是私自拆镖之后见到了那块锦帕，面对如此精美绝伦的锦帕临时动了私心，便将一半撕去——"

莫寄雁道："那——那收镖的人看到撕去了一半，没有起疑心？"

曼妙娘幽怨地道："这块锦帕是一块定情之物，收镖人当时收到了半块锦帕之后，误以为是对方想决裂之意，于是伤心欲绝。"

莫寄雁愣愣出神，道："无衣哥为什么要那样做？他这样，岂不是毁了人家的一片深情？"

曼妙娘道："其实，在这块锦帕之中，包含着一个绝世的秘密，正是由于你的那位裘无衣哥哥的贪婪，铸成了大错。"

莫寄雁惊道："那后来如何？"

曼妙娘道："时隔多年，托镖之人才得知事情的原委，于是，便派人前来追讨那另外半块锦帕。可是，裘无衣当时无意间听到了前来追讨的人与镖局总镖头的谈话，他发现了危险，便提前跑了。"

莫寄雁的内心一下子明白了，当年为什么裘无衣要急匆匆而去，可能估计自己已经大祸临头了，可是此事情突然从曼妙娘口中说出来，令莫寄雁很是纳闷，道："你——你怎么知道的？"

曼妙娘冷静地道："因为当年那个托镖之人，与我有莫大的关系。"

"你？"莫寄雁不解，道，"你的意思是——"

曼妙娘似乎感觉到了自己的失言，道："这件事情——是——是别人跟我提起的，据说，当年托镖之人是我的一个远亲。"

莫寄雁怎么也想不到，在当年裘无衣匆匆忙忙逃亡的背后，居然还有如此惊心动魄的缘由，她不允许任何人诋毁她心目中那个"无衣哥"的形象，负气地道："嬷嬷，你这样空口无凭，有什么依据？"

曼妙娘笑了，道："妹妹，你以为，你在清溪教坊这么多年，一直是凭着你的本领才得以栖身？"

莫寄雁怒了，道："如此说来，你们是在布一张网？以我为诱饵？静等裘无衣上钩？"

曼妙娘摇头，道："寄雁妹妹，你错了，你的无衣哥哥已经不可能再回来了。"

"你说什么？"莫寄雁惊道，"你们找到他了？他在哪里？"

曼妙娘道："他在悌血国，现在是落日营的兵马大将军。"

莫寄雁如坠云雾，道："他——他——他怎么成了大将军？"

曼妙娘道："千真万确，你的无衣哥现在已经是今非昔比了，他是我们大杞朝的死敌。"

"这——这怎么可能？"莫寄雁不知所措，道，"他可是穷小子出身，而且从来没有练过一天武艺，对兵法更是一窍不通，怎么可能一下子成了悌血国的将军？"

曼妙娘道："真正让一个人强大起来的，不是武功，而是仇恨与野心，还有最关键的一个前提，那就是靠山。裘无衣就是这样强大起来的。"

莫寄雁更糊涂了，道："他有什么靠山？"

曼妙娘道："一开始，有人还以为他当年把那半块锦帕给了你，可是，现在都猜错了，他当年并没有把那半块锦帕给你，而是给了另外一个人，而那个人，后来就成了他的靠山。"

莫寄雁问道："那个人是谁？"

曼妙娘面无表情，道："一个隐匿在四海镖局的神秘账房老人，人家都喊他云先生，他本来的名字叫拿云子。"

199

第五十九章　真相如何

伊河，原来叫移河，此地本无河，远古时期，洪荒之水天上来，硬生生将这峰峦叠嶂的大山冲出了一条河，继而顺势西下，直达疯羊滩，注入青牛湖后，水势变缓，经各处出口，孕育了水草丰茂的青牛津。又经千百年，伊河周边的牧民越聚越多，便成了大杞最北的重要关隘，与邻邦悌血国仅隔了一座山。

芮轩等护着船队，又行了一昼夜，终于到了伊河，所幸沿途再也没有遇到风险，众人都舒了一口气。此时，早有伊河的守关副将殷通率队前来接应，见到潭非的尸体，放声大哭。

殷通是潭非从莫愁城带出来的副将，与潭非感情深厚，眼见其莫名惨死，既惊又怒，追问潭非的死因，芮轩等也不置可否，殷通不悦，道："潭将军遇害，你们一行众高手沿途相伴，居然连凶手的影子都没看到，这恐怕有点说不过去吧？"

芮轩面露愧色，道："殷将军说的是，潭将军遇害，我们的确心中有愧，只不过我芮某向你保证，一定要将此事查个水落石出，给朝廷一个交代。"

殷通道："久闻你们斑狱司历来查案雷厉风行，那就看芮大人的手段了。"

当下，殷通吩咐手下一边操持着潭非的丧事，一边安顿好前来投奔的青牛津百姓。

芮轩告之殷通，悌血国来势汹汹，需做谨慎防务，不料殷通却不以为意，道："悌血国虽然号称虎狼之师，可是他们如若敢来我们伊河侵扰，绝讨不了好处。"

一旁的景溪见殷通信誓旦旦，便道："殷将军如此沉着，想必早就想好了应对良策？"

殷通道："我们伊河虽然是大杞的边陲小隘，可是此地都是剽悍的牧民，他们个个都能徒手屠狼，可谓全民皆兵，定当誓死效忠大杞。"

芮轩等点头，道："有将军这句话，我们就放心了。"

过了半日，盛秋水和花相思也已赶到。盛秋水暗地里将芝山遇到黄泥叟一事悄悄告诉了景溪，景溪不由得惊讶莫名，喃喃地道："爷爷做事向来沉稳，他为什么要这样做？"

盛秋水小心翼翼地道："姐姐，那你看现在我们该怎么办？"

景溪沉吟道："要说我爷爷有心背叛大杞，我是坚决不信，可是他先杀潭非，后又救下了芝山老鬼，这又是为何？其中必有原因。爷爷说伊河已经设下了陷阱，难道殷通将军也有通敌之嫌？"

花相思道："姐姐，如果真的如爷爷说的那样，那我们岂不是自投罗网？"

景溪摇头，道："其中必定有蹊跷，爷爷肯定知道其中的内幕，既然爷爷一路暗中跟随着我们，那此时他应该也到了伊河，等我见到他之后，事情就有分晓了。"

盛秋水和花相思对视一眼，景溪道："你们两个好像有事瞒着我？"

花相思欲言又止，景溪道："到底怎么啦？"

盛秋水道："姐姐，我们找到陈逍将军和洗桐妹妹了——"

景溪大喜，道："啊？他们在哪里？"

盛秋水道："他们——他们已经去了杜鹃城——"

"杜鹃城？"景溪大惊，道，"你们为什么不阻止他们？"

盛秋水道："姐姐，其实，悌血国这次兵犯青牛津，有很多疑团未解，介临风大侠莫名其妙成了相马关的总兵，悌血国表面修好，实则已大举攻入，朝廷却一无所知？圣上还让我们千里迢迢前来御敌。青牛津善庸投敌，如今生死不明。紧接着潭非将军被爷爷所杀，难道姐姐真没察觉其中的蹊跷？"

景溪道："其实我早就在心中盘算着这些疑团，可始终理不出个头绪。"

花相思道："姐姐，我们在离开芝山的时候，中途遇到陈逍将军和洗桐姐姐，他们说要去杜鹃城去查找真相。"

景溪道："有没有见到茅大侠？"

盛秋水摇头，道："茅大侠在青牛津北城的乱战之中失散了。"

景溪担忧地道："洗桐妹妹此去杜鹃城，肯定是冲着报杀父之仇去的，她和陈将军两个人，势单力薄，这样冲动无异于飞蛾扑火，你们怎么不拦着？"

盛秋水道："姐姐莫慌，陈将军沉稳多智，要是此去杜鹃城能探得一些端倪，我相信对全盘战局也是好事一件。"

"此事还有没有别人知晓？"景溪道。

盛秋水道："只有姐姐一人知晓他们的行踪。"

景溪吁了一口气，道："那就好，此事千万不可跟任何人提起。此时敌我未分，任何人都不能完全相信——"

"也包括爷爷吗？"花相思话一出口，就知道失言，忙道，"姐姐，我不是那个意思——"

"傻丫头，姐姐明白！"景溪笑了笑，搂着花相思的肩膀，道，"眼下我们也没办法帮洗桐妹妹完成心愿，只能做到谨慎为上。"

盛秋水点头道："姐姐说的是，既然爷爷说伊河有陷阱，一定有他的道理，我们还是要以大局为重，防止悌血国的人使诈。"

景溪道："正是。爷爷是我在这个世上最信任的人，我们一定要在伊河死守，相信真相很快就会浮现。"

花相思忽然问道："姐姐，芮大人是可靠的，自然不必怀疑，那海前辈和介大侠还有拿云子前辈他们是不是——"花相思说着，看了看盛秋水。

景溪道："静观其变。"

花相思和盛秋水相视一望，不约而同地点了点头。

夜深了，景溪辗转难眠，她披衣起身，来到窗前，愣愣地看着窗外灰蒙蒙的天空，内心不禁叹道："看样子又要下大雪了，伊河总兵潭非已死，爷爷说的陷阱，难道指的是副将殷通？"

紧接着，景溪在内心又把自己的推断给否定了，心道："殷通名不见经传，他即使暗中与悌血国有勾连，我们有这么多高手在，万一有什么变故，要想擒住为首的贼人，理应不是什么难事。"

此时，景溪倒不是很担心伊河的境况，青牛津那么大的阵仗都杀出了重围，还惧怕伊河的陷阱？

"洗桐妹妹，你和陈将军现在怎么样了？"景溪此时最牵挂的是万尘尘，在心中暗暗祈祷，"尘尘妹妹，你现在在哪里？你可千万不能出事。"

第六十章　病元帅

杜鹃城里其实并没有杜鹃花，这里的房屋都是泥土垒成的，一座座犹如低矮的城堡。杜鹃城内的街道很宽阔，街上行人稀稀拉拉，他们穿着白色袍子，头戴缠巾，牵着骆驼或者马匹，牲畜的背上驮着木筐，里面都是他们购买的物品，在土街上行色匆匆。

棉花一样的雪飘了一天，整个杜鹃城成了白色的世界。

夜里，天上没有月亮，四下里却依然很亮。

戴洗桐腰藏配刀，与陈逍悄悄地朝城外的大营潜去——戴洗桐与陈逍偷来了两身当地人的衣裳，将自己包裹得严严实实，混迹在杜鹃城中，本以为杜鹃城内兵荒马乱，却不承想一切如常，不禁暗自称奇。

落日营，坐落在杜鹃城外三里之遥，这是一处由数百座大小不一的驼皮帐篷组成的军营，足足占据了杜鹃城的三面山坡，呈一个拱形，将杜鹃城围在了中间。

雪越下越大，无数的营篷在苍茫的夜色中令戴洗桐头晕目眩。有的里面透着亮光，而有的则是死气沉沉，一片寂静。

戴洗桐和陈逍潜伏在一处营篷下，放眼搜寻——她在找那座帅营。

——斑斓王虽然已被蛋蛋王顶替了军务，可应该依旧住在军中。可是，军营之中这么多的营帐，哪一座营帐才是帅营？

戴洗桐与斑斓王有杀父之仇，更何况相马关无数将士的性命不能白死，她要让斑斓王血债血偿！

正当戴洗桐焦急万分地窥视之际，一队落日营的巡夜兵由远及近而来，陈逍压声道："有人来了！"戴洗桐赶紧朝暗处一躲。

巡夜兵持戈而过，有一人道："走，我们去帅营帐那边再查看一遍。"

戴洗桐与陈逍悄悄跟着那队巡夜兵后面，一直朝前潜近了五六十米，来到了一处低矮的驼皮帐篷前。里面掀开帘子，走出来一个身穿红色裘衣的男子，众巡夜兵一见，赶忙单膝跪地，齐声道："参见裘将军！"

裘衣男子道："天寒地冻的，你们都各自回营休息吧！"

众巡夜兵道："谢将军！"

裘衣男子不再说话，反身进了营帐。一干巡夜兵去得远了，戴洗桐、陈逍悄悄摸到了营帐边，不由得暗自疑虑，心道："这落日营的大元帅怎么住的营帐比普通士兵的帐篷还要矮小？"

戴洗桐和陈逍一时拿捏不住，想再朝前靠近一些，却听到里面传出来了两个人对话的声音。

"大王，你早点休息吧！"这是刚才走出来的那个穿红色裘衣男子的声音。

另外一个苍老的声音道："去给我拿一碗酒！"

裘衣男子的声音道："大王，您今天已经喝了太多酒了，别再喝了。"

苍老的声音不悦，道："你现在身居将军之位，就可以不听我的话了？"

"裘无衣不敢！"裘衣男子在里面说道，"我只是担心大王身体。"

苍老的声音叹道："唉，我现在每天得靠酒来麻醉才能得以入睡。你又不是不知道。"

裘衣男子道："是，大王！可是——可是——"

"你想说什么？"苍老的声音道。

裘衣男子支支吾吾的声音道："我——我只是担心大王的身体。事已至此，大王又何必心忧伤身呢？"

苍老的声音道："其实，我也知道，可是我就是无法克制自己。"说到这里，营帐之中便是一阵沉默。

良久，里面传出了呷嘴的声音，好像裘衣男子已经将酒端给了那人喝了下去，只听他道："大王，您早点休息！"

苍老的声音道："唉，不知道蛋蛋亲王他们此番前去青牛津，都干了一些什么，其实，大杞与我悌血国有联姻之宜，我也不知道为什么会弄成这样。"

"是，"裘衣男子道，"蛋蛋王看似敦厚，实则为人好胜狠毒，居心叵测，不得不防。"

苍老的声音"呵呵"笑了，道："人家现在是堂堂统帅，风娘娘又对他十分信任，我又有什么办法让他阻止这场战争？想当年，玄武门的掌门人拿云子先生将你托付与我，就是要让你在我身边时刻提醒，大杞与悌血国两家历来有所交好，不要妄动干戈。"

裘衣男子道："大王，当年的那半块锦帕——"

苍老的声音突然斥道："住口，这件事情从此以后不要再提起。"

裘衣男子似乎很是害怕，唯唯诺诺道："是，是，大王！"

陈道和戴洗桐在营帐的外面静静地偷听，越听越糊涂，不约而同地心道："这裘衣男子是谁？怎么他们还提到拿云子前辈？他们嘴里刚才说的半块锦帕又是什么？"

苍老的声音自言自语，道："蛋蛋亲王嗜武如命，无利不起早，要不是他觊觎那半块锦帕，怎会自告奋勇去入侵大杞？裘无衣，你一定要记住，要是被他知道了当年是你将那半块锦帕私自藏弄，那你就要大祸临头了。"

陈、戴二人均心道："原来这裘衣男子叫裘无衣，听他们说话，这姓裘的应该是大杞的人，怎么会在悌血国的军中做将军？"

只听里面的裘无衣唯唯称诺，道："大王，我知道了。只是——只是我有一事不明，那《越绲神卷》明明是大杞的物件，当年怎么会从杜鹃城发镖去了南方？"

苍老的声音道："此事说来话长，你知道得太多，对你没什么好处。"

裘无衣道："可是——可是事情总有一天会被蛋蛋亲王知道的，那到时候我依然难逃一死。"

"唉——"苍老的声音长叹一声，道："事情都已经过去这么多年了，定乾坤已死，风娘娘心里的芥蒂也早就应该消除了。更何况，她也不想让全天下的人都知道曾经的那一段往事。"

裘无衣"嗯"了一声，道："大王，那我先回营去了，明日再来看望你。一会儿有婢女会来给大王送药。"

苍老的声音嗫嗫地哼了一声，道："我困了。"苍老的声音说着，里面便传出来一阵铺床叠被的声音。

戴洗桐与陈道正狐疑间，忽然看到远处的雪地上有两个影子，二人赶忙将身一缩到角落里，屏气凝神。

第六十一章　斑斓大王

两个黑影近得前来，原来是两个悌血国军营的士兵，他们到了营帐前，正好裘无衣走了出来，一人上前参见道："裘将军，斑斓堡出事了。"

裘无衣沉着脸问道："出了什么事？"

那人道："堡内关押的那个女子被人劫跑了。"

裘无衣骂了一声："简直是废物！"便急匆匆随着二人去了。

戴洗桐听到"堡内关押的那个女子"几个字，不禁很是诧异，心道："他们口中说的那个女子是谁？难道是尘尘？"当下便和陈道使了一个眼色，悄悄道："陈将军，你先跟上去探个究竟。"

陈逍一把拉住戴洗桐，压声道："你想独自一人刺杀斑斓王？"

戴洗桐斩钉截铁地道："此时他身患重病，正是我为父亲报仇的天赐良机。"

陈逍略一思索，道："那你见机行事，万不可莽撞。我先去打探，可能有尘尘姑娘的消息。"说着，跟随裘无衣等三人潜行而去。

斑斓王躺在宽榻之上，双眼空洞地看着头顶上的黑花帐，忽然，帐帘门被掀开了，走进来一个头披黑纱巾的婢女，手里端着一个托盘走了进来，她走近榻上的斑斓王，看了看榻前的石几上昨天送来的丹药和菜品，道："大王，你又没吃东西！"便将手里的托盘放下。

斑斓王轻轻地咳嗽了两下，道："皇后也是煞费苦心了，每天给本王更新酒菜，为的就是想让本王尽快恢复身体，可是本王自己知道，我的时日已经不多了。"

婢女上前一步，道："大王，你今天感觉身体如何？"

斑斓王道："本王受了恶煞之扰，这几天幸亏服食了国师的丹药，才留着一条命，你把药放在这里就行了。"

婢女一愣，道："哦哦，我——我忘记去国师那里去取了。"

斑斓王"哦"了一声，道："忘了就忘了吧，你记得明天取来就行了。"说着咳嗽了几下。

婢女道："是。大王，您咳得这么厉害，我帮你捶捶。"

"也好！"斑斓王扭过身去，将背对着婢女，道："前几天阿蝉来给我送饭，我赏了她两块玉牌，你回去后到她那里取一块，算是给你的赏赐。"

婢女紧张地道："我可不敢要大王什么赏赐，再说，阿蝉她也未必肯给我。"

斑斓王叹了一口气，道："唉，女孩子家都喜欢配饰，那等明天你再给本王送药来的时候我给你。"说着，便哼了一声，似乎在呻吟。

忽然，寒光一闪，婢女的手里多了一把利刃，直直地插向斑斓王的背心。

斑斓王反手一挥，婢女手里的利刃脱手，她正要出掌再击，已被斑斓王一个转身，捏住了她的手腕。

婢女惊叫一声，道："你——你原来没病？"

斑斓王沉声喝道："你是什么人？胆敢行刺本王？"

婢女恨声道："我今天没能杀了你这个奸贼，只能怨自己技不如人，你要杀要剐，悉听尊便。"

斑斓王伸指一弹，婢女脸上的纱巾飘然落地，露出了一张愤怒的脸，正是戴洗桐。

戴洗桐悲凉地道："我今天不能为父报仇，只求一死。"

斑斓王愕然，道："为父报仇？你父亲是谁？"

戴洗桐冷笑道："狗贼，你杀人如麻，哪里还能记得清死在你手里的冤魂？不过，戴传薪你应该不会忘记吧？"

"戴传薪？"斑斓王惊道，"你是戴传薪的女儿？"

戴洗桐道："不错，家父受你奸计迫害，你没想到他还有一个女儿还活着吧？"

斑斓王缓缓松开了戴洗桐的手，道："原来如此，唉，你走吧！"

戴洗桐怀疑自己听错了，道："你——你放我走？"

斑斓王叹道："我没有迫害你爹，我曾经一度将他当作我最好的兄弟，可是他——他害得我女儿受尽屈辱，最终惨死，唉——"

戴洗桐怒道："你胡说，我爹是顶天立地的好汉，怎么可能做出龌龊之事？"

斑斓王道："你父亲治军无方，理应付出代价。要不是皇后有旨，我早就挥师进发，踏平你们的杞国了。"

戴洗桐满腔仇恨，又怎么能轻易相信眼前的这个杀父仇人的话，咬牙道："你们悌血国的人都是豺狼，相马关一战，你们杀了那么多人，此时又何必装出一副善心？"

斑斓王冷冷地道："我不和你年轻人一般计较，你父亲犯下的错误，他已经得到了应有的惩罚，你走吧！不要再在杜鹃城生事，要不然谁也救不了你。"

"你真的要放我走？"戴洗桐道，"你不怕我日后再来寻你报仇？"

斑斓王淡然一笑，道："凭你现在的功力，再练三十年，也不是本王的对手，又何谈报仇？"

戴洗桐脸上一红，道："没错，你是比我厉害，可是我不能为父报仇，活着又有什么意思？"说到这里，留下了两行眼泪来。

斑斓王道："是非曲直，你以后就会明白了，我倒是要提醒你，落日营新任的大元帅蛋蛋王可是一个狠角色，你们大杞朝危矣。"

戴洗桐道："呵，我知道了，原来你现在大权旁落，已经被革职了？难怪你假惺惺装好人。"

斑斓王不以为意，只是道："本王掌帅落日营多年，都是以两国边界的百姓为念，与你父亲始终修好，从来没有发生过一丝争端，唉，要不是发生了几个月前的那件事，我想此时的我可能还在喂马滩与你父亲把酒言欢，好不畅快。"斑斓王说着，语气之中充满了痛惜之情。

戴洗桐见斑斓王一脸诚恳，不像是装出来的表情，不由得心念一动，道："刚才从你帐中走出去的那个姓裴的，到底是什么人？"

斑斓王沉思片刻，道："一个野心勃勃的狠人。"

第六十二章　孪生姐妹

万尘尘看到风里眠的第一眼时简直惊呆了。

自从万尘尘在青牛津被俘之后，她莫名浑浑噩噩，不知道过了多久，醒来的时候已经在杜鹃城外的军营中。再后来，万尘尘被关押在一个土堡中，整天被一群人看着，好在对方以礼相待，吃喝不亏，她心中也稍微宽慰了一些。

再后来夜间忽然听到嘈杂声，紧接着，茅起冲了进来，杀死了一众士兵，拉着自己就跑。异地生疏，万尘尘也不知道茅起要将自己带往何处，跑出去没多远被一群悌血国的士兵追上，一番厮杀，茅起与她失散了。

万尘尘跌跌撞撞来到了另一处城堡，上面刻着"落花斋"三字，见有一个侍女一样的人迎面走来，朝斋殿走去，万尘尘便迅速制服了她，换上了那侍女的打扮，端起她手里的托盘，径直走了进去。可是当她进了斋殿之后，里面空无一人，只有一个殿内亮起了灯。当她进得殿堂时，不禁大吃一惊。

"曼妙娘！?"万尘尘差一点脱口而出喊了出来。

眼前的这位风姿绰约的女人简直跟莫愁城内清溪教坊的曼妙娘一个模子刻出来的，如果非要说她们二者之间有什么差别，那就是气质不同。

曼妙娘的身上有一种脂粉风情，而眼前的这个女人则浑身上下都透着一股雍容华贵的气度。

一模一样的长相，一模一样的身高，一模一样的体态——

此时此刻的万尘尘不知道如何是好，只得硬生生走近。

那女人笑吟吟道："真的没想到，裘将军给本宫举荐的这个妹妹如此可人。"

万尘尘一阵紧张，心想："这女人没有认出我来，真的把我当成了外面的那个侍女了。"呆呆地看着眼前的这个女人，道："我——我——"

女人过来拉着万尘尘的手，道："你叫什么名字？"

万尘尘狐疑不定，将果品端上，道："我——我叫尘尘。请——请用！"

女人微微一笑，道："妹妹，别紧张，别人以为我风里眠皇后之尊，难以伺候，其实不然。这些瓜果美味，妹妹喜欢，不妨我们一起吃。"

万尘尘大惊，心道："原来她就是悌血国的风娘娘？"为了极力掩饰内心的不安，便小心翼翼道："谢谢！"说着，拿起一个黄色的水果就吃，咬了一口，一股香甜的汁水冒了出来，连说："好吃！好吃！"

风里眠看着万尘尘吃，笑道："这是舍儿果，我们悌血果的特产，妹妹你喜欢吃，以后就每日多上几个，我们一起吃。"

万尘尘小心翼翼地道："敢问皇后，你可有姐妹？"

风里眠一愣，道："姑娘的意思是？"

万尘尘支支吾吾，道："我——我只是随便问问，皇后长得如此端庄秀美，要是有姐妹，想必也是如皇后这般令人惊艳。"

风里眠叹道："我从小家境贫寒，幼年时便被送进莫愁城的宫中做了宫女，后来得夫婿加果子珍视，远嫁到了这里，虽说故土千里迢迢，可也常常魂牵梦萦。"

万尘尘"哦"了一声，道："皇后原来是杞国人？娘娘万金之尊，今日还能请我这个下人吃果，实在是受宠若惊。"

风里眠道："一别莫愁城已经二十几年了，不知道那里现在还是不是当年的模样。"

万尘尘道："皇后娘娘，你有没有想过回去看看？"

风里眠幽幽道："大杞朝有一句俗话，叫嫁出去的女子，泼出去的水，何况现在国事繁重，即使心有归去意，也是分身乏术。"

万尘尘试探道："莫愁城现在可热闹了，尤其是有一处清溪教坊，高雅不群，声名远播，平日里还有很多外地的客商也都是慕名前往，以前还有贵国的商人也去那里聆听过琴瑟——"她说这句话的时候暗暗观察着风里眠的表情。

风里眠道："哦，清溪教坊？照小妹妹这样说来，想必一定是不俗了，听这名字就可以想见它的高雅。"

万尘尘心道："这皇后娘娘显然是在有意回避话题，她既不承认也不否认自己有姐妹，我提到清溪教坊，她接话又是模棱两可。这世间绝不可能有如此相像的两个人，她和清溪教坊的曼妙娘到底是什么关系？"

风里眠招呼万尘尘入座，道："裴将军此人心细如发，他知我本是杞人，眼下两国正在交战，还有意为我物色了妹妹这样可心的杞人来与我做伴，也算是煞费苦心了。这里是苦寒之地，不比杞国的莫愁城，温熏宜人。"

万尘尘奉上的一碗香茶，道："皇后娘娘，请用茶！"

风里眠微微一笑，道："妹妹不要紧张，我是很多年都没有见过故乡之人了，眼下你来了，我心里高兴，就想和妹妹说说话而已。"

万尘尘道："哦，能得到皇后娘娘的礼遇，我也感到非常开心。"

风里眠道："其实妹妹你猜得没错，我的的确确有一个孪生姐妹，她叫风曼妙。"

万尘尘听风里眠如此爽快地承认了，也颇感意外，道："我说呢，我第一眼看到娘娘的时候，差一点以为我看花了眼。"

风里眠惊喜道："这么说，妹妹认识我那孪生姐姐？"

万尘尘道："曼妙娘在诺大的莫愁城无人不知无人不晓，她可是莫愁城鼎鼎大名的清溪教坊的坊主。"

风里眠表情一下子显得忧愁起来，道："当年，我进宫的时候，我这姐姐其实就已经张罗起了清溪教坊了。这间教坊的名字还是先皇取的。"

万尘尘点头，道："原来如此，我说呢，怎么有那么多达官显贵都愿意去清溪教坊消遣。"

风里眠道："妹妹也经常光顾那间教坊？"

万尘尘愣了一愣，便故意隐瞒了自己的身份，道："我一个乡下的女子，家在城外八里的井家坡，哪里能去那样高雅的场所。"

风里眠叹一口气，道："我虽然离开故土多年，可是我并不记得莫愁城外八里之遥有一处井家坡，既然妹妹不想说，我也不勉强，我也无意打探妹妹的家境，望妹妹不要生疑。"

万尘尘脸上一红，道："皇后娘娘误会了，我一个乡野的女子——"

"没什么的，"风里眠打断了万尘尘的话，道，"反正是杞国的土地上来的，都是我的亲人。妹妹不要担心，你我一见如故，我愿意把一些心里话说给你听。"

万尘尘道："是，谨听皇后娘娘教诲！"

接下来，风里眠向万尘尘讲述了杞国一段鲜为人知的宫廷往事，也可以说是一段皇室的丑闻。

第六十三章　忘年之恋

音宗是杞国的第十四代皇帝，祖上来自沿海，靠制盐发家，开国皇帝涛宗曾经是一代首富。立杞国之后，凭借着良好的经商之道，涛宗硬是把一个国家治理得井井有条。

杞国传至先帝，一下子生了九个儿子。在九个皇子之中，除了三皇子从小体弱多病之外，其余的八个儿子都是龙精虎猛。一时之间，杞国进入了鼎盛时期，周边小国纷纷来朝贡，可谓国富民强。

先帝的身边有两个神秘之人——平霄汉、定乾坤。

平、定二人始终不离先帝左右，堪称先帝的心腹，也是杞国的擎天二柱。

那一年，风里眠，不，当时应该叫李风眠刚入宫不久，便被选中进了先帝的膳食殿，做了一名普通的宫女，也是由此，她才能与平、定二人日日相见。

李风眠乖巧、秀丽，很是得先帝的赏识，经常打赏她一些珠宝，并且先帝给她赐名"风里眠"。很多人都以为先帝会将风里眠纳为妃子，可由于当时的先帝与皇后恩爱有加，尽管他对风里眠百般宠爱，还是不忍心伤了皇后的心，便将爱恋之心隐藏了起来，这一藏就是三年。

就在此时，悌血国的皇族加果子和蛋蛋王来访。加果子一下子被风里眠深深地吸引了，他向先帝表达了对风里眠的爱慕之情。

先帝无论如何也舍不得将妙人儿一般的风里眠拱手让给苦寒之地的一个王子。

对于先帝的心思，皇后岂能看不出来？于是便对先帝道："圣上要是喜欢，何不将风丫头升为才人？"

——皇帝与宫女厮混，定然不成体统，可是才人则不同。才人，是专为帝王设置的一级女人，她们本来就应该听从皇帝的召唤。

皇后的一句话，让先帝大喜过望。于是，先帝准备将风里眠升为"风才人"。

214

可是，一件令先帝不知所措的事情发生了，一下子从此天翻地覆。

——宫里的御医检查出来，风里眠居然怀孕了。

风里眠的怀孕，让先帝颜面尽失。

"查！"先帝怒不可遏，只能在心底里道："一定要揪出那个人是谁。"

为了不影响皇家的声誉，调查在悄悄地进行着，虽然没有严刑拷打，但是风里眠所受到的压力是无法想象的。然而，风里眠始终是一言不发——只求一死。

风里眠的沉默让先帝勃然大怒，也严重挑战了皇家的权威，原本不想置她于死地的先帝暗暗生了杀机。

就在这时，定乾坤向拂宗坦承了实情——原来，风里眠在久等先帝临幸未果之后，竟然对定乾坤暗生了情愫，一夜之欢之后，定乾坤知道自己酿成了大错。

当时定乾坤年逾七十，而风里眠才刚满二十岁。

既然定乾坤是风里眠腹中孩子的生父，先帝便不能再对她处置了，便道："事已至此，那就将她许配给你。"先帝说这句话的时候是真心实意的。

——作为一国之君，女人太多了，可这个世上，定乾坤只有一个。

然而，定乾坤却道："圣上，我因一时把持不住，犯下了不可饶恕的错误，怎么还会继续错下去？此事万万不能。"

先帝犯难了。风里眠一下子成了一个烫手山芋，杀不得，放不得，定乾坤又不肯娶，这可如何是好？

恰巧，悌血国的加果子荣登帝位，再次亲赴莫愁城提亲。

先帝其实暗自还是在生气，心道："风里眠，你好好的才人不做，却干出来此等有辱我杞国颜面的事情，那我何不将你送去千里之外受苦？你不是心慕定乾坤吗？我让你们此生再也不能相见。"

于是，先帝便答应了加果子的亲事。

悌血国来迎亲的那天，整个莫愁城都沸腾了。先帝为了操办风里眠的婚事煞费苦心，送亲的队伍很是浩大，其中就有时任禁军首领的赤目金刚戴传薪、禁军偏将潭非、左谏议大夫茅见初，另外还有一个人当然少不了，她就是风里眠的姐姐风曼妙。

送亲悌血国的队伍浩浩荡荡而去。值得推敲的是，戴传薪等回来的时候呈报先帝，风里眠的姐姐风曼妙在路途丢失了。

紧跟着第二年，先帝暴毙，音宗即位，戴传薪、茅见初、潭非另有任用。

再紧接着，定乾坤、平霄汉双双消失。茅见初因谏言获罪，满门抄斩，幸亏年幼的茅起在外学艺，才免去一死。

按照悌血国的习俗，隔年返亲，当风里眠第二年返亲之时，杞国已经江山易主。

风里眠与加果子在莫愁城匆匆逗留了一日，便即西去，从此再也没有踏足杞国一步。

万尘尘听到这里，不禁叹道："真的是不可想象，原来在皇后你的身上还发生了这么多事情。那——那当年你腹中的那个孩子呢？"

风里眠喃喃自语，道："其实——其实我就是你口中的那个曼妙娘，而现在在莫愁城中的那个曼妙娘，才是当年真正的风才人。"

万尘尘惊愕得一颗心差一点飞出了体外，道："那——那你们当时是怎么——"

风里眠幽幽地道:"当时,我妹妹怀有身孕,要是到了悌血国,被加果子大王发觉,不仅难修秦晋之好,说不定还会引起两国的争端。于是,在送亲途中,我便与我妹妹移花接木,用我的玉女之身将她替换了下来。据说,我妹妹在回杞国的路上因颠簸受了风寒,腹中的胎儿也没有了。"

皇后娘娘的一番话,让万尘尘惊讶得无以复加,然而,皇后娘娘接下来的讲述更是令万尘尘动容:

"三年之后,我妹妹回到了莫愁城。其实,你们当今的圣上音宗心里心知肚明,他知道回去的'曼妙娘'其实就是'风才人',而留在杜鹃城的那个人,则是调了包的假货。"

万尘尘吃惊道:"那他怎么没有治你的罪?"

"治罪?"皇后娘娘笑笑,道,"本来这个主意就是他出的,因为只有这样,才能既保住了杞国皇室的脸面,又修得了与悌血国的交好。"

第六十四章　定乾坤

万尘尘恍然大悟,轻轻点头道:"现在说来,这倒真的是一条没有办法的好办法。可是,我还有一个事情弄不明白——"

"你是想问先帝的死?"皇后娘娘道。

万尘尘道:"正是。"

皇后娘娘道:"先帝的死,有人怀疑是定乾坤所为。"

"定乾坤?"万尘尘一惊,随即道:"定乾坤虽然是先帝身边的人,可是先帝将他心爱的女人拱手送人,要是他有谋害先帝之心,也确实说得通,而且,以定乾坤的身手,要在先帝的身上做一点手脚,确实是不费吹灰之力。"

皇后娘娘道："是的，所以，先帝一入陵之后，还没有等到即位的音宗便动手查办这件事情，定乾坤与平霄汉二人却悄然失踪了。"

万尘尘道："那后来呢？"

皇后娘娘道："后来？后来有人谏言，遍访天下，一定要找到平、定二人，查出先帝的死因，左谏议大夫茅见初便是其中的代表人物，可是换来的却是因言获罪，满门被斩。"

万尘尘不解，道："这又是为何？"

皇后娘娘道："这是因为，你们的音宗皇帝心里明白，平、定二人不可能是凶手。"

"为什么？"万尘尘问道。

皇后娘娘道："如果他们是凶手，那就不是仅仅害死你们的先帝这么简单了，何不坏事做绝，将余下的几个皇子也一并除了？为什么还要给皇室留下血脉？无须平、定二人联手，单以定乾坤一人之力，就完全可以做到。"

万尘尘缓缓点头，道："皇后娘娘说得也有道理。那就是说，后来这件事就不了了之了？"

皇后娘娘叹道："平、定二人双双消失，一定与先帝的死有关，可是其中到底有什么秘密，一时之间杞国的皇宫之中也都没有人再敢提及。直到有一天——"

万尘尘好奇道："娘娘，有一天又怎么啦？"

皇后娘娘道："直到有一天，定乾坤来找我——"

"啊？定乾坤来找过你？"万尘尘吃惊，道，"他是来——"

皇后娘娘笑了出来，道："妹妹你不要误会，他不是来与我私会的。"

万尘尘道："那他是——"

皇后娘娘道："那一天夜里，我已经睡了，他无声无息地闯进了我的寝宫，我当时还真的以为他要对我做出什么非分之事，可是，他没有，而是对我礼数有加，只是询问我知不知道他骨肉的下落，原来，定乾坤早就知道身处杜鹃城的我并非风里眠，而是替身风曼妙。"

万尘尘愕然，道："他也知道?"

"我不知道他是如何得知的，但是他确实已经知道了事情的真相。"皇后娘娘道，"他说，害死先帝的人并不是他，他也知道是谁，可是他不能说，因为那人对他有恩。"

万尘尘惊愕得合不拢嘴，道："原来他知道先帝驾崩的真相?"

皇后娘娘点点头，道："他既不想替先帝报仇，也不便将真凶的名字说出来——他只想尽快找到自己的亲生骨肉。"

"那后来呢?"万尘尘道，"你有没有告诉他?"

皇后娘娘道："我当时拿捏不准定乾坤的真实意图，再说，我妹妹在杜鹃城与我分手之时是与前来送亲的茅大人他们一起回去的，定乾坤说她没有回到莫愁城，那一定是自己隐藏起来了，我又哪里有她的下落?"

万尘尘道："是的，以定乾坤的本领都找不到，那几年她一定是自己隐匿起来了。"

皇后娘娘道："定乾坤见我不像说谎的样子，倒也没有为难我，只是把一片锦帕交给了我，让我日后有机会，无论如何要交到我妹妹的手上，说那是我妹妹曾经给他的私订之物，既然已经不可能在一起了，便想着还给她。"

万尘尘叹道："真想不到，定乾坤一代绝世高人，到了老年，却还遭遇了如此的情困。皇后娘娘，那定乾坤后来去了哪里?"

皇后娘娘愣了愣，道："后来? 后来他就离开了杜鹃城。至于后来去了哪里，我就不得而知了。可就在定乾坤离开后的第三天，平霄汉前辈也来找到了我——"

万尘尘"啊"了一声，道："平老前辈也来了?"

皇后娘娘："没错，平老前辈是来找定乾坤的。"

万尘尘道："这么说来，平、定两位前辈不是同时离开的莫愁城?"

"这我就不知道了，"皇后娘娘道，"当时平老前辈看上去很急，说有要事必须立即见到定乾坤。我告诉他，定老前辈确实来过，可三天前就已离开了杜鹃城。平霄汉都不等我把话说完，就急匆匆地走了。"

万尘尘大疑，道："平霄汉急着找定老前辈，到底是为何？难道，他也想知道是谁害死了先帝？准备拉着定老前辈一起为先帝报仇？"

皇后娘娘摇头，道："不是妹妹猜想的那样，我当时听平霄汉前辈话里的意思，好像是定乾坤随时会有性命之忧，他是想帮他一起渡过难关。"

万尘尘吃惊道："定乾坤会有性命之忧？以定老前辈的神技，天底下除了他平霄汉，还有谁能与他比肩？"

皇后娘娘忽然又道："妹妹，你此时是不是很想知道最近悌血国与大杞兵戎相见的事情？"

万尘尘惊讶，道："是呀，皇后娘娘既然旧籍是杞人，为什么不阻止悌血国的人攻杞呢？"

皇后娘娘的脸上一阵迷惘，道："两国交战，是男人之间的事情，我虽身为悌血国的皇后，又有什么能耐干预这样的大事？"

万尘尘听了便不再言语了，心道："皇后娘娘说的也许是她的心里话，可最起码她可以事先暗中告知莫愁城，做好防御之策呀。"她心中虽然是这样想着，可还是隐隐约约感觉到眼前的这个皇后娘娘城府很深，并非像她外表看上去那样的华贵雍容。

第六十五章　《越缈神卷》

芮轩等人在伊河加强了戒备，以防悌血国的突袭，可是一连等了数日，却依然不见动静，不禁均心里既庆幸又狐疑。伊河三面环水，唯有与悌血国相邻的东北面是高耸的大雪山，落日营要想强攻，只有从这入手。

"既然悌血国的斑斓兽兵惧怕水，那我们只需要在东北角布下重兵，当可无忧。"拿云子道，"老朽有一阵法，需要殷通将军调集军士操持。"

殷通道："前辈请说。"

拿云子道："当年碧凌神君遗留下《越缈神卷》一部，上有记载诸多兵家阵法，其中最奥妙无穷的当数三官大阵，如今，悌血国的落日营也在参悟此阵。可惜，他们演习的那只是小三官，我们不妨就在伊河东北的巍巍大山中给他们布下真正的大三官，以逸待劳。"

芮轩、殷通等抚掌赞道："好计！好计！"

220

三官大阵是当年碧凌神君所著《越缈神卷》之兵阵卷中的法门，其要义是以天、地、水三官演化为六十四生死巢位，每一个巢位之间相互牵连，环环相扣，只要对方进入任何一个巢位，要想脱身，比登天还难。

当下由殷通挑选数百名得力兵士，按每巢位布置十人，依阵法操练。在拿云子的亲自指引下，不几日，阵法已初具形态。

芮轩每天都与景溪等巡查伊河的各处水路要塞，也是风平浪静，没有丝毫的可疑之相。这天夜晚，芮轩巡查完了水路，便道："我们要不去看看拿云前辈那边阵法布置得如何？"

景溪点头道："好！"二人便打马朝东北方的山下而去。

二人到了山下，将马系好，径直进山。忽见前面山道上一个影子闪动，景溪一愣，忙拉着芮轩潜于一块巨石后面，此时芮轩才看清楚，原来前面是一个敦实的老者正和另外一个人迎面而立，正是拿云子。

敦实的老者道："故友来访，也不见拿云兄有半分的热情？"

拿云子笑道："景兄神龙见首不见尾，实在令小弟佩服！"

敦实老者"呵呵"一笑道："这些年，你不也是没有闲着吗？"

拿云子道："景兄何必拐弯抹角？有什么话你就直说。"说着微微咳嗽了一下。

芮轩悄悄问景溪，道："拿云前辈面前的那个人是谁？"

景溪又惊又喜，压声道："是我爷爷。"

芮轩大吃一惊，他一直久仰景溪爷爷黄泥叟的大名，此时才得以有机会见到，内心不禁诚惶诚恐，当下和景溪凝神聚气，暗自窥探。

黄泥叟冷冷地道："拿云兄，你当年编造了一个假消息，害得定乾坤前辈惨死，难道时至今日内心就没有一点愧疚吗？"

拿云子叹道："景兄，当年我造成了无法挽回的大错，现在想来，愧疚之心是有的，但是这世上哪里去寻后悔药？"

黄泥叟道："拿云兄，我只想知道事情的真相。当年你为什么要编造《越缈神卷》在定乾坤前辈手里的谣言？"

拿云子看着黄泥叟，道："以景兄思谋的缜密，应该不难猜到，当年的那半截锦帕已经到了我手里，'三十四手平霄汉，十二剑侯定乾坤'，我们青龙、白虎、玄武、朱雀四大掌门联手诛杀定乾坤，可是奉了皇上的秘旨行事，你又何必把事情推得一干二净？"

暗处的芮轩和景溪听到这里，均瞠目结舌，吓得大气不敢喘。

"你胡说，"黄泥叟斥道，"当年我们四人奉了皇上的旨意确实不假，可是我之所以答允参与此事，仅仅是出于夺回碧凌先师的圣物《越缈神卷》，哪知道其实你已经将它据为己有了。"

拿云子摇头，叹道："景兄，你错了，其实我那时并没有看到神卷上的半个字。当年我们经历了枯杨岭一战之后，定乾坤身上一无所获，后来才得知，原来在枯杨岭大战之前，他已经将那块刺有《越缈神卷》的锦帕交由了风娘娘，而风娘娘后来又以托镖之名，将神卷送到了莫愁城。"

黄泥叟道："那又如何？"

拿云子道："景兄，你真的是太聪明了，其实，你早就知道莫愁城清溪教坊的曼妙娘就是风娘娘的胞妹，而风娘娘之所以远嫁悌血国，与定乾坤有关。所以，你处心积虑将你的孙女景溪姑娘早早地就送到了清溪教坊，名义上是学艺，其实你是在清溪教坊安插了一个眼线。"

221

黄泥叟闻言，哈哈大笑，道："拿云兄，你不愧是工神，如此胡言乱语也能说得跟真的一样。"

拿云子摇摇头，道："我没有瞎说，可是景兄，你算来算去，还是少算了一步——你万万没有想到，当年作为一个镖局杂役的裴无衣竟然误打误撞地将那块锦帕一撕为二，你更没想到的是，它又落到了我的手里。从此以后，你就一刻都没有停止对我的追踪。"

黄泥叟淡然道："我景某又何必觊觎《越缈神卷》？只是你私吞碧凌先师的圣物，我身为青龙门掌门，当然要令你交出来。"

巨石后的景溪与芮轩虽然听得糊里糊涂，可还是隐约理出了一丝头绪。

——当年，圣上音宗帝授意青龙、白虎、玄武、朱雀四大掌门围剿定乾坤，为的就是一册《越缈神卷》，可是事后却一无所获，定乾坤战死。

——再后来，《越缈神卷》被托镖到了莫愁城，又被镖局的裴无衣窃取了一半，转交给了拿云子。

只听拿云子道："如果我们当年单凭四人合力，未必能胜得了定乾坤，幸亏布下了演化过的三官之阵，虽然弊端很多，不及真正的大阵，但是也令名震天下的定乾坤殒命枯杨岭，又何尝不是一份荣耀？"

景溪此时才恍然大悟——原来当年大神级的人物定乾坤就是死于三官阵之下的。

忽然，听拿云子道："景兄，你心里有很多疑问，可是我也有一个疑问，能不能当面向景兄问个明白？"

黄泥叟道："你说。"

拿云子道："你为什么要杀了伊河总兵潭非？"

第六十六章　阵前破阵

拿云子对黄泥叟的这一句问，令巨石后面的芮轩和景溪顿时凝神屏气了起来，这也是二人急迫想知道的。

只听黄泥叟道："我杀的这个人其实并不是潭非，你们都上当了。"

芮轩和景溪在巨石后面面相觑，惊讶地张开嘴巴。

"不是潭非？"拿云子愕然，道，"那他——是谁？"

黄泥叟道："真正的伊河总兵潭非早在五年前就已经死了，他是悌血国找来的一个潭将军的替身。"

拿云子惊讶道："你是说——他是通过易容术假冒的潭将军？"

"不错，"黄泥叟道，"真的潭非将军已经在五年前就死于疫病，可是伊河却并没有将此事报知莫愁城，而是被悌血国的特使策反，悄悄换上了此人。"

拿云子惊道："如此说来，那他们的副将殷通也是悌血国的人？"

黄泥叟点头道："殷通原本并非杞人，而是悌血国的贵族，五年前与假潭非一起来到伊河。"

拿云子顿了顿，忽然道："景兄，你说得这样信誓旦旦，敢问你是如何知晓得这么仔细？"

黄泥叟还没有开口说话，雪地上缓缓走近一个人，正是海远清，他的肩头趴着一只似鼠似猴的小灵物，只听它得意扬扬地道："这些把戏他们如何能逃过我的法眼？"

拿云子愕道："海兄，你肩头的这小东西莫非——莫非就是你们白虎门的精灵逗喜？"

海远清呵呵笑道："正是。它随我出来多年，不喜欢受我管束，私自悠游了几年，如今它自己倒是回来了。"

景溪此时才恍然大悟，原来爷爷黄泥叟刚才说的这些都是白虎门的精灵逗喜告诉他的。景溪以前曾听爷爷说过，逗喜是白虎门的精灵，早在数百年前就是白虎门先师座下的宠物，它通晓天地，性喜游玩，具有不老精身，没想到今日能亲眼所见。

拿云子惊奇地道："海兄，原来真假潭非之事，你早就知道了？"

海远清捻着须髯，道："其实我也是到了伊河之后才知道的。"

忽然，黄泥叟道："溪儿，你们两个现身出来吧！"

景溪和芮轩相互看一眼，一跃而出。景溪喜色道："爷爷！你可想死我了！"

芮轩上前恭身道："芮轩拜见景前辈！"

黄泥叟端详了两眼芮轩，道："久闻芮大人官居斑狱司执笔巡察，果然英气不凡，溪儿没有看错人。"

景溪和芮轩二人均脸色一红，低下头去。

拿云子道："景兄，你我虽各为青龙、玄武两派，可是青龙、白虎、玄武、朱雀四大门派同属碧凌神君所创。眼下，大敌当前，《越缈神卷》这段公案，我们暂且放置一旁，等国事一了，再解决我们四大门派的家事，你意下如何？"

黄泥叟道："如此甚好！"

拿云子抱怨地对海远清道："海兄，这就是你的不对了，你既然已经知道了真相，为什么还赞同我将三官大阵传于殷通的军中？布置在此？"

海远清哈哈一笑，道："此事要做得滴水不漏，殷通才会上当。"

景溪道："海前辈，你的意思是——让拿云前辈故意将三官大阵传于殷通，然后让他们自己人相互残杀？"

"正是！"海远清点头道，"如今，假潭非已死，殷通还以为我们不知情，我们便来一个将计就计，到时，我们用从青牛津带来的兵，一举将他们歼灭。"

景溪和芮轩一听，先是一喜，接着便犹豫了起来，道："那如果他们到时候两兵合在一处，反过来对付我们，怎么办？"

拿云子赞道："景溪姑娘真是料事周全。此番结果，老朽也已经考虑过了——"

黄泥叟与海远清均一愣，异口同声道："原来你也已经——"

"不错！"拿云子道，"那个假潭非的事情我虽然不知情，可是老朽此前几次出入悌血国的军营，对他们的军中行事了如指掌，殷通的那些手下行事作风与落日营的那帮贼寇如出一辙，我早就心生怀疑了。"

芮轩疑惑道："那又如何？他们掌握了三官大阵的阵法，岂不是如虎添翼？"

拿云子道："我故意将阵法稍加改动了一些，令介临风大侠率一众将士守住阵中的水官之门，如此一来，即使他们到时候沆瀣一气，也一样可以将他们诛杀。"

景溪忧虑地道："就怕到时候介临风也靠不住——"说着，看了看黄泥叟。

芮轩也脸上有疑色，道："景溪姑娘说得极是。介临风无端陷害自己的弟子陈道在先，其后又自己坐上了相马关总兵的帅位，其中的缘由到目前为止还是一个谜团。"

景溪道："更让人捉摸不透的是，既然他已经是相马关的总兵，可是连圣上都毫不知情——这中间怎么不让人多疑？"

黄泥叟沉吟道："据我所知，介临风原本就是朝中之人，他早先是宫中的禁军都统，后来所为何事离开了皇宫，就不得而知了。"

芮轩担忧地道："悌血国大军入侵，可放着离他们最近的相马关和伊河不攻，却偏偏选择了离他们最远的青牛津，这一点很是可疑。那只有一种解释——"

"相马关和伊河其实已经在悌血国的控制之下了？"景溪脱口道。

芮轩点头，道："不错，这样的解释应该比较合理。"

景溪缓缓摇头："不对，照这样说来，青牛津善庸不也是暗通悌血国吗？青牛津也已经在悌血国的控制之下了呀，为什么他们却率大军来袭呢？"

芮轩道："难道——难道悌血国的落日营专门在青牛津等候我们，想将我们围歼在青牛津？"

这时，黄泥叟、海远清与拿云子三人相互看了一眼，都暗暗点了点头。

景溪道："爷爷，你们已经知道了内情？"

黄泥叟道："在真相没有浮出水面之前，我也不敢妄下判断，不过，可能此事并非你们想象的那么简单。"

"那介临风怎么办？"芮轩看着拿云子道，"还让他参与布阵之中吗？"

拿云子喃喃自语："临时换将，是军事之大忌。眼下只能静观其变为好。"

就在这时，远处的山间传来了一阵"呜呜"的号角声，芮轩急道："不好！悌血国要进攻了。"

第六十七章　突遇雪崩

景溪等急速赶进山去，见夜色下的山野被地上的雪映照得一片明晃晃，介临风正挥舞着黄旗率众将士奔赴各自的布阵位置，抬眼望去，山上无数双赤红的眼睛不停地跳跃闪烁着朝这边奔涌而来——那是悌血国落日营的斑斓兽兵。

四野都充斥着阵阵"嗷嗷"的吼叫声，前面的守山士兵已经与跃下的斑斓兽厮杀开了，不断有斑斓兽被斩，也有不少士兵被它们撕咬，惨叫连连。

拿云子叫道："景兄！海兄！我们快去占据天、地、水三位，把介临风换下。"

黄泥叟与海远清不等拿云子把话说完，已经飞身朝前去了，三人一入阵形，立即散开，抢去了三处山坳。

三官大阵本是碧凌神君当年留下的兵家阵形，青龙、白虎、朱雀、玄武四派掌门对其攻守之道很是娴熟，此阵看似松散，其实是大开大合，只要将天、地、水、空四位死死占牢，首尾相顾，入此阵者便无法逃脱。

——当年四大掌门在青牛津枯杨岭布下此阵，齐力诛杀十二剑侯定乾坤，便是以大阵化小阵而为之，饶是定乾坤一代神人，也硬生生没能逃脱噩运。

景溪、芮轩赶赴阵中，迎面几只斑斓兽张口血盆大口正与介临风进行凶猛的搏斗，介临风已经被黄泥叟换了下来，他手里的一把金刀奋力翻飞，虽然砍杀了几头猛兽，可是无奈身边有数头兽兵朝他发起了猛烈的攻击，已经是险象环生了。

芮轩和景溪赶到，立即击杀了数头斑斓兽，解了介临风之危。介临风叫道："多谢二位！小心！"

身后的远处传来一声叫喊："姐姐！我们来了！"

景溪回头一看，见盛秋水和花相思带领着一队士兵奔赴而来，景溪急叫道："殷通将军呢？"

盛秋水道："姐姐，拿云前辈果然是料事如神，殷通在城内秘见善庸，已经被我和相思妹妹绑了，正关押着，等芮大人发落呢。"

"大胆善庸居然也敢暗自潜来？"芮轩道，"二位姑娘干得漂亮！"说话间，盛秋水和花相思已经加入了战团。

拿云子、海远清和黄泥叟三人犹如三根擎天之柱，死死占据着三官大阵的天、地、水三个阵脚，凡欲窜越者，都命丧他们三人的手里，只留了一个空门的阵脚，有景溪和芮轩他们把守，此时又多了盛秋水和花相思两人，将从雪山上冲下来的斑斓兽全部截获，整个山谷顿时血肉横飞。

在碧凌神君旗下四大门派的掌门之中，要论武力，数黄泥叟功法最为凌厉，他的洪流功普天之下少有人能抵挡得住，还有他手中的"御龙棒"更是杀气纵横——龙尚且可御，又何况只是面对蜂拥而上的恶兽？

就在黄泥叟大开杀戒之际，忽然他不经意间看到了不远处的景溪身边多出了两个女子，正是在芝山上遇到的盛秋水和花相思。

——当日在芝山上，黄泥叟虽只是和盛、花二人过了一招，但是他已经深知这两个貌似娇弱的女孩实则身怀绝技，要不然怎么可以轻松制服芝山老鬼？

尤其是花相思令黄泥叟有深刻的印象。当日，黄泥叟出手制止二女之时，只凭一招，就让他感觉到盛秋水虽然内力深厚，出手也是凌厉异常，可是花相思不仅仅内力不输于盛秋水，她的招数更是刁钻——严格意义上说，花相思的"手道"根本就没有招数。

这让黄泥叟想起来一个人——平霄汉。黄泥叟尽管与平霄汉没有交过手，可是花相思的身手除了平霄汉的"手道"，还有谁能与她匹敌？

眼见有无数的凶兽源源不断地从山间窜出，却也尽数被三官大阵所围剿，漫山遍野血腥一片，斑斓兽的尸体和诸多士兵的尸体横七竖八地散落着，令人触目惊心。

正当众人杀得兴起，忽然，一阵隐隐的轰鸣之声从头顶传来。

景溪等抬头看去，大惊失色——数座山峰的顶端雪浪滚滚而下。

海远清叫道："不好！雪崩——"话音刚落，汹涌的积雪已经到了面前。

紧接着，又有几座山上的积雪开始崩塌了下来，瞬间将很多正窜出的斑斓兽给淹没了，也有来不及逃开的阵中士兵也被滚滚而下的积雪掩埋。

这一变故令即使是黄泥叟这样的高手也是措手不及，他急叫道："快，大家快退出山去！"

众人都朝身后没命奔逃而去，其间张牙舞爪的凶兽却并不畏惧雪崩之危，还在追着众人撕咬，场面顿时大乱，原本坚如磐石的三官大阵转眼间便自行破散了，大家都在纷纷忙着逃命，跑得慢的，瞬间就被雪崩给吞没了。

景溪、芮轩等一边向身后撤退，一边还不时地击杀从雪堆中扑出来的斑斓兽，剩下的数百士兵此时哪里还管得上抵御恶兽，都争先恐后四散逃命，山谷之间一片哭爹喊娘之声。

拿云子和海远清、黄泥叟三人神功卓绝，可也不敢与恶兽恋战，只得跟着众人疾速后退。黄泥叟叫道："溪儿！快撤！"

介临风腿部有被斑斓兽撕咬的伤口，他一瘸一拐地也往山口撤去，此时他手里的金刀已卷了口子，他艰难地提刀奔跑，可是如怒涛一样的雪崩转眼间已经到了他的身后。

景溪就在介临风前面不远，她大惊失色地想回头去拉介临风，可是眼见已经来不及了，急叫道："快——"刚叫出一个字，介临风已经不见了身影——雪崩将他活埋了。

芮轩回头看到刚才的一幕，不禁叫苦不迭——在介临风身上还有很多疑团未解，如今，介临风一死，所有的线索全部都断了。

一时之间，众人飞奔出山，雪崩之势被山间的几处峰峦阻挡，慢慢平缓了下来，所有的斑斓兽都被压在了积雪下，山间又恢复了平静。众人死里逃生，惊魂未定。

芮轩环顾了四下，原本近千人的队伍，此时逃出来的也不过区区百人，好在景溪等都安然无恙，芮轩等众人看着一片狼藉的山口，心里依然心有余悸。

第六十八章　又失一命

伊河城内的百姓被突如其来的雪崩吓得魂飞魄散，幸好城郭离后面的大雪山不近，崩塌的积雪被山峦挡住了，并没有危及城内的百姓。

芮轩将劫后逃生的队伍粗略肃整了一番，大家便一起返回了伊河城中，就在这时，有人前来向芮轩禀报，道："芮大人，不好了，殷通和善庸跑了。"

一旁的花相思和盛秋水面面相觑，花相思气愤地道："怎么会跑了呢？明明被我们绑起来的呀，还准备等芮大人回来，听候他发落呢——"

来人道："是——是庞——庞老板放跑的。"

芮轩一听，暗暗叫苦，跺脚道："还是太大意了，早就应该防着那个庞金山，现在说什么都已经晚了。"

景溪疑惑地道："按理说，庞金山只是一个商人，他想要救走善庸和殷通，并非易事。"

来人只是一名看守的士卒，善、殷二人的出逃已经令他心生惧怕，担心受到芮轩的处罚，此时哪里还敢答话。芮轩挥挥手，便让他走了。

海远清等安顿了众人各自先去休息，再商对策。芮轩来到屋内，见墙上画了一个圆圆的脑袋和一根弯弯曲曲的白线，不禁哑然失笑了起来。芮轩知道，这是庙堂灵蜥给他留的暗号，让他去城外与之相见。

庙堂灵蜥是芮轩派去杜鹃城给风娘娘送密函的，一开始芮轩并不知道密函里的内容是什么，可此时芮轩大致可以猜出八九分了——介临风既然已经临危受命，做了相马关的总兵，那么皇上音宗其实早就察觉出悌血国要入侵的野心了，他无非是要与风娘娘修两国之好。

——介临风相马关秘密上任，芮轩大惑不解，此时介临风已经葬身雪崩之下，芮轩只得等他日返京之后才能解开这一谜团了。

——其实，善庸本来也应该清楚其中的事情，可是善庸又逃脱了。

"庙堂灵蜥从杜鹃城送密函，他或许能探得一些其中的消息。"芮轩想着，便匆匆出了屋，刚走到门外，遇到花相思。

花相思得知了芮轩要去城外，担心芮轩安危，便道："我陪芮大人一起去吧！"

芮、花二人各骑一匹马，朝城外去了。

此时天已经快亮，可一轮圆圆的大月亮依旧挂在西边的天际，映照着大地。

城外一片水泊，一条船停在岸边。待芮轩二人近前，船篷内钻出来一个人，正是庙堂灵蜥。他一见芮轩，便跃上岸，拜倒在地，道："属下拜见大人！"

芮轩道："快快请起！你怎么找到这里了？"

庙堂灵蜥道："属下得知大人转战伊河，特来助大人一臂之力。"

芮轩叹道："难得你一片忠心，可惜你来迟了一步。"

庙堂灵蜥道："大人，属下此番前来，是给你送上两份礼物的。"

芮轩一愣，道："什么礼物？"

庙堂灵蜥"嘿嘿"一笑，道："这第一份礼物，便在船上，大人请自己上船看！"

芮轩更是摸不着头脑，他正要上船，却被花相思一把拦住了，花相思道："大人，我去看看！"

花相思的用意芮轩怎能不知，庙堂灵蜥亦正亦邪，她是怕船上有危险。芮轩点点头，花相思跳上船，朝船篷里一看，三个人被捆绑着，堵住了嘴巴倒在了木板上，显然是被庙堂灵蜥点了穴道，正是善庸、殷通和庞金山。她喜色地朝芮轩喊道："嘻嘻，芮大人，这三人终究还是没有能逃掉。"

芮轩一听便已然知道了花相思说的"三人"便是谁了，顿时道："灵

231

蜥上人，这三人可是宝贝！等我回京，面见圣上，为你请功。"

庙堂灵蜥道："谢大人！属下的第二份礼物，便是要告诉大人一个消息。"

芮轩道："上人！快快说来听听。"

庙堂灵蜥道："属下见过悌血国的蛋蛋王，用一份假密函，换取了这次悌血国兵犯大杞的一些内幕，其间还有介临风任相马关守将的实情——"

芮轩大喜，道："上人，没想到你还有这等聪明，到底是何内情？"

庙堂灵蜥道："介临风是——"

芮轩道："是什么？"

庙堂灵蜥刚说出了四个字，便不再说话，只是张着嘴巴直直地站立在芮轩的跟前。

芮轩急道："你倒是快说呀。"

庙堂灵蜥还是一动不动。芮轩感觉不妙，上前一步，轻轻地一推，庙堂灵蜥竟然朝后倒了下去，就此不动。

芮轩大惊，急叫两声："上人！上人！"一探庙堂灵蜥的鼻息，已然死了。

这一变故，惊得芮轩目瞪口呆。花相思也惊呆了，飞身近前来，蹲下身去查看，见庙堂灵蜥额头上方的神庭穴上有丝丝闪亮的小点，她探指上去，内劲一吸，居然吸出了一根细细长长的银针。

——庙堂灵蜥的神庭穴被一根银针射入，差一点针身全部没入了进去。

"又是御龙绵针？"芮轩和花相思异口同声地惊呼了起来。

花相思立即站了起来，挡在了芮轩的身前，叫道："何方鼠辈？暗器伤人，算什么英雄？"

忽然，不远处的月色下一人缓缓走近，芮轩定睛一看，顿时惊愕地叫道："原来——原来是景——景前辈？"

眼前的这个人正是黄泥叟，只见他走到芮轩的面前，道："庙堂灵蜥这样的人也成了芮大人的手下，这也未免太可笑了吧？"

芮轩叫道："你——你为什么杀了他？"

黄泥叟道："这样的人留着他又有何用？靠一些下三滥的手段弄一堆假消息来糊弄你，实在是可恨。"

花相思惊愕，道："景——景爷爷，你——你为什么三番两次杀人？你怎么又到了这里？"

黄泥叟道："我来，是取一样东西。"

花相思奇道："取什么东西？"

黄泥叟指着芮轩，道："他的项上人头。"

芮轩又惊又奇，道："你要杀我？"

黄泥叟点头道："你未经我许可，胆敢滋扰我的孙女，难道不该死吗？"

芮轩哈哈大笑，道："以前辈的身手，想要我芮某人的性命，简直是易如反掌，又何必编一些不着边际的借口呢？你——你也是悌血国的内应？可是我想不通呀，凭前辈的身份，犯不着这样做，前辈必定是另有隐情。"说着，朝花相思使了一个眼色，压声急道："你快走！"

第六十九章　以命相救

花相思内心大急。黄泥叟是景溪的爷爷，在一切真相还没有大白之前，绝对不能与他为敌。

——在芝山一战，花相思虽然只与黄泥叟过了一招，但是花相思内心知道，要想赢黄泥叟，绝非易事，甚至于连赢的希望都没有。

平霄汉临终之时把毕生内力输与花相思，也是将"手道"传给了她，可毕竟是强行灌输，实战经验对于花相思来说，实在是太缺乏了。

在青牛津，花相思一两招之内大胜蛋蛋王，其实侥幸的成分居多，因为蛋蛋王当时的轻敌造成了他的完败。可是现在，花相思面对黄泥叟，并没有取胜的把握。

青龙、白虎、朱雀、玄武四大掌门之中，除了朱雀门的喂莺人不谙武功，其他三大门派的掌门人都是身怀绝技，任何一个人与花相思斗，花相思都没有取胜的把握，更何况黄泥叟是他们之中功力最深的人。

花相思犯难了——眼前的情形，只有放手一搏。

"芮大人绝对不能有任何闪失。"花相思心里这样想着，便微微移了一步，侧身面对着黄泥叟，却正好将芮轩挡住了。

黄泥叟阴沉着脸，道："既然如此，你们二人一个也走不了。"话音刚落，人已经到了花相思的面前，手中的御龙杖点向了花相思的面门。

花相思一侧头，闪避了开去，出手一格，将黄泥叟手里的御龙杖荡了开去，俯身反手一记单掌斜斜削了出去。黄泥叟不退不避，直接压杖，探出左手，一把抓住了花相思的肩膀。

黄泥叟是青龙门掌门，最擅长的就是"御龙"之术，他的这一抓不要说是花相思的香肩，哪怕乌金卵石，也会瞬间被其捏碎。

哪知道花相思却也不避，顺势将斜削出去的单掌疾撩而上，一下子便化解了黄泥叟的一抓——如果黄泥叟不撤招，那以花相思的内力，这一撩之力足以将黄泥叟的左臂撩断。

黄泥叟喝道："好！"御龙杖一点地，身子一翻，便从花相思的头顶越过，直扑向芮轩。

芮轩手里铁笔已经迎了上来，抢着刺向黄泥叟。黄泥叟挥杖格挡，芮轩顿时感到手腕一阵麻裂，双笔险些被震飞了，不由得倒退了好几步。

黄泥叟趁势追击飞杖戳向了芮轩的胸口，未想御龙杖刚戳出去一半，又收了回来——花相思的一掌已经击到了他的后背——黄泥叟心知花相思的掌力，只得回杖而挡。

不等黄泥叟转身，花相思一下子握住了黄泥叟的杖头，内劲一鼓，欲将对方手中的御龙杖抢夺过来。

黄泥叟赶紧弃杖，双臂合抱，荡去了花相思的一扯之力，反手一击，直接击向了芮轩的胸口。

芮轩与黄泥叟近在咫尺，避无可避。

花相思挺身而出，迎着黄泥叟的掌风就上前——她要用自己的身躯接下黄泥叟的一掌。

就在电光火石间，一团黑影凌空而至，挡在了花相思的前面，只听到"噗"的一声，黄泥叟的一掌击中了飞来的人影之上。

远处传来了几声叫喊："相思妹妹！芮大人！"是景溪和盛秋水的声音。

黄泥叟一愣之下，跃出了几丈远，消失不见了。

花相思定睛看时，惊叫道："怎么——怎么是你？"

地上躺着的居然是身受重伤的漠北幽狼，她的嘴角正在朝外汩汩冒着血。

花相思手足无措地站着发愣，看着眼前的漠北幽狼，万分迷惘。漠北幽狼睁着无力的眼睛看着花相思，嘴角想张开说话，却发不出声音来——黄泥叟的一掌力敌千钧，漠北幽狼已经五脏俱裂。

花相思局促地蹲下身去，道："师——师傅！你怎么来了？"

漠北幽狼的眼角流下了一串泪珠，断断续续道："花——花儿！"

花相思哽咽道："师傅！你为什么要舍命救我？"说着，她替漠北幽狼将嘴角的鲜血涂抹去。

漠北幽狼挣扎道："花儿！别哭。师傅——师傅就要死了，你——你还能原谅师傅？"

花相思垂泪，道："师傅！没有你，我早就在十几年前被野兽吃了，弟子——弟子虽然怕你，可是心里从来就没有怨恨过你——"

漠北幽狼的脸上露出了一丝苦笑："花——花儿！你不知道——你不知道师傅有多么喜欢你哦——你一刻不在师傅身边，师傅——师傅就跟丢了魂似的——"

花相思道:"师傅!你别说,弟子知道!"

景溪和盛秋水奔近,一看此情此景,都傻眼了。景溪惊道:"怎么回事?"

花相思抬眼看着景溪,无助地道:"姐姐!你救救我师傅吧!"

景溪蹲下身去察看了一下漠北幽狼的伤势,默默站起来,一言不发。盛秋水也只是站在一旁,面色凝重。

花相思泪如雨下,道:"求求你们,救救我师傅——"

景溪和盛秋水面面相觑,不置可否。芮轩怅然若失地抬头看着天上即将沉下去的一轮圆月,他甚至都没有看景溪一眼。

花相思还在哀求:"姐姐!芮大人!求求你们救救我师傅!"

漠北幽狼命如游丝,道:"花儿!别——别求他们了,即使天罗大帝来——也救不了我了。师傅能为你死,也是——也是命中注定的事——你——你要好好地活着——"

花相思将漠北幽狼紧紧地抱在怀里,泣不成声,道:"师傅,你为什么这么傻呀?"

漠北幽狼看着花相思的脸,道:"我的花儿脸——花儿的脸就是好看!师傅——师傅一辈子就是看不够,可惜——可惜以后再——再也看不到了——"漠北幽狼的声音越来越弱,直到最后连抱着她的花相思都听不到了。

此时的花相思已经知道,曾经那个令她胆战心惊的师傅已经死了——是为了救她而死的。

第七十章　不告而别

景溪虽然没有亲眼所见黄泥叟杀了庙堂灵蜥和漠北幽狼,可她已经从芮轩和花相思的表情中，什么都清楚了。

盛秋水快步登上篷船，船上的善庸、殷通也不知什么时候已经没有了气息，而庞金山却不见了踪影。

芮轩一言不发地看着景溪。景溪怅然若失，喃喃自语道："爷爷——爷爷为什么要这样做？"

花相思抱起漠北幽狼，哽咽道："姐姐，你爷爷杀了我师傅。我师傅是为了救我而死的。"

景溪点头道："我知道，相思妹妹，我不知道发生了什么事情，可是姐姐答应你，一定会将事情查个水落石出。"

芮轩淡淡地道："景溪姑娘，现在真相已经大白，还用怎么去查？"

景溪茫然道："我爷爷不会无缘无故杀人的，其中必定有什么缘由。"

芮轩道："眼下伊河之危虽然暂时得到了缓解，可是接下来悌血国还不知道会生什么事端。我们还是回去准备如何应付落日营的下一轮进攻吧。"

接下来数日，并没有见悌血国的落日营来犯，芮轩心道："莫非悌血国的精锐之师已经在青牛津和伊河两处消耗殆尽了？"心里这样想着，却始终不敢掉以轻心，还是依旧每日安排哨兵在城外四处巡逻，只是不再安排景溪的巡查军务。

景溪知道，芮轩已经对她产生了芥蒂。不仅仅不安排景溪的军务，芮轩连盛秋水也很少招呼，景溪心里很难过——直到此时，景溪对爷爷异常的举动也十分不解，她始终不相信爷爷也是勾连悌血国的人。

盛秋水当然也看出了芮轩与景溪的芥蒂，道："姐姐，芮大人已经不再信任我们了，我们还有必要留在这里吗？"

"那我们去哪里？"景溪道，"这一切都还是一个谜，现在军中正是用人之际，我们只有全力以赴保住伊河，才是对自己最好的证明。"

盛秋水道："姐姐，如果说以悌血国的军力，现在完全可以攻占青牛津、相马关，甚至伊河也不在话下。我们死守伊河，只能是坐以待毙——"

景溪道："那你说如何？"

盛秋水道："不如我们走吧，去杜鹃城。"

"去杜鹃城？"景溪愕道，"去杜鹃城，又能如何？"

盛秋水道："陈逍将军和洗桐妹妹已经去了杜鹃城，我们与其在此等着悌血国来进攻，还不如去杜鹃城与他们会合，到时候或许还可以助陈将军他们一臂之力。"

景溪沉吟了一下，道："好，事已至此，我们在这里干等，倒真的不如去将事情弄个水落石出。"

当天夜里，景溪与盛秋水二人悄悄牵着两匹马，正准备出城，哪知道前面一人一马挡住了去路，景溪一看，却是花相思。景溪道："相思妹妹——"

花相思道："带上我！"

景溪和盛秋水相视一望，点头道："走！"

此番不辞而别，景溪的心里充满着无奈与委屈，她知道，天明之后，芮轩必定发觉她们三人的离开，那她与他之间的芥蒂更是无法消除了——可是，为了彻底查出真相，此番离去，景溪认为一定是值得的。

——也许一切的真相都在杜鹃城中。景溪隐约感觉到，或许杜鹃城是真正解开一切谜团的所在，而曾经的"风娘娘"就是开启它的那把钥匙。

景溪三人快马加鞭，不两日便到了杜鹃城外。景溪抬眼看去，这座号称杜鹃城的堡垒坐落在茫茫沙丘之上，虽然看上去并不繁华，却是以势取胜，一望无际地绵延出去，甚是壮观。

此处的女人脸上都蒙着纱巾，三人便也扮成当地女子的装束，行走在堡垒间的石板道上。

盛秋水道："姐姐，我们此去哪里？"

景溪道："我们去找风娘娘！"

盛秋水和花相思点点头，三人一路打探，到了一处山崖下，全部都是用巨型石块垒成，粗一看去，最起码有上万间屋子，层层叠叠，从山下一直延伸到山腰，其间的走道都是用白色的花岗岩铺砌，虽然宫殿依山而建，道路却很是平整。

花相思道："眼前的这一座座城堡气派不凡，想必就是悌血国的王宫了。"

就在这时，一行人吹吹打打迎面而来，有各色男女混杂其间，景溪三人随即混入了人群之中，众人在一处大型斋殿前停下，纷纷朝里去了。

斋殿里早已摆好了瓜果，只见有侍女模样的十数人早将一轮果品上了，其中一管事模样的中年女子道："今日大家一起享用，为风娘娘祈福消孽，尽情享用。"

景溪见此情形，不由心道："为风娘娘祈福消孽？莫非宫中出了什么事情了？"

盛秋水压声道："看样子悌血国的王宫之中有煞，他们一定是在做法事。"

花相思一愣，道："姐姐你懂煞术？"

景溪用鼻子嗅了嗅，道："我刚才一进大门，便闻到一股味道，这应该是治疗瘟煞的忿石味——"

盛秋水道："不错，天下煞术，无非是沆瀣之气，而忿石通过高温催散，再配以不同的药草，就可以驱赶不同的煞气。不知道这宫中的煞气是属于何种，我一时之间还难以判断。"

景溪听盛秋水这样一说，立即明白了，心道："怪不得悌血国最近几日并无侵犯之举，原来是他们自己的内部饱受疫煞困扰，自顾不暇了。"景溪想着，抬眼望去，这一片群落式的宫殿，远远看上去，全是石头垒成，可是到了里面，却是每座殿前屋后都种有花草，只是时近初冬，有一些花卉已经枯萎了，圆顶宫殿前有袅袅的青烟飘出来。

大殿内，一个白胡子道士七八十岁年纪，正手执一根黄金绳，绕着一排香案游走，口中念念有词。香案两侧分别站立着七个道士，均手持拂尘，闭目诵经。

只见那白胡子道士不时将手里的黄金绳抛向空中，每抛一次，便打一个结，不一会儿，他手里的黄金绳上已经是满满的绳结了，忽然听白胡子道士一声大喝："收！"

古时最初的鼓乐歌舞都是为了祭祀所备的，盛秋水是乐神长琴的侍女转世，她除精通舞乐之外，对摘星驱魔之术也是了然于胸。此时见白胡子道士做这番法事，便知他是想用捆妖术来压制煞魔，不由得对他多了一份敬意。

盛秋水赞道："想不到在这异国他乡，还有这样正宗的法师。"

第七十一章　密信有毒

景溪无心观看那道士作法，她正准备心里盘算着如何才能见到风娘娘，无意间看到人群之中有一女子，虽然面上蒙着纱巾，可景溪一眼便认出了她就是万尘尘。

"尘尘妹子不是被俘了吗？怎么会在这里？"景溪想着，心里有一些狐疑，但得知尘尘无恙，还是暗暗松了一口气。

此时人群中的万尘尘也看到了景溪和盛秋水、花相思三人，暗使了一个眼色，便转身从一偏门走了出去。景溪三人也跟了出去。

四人出了大殿，万尘尘在一处假山后停了下来，转身喜道："姐姐！你们怎么来了？"

景溪喜色道："尘尘妹妹，原来你已经脱险了——"

盛秋水上下打量着万尘尘，道："你怎么一副宫女打扮？"

万尘尘道："说来话长，日后再慢慢告诉你们。"

景溪道："杜鹃城中是不是发生了大疫？他们怎么在做消煞大法？"

万尘尘道："前几日皇后娘娘还是好好的，昨天不知何故突然病倒。连军中的蛋蛋王都已经赶回来了。"

景溪也感蹊跷，道："你能不能带我去见一见皇后娘娘？"

万尘尘道："这有何难？"忽然，万尘尘在景溪的耳边一阵耳语。

景溪听了一阵惊愕，道："竟然有这等事情？"

当下，万尘尘带着景溪等三人穿过两间偏殿，径直进了一座地堡，地堡内四壁布满了油灯，照亮着堡内通亮。万尘尘道："原先皇后娘娘住落花斋，生病后才搬到了此处。"

四人来到一处静室，门口有侍女站立，见万尘尘带着景溪等三人进来，都躬身倾身行礼，万尘尘等径直走了进去。

静室内，皇后娘娘平躺在榻上，身上盖着驼皮大袄，一动不动。景溪与盛秋水走近榻前，见皇后娘娘眼睛微闭，脸色、手脚却微微发青。

盛秋水脱口而出，道："皇后娘娘这不是染了煞气，而是中毒——"

"中毒？"万尘尘一惊，"宫中食物都是有御厨把握，哪里来的毒？"

盛秋水凑近皇后娘娘的脸，一番查看，道："皇后娘娘最近可曾接触什么不同寻常的东西？"

万尘尘道："不同寻常的东西？皇后娘娘平日里从来不出落花斋，哪里有接触过外面的东西？"忽然，她道："对了，我听皇后娘娘说，前些日子，有大杞派来一个怪人送来一封信。"

"庙堂灵蜥？"盛秋水和景溪异口同声地道。

花相思道："可是，庙堂灵蜥已经死了——"说着赶紧抿了抿嘴看了看景溪，不再出声，

——庙堂灵蜥死于景溪爷爷黄泥叟之手，花相思知道自己此言一出，会令景溪忆起不愉快之事。

盛秋水道："尘尘妹子，你能不能找到庙堂灵蜥送来的那封信？"

万尘尘道："那封信一直被皇后娘娘贴身放着，昨日我替皇后娘娘更

衣时还看到了，我找找。"转身去一旁的壁柜上寻找，道："找到了。"

盛秋水快步上前，道："我看看！"她用指甲轻轻拈起那封黄绫写就的信，只见上面写的是一首诗，诗为：

曾披晓寒衣，复为君醉酒。

倚仗韶华老，轻叹云去留。

相逢桃李下，思慕当花羞。

琴瑟铮铮起，拾笔墨似钩。

陌涧有低庐，沽泉频对酌。

余香氤氲聚，凝脂入夜游。

试问佳期许？暮雪卧渔舟。

石镜东窗寂，淡妆晨面愁。

释卷闻雁声，声声诉如昨。

旧眷恩怨在，回首泪双流。

怎堪别离散？终究不自由。

小径来时路，别时竞幽幽。

执手依层林，顾盼誓言叮。

他日功名立，迎得一清秋。

盛秋水反复看了两遍，不知道诗中写的是何意，再凑近鼻子一嗅，皱眉道："信上有七夺草的味道——"

"七夺草？"万尘尘奇道，"七夺草是什么？"

盛秋水道："在百年前，江湖上流传着一句话，白虎门的剑，七夺教的毒，青龙门的丹术，藏娇楼的巫，此乃当时天下四绝。七夺草便是七夺教中的奇花异卉，此草毒性慢，但是要与之长时间接触，便会毒入肌肤，一旦侵到脏腑，很难医治。"

景溪喃喃自语道："庙堂灵蜥是奉圣上之命前来送信，他决计不敢对皇后娘娘下毒。除非——"

盛秋水道："除非此毒是圣上亲自所下——"

花相思疑惑地道："圣上千里迢迢派人给悌血国的皇后娘娘送来一封信，信上就写了这样一首诗？真是莫名其妙。"

景溪沉吟道："这首诗看上去像是一首情诗，皇后娘娘收到之后，将它终日贴身放着，可见这首诗对皇后娘娘一定是意义非凡。圣上在决定派庙堂灵蜥送此诗来之前，必定早就料到了悌血国的皇后娘娘会这样做。"

花相思睁大眼睛，道："如此说来，圣上是有意在信上用毒，想以此来谋害这个皇后娘娘？"

万尘尘忽然道："难道——难道皇后娘娘在远嫁杜鹃城之前，便——便与圣上已经交好了？可是不对呀，皇后娘娘说，她明明是替妹妹嫁入的杜鹃城，而且——而且当今圣上也是知道的。"

盛秋水与花相思从未见过清溪教坊的曼妙娘，因此对其中的缘由毫不知情，可是景溪先前听万尘尘与她耳语时，已经明白了几分，道："此事必有隐情，只是我们一时之间还无法破解罢了。"

万尘尘看着景溪和盛秋水，道："两位姐姐，你们有没有办法救救皇后娘娘？"

花相思"啊"了一声，道："姐姐，你们果真要救这个皇后娘娘？她身为悌血国的皇后，眼看着悌血国的大军攻打自己的国家，却不想方设法制止，这样的女人怎么还能救她的性命？"

盛秋水道："相思妹妹说的也是，圣上既然费尽心机想要她死，其中必定有缘故。况且，悌血国的国王加果子几年前就已经病亡，她虽说是皇后，可实际上就是悌血国的一国之君，按理说，她没有理由这样做。"

就在这时，榻上的皇后娘娘发出了一声微弱的声音，道："韶——韶华——"

景溪等赶忙转身过去看，却见榻上的皇后娘娘依然闭目平躺着，原

243

来是她在昏迷中说的胡话。

第七十二章　解毒悲藤

榻上的皇后娘娘，已经命悬一线。景溪道："皇后娘娘现在还不能死，她身上一定藏着很多秘密，也许解开事情的真相就全系于她了。唉，只可惜喂莺人前辈不在——"说着，她看看盛秋水。

景溪知道盛秋水是神侍转世，自然精通巫道，果然不出景溪所料，盛秋水道："要解七夺草之毒，必须找到一种叫大悲藤的植物，采藤上的花熬水服下便可。"

"大悲藤？"景溪道，"此藤何处可摘？"

盛秋水道："大悲藤生于苦寒之地，峰峦之颠，这悌血国内应该有这样的藤草。"

景溪弯下身去，用怀里的银针在皇后娘娘身上的几处大穴扎，以保脏腑暂时不被毒气侵，道："你我一道去寻大悲藤，相思妹妹在这里陪着尘尘。"

花相思点头，道："姐姐，你们切记小心！"

景溪与盛秋水出了杜鹃城，见城外尽是荒丘，远处隐隐可见一两座山，盛秋水道："前面去看看。"二人去取马赶了过去。

这两座山在远处看着不怎么高，当景溪二人赶到山下时，却不禁吓了一跳，原来此山高耸入云，需抬头仰望。

景溪不擅药草，好奇地道："秋水妹妹，你怎么知道大悲藤——"

盛秋水笑道："姐姐是好奇，我怎么知道大悲藤能克制七夺草之毒？是不是？"

景溪点点头。盛秋水道："当年我伺奉姐姐之时，有空便翻阅翻阅乐神府内的藏书，偶然间便记住了。"

二人上山，景溪跟着盛秋水后面走，不禁犯难，道："这茫茫大山，可怎么寻？"

盛秋水带着景溪专拣北面的绝壁下行走，道："姐姐莫急，这大悲藤植根之地可有讲究。佛曰舍己而渡人，大悲藤只长在背阴的绝壁下，朝南向阳的地方则让给其他的绿植花草。"

景溪道："那这大山纵横辽阔，少说也有几千面绝壁，难不成我们要一面面去寻？要是整个山都寻遍了，它却原本就没有生长在此处，那不是白忙了？"

盛秋水微微一笑，指着远处的上方，道："姐姐，你看那里。"

景溪顺着盛秋水手指的方向看去，只见山峦的顶端寸草不生，而别的山峦上却枝杈纵横。景溪不解，道："妹妹，那里没有树，也没有草。"

盛秋水道："这就是了，凡是有大悲藤的地方，都是寸草不生的。更神奇的是，一座山里，大悲藤只植根一处，哪怕是再绵延百里的大山，也只能在一处地方可见。"

"原来如此，怪不得有那么多山涧你不去，偏偏带我来此处。"景溪道，"秋水妹妹，你真是无所不知呀。"

盛秋水羞道："都是前世伺候姐姐得到的好处。"

说话间，二人已经到了绝壁之下，果然从悬崖的下面有几根金黄色的藤条往上攀附在山石上，一直往上有数丈，枝蔓藤条很是遒劲，有的还直直地插入了岩石之中。可是盛秋水见了却是一脸失望与茫然。

景溪奇道："秋水妹妹，怎么啦？"

盛秋水一边摇头一边喃喃自语道："这怎么可能呢？"

景溪道："这不是大悲藤？"

盛秋水凑近前去，道："这就是大悲藤，只是很多人都不知道它具有解七夺草的神奇功效。"

景溪急道："那我们赶紧摘了去。"

盛秋水摇头道："已经被人抢先一步摘走了。"

"啊？"景溪一惊，道，"这——这些不都是吗——"

盛秋水道："姐姐，大悲藤之所以能解七夺草的毒，靠的不是藤，而是藤条上开出红花，可是此时的这几株大悲藤枝繁叶茂，却找不见一朵花——"

"你的意思是还有别人在寻找七夺草的解药？"景溪脱口而出道。

盛秋水点头，道："不错，因为大悲藤是常年开花的，如此大面积的一片，不可能找不到一朵花苞。唯一的解释就是有人提前将这些大悲藤的花采走了。"

景溪又惊又疑，道："那会是什么人呢？难道是七夺教的人？"

盛秋水喃喃地道："不会的，七夺教远居海外黑水岛，他们早就在江湖上销声匿迹近百年，皇后娘娘中毒才半月光景，黑水岛离这里有万里之遥，他们即使赶来，没有一年半载也不可能到达。"

"那还会是谁呢？"景溪沉吟道，"要是别人摘去为了救皇后娘娘，倒也罢了，否则——"

盛秋水缓缓摇头，道："不会的——不会的——天底下除了七夺教的人，还有谁知道大悲藤花能解七夺草之毒？"

景溪俯下身去细看地上的足迹，发现雪地上明显有一道浅浅的脚印，景溪和盛秋水小心翼翼地循着脚印朝山谷深处去，脚印在一道山梁上竟然渐渐消失不见了。

盛秋水看着景溪，道："姐姐，你有没有发现，地上积雪中的脚印很浅，这说明对方轻功非常了得。"

景溪道："我也注意到了，此人轻功卓绝，又精于药道，我想来想去也想不出此人是谁——"

"人我倒想到一个，只是——只是不太可能是他——"盛秋水自言自语道。

景溪脱口而出，道："你说的那个人是不是——喂莺人前辈？"

盛秋水点点头，道："但是，当日我们离开莫愁城之时，喂莺人尤前辈就被圣上留在了皇宫之中近伺圣上，他怎么——"盛秋水说到这里，一下子停住了。

——莫非真的是喂莺人尤小梁抢先一步摘走了大悲藤花？

正当景溪和盛秋水一筹莫展之际，远处的山坳中传来细细簌簌的脚步声。景溪和盛秋水使了一个眼色，忙隐匿了起来。

只见脚步声越来越近，随即山坳间跑过来一个人，景溪一见，顿时大喜，差一点要叫出了声来——原来侧面跑过来的这个人正是茅起，可景溪刚要开口叫他时，茅起的身后又追来一个人，则是蛋蛋王。

景溪狐疑，心道："茅起怎么会和蛋蛋王出现在这里？"便暗自与盛秋水点点头，决定探个究竟。

第七十三章　姐妹同心

景溪和盛秋水跟踪了一段蛋蛋王，见茅起将他引入了一个山洞。景溪二人也跟了进去。进了洞中，景溪很是惊讶——外面天寒地冻，不想洞内竟然温暖如春，别有天地，不时有流水潺潺之声传来。

茅起一入洞中，便不见了，蛋蛋王追了进去，叉腰叫道："茅大侠，我们就别躲猫猫了，乖乖出来相见，本王可以饶你性命。"

蛋蛋王连喊几声，却并未见茅起答应，蛋蛋王笑着大声道："堂堂麻衣帮的帮主，怎么做起缩头乌龟来了？"

洞中还是没有人回应，蛋蛋王气急败坏，道："再不现身，本王即刻将洞口封死，让你永远不得出去。"

忽然，"嗖"的一声，一支飞镖射向了蛋蛋王，蛋蛋王闪身躲过，朝一处石后扑去，喝道："敢偷袭本王。"说着，一掌拍下。

石后跃出一个人来，手中短剑猛刺蛋蛋王的面门，被蛋蛋王的掌风一带，身子跌出了丈外，竟然是戴洗桐。

蛋蛋王一见，哈哈大笑，道："哈哈哈，原来这里还藏了一个美人！"

戴洗桐斥道："大胆贼王，有本事跟本姑娘出去大战几百回合。"

蛋蛋王笑骂道："你这个黄毛丫头，口出狂言，别说几百回合，你在本王手下能过得了三招，本王就算输。"

戴洗桐从地上一跃而起，道："此话当真？"

"那还有假？"蛋蛋王道，"我只是好奇，你怎么会在这里？姓茅的呢？"

戴洗桐道："那我们现在就出去，好好斗上一斗。"

蛋蛋王摇头，道："你这个不自量力的臭丫头，定是与那姓茅的是相好，在此约会来着，是不是？"

戴洗桐大羞，斥道："你——你胡说。看剑！"一剑刺出。

蛋蛋王双臂一张，肥大的身躯却瞬间朝后滑退了几步，随即侧身一转，已经一把捏住了戴洗桐手中的剑，喝道："撒手！"

戴洗桐感觉手里的剑似乎被一股强大的气流卷住了一般，手腕不由得被挟裹着差一点断裂，只得松手，手中的短剑已然被蛋蛋王夺了过去。

蛋蛋王将夺过去的短剑随手一扔，道："你不是我的对手，还是别自寻死路。"

戴洗桐怒道："我知道斗不过你，可惜我相思妹妹不在，要不然今天束手就擒的人便是你。"

蛋蛋王听戴洗桐提到花相思，不禁脸上一红，道："那姓花的臭丫头武力确实比本王要强一些，但是话又说回来了，既然她是三十四手平霄汉的传人，那输在她手里也没有什么丢人的。"

戴洗桐此时的心中很是焦急，她本想将蛋蛋王引到洞外去，可蛋蛋王却不理会，那她只能一边先稳住对方，一边暗自在思量着应对之策，故意道："你想不想学我相思妹妹的绝技？我可以帮你。"

蛋蛋王道："眼看逃不掉了，就想与我套近乎，盼我饶你一命，是不是？可惜本王不近女色，要不然可能还真的会被你的花言巧语蒙蔽了。"忽然蛋蛋王提高了声音，喊道："茅大侠！你要再不出来，我可要对这个臭丫头不客气了。"说着，朝戴洗桐逼了上来。

戴洗桐吓得倒退了几步，失色道："你——你想干什么？"

蛋蛋王呵呵笑道："既然你那相好对你的死活不管不顾，本王又何必怜香惜玉呢？本王平日里虽然对女色没有兴趣，可也不是草木之人——"一边说着，脸上露出了邪淫。

戴洗桐又惊又怕，连连后退，忽然她大喜，喊一声："景溪姐姐——"

蛋蛋王连头都不回，淫笑道："到了这个时候，你还在想骗本王，景溪那死丫头他们都已经被本王设计引去了伊河，恐怕此时已经葬身在斑斓兽兵之腹了，她又怎么会来这里救你呢——"

就在这时，一个清亮的声音淡淡地道："葬身在斑斓兽兵之腹？未必吧？"

蛋蛋王惊讶地转身，看到景溪和盛秋水二人就站在了他的身后，惊愕道："你——你们怎么来了——"

戴洗桐大喜，道："姐姐救我！"

景溪道："洗桐妹妹不用怕，有我和秋水在，这番王伤不了你。"

蛋蛋王的脸一下子阴沉了下来，道："你真的有把握？"他在青牛津的恶战中见识过景溪和盛秋水的身手，当时也是让他刮目相看，但是在乱军之际，也无法摸清景、盛二人真正的实力，此时二人突然出现在眼前，他的心里是既惊又喜。

——惊的是景溪和盛秋水居然还活着。

——让蛋蛋王喜的是，今日可以放手一搏。

蛋蛋王嗜武成痴，当日在青牛津与花相思的一战，让蛋蛋王颜面尽失——可景溪毕竟不是花相思，在蛋蛋王的内心，他还是有把握能胜得了眼前的这两个女人。

景溪道："蛋蛋大王，虽然你武力惊人，可是我们这里有几个人在，想战胜你，应该不是难事。"

盛秋水道："不错，你喂养的那些牲畜倒是很让人犯愁，可现在你的那些兽兵都已经葬身于伊河北峰的雪崩之下，它们不会来帮你了。眼下单凭你一个人，还真的是胜负难料。"

蛋蛋王的脸上顿时笼罩着一层杀气——此时此刻，他的心中已经有了一个决断——他要以绝命的一击先击伤景溪或盛秋水其中的一人，剩下的一人就容易对付了，至于戴洗桐，蛋蛋王则根本没有将她放在眼里。

——即使躲在暗处的茅起也加入战团，那也只是小菜一碟，根本不足为惧。

——蛋蛋王追击茅起，只是想擒住他，以此来要挟麻衣帮为自己所用，要不然，茅起对自己来说，根本毫无价值可言。

景溪和盛秋水已经明显地感到了蛋蛋王脸上微妙的变化，也对蛋蛋内心的想法了然于胸。景溪手里暗扣着御龙绵针，随时准备发起袭击，而盛秋水则也是暗自蓄势待发，意欲与景溪同时出手。

对付蛋蛋王这样的高手，只要出手，在攻势上就容不得有丝毫的懈怠，否则一招败去，将整盘皆输。

第七十四章　暂退强敌

蛋蛋王是悌血国第一勇士，不仅天生神力，而且武学禀赋惊人，几十年间遍访名师，实战无数，要论单打独斗，青龙、白虎、玄武三派掌门也未必能赢得了他。

——景溪和盛秋水心有灵犀，纵身而上，御龙绵针射向蛋蛋王的胸部以上，盛秋水运气于绶带之上，如一匹凌厉的闪电直袭蛋蛋王的下盘。

蛋蛋王看似肥硕如牛的身躯忽然翩然一闪，在低矮处翻了一个筋斗，双手着地，如狗刨一样疾速扑向了盛秋水。

蛋蛋王这一看似笨拙的招式其实诡异至极，不仅躲过了景溪的御龙绵针，同时将盛秋水的一记攻势也轻松化解了——而且化守为攻，在猝不及防间，蛋蛋王已经到了盛秋水的跟前，单掌由下而上，猛地提撩。

盛秋水顿时感到一股火炭一样的掌风削来，要不是她身形灵动及时跃起，恐怕身体已经被蛋蛋王的掌风劈成了两半。

蛋蛋王未等二人准备，又是回掌一格，架住了盛秋水反身踢出的一腿，另外一掌却呼呼绕了两圈，将景溪攻上来的两剑也荡了开去。

景溪一惊，她知道蛋蛋王不易对付，可是没想到对方的招术如此怪异，急叫："二位妹妹小心！"说话间，戴洗桐也加入了战斗，她拾起了地上的短剑，一声叱咤，冲上前来就朝蛋蛋王的双腿刺去。

蛋蛋王轻抬一腿，避开了一剑，另一条腿一拐，只听到"铮"的一声，戴洗桐手里的剑被蛋蛋王踢飞。

戴洗桐感觉虎口一阵疼，不由自主"噔噔"退了几步，差一点跌倒，被斜刺里闪出的一个人一把扶稳，定睛一看，正是茅起。

茅起叫道："三位姑娘，我们一起联手，杀了他！"

蛋蛋王狂笑一声，道："联手杀我？我先——"他话音未落，突然脖子下天突穴一阵刺麻，"哎哟"一声，喝道："谁？"

茅起冷笑道："还能有谁，当然是你茅爷爷。"

蛋蛋王"呸"了一声，道："就凭你也想暗算得了本王？原来你们还藏了高手在此，为何不现身出来相见？"说着脸现痛苦之色，他手指一抠，手里多了一颗药丸。

——偷袭蛋蛋王的居然是一颗小小的药丸，而且已经嵌入了肉中，可见对方指上的力道之大、出手之准是多么的骇人听闻。

蛋蛋王这一惊非同小可。眼前的景溪和盛秋水已经不容易对付了，再加上暗自还隐藏着这样一个暗器高手，这让蛋蛋王细思极恐。

景溪和盛秋水相互看一眼，心中已经大致明白了几分，脸上立即现出了安心的笑容。

蛋蛋王指着景溪等道："你们暗箭伤人，本王有军务在身，就不奉陪了。"说话间，人已经跃到了洞口，消失不见了。

茅起长吁了一口气，道："这番王终于走了，三位姑娘，你们怎么在这里？"

景溪还没有答话，戴洗桐道："我是在这里守护尤前辈的。"说着，她去了一侧怪石的后面，扶着一老者走了过来，果然是喂莺人。

景溪大喜，上前道："尤前辈，果真是你？"

喂莺人微微一笑，道："两位姑娘，别来无恙！"

景溪惊讶，道："尤前辈，你怎么啦？"

"尤前辈中了毒。"戴洗桐说着，扶着喂莺人在一旁的石上坐了下来。

"中毒？"景溪惊道，"怎么会中毒呢？"

喂莺人摆了摆手，道："并无大碍，姑娘不必担心。"

戴洗桐道："尤前辈是为了试药才中毒的。"

盛秋水问道："是大悲藤吗？"

喂莺人一愣，道："姑娘也知道大悲藤？"

当下，景溪将她与盛秋水是如何发觉皇后娘娘中毒，又如何来到这山里寻找药草、如何跟踪茅起和蛋蛋王来到此山洞一一说了，喂莺人听了不住点头，叹道："原来秋水姑娘是灵通之人，怪不得知晓大悲藤。"

景溪急道："尤前辈，这大悲藤花也是毒药？"

喂莺人咳出了一口紫色的血，苦笑道："天地万物，都有阴阳之分，大悲藤也是一样。大悲藤花也分雌雄。雌花有奇毒，而雄花则无毒。巧得很，这山中的大悲藤花恰恰就是雌的——"说着，连连咳嗽不止，又道："幸亏刚才那个番王被老朽弹出的一颗药丸给吓退了，要是他知道了我本身不会武功，而且又身中剧毒，恐怕此时我们都已经遭他毒手了。"

戴洗桐掏出怀里的手帕给喂莺人擦拭嘴角上的黑血，轻轻帮他抚摸胸口。

景溪道："洗桐妹妹，你怎么会和尤前辈在一起呢？"

戴洗桐道："我刺杀斑斓王失败之后，出了军营便被几个悌血国的营中高手发现了，一路被他们追到了这大山之中，亏得遇到尤前辈，是前辈救了我。"

景溪"哦"了一声，道："尤前辈，你怎么也来到了这里？前辈你不是在莫愁城的宫中吗？"

喂莺人道："是圣上让我前来救风娘娘的。"

"圣上？"盛秋水奇道，"皇后娘娘的毒，不是圣上所下的吗？"

喂莺人摇头道："圣上不可能下毒害风娘娘的，但是他预料到，密函由庙堂灵蜥所传递，其间必定会有变故。因为庙堂灵蜥早年曾是七夺教的弟子，此人虽然对芮轩大人感恩有加，可莫愁城困了他十几年，他早就恨透当今圣上，此次如果借机嫁祸给杞国，也不失是一次绝好的机会。"

景溪若有所思，道："原来如此。"问戴洗桐道："有没有陈逍将军的消息？"

戴洗桐道："陈将军还在悌血国的军营之中，我和他分开之后，也没有见到他。"

茅起道："景溪姑娘，陈逍将军有勇有谋，他应该不会有事的。"

景溪点点头，担忧地看着喂莺人，道："尤前辈，你感觉现在如何？"

喂莺人淡淡微笑道："你们放心，老朽本来就是解毒之人，一时之间还死不了。"

景溪皱眉道："前辈，正因为你是解毒圣手，我才担心。你想，以前辈的修为尚且如此，可见这大悲藤雌花的毒性强大到何种地步。"

盛秋水捶手，道："那可怎么办呢？看来皇后娘娘性命危矣。"

喂莺人道："姑娘这就不知道了，大悲藤雌花虽然有毒，可它恰恰是七夺草的克星，雄花无毒，只是普通的植物而已。"

第七十五章　疑窦初开

皇后娘娘在三日之后转危为安。

喂莺人不愧是医圣，为了试药，他不惜以身犯险，中了剧毒，好在他虽然不会武功，可是南山玉人的大弟子岂是泛泛之辈？喂莺人自身精于医毒之道，修习本门的心法，体内罡气充盈，在内力与药物的双重调理下，很快将所中之毒解了。

万尘尘乍见茅起，不禁又惊又喜，只是两人在皇后娘娘面前都克制着，怕在皇后娘娘面前失态。

大病初愈的皇后娘娘吩咐下去，任何人不得进入落花斋打扰，如若有敢违抗者，严惩不贷。蛋蛋王有两次前来探视，也被卫士拒之门外，只得悻悻而归。

景溪将皇后娘娘如何中毒，又如何被喂莺人所救等经过跟她说了，皇后娘娘听后，先是一脸疲倦地闭上眼睛，似乎陷入了沉思，随后愣愣地道："你们圣上千方百计送来这封密函，他的用意我岂会不知？此番我死里逃生，幸蒙前辈相救，委实感激不尽。"

喂莺人道："皇后娘娘万金之体，自然不能有丝毫差池。大杞与悌血两国历来是睦邻，还有联姻之好，这刀兵相见之事，还望娘娘三思。"

皇后娘娘点头，道："尤前辈所言极是，我本是大杞人，莫愁城是我的故土，我自然不希望看到两国交恶，只是——只是——"

景溪见皇后娘娘欲言又止，显然其间有极大的隐情，便道："娘娘，你莫非有什么难言之隐？眼下两国交兵，唯有娘娘你才能力挽狂澜啊。"

盛秋水道："不错，要是硬战下去，苦的是两国的百姓。"

皇后娘娘轻轻地叹了一口气，道："唉，自从斑斓王的女儿自尽以后，落日营群情激愤，誓要踏平相马关，一直打进关去，是我及时阻止了他，才免了一场大战。可是，军中换帅以后，没想到蛋蛋亲王却执意要南征，他名义上是说要为郡主报仇，实则是想扩充悌血国的版图。"

戴洗桐恨恨地道："为郡主报仇？那家父难道就这样白白死了吗？我只恨自己技艺低微，没能杀得了斑斓王。"

皇后娘娘道："令尊的仇不应该记在斑斓王元帅的头上，冤有头，债有主，你要报仇，也是去找金刀介临风。"

"介临风？"皇后娘娘此言一出，景溪等都大吃一惊，不由得惊愕地面面相觑。

戴洗桐惊愕道："怎么又和介——介临风有——"

景溪奇道："金刀介临风怎么又成了杀害赤目将军的凶手了？"

皇后娘娘道："当日，戴将军的手下将斑斓亲王的女儿祸害了之后，斑斓王一气之下确实是想要与戴将军拼命的，可是真正杀死赤目将军的却是金刀介临风。"

景溪不解道："金刀介临风怎么会在相马关？甚至后来——后来他还做上了相马关的总兵——"

皇后娘娘道："你们有所不知，相马关和伊河两处关隘，是近邻着悌血国，你们当今圣上为了防止大杞的守关大将私通异国，早年便在这两处关隘各自安插了自己的眼线，相马关所安插的眼线正是介临风。"

景溪等听了皇后娘娘这样说，不禁面面相觑。

皇后娘娘接着道："介临风当时也参与了喂马滩的饮酒共聚，据斑斓王后来向我禀报，他追杀赤目将军手下那些祸害他女儿的几个人，遭到了赤目将军的阻拦，情急之下便动起了手，其间，在一旁的介临风也参与了打斗，可不知道为什么，没斗几个回合，介临风竟然出其不意地斩了赤目将军一刀——"

"啊？"戴洗桐惊得一下子捂住了自己的嘴巴，颤声道："他——他怎么能做出这样无耻的事情？"

景溪若有所思地点头道："赤目将军一死，金刀介临风就顺理成章坐上了相马关总兵的位置？"

"理应是这样。"皇后娘娘道，"后来斑斓王自从女儿死了以后，性情大变，已然不再适合做大元帅一职，便将他召了回来，只是我没想到，蛋蛋王野心勃勃，他执掌落日营之后，便大举兴兵，唉。"

盛秋水道："难道蛋蛋王想做悌血国的国王？"

皇后娘娘叹道："我们悌血国有王统之训，国王驾崩之后，国事由皇后主政，除非王室之中有立下奇功的人，方可继承王位。先夫加果子已经去世多年，蛋蛋王作为先夫的亲兄弟，他早就觊觎悌血国的大王之位了。"

"原来如此。"景溪内心一直存疑的很多事终于一下子明白了过来，道，"皇后娘娘说相马关和伊河两处关隘都有音宗圣上的眼线，那伊河的眼线又是谁呢？"

皇后娘娘道："伊河总兵潭非有一个现成的眼线看着他，此人便是富商庞金山——"

"庞金山？"景溪惊讶道，"他——他可只是一个商人，即使潭非有什么异动，凭他又有何作为？"

皇后娘娘摇头道："妹妹你可能有所不知，庞金山是商人不假，可他还有一个不为人知的外号，叫作囚水鼋王。"

景溪和盛秋水一下子被弄糊涂了，面面相觑，异口同声地道："囚水鼋王不是被关押在莫愁城内的禁宫之中吗？"

皇后娘娘微微一笑，道："我不知道妹妹你们说的莫愁城内关押的那个人是谁，但是我可以肯定地告诉你们，那人不可能是囚水鼋王，因为庞金山才是真正的囚水鼋王。此人一副大腹便便的商贾模样，其实武功深不可测。"

"哎呀，我想起来了——"盛秋水道，"前些日子在伊河，善庸和殷通二人不就是庞金山救走的吗？"

景溪恍然大悟，道："不错，庞金山倘若真的是一无用的商人，决计无法轻而易举救走善、殷二人。"

盛秋水道："我还想起来一件事情，那天在伊河城外的船上，殷通和善庸双双暴毙，而庞金山却下落不明，此时想起来，一定是逃脱了。"说着，不由地看了看景溪——善庸和殷通是被景溪的爷爷黄泥叟杀的，此时重新提及此事，盛秋水心知景溪心中必定有所难过。

第七十六章　一首情诗

景溪等人在落花斋听悌血国皇后娘娘的一番话，心中的诸多疑团终于得到了解开，都很是感慨，喂莺人叹道："唉，世间很多东西都是看似充满着变数，其实，都是人心的叵测造就的。"

忽然，茅起问道："皇后娘娘，在下有一件事情，想不明白——"

皇后娘娘道："茅大侠请说！"

茅起道："娘娘离开大杞多年，你又是如何对我大杞这些机密之事知晓得如此清楚？"

皇后娘娘微笑道："我虽说久居杜鹃城，可是我毕竟是从大杞嫁出来的，对故土的国事当然要留意的。"她此言答非所问，显然是不愿意道出实情。

景溪思索了一下道："娘娘，我有一事不明，圣上千里迢迢送来的所谓密函，居然就是一首诗，而且——而且他还断定娘娘收到之后会贴身收藏？庙堂灵蚳就是算定了这一点，才在信上做了手脚，以至于娘娘中毒，差一点送了性命。"

皇后娘娘起身走到窗前，看着窗外的雪景，幽幽地吟道："'曾披晓寒衣，复为君醉酒。倚仗韶华老，轻叹云去留'——转眼二十几年了，

257

乱世八艳

我们也都已经老了。"

景溪道："此诗婉转缠绵，好像是一首情诗。诗中仿佛说的是一男一女的爱情故事。"

"妹妹好鉴赏力！"皇后娘娘道，"写这首诗的人，虽然身份显赫却常年体弱多病，他爱上了一个姑娘，那个姑娘也爱他，可是他为了活命，不得不离开了那位姑娘，独自一个人去了一个不为人知的地方去隐居修身——"

戴洗桐好奇道："为了活命才离开了自己心爱的女人？难道离开了那个姑娘，他的病就会好吗？"

皇后娘娘一脸追忆的神色，道："那倒不全是，但是他必须离开，否则日后就会和他的几个胞弟一样，死于非命。"

喂莺人脱口而出，道："娘娘，你口中的那人，莫非就是莫愁城内的三皇子？"

皇后娘娘点点头，道："正是，这首诗就是当年他与我临别之时所写。"

众人均感惊讶——要不是皇后娘娘提起，绝大多数人都已经忘记了这个前朝皇宫中的三皇子。

"他的名字就叫韶华，"皇后娘娘叹道，"想当年，离别时的痛苦是多么让人肝肠寸断，以至于我一度心灰意冷，这才甘愿替我妹妹留在悌血国的杜鹃城中，以假乱真做了一国的皇后。"

景溪道："当今圣上想用这首诗感动娘娘，就是希望娘娘能念故国之情，平息这场刀兵之祸？"

皇后娘娘道："理应是这样吧。当年，先皇九子之中，要数三皇子韶华与当今的圣上最为要好。三皇子从小体弱多病，他即使不出宫隐居，料想也不会参与日后的皇位之争，只要不参与皇位之争——"

"只要不参与皇位之争，三皇子也一样会死。"喂莺人打断了皇后娘娘的话，道，"自古以来，历朝历代，君王的卧榻之侧哪有容人酣睡之理？"

皇后娘娘道："前辈说的极是，可圣上登基也有二十年了，他却并没有对隐居在外的三皇子韶华动手，韶华也苟延残喘地一直活到了今天。"

景溪道："当年三皇子退隐出宫，可谓明智之举。圣上要铲除的人，是对他一统天下构成威胁之人，三皇子羸弱多年，早就与世无争，想必圣上也早就将他忘了。"

皇后娘娘迷惘道："'执手依层林，顾盼誓言叮。'圣上忘记了他不要紧，可是我却至今还记得当年分别时的情景。有时候我在想，如果当年韶华能许我与他一同去隐居，由我与他朝夕相伴，悉心服侍，兴许他的身体会康复得快些，真的到那时候，说不定反而会给他引来杀身之祸。"

万尘尘忽然道："圣上既然送此诗来给娘娘，那就是说，其实他也预料到了边陲有变？那他怎么还装着一切如常呢？"

皇后娘娘道："那是自然，介临风取代了赤目将军，成了相马关总兵，他能不传书与圣上？只是圣上不能显示出惊乱之举，只能暗中想方设法平息这场纷争。"

景溪沉吟道："我想起来了，两三年前介临风暗奏圣上说其弟子陈逍私通贼寇，有谋反之嫌，就是想要圣上撤去陈逍青牛津守将一职，他不想日后与自己的弟子沙场相见——也就是说，其实介临风早就有了勾结异国的打算？"

皇后娘娘忧虑道："既然介临风已经葬身在雪崩之下，那就不提此人了，眼下最令人头疼的便是蛋蛋王，他是先夫加果子的胞弟，在悌血国朝野有着很高的威望，要是他执意要南下侵杞，势必无人能阻止。"

戴洗桐脱口而出道："那只能杀了他——"她刚一说出口，便顿觉不妥——蛋蛋王毕竟是悌血国的亲王，而眼前的这位娘娘便是悌血国的皇后，这样直白地说出要杀蛋蛋王，于皇后娘娘的脸上也不好看。

哪知道皇后娘娘听了竟没有恼怒之色，只道："蛋蛋王觊觎悌血国的王位，我心知肚明，本来这悌血国就是他们家的，我作为一介女流，本就不应该理政，更何况我是杞人，就更不能执掌悌血国的国政了。只要两国交好如初，我愿意将悌血国的国印交付给他。"

盛秋水道："蛋蛋王要是得了王位之后，想必侵杞之心更甚。娘娘，难道你真的忍心看到杞国沦陷？"

就在这时，外面进来一侍女，道："启禀娘娘，裘无衣求见！"

戴洗桐一惊，道："裘无衣？"

皇后娘娘奇道："这位妹妹，你也认识裘无衣？"

戴洗桐道："这裘无衣不是斑斓王的弟子吗？"

皇后娘娘摇头，微笑道："裘无衣不是斑斓王的弟子，他只是奉我之命去照料斑斓王的。这裘无衣原本也是杞人，后来辗转来到了悌血国，这些年来，他聪明能干，给落日营立下了奇功，被斑斓王升了落日营的偏将，自从蛋蛋王执掌帅位之后，这裘无衣又被委以重任，独自掌控着斑斓堡。"对侍女道："你让裘将军去偏殿等候。"

侍女道："是，娘娘！"转身去了。

第七十七章　裘无衣

万尘尘一听到"裘无衣"三字，也是心中一惊。自从在青牛津被掳之后，万尘尘便被转到了悌血国，关押进了杜鹃城外的斑斓堡。起初，万尘尘以为斑斓堡里面是一座监舍，哪知道里面竟然是一座大的血腥作坊，不断有尸体被运进来，有大型的木制器械轮番滚动，制出来黏稠的糊状物，又运出去。

"难道他们是在制喂养斑斓兽的饲料？"万尘尘想到这里，不禁极度恐惧，她生怕自己也会被制成饲料。哪知道过了几日，也不见有人来加害于她，她便渐渐地安心了下来。

那期间，万尘尘便见到了裘无衣。裘无衣几乎每天都来斑斓堡监工，他对被关押的万尘尘只是看了一眼，便不理不睬。直到有一天茅起趁裘无衣不在，杀进来将她救出。

万尘尘待皇后娘娘走了之后，便悄悄将斑斓堡内的情形告诉了景溪，景溪皱眉道："如此说来，那座斑斓堡一定是兽料场。难怪那些斑斓兽嗜血成性，原来是这样喂养的。"

盛秋水道："姐姐，我们得想办法将那处斑斓堡捣毁了，只要断了那些畜生的食物，它们必定群起而乱，自相残杀。"

喂莺人也面显忧虑，道："我早年曾经在《越缈神卷》上也见过有喂养兽人的记载，只是当时匆匆一瞥，并没有在意，想不到这悌血国中，居然有人懂得此法。"

戴洗桐道："这裘无衣是斑斓堡的总管，他此时急匆匆来找皇后娘娘，是为何事？"

盛秋水对景溪道："斑斓堡喂养斑斓兽兵，如此动静，皇后娘娘不可能不知，裘无衣助纣为虐，想必得到了皇后娘娘的许可，由此看来，在皇后娘娘刚才说的那番话，未必是出自真心。"

景溪一惊，道："秋水妹妹的意思是——悌血国南下攻杞，或许也是皇后娘娘的意思——"

盛秋水道："要不然，他们悌血国为何要喂养兽兵？"

喂莺人点头道："秋水姑娘言之有理。此地不宜久留。"

景溪道："我们要是此时一起离开，势必会引起他们的怀疑。这是悌血国的王宫重地，布有重兵，不妨见机行事为好。"

皇后娘娘已经去了一个时辰未归，一直没有开口说话的花相思忽然压声对景溪道："莫非这皇后娘娘要把我们晾在这里？"

正当众人焦躁不安之际，进来一侍女，道："皇后娘娘有请诸位到偏殿用茶。"

景溪等人相互看了一眼，便跟随着侍女去了。

偏殿是在落花斋的后面，虽说是偏殿，其实这是依山而开凿出来的宽大石窟，石窟外一汪潭水，竟然还汩汩冒着热气，显然是一处温泉。

众人进了石窟的大殿，见皇后娘娘正背对着殿门在一座案台前焚香，她的身边立着两个人，万尘尘和戴洗桐均认得此人，正是裘无衣，而裘无衣身边的那人却是陈逍。

"陈将军?"景溪又惊又喜，道："你怎么——"

陈逍喜色道："景溪姑娘，你们也都在这里!"

皇后娘娘转过身来，道："诸位不用惊慌，刚才陈将军已经将一切都告诉我了。"说着招呼众人落座。

这时，裘无衣上前朝景溪等抱拳，道："裘无衣见过诸位姑娘! 见过尤前辈和茅大侠!"显然皇后娘娘在刚才已经向裘无衣介绍过了景溪等人。

戴洗桐乍见陈逍，很是欣喜，上前拉着陈逍的手，道："你——你怎么会在这里? 他——他没有难为你吧?"说着，指了指裘无衣。

陈逍微笑道："我和这位裘兄弟一见如故，是他带我来的。"

裘无衣对景溪和万尘尘一揖，道："二位姑娘，裘无衣有礼了! 敢问寄雁妹妹还好吧?"

景溪和万尘尘相互一望，异口同声道："你认识莫寄雁?"

裘无衣面有愧色，道："寄雁妹妹与我有鸿雁之约，只可惜，我身不由己，没办法履行当初的承诺，实在是一大憾事。"

皇后娘娘道："真的没有想到，原来几位妹妹都是来自清溪教坊的绝代佳丽。尘尘妹子，你虽然起初是冒充侍女的身份来到落花斋的，可是我现在并不怪你，倒是对你还挺喜欢。"

万尘尘道："谢娘娘宽恕!"

景溪道："对了，娘娘，你把我们召集来，是有什么事吩咐吗?"

皇后娘娘还没有说话，裘无衣道："斑斓王已于昨夜逝去，我怀疑是蛋蛋亲王暗中下的毒手。特来禀报娘娘——"

"啊?"戴洗桐惊讶，道，"斑斓王死了?"

皇后娘娘道："眼下，蛋蛋王已经集结了落日营的精锐之师，正准备挥军南下攻杞。我想让你们阻止他。"

景溪等大惊。茅起道:"皇后娘娘,蛋蛋王野心勃勃,他不仅想做你们悌血国的国王,还要企图吞并大杞,此人决计留他不得。"

盛秋水道:"可是,仅凭我们几个人,如何阻止得了?杞国的守疆将士都与芮轩大人在伊河镇守,蛋蛋王要是从相马关进犯,一路基本上没有阻挡,他带兵长驱直入,过了青牛津,便可以直逼莫愁城了。"

裘无衣道:"我已经通报了驻守伊河的芮轩将军前来接应,势必要将蛋蛋王的大军阻于相马关之外。"

景溪担忧地道:"只是不知道芮将军能不能信得过你派去的人。"

皇后娘娘沉默了一下,叹了一口气,道:"只要能阻止杞国的这场劫难,挽救成千上万的百姓,无论用什么手段都在所不惜。"

景溪欲言又止,看了看身边的花相思。花相思明白景溪的意思——实在不行,只能将蛋蛋王刺杀。

——杀死蛋蛋王,是解决这场兵祸最好的办法。前几日在山间,花相思并没有陪同景溪和盛秋水一起,要不然蛋蛋王则没有全身而退的可能了。

皇后娘娘刚才说完了这句话,便不经意地看了一下戴洗桐——此前戴洗桐在落花斋也曾提了一句杀死蛋蛋王的话,此时皇后娘娘既然说可以用任何手段,那自然也包括了让蛋蛋王死。

第七十八章　雨夜故人

自从落日营换帅以来,斑斓王一直在杜鹃城外的营中居住,他是悌血国的大元帅,数十年来,从来没有离开过军营,尽管皇后娘娘出于好意让他调养身体,被解除了兵权之后,他依然住不惯杜鹃城中的府邸,坚持要住营中。

经过一段时间的调养，斑斓王的身体却不见好转，皇后娘娘派裘无衣每日早晚前去探望，他却突然死了。

皇后娘娘知道，斑斓王的这场大病是由于痛失爱女，以他的内功修为，不足以致命——斑斓王的死因定有蹊跷。

裘无衣是平时与斑斓王接触最亲密的人，他说斑斓王的死跟蛋蛋王脱不了关系，必定有他推断的道理。可是没有实实在在的证据，自然无法给蛋蛋王定罪。

眼下最要紧的事便是为斑斓王举行葬礼——国葬之礼。

皇后娘娘深知斑斓王在悌血国中的地位，他是可以享受这一待遇的。

是夜，皇后娘娘将景溪等人全部安排别的去处，连这些天来一直服侍她的万尘尘也没有留下——皇后娘娘担心这些来自杞国的人万一被蛋蛋王发现，不知道会生出什么事端来。

落花斋内空空荡荡，皇后娘娘独自一个人倚躺在温暖的火榻上，面对榻前火盆里的焰光，思绪万千——多年前，悌血国的国王加果子病死之时，曾经有人提议另立蛋蛋王为国王，而让她退居隐宫，不参与国政。当时是斑斓王力排众议，坚持皇后摄政，才稳定了大局。

对于皇后来说，斑斓王于自己是有恩的。

——斑斓王还向她推荐了裘无衣。

裘无衣是沦落到悌血国的杞人，他来到杜鹃城的时候，衣衫褴褛，狼狈不堪。斑斓王起先留他在军中做了一名杂役。裘无衣做事乖巧，相貌俊俏，没几年光景，便被斑斓王升为了亲军，专门负责军中与皇后之间的联络，也就是从那个时候起，裘无衣便开始频繁地与皇后娘娘接触。

由于同是杞人，皇后对裘无衣倍感亲切，他对皇后讲述着杞国的趣闻与莫愁城的逸事，皇后听着听着，经常痴了。皇后娘娘到今天还记得那个风雨交加的夜晚——

那天傍晚，裘无衣受斑斓王之命，前来落花斋找皇后批阅军中的粮文。皇后和往常一样批阅了公文之后，留着裘无衣在落花斋中聊聊天，就在那时，外面的天空忽然乌云密布起来，不一会儿狂风大作，暴雨倾盆。

"那就正好留在这里吃点东西，等雨停了再走吧。"皇后道。

这已经不是裘无衣第一次在落花斋用餐了，以往有时候皇后也赏赐他一顿美食或者是果品。

皇后拿出了珍藏的佳酿碧凌酒，道："来，陪我喝几杯。"

——当年远嫁杜鹃城之时，送亲的队伍之中专门有一辆牛车，上面装着满满一车碧凌酒。国王加果子平时虽喜饮酒，可还是被她偷偷地私藏了几坛下来。

那个晚上，雨一直下着。皇后与裘无衣边饮边聊，不知不觉已是深夜。

皇后本来就不胜酒力，此时的她已经是半醺之态，裘无衣也是微有醉意，两个人的话题越来越远，都觉得故土难回，不禁伤感——尤其是当裘无衣说起了自己从小贫寒的凄惨身世，皇后更是感动得泪光盈盈。

裘无衣透着炉火的光亮，看着眼前的皇后娇美异常。皇后虽然已经是年过三十，可她面容姣好，肌肤胜雪，尤其是婀娜的身姿盘坐在眼前，更显得妩媚动人。

——裘无衣不敢再多看皇后一眼了。

忽然，皇后抬手捂着额头，轻轻地道："好久没有饮酒了，今天难得开启了一坛碧凌美酒，一时没忍住，多饮了几杯，感觉头有点晕。"

裘无衣喏喏地道："娘娘，你没事吧？"

皇后摆摆手，微笑道："我没事，就是头有点晕，你将我扶到榻上去吧——"

"是，娘娘！"裘无衣道，起身便去搀扶着皇后去了满是花香的寝室。

皇后身上的肌肤如绵一般温柔，她的头依靠在裘无衣的肩上，裘无衣感到她呼出的气息是那么的令人销魂，他的一颗心几乎要跳出了体外。

裘无衣将皇后扶到了驼皮铺就的火榻上，刚要将皇后的身子扶正躺平，却被皇后的胳膊一带，他一个失力，也倒了下去，压在了皇后的身上。

皇后"咿呀"一声，娇弱地道："你压到我了。"

裘无衣诚惶诚恐，道："娘娘，裘无衣罪该万死——"

皇后不等裘无衣说完，却用绵软细嫩的手将裘无衣的嘴巴捂住，看着裘无衣的眼睛，道："裘无衣，你有什么罪?"

"我——我——"裘无衣语塞，道，"娘娘，我——"

皇后的手臂勾住了裘无衣的脖子，道："我漂亮吗?"

裘无衣心怦怦乱跳，他感觉到了皇后的耳根发烫，道："娘娘是神仙一般的人，我——我——"

皇后娇羞地在裘无衣的耳边道："娘娘不想做神仙，娘娘要做真正的女人！只要你愿意，我什么都可以答应你。"说着，便将两片娇柔的嘴唇印了上去。

裘无衣再也无法克制自己的身体了，他内心一直紧绷着的神经瞬间崩塌了，犹如高洪决堤，一泻千里。

那一夜，裘无衣永生难忘，也令皇后娘娘销魂似仙。

皇后没想到，看似清秀文雅的裘无衣居然在火榻之上表现出了那么强大的爆发力，令她徜徉在激烈愉快的波涛之上，任由着天地翻转。

经过了那狂风暴雨的一夜，裘无衣有很长时间没来王宫中的落花斋，有时候皇后会在落花斋的窗前对着外面西下的斜阳静静地张望，一看就是很久，她心知裘无衣是因为胆怯害羞而没来，便也不急不躁，皇后相信，裘无衣终归要来的。

皇后就这样站在西窗边每日吹着石埙，等待着一个个日落。

好多天以后，裘无衣终于来了，同样是一个大雨滂沱的傍晚，还是在那张驼毛火榻之上，还是那样的生死如仙……

第七十九章　囚水鼋王

悌血国最高规格的葬礼是"风葬"。逝者的遗体将被悬于一座专门的琉璃亭内，安置在一处最高的雪峰之巅，时日久了，尸骸便自然风干，形成一具干尸，随后便将干尸于琉璃亭一起留置在峰巅，存尸的那座山峰就被称为"圣山"。

裘无衣全程担负着斑斓王的发丧之事，杜鹃城内百姓都纷纷前来送别斑斓王，场面盛大，百姓跪伏在发丧的道路两旁，垂头低声祷告。

蛋蛋王脸色凝重，带一队亲兵护送置灵的牛车缓缓出城。皇后作为国母之尊，送丧只到杜鹃城的城门处便停下了，其他送丧的人便随着人群一起朝城外十里的雪峰浩浩荡荡去了。

这是一场隆重的葬礼，也是一场经过精心策划的葬礼。陈道、茅起、景溪等都换作悌血国人的打扮混在了人流之中，准备着一击搏杀蛋蛋王。

——其实，要赢蛋蛋王，没有必要费如此周章，仅凭花相思一人即可。

——然而，蛋蛋王毕竟是悌血国的亲王，手握重兵，明目张胆地去取他性命，不仅仅成功的把握不高，且一旦被蛋蛋王看出破绽，将他激怒，甚至有可能危及皇后娘娘。

借斑斓王葬礼之机将蛋蛋王击杀于雪峰之巅，造成一个意外身亡的假象，无疑是最佳的选择。

葬礼的队伍行至雪峰之下，山路转道崎岖，裘无衣命人将斑斓王的遗体用锦绣包裹着抬下牛车，由八位壮汉抬着朝山顶而去。

蛋蛋王大踏步率着护送灵柩的亲兵往山上去，沿途送别的人群纷纷止步，跪倒在峰下开始祷告。景溪、盛秋水等人趁此时机悄悄退出了人群，迅速隐入了山林之间，分两路也向峰顶奔去。

雪峰的顶端早已有人将琉璃亭安置妥当，一位巫师在琉璃亭前作法，法事之时，斑斓王的遗体便被人装入了琉璃亭内，微风吹着细雪，飘落在人的身上，每个人表情肃穆。

裘无衣向巫师行礼，高声道："有请蛋蛋亲王留守，护灵三日，其余人等恭送法师下山。"

忽然，护灵亲兵的人群之中站出来一个中年胖子，道："且慢！"

裘无衣打量着那人，道："你是何人？看你亲军打扮，却如此面生，怎敢破坏了斑斓亲王葬礼上的规矩？"

那人哈哈大笑，道："在下确实不是悌血国的亲兵，我叫庞金山，是伊河的一名生意人——"

裘无衣一惊，道："你——你就是囚水鼋王？"

庞金山抱拳道："好说好说，你就叫我老庞吧，囚水鼋王这外号是几十年前江湖上的朋友高抬在下而送的，连我自己都差一点将这四个字忘记了。"

裘无衣看了看身边的蛋蛋王，蛋蛋王眯着双眼目视着一旁的琉璃亭，似乎对眼前突然出现的这个庞金山熟视无睹。此时，裘无衣内心雪亮，他已经知道了，庞金山之所以会夹杂在亲兵之中，想必是受了蛋蛋王的调遣。

庞金山道："我庞某人是蛋蛋大王的好友，也是斑斓亲王生前的朋友，今日能来送别故人，心情本来就很悲伤，可是斑斓亲王的尸骨未寒，却又有人想加害蛋蛋大王，这是决计不允许的。"

裘无衣冷脸道："囚水鼋王，你说话可有证据？"

庞金山"嘿嘿"一笑，道："庞某分明看到有杞国的高手混杂在送灵的人群之中，岂能有假？"

裘无衣暗自心惊，表面却显得很平静，道："今天是悌血国的亲王举行国葬之日，关杞人何干？你说有杞国的高手混杂在此，想要行刺蛋蛋亲王，那就有请阁下将他们找出来。"

庞金山只是冷笑不语。

就在这时，蛋蛋王抬起了眼睛，看着庞金山道："老庞，难得你对本王一片忠心，没想到你的眼睛比我还尖，我还以为只有我才看出了其中的端倪呢！"

庞金山道："大王，本来我是想约齐了善庸和殷通两位将军前来向你复命的，哪知道中途着了庙堂灵蜥的暗算，差一点回不来了。"

蛋蛋王点点头，道："善庸蠢才一个，原本有那么好的机会，在青牛津就可以一举将芮轩他们铲除了，居然最后搞成了这个样子，这等人留在世上，也是无益，至于殷通更是不值一提。"

蛋蛋王和庞金山说话的时候，看都不看裘无衣一眼。裘无衣心中暗忖："既然蛋蛋王已经识破了今日是一个陷阱，看来我难以脱身了。"心里这样想着，嘴上却道："蛋蛋亲王，你是否也知晓今天有人要对你不利？"

蛋蛋王一副漫不经心的样子，道："裘将军，本王是何等人？怎么会害怕区区几个杞人？他们要想行刺我，怎么不在刚才来的路上动手？"

裘无衣道："囚水鼋王正邪难辨，亲王万不可受了他的蛊惑，而坏了国葬大礼。"

蛋蛋王笑了笑，道："要想人不知，除非己莫为。裘将军这么担心我受老庞的蛊惑，莫非你心里有鬼？"

裘无衣正色道："亲王此言何意？难不成我会勾结杞人来一起谋害你？"

"你本来就是杞人，"蛋蛋王道，"虽然这些年你一直在替悌血国做事，也得到了我皇嫂的赏识，斑斓王对你更是视若干儿子一般，可是我悌血国的国运昌隆绵绵，又怎么能就此旁落？"

裘无衣大声道："蛋蛋亲王，你虽是身份极重之大王，可我是今日的国葬礼官，受皇后娘娘懿旨行事，你怎能说出这样的话来？"

蛋蛋王忽然阴沉着脸，道："裘无衣，多年前，你私吞我皇嫂的托镖，我还没有将此事捅出来。要是我皇嫂知道了当年她无意间得到的那块锦帕便是天下人人想占为己有的《越缈神卷》，继而那块锦帕又被你窃取了一半，你想想后果会是如何？"

裘无衣淡淡地道："原来你早就知道了？"

蛋蛋王道："斑斓王身为悌血国的亲王，他不思如何开疆拓土，为国分忧，却整天想着如何与杞国修好，还结识了拿云子这样的杞国异人，本王早就在暗中留意他了。"

裘无衣大声道："斑斓亲王果然是遭你毒手而归西的？你残害国之栋梁，料你是亲王，也难逃法网，来人，将蛋蛋王拿下！"

第八十章　正面搏杀

裘无衣的地位虽然在悌血国的军营之中无法与蛋蛋王相提并论，可他今天是皇后钦点的礼官，也就是主持斑斓王葬礼的最高执行者，此时，裘无衣一声大喝，众亲兵无不胆战心惊。

蛋蛋王傲然道："但凭你一个杞人，就能算计得了本王？也太不自量力了！"

裘无衣见众亲兵不敢上前捉拿蛋蛋王，倒并不是很在意，他焦虑的是迟迟不见景溪他们——约定在此一举拿下蛋蛋王，是经过周密谋划的，此时，斜刺里冒出来一个囡水鼋王，将局面一下子打破了，蛋蛋王要是一动怒，取了裘无衣的性命，那简直是易如反掌。

就在裘无衣一筹莫展之时，庞金山道："蛋蛋大王，眼下裘无衣犯上作乱，已经是大王的一块绊脚石，何不将他就地处死？"

蛋蛋王道："这姓裘的现在还不能死，留着他有大用。"

庞金山上前几步，走到蛋蛋王面前，道："大王，此时不除，万一他回到皇后身边，怕又会生出什么事端——"

蛋蛋王"嘿嘿"一笑，道："我正是要将他带到我皇嫂那里，让他亲口供出他们两个的奸情，到那时候再杀他也不迟。"

裘无衣一听蛋蛋王此言，不禁颤声道："原来——原来你早就知道——"

蛋蛋王冷笑道："我身为悌血国的皇叔，悌血国唯一的王族嫡系，要是连这点事都能瞒得过我的眼睛，我又怎能坐上国王的宝座？"

在场众人听到蛋蛋王一番话，均惊讶万分，他们万万没有想到，平日里娴静的皇后，居然能出轨比自己年龄小十几岁的裘无衣。

裘无衣面如死灰，道："既然如此，那你何必等到今天才道破？"

蛋蛋王道："抓贼抓脏，捉奸捉双，我没有亲自捉奸在床，总是有一些不能令人信服，再说，斑斓王不死，我又岂会冒然而动？斑斓王受我皇兄加果子的临终之托，要好好辅佐我皇嫂治理朝纲，我要是冒然行事，弄不好会受他的反制。"

庞金山拍手叫好，道："妙极！妙极！想不到一向嗜武如命的蛋蛋王，心思居然如此缜密，令庞某万分佩服！"

蛋蛋王道："裘无衣，原本我还打算等我南征得胜回来之后再行事，可是既然你不知死活，先向本王发难，那就不要怪我心狠手辣了。"手一挥，喝道："将裘无衣拿下！"

众亲兵持戈朝裘无衣包抄了过来。

庞金山道："大王，裘无衣这些年应该得了斑斓王一些真传，既然要抓他的活口，何必要枉送了这一众亲兵的性命？区区小事，由庞某代劳即可。"

蛋蛋王点头，道："既然如此，那就有劳老庞了——"突然，他话音停住了，惊讶地叫道："你——你——"

——庞金山手里多了一把匕首，而匕首的一半已经没入了蛋蛋王的小腹。

这一突然间的变故，令所有的人都目瞪口呆。

裘无衣更是又惊又喜，道："囚水鼋王，你这是——"

庞金山道："我本是圣上暗中密布在伊河的副统兵，为大杞效忠，是我的分内之事。"

蛋蛋王脸现痛苦之色，指着庞金山道："你——你居然敢暗算本王？"

庞金山面无表情，道："在下奉大杞国音宗圣上之密旨，特来送蛋蛋大王归西。"

蛋蛋王痛苦地道："既然如此，你先前——先前为何——"

庞金山道："你是想问，既然如此，我又何必前些日子在伊河救走善庸和殷通，是不是？"

蛋蛋王额头上大汗涔出，道："不错。"

庞金山道："我不是救他们两个，而是想通过那样的手段，前来与蛋蛋大王你相会，从而谋得时机刺杀你，可是中途被庙堂灵蜥坏了大事。庙堂灵蜥一派愚忠，有勇无谋，难成大器。"

忽然，蛋蛋王一声狂笑，身子一挺而立，道："哈哈哈哈，老庞，就凭你也想杀我？"

庞金山和裘无衣都大吃一惊，一起往后退了几步。

裘无衣急道："小心！"挥动着手里的一杆祭旗，逼退了几名亲兵。

蛋蛋王一把拔出了插在腹上的匕首，上面居然没有丝毫血迹。

庞金山惊愕地道："你——你这是什么邪门功夫？"

蛋蛋王狂傲道："本王当年在波斯国学艺，习得一门闭气法，早就练成了金刚不坏之躯，一把小小的匕首，怎奈我何？"一言刚毕，已经近得庞金山跟前，蒲扇大的双掌探向了庞金山。

庞金山好称囚水鼋王，游走功夫自然是他的绝学。只见他一闪身，避过了蛋蛋王的一击，低头一矮，又从后颈处的袄中拔出了一把短刺，呼呼呼连续向蛋蛋王攻出了三招。

一众亲兵呐喊着包抄过来，顿时将裘无衣和庞金山围在了中间。蛋蛋王神功盖世，庞金山虽然也是一流高手，可是此刻在他面前的是蛋蛋王，只过了几招，便感到力不从心。

蛋蛋王早年在各国学艺，所习得的都是一些邪派的手段，一击必杀之技，此时他心中愤怒庞金山的欺骗，出手更是毫不留情，数招一过，庞金山险象环生，差一点毙命于他的掌下。

裘无衣大急，他原本设下圈套，与景溪等在此雪峰之上击杀蛋蛋王，可是眼下搏杀提前动手了，以自己和庞金山二人，想要取蛋蛋王的性命，无异于以卵击石。

正在裘无衣焦急之际，庞金山被蛋蛋王一掌击中，庞大的身躯"砰"地倒飞了出去，重重地跌倒在了一丈之外的雪地上，身子连翻了几个滚，嘴里吐出了一口鲜血。

裘无衣跃了过去，想要拉起庞金山，急道："你怎么样？"

庞金山苦笑，道："蛋蛋王——果然名不虚传，我——我打不过他——"说着，脖子一软，就此咽气。

蛋蛋王叫道："抓活的！"

众亲兵急于想在蛋蛋面前立功，一拥而上。

忽然，一侧凌空跃出几个人影，直逼蛋蛋王。蛋蛋王叫道："你们终于现身了。"

裘无衣定睛一看，跃出的几个人影正是景溪等人。

第八十一章　蜂拥而至

蛋蛋王毕竟是身经百战的绝世高手，他在陈逍、茅起、景溪等人的合力突袭下，竟然能从容应对，穿梭在三人的阵仗之间，进退恰如其分，化解了三人合力的一击。

众亲兵呜里哇啦地围攻上来，顿时一场混战。

就在这时，又有几个人影加入了战团，直扑蛋蛋王。蛋蛋王此时已经杀心大起，他奋力出击，招招狠毒。混战之中，陈逍被他一掌击中，顿时翻飞了出去，正当蛋蛋王要上前补上一击之时，一个人影扑上，挥剑替陈逍挡了一招。

——饶是如此，对方手里的剑也被蛋蛋王的掌力震飞，而蛋蛋王则被另外一个婀娜的影子探臂缠住了劈出去的那一掌，轻轻一绕，斜着往下推出，击中了蛋蛋王的右肋，蛋蛋王闷哼一声，也倒地打了一个滚。

蛋蛋王回神惊叹道："又是你这臭丫头？"

原来刚才加入战团的另外几人便是戴洗桐和花相思、盛秋水。戴洗桐刚才替陈逍挡去了蛋蛋王的一击，自己差一点性命不保，要不是花相思及时抢上替她解围，戴洗桐也是难逃蛋蛋王的毒手。

在场的数十个亲兵见对方一下子冒出来这么多人，且个个武艺高强，不禁心生畏惧，一时之间也不敢强攻，只是将景溪等人团团围住。

在青牛津，蛋蛋王就领教过了花相思的武力，当时花相思一招得胜，主要原因是他自己托大，此时蛋蛋王再一次被花相思一击而中，也是得此出其不意之功。

花相思这一击正中蛋蛋王的右肋，蛋蛋王胸部右侧一阵剧烈的疼痛，体内翻江倒海一般——蛋蛋王知道，自己的右肋骨已尽数断了。

裘无衣也已经看出来蛋蛋王所受伤之严重，急道："我们一起上，杀了他！"

盛秋水叫道："大家快撤！大批斑斓兽兵已经冲上来了。"

裘无衣大奇，道："怎么会这样？今天是斑斓王的祭礼，怎么会有斑斓兽冲突而来？"

盛秋水道："是皇后——"

景溪也叫道："我们刚才上峰顶的时候，遭到了斑斓兽兵的袭击，这才晚了一步。大家快撤！"

裘无衣愕然道："皇后？她怎么会在此雪峰上伏下兽兵？"

盛秋水道："皇后是想借助我们的手除掉蛋蛋王，然后再将我们一网打尽。尘尘已经被她扣为人质了。"

茅起听到"尘尘已经被她扣为人质了"这句话，焦急如焚，叫道："那妖后现在何处？我要杀了她！"

裘无衣茫然地摇头，道："不会的，她不会这样做——"

忽然，一阵排山倒海般的"吼吼"之声由四面的山谷中传来，盛秋水叫道："它们来了！"

众人大惊失色，在青牛津和伊河，景溪等都已经见识过了斑斓兽兵的凶残，想到那几场恶战，众人都不寒而栗，更何况此时四面都已经被它们包围，听动静，数量又何止先前的十倍？

蛋蛋王身负重伤，侧卧在一块岩石上，眼神之中现出了绝望的表情——他想取代皇后而成为悌血国的国君，已非一日，只是碍于斑斓王辅政，不便行事，好不容易熬到了斑斓王死，刚想谋事，却不想还是被她棋高一着，占了先机。

眼见自己苦心经营的一番谋略顷刻间化为乌有，蛋蛋王如何甘心？当下叫道："你们要想活命，当听我的，否则今日大家一起死无葬身之地。"

众人听蛋蛋王如此叫喊，一下子全停了下来，纷纷看着蛋蛋王。景溪知道，蛋蛋王统帅落日营已有数月，往常斑斓兽兵听他调遣，这是不争的事实，眼下，蛋蛋王被花相思重创，已无逃脱的可能，蛋蛋王也知道皇后必将置他于死地，每个人都有求生的欲望，蛋蛋王当然也不例外——蛋蛋王这样说，想必他有逃出生天的办法。

——面对从四面八方蜂拥而至的斑斓兽兵，硬拼肯定不是上策，即使能杀出重围，也必将付出惨重的代价，倒不如看看蛋蛋王有何脱身之计。

茅起抢步上前，将利刃架于蛋蛋王的脖子上，叫道："你有何良策，快说！"

蛋蛋王道："斑斓兽兵天性怕水，此地往西峰而下，有一石潭，潭下有一条暗流，可以直通雪峰之外。"

275

陈逍道："那你快带我们去——"

哪知茅起抬腿就是一脚，将蛋蛋王踢了一个跟头，红着眼骂道："你这算什么妙计？我们即使能突出斑斓兽兵的包围圈，可是尘尘怎么办？"

蛋蛋王此时受制于人，也不发怒，只是冷笑道："眼下你都自身难保，还关心他人干什么？"

茅起提刀欲砍，被景溪叫住了，景溪道："茅大侠切莫冲动，不如这样，你和陈将军带着洗桐、相思两位妹妹随蛋蛋王先走，我和秋水妹妹、裘无衣一起留下救尘尘。"

花相思道："景溪姐姐，我也要留下！"

景溪急道："你先随他们走，万一中途蛋蛋王发难，有你在，我才放心！"

花相思一听，只得道："那我们怎么会合？"

景溪道："经此一战，蛋蛋王已成废将，悌血国再也不能对我大杞构成威胁，我们突围之后，莫愁城相见。"

裘无衣道："景溪姑娘说的极是，你们赶紧走，我和两位姑娘留下。"

一众亲兵见状，均觉得逃命要紧，只得听蛋蛋王调遣，大家纷纷朝西峰奔去。

转眼间，四处的兽吼声已近，令人毛骨悚然。

盛秋水道："姐姐，听这阵势，西峰那边好像的确兽叫的声势稍微弱一些。"

景溪看着盛秋水和裘无衣道："想不到皇后如此阴险，她为了达到目的，将自己藏得这么深。"

裘无衣怅然若失，道："委实不应该呀，怎么会这样呢？"

盛秋水忽然道："斑斓兽兵，其实它们是兽不是兵，皇后娘娘怎么懂得驱使之法？"

裘无衣默不作声了——皇后经常以咨问斑斓堡军中事务之名召见裘无衣，难怪裘无衣每次说到驱兽的种种奇怪法门，她都听得极为认真。

第八十二章　山间埙声

眼见斑斓兽从四面八方涌向山巅，景溪道："我们与其在此等死，还不如寻一个空隙，杀向下峰去。"

盛秋水和裘无衣点点头，三人便朝峰下而去。此时，山间的群兽一阵狂吠之后忽然一下子静了下来，空旷的雪峰间响起了一阵呜喑的埙声，埙声忽高忽低，悠扬凄苦。

景溪等三人疾步下山，一路上却并未见一只斑斓兽，宛如它们凭空消失了一般，只是那呜喑的埙声却始终在山谷里回荡，也不知道发自哪里。

三人轻身功夫都是上乘，转眼便到了峰下，依然不见一只斑斓兽的影子，刚才那阵埙声却依然若隐若现。盛秋水奇道："它们去了哪里？"

景溪若有所思，道："暂且先不管，我们得赶紧离开这里，先去营地抢几匹快马。"景溪正说着，远处一阵嘈杂，斑斓兽狂吠之声又起，其间还夹杂着厮杀声。

盛秋水惊道："不好，陈将军他们可能被野兽缠住了。"

景溪与盛秋水、裘无衣朝嘈杂声的方向奔去，进入了一个深谷，果然见陈道、茅起等人在与一群斑斓兽厮杀。

——皇后身穿一袭大红的绒袍，被数十个王宫的亲兵簇拥着立于一处突出的崖石上，自顾自地吹奏着手里的一柄石埙，她的身边匍匐着数百只斑斓兽，均一个个赤红着双目，张开血盆大口，一副狰狞的模样——而其余几百只凶兽则疯狂地对陈道等人攻击。

皇后的埙声在山谷间沉闷地回荡着，一阵急一阵缓。

陈道等人浑身血迹斑斑，戴洗桐则秀发散乱，狼狈不堪，依旧在死

277

乱世八艳

死苦撑。

景溪三人冲到戴洗桐身边，一举击杀了几只扑向戴洗桐的凶兽，叫道："尘尘呢？"

戴洗桐喘气道："没看见尘尘。"

景溪抬头看到蛋蛋王虽然身负重伤，却依然在苦苦与斑斓兽缠斗，不禁大奇，道："怎么这些畜生连蛋蛋王也咬？"

陈逍一边奋力砍杀，一边叫道："它们现在只听这妖后一人的指令，景溪姑娘，赶紧去将她制服，我们才能有胜算。"

忽然，埙声停住了，只听皇后道："无衣！无衣你出来！"

裘无衣正在全力与几只恶兽搏杀，忽然听到皇后在叫他，不禁愣了一愣，一只斑斓兽一爪扑向了他的脸，幸亏被景溪一掌将它击毙。

皇后继续道："斑斓王死了，蛋蛋王也已经日薄西山，悌血国已经没有谁能阻挡我们俩在一起了，你出来！"

不知道为什么，此时的皇后说话的声音听起来是那样的阴森恐怖，如同发自地狱一般。成百上千的凶兽不知不觉间竟然安静了下来，景溪恍然大悟，心道："原来皇后是通过这埙声来控制着它们。"景溪这样想着，不由自主往皇后身边慢慢靠近。

这时，蛋蛋王浑身是血，声嘶力竭大叫道："风里眠，你暗通杞人，不得好死——"

皇后"咯咯"而笑，道："蛋蛋亲王，你难不成眼睛瞎了？这一众杞人不也都与你一样被困于此吗？"

茅起叫道："妖后，你把尘尘藏在什么地方了？快交出来！"

皇后看着茅起，微笑道："尘尘姑娘我是不会伤害的——"只见她手一挥，身边的亲兵将一个女子推了出来，正是万尘尘。

茅起喜色道："尘尘！"

皇后道："茅大侠，想当年，你父亲茅见初大人也曾经是来千里送亲的人，我既然不会伤害尘尘姑娘，自然也不会加害于你。只是我想不通，你与莫愁城有不共戴天之仇，为什么还要替他们卖命？"

茅起大声道："我是忠良之后，当初组建义军，只是为了求生，只要有为国建功立业之机，自当效力，你又何必在此挑拨离间？"

皇后"呵呵"一笑，微微摇头道："尔等愚忠，也就罢了。你们的音宗帝原本就是篡位登基，谁人不知？要不然他的七个同胞兄弟为什么会惨死？"皇后接着轻轻叹了一口气，道："要不是韶华有先见之明，他也早就遭了毒手。"

景溪知道，皇后口中的"韶华"指的就是退隐多年的前朝三皇子，道："皇后娘娘，你身为杞人，为什么要处心积虑地设下如此大局来剿杀我们？"

皇后忽然目露凶光地看了景溪一眼，不理景溪，却对茅起道："茅大侠，你的心上人万尘尘就在我手里，你只要答应我一件事，我不仅放了万尘尘，还会让你们全部安全离开悌血国。"

茅起道："你说，让茅某人做什么事？"

皇后伸手一指景溪，道："你杀了景溪姑娘，我就让你们全身而退——"

皇后此言一出，众人惊奇不已。万尘尘叫道："茅大哥，你千万别听她的蛊惑，千万别伤害景溪姐姐。"

茅起哈哈大笑，道："别说以我的微末技艺，根本就杀不了景溪姑娘，即使我有那个本领，又怎么能做出如此禽兽之事？"

景溪奇道："皇后娘娘，我与你无冤无仇，你为何要执意杀我？"

皇后道："别问这么多了，反正今天只要你死了，他们就可以活命。"

裘无衣忽然走上前去，道："皇后，你刚才不是一直在叫我的名字吗？我来了！"说着，他慢慢走向皇后。

皇后脸色大喜，道："无衣！无衣你过来！"皇后向裘无衣招招手。

裘无衣走近皇后，皇后上前一步，拉着裘无衣的手，一脸的温柔，道："无衣，今日之事如此糟糕，你不会怪我吧？"言语之中充满了柔情，根本想象不出来是一个年过四十的皇后所言，倒很向是一个情窦初开的少女口中说出来的话。

蛋蛋王怒不可遏，叫道："你——你们果然有奸情——"话音未落，皇后吹了一声埙，发出了"吁"的声响，一只斑斓兽一口叼住了蛋蛋王的头，蛋蛋王发出了一声惨叫，顿时被斑斓兽咬下了头颅。

众人惊惧，再也没人敢出声。

第八十三章　花落无声

面对噤若寒蝉的众人，皇后脸上现出了得意之色，道："今日我只要景溪一人的性命，其他人都可以安然离开。"转眼看着裘无衣，道："无衣，从此以后，再也没人敢阻拦我们在一起。你应该高兴才是，怎么一脸愁容呢？"

裘无衣道："皇后娘娘，你为什么执意要取景溪姑娘的性命？"

皇后忽然歇斯底里地叫道："你想替她求情？她是你什么人？"

裘无衣一脸茫然，道："你杀人总得有个理由吧？你原来不是这样的——"

"理由？"皇后一愣，忽然哈哈大笑，道，"那你说，我原来是什么样？"

裘无衣道："我心目中的皇后娘娘是天人一般，这些年，我承蒙你厚爱，渐渐忘记了自己曾是一个杞人，我想此生一直在你身边伺候，才是我的最终归宿。你为什么要把这一切破坏掉？"

皇后一愣，道："最终归宿？景溪姑娘不除，如何有太平之日？"

景溪愕然，道："皇后娘娘，你何出此言？"

皇后盯着景溪看了好久，忽然摇头道："罢，罢，罢！既然如此，我又何必说出来？一切因果轮回，与我何干？"说着，"嘿嘿"干笑了两声。

众人听皇后这样说，更是丈二和尚摸不着头脑，忽然，盛秋水道："皇后娘娘，你远嫁悌血国最起码也有二十几年，景溪姐姐如今才年方二十初几，试问，你跟她有何恩怨？"

皇后笑而不答，只道："即使你们今日能逃出生天，日后回到莫愁城，也必将死无葬身之地。"

陈道等人一听，更是一头雾水。茅起怒喝道："大胆妖后，你说这些吓唬谁？今天我就取了你性命，看你又能拿我如何？"说着，抢上一步，利刃出手。

——一道亮光闪过，划向皇后。

裘无衣惊骇叫道："茅兄不可！"转身挡在了皇后的身前。

茅起手中的利刃直直插入了裘无衣的后背，他身体一晃，趴在了皇后的肩上。

皇后失色道："无衣！"一把将裘无衣抱住，两个人同时滚落在地上。

雪地上，裘无衣背上汩汩流出的鲜血染红了一大片，皇后抱起裘无衣，坐在了雪地上，惶恐无比，叫道："无衣！无衣！"

裘无衣脸色惨白，却嘴角带着微笑，道："娘娘——我——我跟你说过，我裘无衣这——这一辈子是回不了大杞了——"

皇后声嘶力竭地道："不——无衣，你不能死啊——"

裘无衣道："娘娘！我——我的心好痛——"

皇后急道："无衣，我帮你揉揉。"说着，她轻轻地在裘无衣的胸口揉了起来，垂泪道："无衣！我知道——我知道你心里想着什么——他们都不是好人，待我杀光他们，以后再也没有人能阻挡我们了——"

裘无衣一把握住了皇后的手，惨然道："娘娘！答应我——放他们走——千万别再杀人了——"

皇后突然尖声叫道："为什么？上天要对我这样绝情？"她说罢，眼睛直直地看着茅起，低声道："姓茅的，你杀了无衣，你想你们能脱得了身？"

茅起傲然道："我是一时错手，原本我是想——"

皇后摇摇头，道："我曾经答应过无衣，只要他开口，我什么都答应他——"说着，她低下头，将脸贴在裘无衣的脸上，道："无衣，你还记得吗？"

裘无衣嘴角动了一下，道："无衣记得！娘娘说过的每一句话——我都记得——"

皇后仰天悲号，道："我后悔啊，我为什么这么傻？为了一个虚无缥缈的承诺，我苦苦守了二十几年——"

众人看着皇后和裘无衣两人在雪地相拥，一时间并不知晓其中的缘由，也没有一个人敢上前询问。

裘无衣的身体越来越冰凉，皇后紧紧地将裘无衣抱在怀里，道："无衣，我知道，这些年，你一直苦苦盼着有朝一日你能重回莫愁城，那里有你的寄雁妹妹在等着你——"

裘无衣苦笑道："你怎么知道？"

皇后伸手轻轻抚摸着裘无衣的脸颊，柔声道："我知道，你总是在梦里喊着她的名字，都怪我太贪心了！早知道这样，我应该放你回去，现在一切都晚了！"

裘无衣的眼角滚落出两颗泪珠，他嘴唇动微微动了一下，好像是想说什么，可是最终还是没有说出来。

裘无衣死了，死在了皇后的怀中。

陈道、景溪等人严阵以待——他们防止皇后娘娘会突然吹响手里的石埙。

——一旦埙声响起，成百上千的斑斓兽将会群起而攻之，那将是毫无胜算的一场杀戮。

茅起更是屏气凝神，大气都不敢喘，他紧握着手里的利器，以备随时奋起回击。

不料，皇后并没有吹响手里的石埙，而是静静地看着景溪，道："你们走吧！"

景溪愕然，道："娘娘——"

皇后盯着景溪看，道："从此以后，悌血国再不与大杞为敌了。"她顿了顿，看着漫天又飘起的细雪，道："莫愁城——莫愁城——那是一个多么令人神往的地方啊，只可惜我再也看不到了——"

景溪静静地看着皇后，道："皇后娘娘，我还是不明白，你为什么这么想置我于死地？"

皇后凄然一笑，道："景溪姑娘，近忧虽除，大祸将至，你好自为之。"

景溪急道："皇后娘娘，还请你明示！"

皇后不答，看了看怀中已经咽气的裘无衣，对景溪道："景溪姑娘回到莫愁城，代我向莫寄雁姑娘传一句话——"

景溪道："皇后娘娘，什么话，你请说。"

皇后轻轻拂去裘无衣脸上的雪花，道："你就说，裘无衣此生回大杞无望，有我替她照顾他，要是有来生，我决计不会跟她抢——"

景溪一愣，不知道怎么回答。就在这时，皇后忽然对一旁的万尘尘道："到了莫愁城，千万记得我跟你说过的话，去找她，切记！切记！说着，突然从怀中掏出一把匕首，手腕一翻，插进了自己的胸膛。

景溪等人大惊，叫道："皇后——"

皇后娘娘软软地伏在了裘无衣的身上。

雪花，漫天飞舞的雪花，夹杂在风中，飘落在高寒的四野——

第八十四章　王位之争

景溪的突然离开，让芮轩的内心产生了一丝愧疚。芮轩知道，景溪是看出了自己对她心生的芥蒂才走的——其实，在芮轩的心中，从来就没有怀疑过景溪对大杞和自己的忠诚。可是，黄泥叟毕竟是景溪的爷爷。

黄泥叟一系列反常的举动，不仅让芮轩的心中充满了疑惑，就连拿云子、海远清也是十分费解。青龙、白虎、朱雀、玄武四大门派是碧凌神君在远古之时就创立的，千百年来，四大门派几乎成了镇守天下四方的圣教，作为四大门派之首的青龙门掌门，怎么可能做出有悖纲常之事？

四大门派之中，要数青龙、朱雀两派的掌门黄泥叟和喂莺人最低调，一个以农耕为生，另一个则以喂鸟为乐，而此时，以农耕为生的黄泥叟却做出了令人瞠目结舌之事——救邪恶的芝山老鬼、杀守关大将，甚至于连忠佞难辨的庙堂灵蜥也死在了他的手下，这不得不让人胆寒。

芮轩心知景溪的脾气——她一定是去了杜鹃城，为的就是查找真相。芮轩很想去助景溪一臂之力，可是眼下伊河的守关重任在肩，冒然去追寻景溪，显然是行不通的。好在与景溪同时离开的还有盛秋水和花相思，这让芮轩稍微放心了一些。

——盛秋水和花相思的身手不在景溪之下，有她们二人在景溪身边，即使遇到什么危险，应该也可以应付。

眼下最让芮轩焦虑的是圣上音宗皇帝。音宗似乎刻意隐瞒了很多事情。比如介临风就任相马关总兵的事情。介临风已经葬身雪崩之下，一切的答案只有等到他日回到莫愁城的时候才能水落石出了。

就在芮轩困守伊河之时，他见到了裘无衣的密使。

对于芮轩来说，裘无衣是一个陌生的名字，本来他无意接见来使，可是因为是拿云子带来的人，芮轩不敢怠慢。直到此时，芮轩才又知道，在悌血国的落日营之中，原来还隐匿着这样一个杞人。

裘无衣让芮轩舍弃伊河，去相马关布防。这是不是悌血国的又一个陷阱？

拿云子将裘无衣安插在悌血国军营，是一步险棋。当年为了那半段锦帕，裘无衣遭到了几路人的追杀，其中最难预料，也是最难应付的便是定乾坤——定乾坤要是知道了裘无衣截留了那半段锦帕，那等待裘无衣的只有死路一条。

定乾坤要想杀一个人，无人能阻挡——拿云子自知无法保全裘无衣的性命，唯一的办法便是将裘无衣送到悌血国的大军之中。拿云子和悌血国的兵马大元帅斑斓王是好友，于是，裘无衣就这样被安插在了悌血国的落日营。

身在大军之中的裘无衣依旧惶惶不可终日，他依稀记得，在将那半段锦帕交给拿云子之前，自己见过锦帕上的几句记载，说的是驯兽之法，虽然记得不是很全，可模模糊糊地还是能想起一个大概。

——要是能驯出一批野兽来听自己的号令，那自然比求别人保护自己更方便。

令裘无衣没想到的是，依照模糊的记忆，在用药上出现了偏差，裘无衣所驯出来的几只野狸在体型和兽性上都发生了巨大的变化，不仅如此，经过驯化的狸兽繁衍能力变得超常的强大。

裘无衣不敢将自己训兽的事情告知斑斓王，他整天如坐针毡，就在那时，发生了相马关事件，斑斓王由于丧女之痛，一病不起，蛋蛋王取代了斑斓王，成了落日营统帅。

蛋蛋王无意之间发现了裘无衣在驯兽，其兽之凶，足可以一兽抵百兵。这让蛋蛋王欣喜若狂，他似乎已经看到悌血国国王的宝座在眼前等着自己。

为了掌管这支兽兵，蛋蛋王升裘无衣做了落日营的副统帅，并命其交出了驯兽的口令。青牛津一战，是斑斓兽兵的首次出征，事实证明兽兵之凶残，的确令人胆寒。

也就是从这个时候开始，蛋蛋王又发现了一个更大的秘密——裘无衣居然和皇后有染。这一发现，更坚定了蛋蛋王上位的信心。

——只要自己能攻下杞国的几个要塞，为悌血国开疆拓土建立起功勋，到时候再抖出皇后与裘无衣通奸之事，便可以顺理成章地将皇后废去，自己则稳稳地坐拥悌血国国王之位。

其实早在数年前，蛋蛋王就开始谋划着自己当国王的蓝图，为此，他趁着杞国与悌血国友好之机，大肆结交善庸、庞金山、潭非等人，蛋蛋王甚至将他们邀至杜鹃城畅饮。

在一次杜鹃城邀酒之时，蛋蛋王在伊河总兵潭非的酒中做了手脚，导致潭非不久便病亡了，蛋蛋王便将替身及时补上，此事进行得神不知鬼不觉。

一切都在蛋蛋王的掌控之中，此时的蛋蛋王静静等待的只是一个机会。

机会终于来了——相马关守关大将戴传薪手下的几个将士见色起意，闯下大祸，斑斓王痛失爱女，受不了这个打击，一下子病倒了。蛋蛋王决定开始行动——离国王之位仅一步之遥了。

可是，芮轩和景溪等人的出现，打破了蛋蛋王的计划。一切都是天意。

与此同时，裘无衣似乎也嗅到了危险正一步步朝自己逼近。裘无衣是一个绝顶聪明之人——借景溪等人之手，除去蛋蛋王，以绝后患，不失为一步好棋。

于是，斑斓王死了。裘无衣在斑斓王的杯中下了剧毒，很轻松地便让一直待自己不薄的斑斓王归西而去。

嫁祸给蛋蛋王，便可以名正言顺地将蛋蛋王处死，这是皇后的主意。只是裘无衣没想到最终的结局会是落得个他与皇后双双而死。

芮轩那日见到裘无衣的密使时，保持着非常高的警惕，是拿云子打消了芮轩的顾虑。芮轩和海远清、拿云子一番合计，准备向相马关进发了。

然而，就在芮轩率军准备出发之时，一道来自莫愁城的加急圣旨意外飞来，令芮轩等火速班师回京，急！急！急！

第八十五章　庆功凯旋

数月前离开莫愁城的时候是初秋，此时归来已是春暖花开之季，可是莫愁城内却并没有一点春意。

莫愁城的上空乌云密布，据城内的人说，已经一连月余下着暴雨，直到芮轩等人赶到时，依然大雨倾盆。

景溪、盛秋水等与芮轩他们几乎同时到达的莫愁城。音宗帝得知了悌血国王城内发生的一切，也不禁唏嘘不已。杞国外患已除，音宗帝却一点高兴不起来。因为笼罩在莫愁城内的很多异象令他心生恐惧——

天降恶雨倒是其次，最令音宗帝感到不安的是，皇宫之中接连有人暴毙。

陈逍此次进宫，内心很是忐忑，虽然自己罪臣的身份已经洗清，可是毕竟离开皇城多年，他不知道该如何来修复自己与音宗帝的隔阂。

音宗见到陈逍的第一眼时，上前拉着他的手，道："好！好！好！你终于回到了寡人的身边！"

当芮轩听到音宗帝这样说的时候，他第一个想到的便是黄泥叟。他有几次都想将黄泥叟的事情告知音宗帝，但是他都忍住了。

——黄泥叟的事情还没有水落石出，他是景溪的爷爷，要是冒然将此事禀报圣上，万一音宗帝降罪于景溪，那就没有回旋的余地了。

景溪的内心自然清楚芮轩的顾虑，她也很承芮轩的情，眼下最要紧的是查清楚莫愁城内异象的根源。如此接连死人，死的又都是朝中的大臣，这可是非同小可之事。

喂莺人仔细检查了殓尸房内的几十具遗体，并没有发现有任何异常——不是瘟疫，也没有外伤。一时之间，连海远清、拿云子等都一筹莫展。音宗帝只得将芮轩等人安置在宫中守卫着自己。

　　景溪等人又回到了清溪教坊。曼妙娘对景溪等人的归来显得很是兴奋，特意摆了一桌丰盛的宴席为景溪等人庆功，这也是圣上音宗帝特意在清溪教坊安排下的一场宴席。

　　席间，曼妙娘拿出了几坛酒，开坛后，一股异香弥散开去，整个屋子都飘着酒香，曼妙娘笑颜如花，道："今天是个喜日子，这酒是御赐的碧凌酒，圣上令我为各位妹妹庆贺凯旋！"

　　万尘尘坐在戴洗桐的身边，静静地看着满面春风的曼妙娘，愣愣地发痴。

　　曼妙娘翘首以盼，道："咦，景溪和寄雁两位妹妹怎么还没有来？"

　　万尘尘道："景溪姐姐去了寄雁妹妹那里，我去看看！"说着，起身去了。

　　万尘尘来到莫寄雁的房外，刚要推门进去，却听到里面传出了一阵低低的抽泣，万尘尘知道景溪已经将裘无衣殒命的事情跟莫寄雁说了。莫寄雁一直以来苦等着裘无衣，终日无果，此事万尘尘和景溪直到后来才知道，她心里很是心疼莫寄雁。

　　——莫寄雁向来性格孤清，不喜言笑，大家都以为她怪癖，原来她的心中藏着很多心事。

　　想到这里，万尘尘悲从中来。这么多年来，万尘尘的内心也深埋着一个痛——一个令她深感困惑的痛苦，那就是自己的身世。

　　自从万尘尘记事开始，她就是一个孤儿，据戏班的师傅说，有一年的秋天，戏班经过一处偏僻的山村，在路旁捡到一个弃婴，那就是万尘尘。

　　幸亏戏班的师傅好心，将万尘尘喂养长大，还教她各种琴艺和武功。直到万尘尘十四岁的时候，在一次表演之时，万尘尘摔伤了腿，接下来戏班子也解散了，她便流落到了莫愁城，以乞讨为生，所幸在戏班的时候，万尘尘学会了琴艺，加之她长得天生丽质，便被清溪教坊的曼妙娘收留了下来。

这么些年，万尘尘常常面对着茫茫夜空发呆。那是她思念自己的父母——不，应该说是在苦苦想找寻父母的记忆，可是她始终一无所获。

万尘尘无法想象，当一个幼小的女婴被父母无情地抛弃之后，等待她的将是一个怎样的命运，而那个不幸的女婴就是她自己。万尘尘已经记不清楚小时候吃了多少苦，受了多少累，有时候为了练一个动作，还要被师傅责罚，但是她始终没感到有丝毫的委屈，后来回想起以前在戏班的那段时光，她的心里还会冒出丝丝暖意。

——要是没有戏班好心师傅的抚养，这世界上就没有万尘尘这个人了。

正是长期以来心怀这样的感恩，让万尘尘很能体谅到别人的不易。

然而，此时的万尘尘内心却充满了一种五味杂陈的感觉。悌血国的皇后临死之前对她说的那一句话，令万尘尘非常地痛苦。

"不，这不可能！"万尘尘在心里无数次地对自己说，"天底下怎么会有如此之巧的事情？"

就在这时，莫寄雁闺房的门开了，景溪和莫寄雁走了出来，莫寄雁的眼圈红红的，万尘尘迎上前道："景溪姐姐，嬷嬷——嬷嬷设的宴已经开始了——"

宴席开始了。曼妙娘一身粉色花锦袍，显得非常艳丽出尘，她高挑婀娜的身姿魅力十足，完全不输于在场的景溪等佳丽。曼妙娘端起来酒杯，道："各位妹妹，今天是你们远征凯旋的庆功宴，大家干了这一杯！"

大家一饮而尽，可是，随即都皱眉头，纷纷吐了出来。

曼妙娘也"噗"的一下，将口中的酒吐了出来，惊讶道："呀，这是什么酒？怎么这么酸？"

众人都面面相觑，圣上音宗帝赏赐的御酒怎么会如此之差？

盛秋水悄声对景溪道："姐姐，这酒不对！"

景溪压声道："此酒确实有古怪！碧凌酒不是这个味道——"

正说着，曼妙娘尖声叫了出来，道："是谁将本教坊的御赐酒给换了？"

宴席间的人都你看看我我看看你，一脸的狐疑，就在此时，门外跑进来一个教坊的使唤丫鬟，慌慌张张地道："嬷嬷，大事不好了，门外来了很多禁军，已经将咱们的教坊团团包围了！"

第八十六章　雨夜轿子

突然跑进来的丫鬟慌慌张张说的这句话，令清溪教坊内的人都吓了一跳，纷纷跑出去看，见大雨倾盆的教坊外果然林立着一队队禁军，将整个清溪教坊都包围了起来。

曼妙娘站在教坊的门楣下，指着滂沱大雨下的禁军惊讶地叫道："你们——你们这是做什么？"

一禁军头领模样的人道："属下奉圣上谕旨，前来护卫景溪姑娘等一众有功之巾帼英雄。"

曼妙娘一听这话，长长地舒了一口气，一拍大腿，道："啊哟，这大雨天的，怎么能劳各位官爷这样辛苦呢？大家都进来喝杯热茶也好啊——"

领头的禁军便不再作声了，只顾着持戈默默地站在雨中。

曼妙娘见状，便将景溪等往里面推，道："没事了，没事了！大家都回屋，继续喝酒！重新换，换好酒！"

景溪等人又回到教坊内的宴席间，大家纷纷落座，花相思无意间端起桌上的酒杯，抿了一口，奇怪地睁大眼睛，道："咦，这酒挺甘冽的啊，你们怎么都说它是酸的呢？"

曼妙娘道："是吗？"自己也端起杯子喝了一口，不禁愕然道："呀，怎么口味又变了？"

景溪等纷纷将各自杯中的酒一饮而尽，都觉得醇美异常，都诧异不已。

景溪沉吟道："这岂不是咄咄怪事？"

盛秋水忽然道："姐姐！你听！"

景溪侧耳一听，仿佛外面的雨中传来"吱呀吱呀"的声响。

"是一顶轿子？"景溪不解地看着盛秋水，道，"大雨天，有人坐上轿子，也没有什么稀奇的——"

盛秋水脸色凝重，缓缓摇头，道："不对，不对！这么大的雨，一般人是很少出门的。再说，即使有急事需要出行，也是急急忙忙的，可是姐姐你细细听，这走轿的声音不紧不慢，好像是在雨中漫步一般。"

景溪奇道："这又如何？"

盛秋水正色道："姐姐，你难道真的一点都记不起来了？当年，恶龙悭臾为害人间，天帝派遣姐姐下凡除妖，而姐姐在降伏了悭臾之后，念悭臾的千年道行修行不易，不忍心将它击杀，私自将它放了。这事你到现在还是没有一点印象？"

景溪点点头道："经你上次提及，我好像回忆起了些许，但这与外面的轿子又有何干？"

盛秋水道："姐姐，你可知道，当年你奉天帝之命，击杀悭臾的地方，就是在轿子山——"

景溪还是不明白盛秋水话中的意思，愣愣地看着她。

盛秋水一字一顿地道："恶龙悭臾，性有官威，它——喜——欢——坐——轿——子！"

景溪一下子脸色大变，急叫道："追！"一个"追"字刚出口，她与盛秋水二人的身形已经到了清溪教坊外。

大雨噼噼啪啪地下着，景溪在雨中疾行，耳朵却在细细探听，景溪听得分明，轿子行走的声音是从清溪教坊的后面传来的。

景溪和盛秋水赶到了清溪教坊的院后，借着朦胧的雨烟，她们二人同时看到了前面不远处的的确确有一顶轿子在朝前去，只是抬轿子的几个人是什么模样却看不清楚。

盛秋水是乐神的侍女转世，轻身功夫非常了得，她暗自运力，渐渐地赶在了景溪的前面，景溪暗自赞道："秋水妹妹的轻功真是高妙！"

景溪和盛秋水追了一段，前面的轿子却始终离她们二人不远不近，雨幕中，根本看不清抬轿子的几个人，只是隐隐约约看到前面雨幕中有轿子在前行，一边不断地传来抬轿子的声音，"吱呀吱呀"响个不停。

轿子里坐着的是什么人？

盛秋水说，恶龙悭臾前世官威甚大，喜欢坐轿子，难道轿子里坐着的便是悭臾？景溪不敢往下想。对于前世与悭臾的恩怨，景溪是一点也回忆不起来了，要不是盛秋水提及，景溪根本连悭臾是谁都不知道。

——如此说来，悭臾重新复出，难道是前来找自己报仇？照盛秋水的说法，是自己当年念及悭臾千百年的修炼，饶过了它一命，它为什么还要来寻仇？

——要是悭臾真的前来寻仇，自己又该如何应付？

前面的那顶轿子一直不疾不徐地前行，景、盛二人追赶了一阵，始终追不上，忽然，景溪心中暗叫一声："不好！莫非这顶轿子是使的一诈？意在调虎离山？"心念及此，景溪叫道："秋水，别追了，我们回去！"

盛秋水身形缓了下来，道："姐姐，你是怕清溪教坊——"

景溪点点头，二人火速往回赶。当二人赶回清溪教坊的时候，果然见教坊内凌乱不堪，教坊门前的禁军全都倒在雨水和血水混杂的地上，无一幸免。

教坊内的宴席间，曼妙娘、莫寄雁、戴洗桐等都伏倒在地上，生死未卜。

景溪大惊失色，与盛秋水一起将倒地的曼妙娘等扶起，一试探鼻息，发现她们虽然昏迷，却一息尚存，急忙出指输入真气，不一会儿，曼妙娘等都悠悠醒来。

盛秋水摇晃着问戴洗桐，道："发生了什么事情？"

戴洗桐吃力地道："蓝衣——一个蓝衣人抓走了尘尘——"

景溪大惊，道："蓝衣人？"

戴洗桐道："是的，一个身穿蓝色长衫的中年人，他杀死了门外的禁军，从正门进来，一进来就直接冲到尘尘身边，不由分说便要将尘尘抓走——"

景溪惊讶地道："相思妹妹呢？"

戴洗桐道："相思姑娘当时就在尘尘身边，可是那个蓝衣人出手太快，相思姑娘来不及阻拦，她——她已经追去了！"

花相思的武技连景溪都自叹不如，她又时刻护着万尘尘，可是戴洗桐口中的这个蓝衣人竟然还是能将万尘尘轻易掳去，足见对方身手何等高超。

莫愁城中居然还隐藏着此等高手？

最令景溪费解的是——对方明显是冲着万尘尘而来的，这又是为何？

第八十七章　命悬一线

对于"乐神战悭臾"之说芮轩始终是抱着半信半疑的态度，可是对于最近莫愁城发生的种种异象，芮轩也无法解释。

在清溪教坊抓走万尘尘的"蓝衣人"，芮轩第一个想到的便是黄泥叟，这让景溪很是无奈，她甚至有一些愤怒。

"你凭什么对我爷爷有如此大的猜忌？"景溪愤愤然。

芮轩道："你爷爷放走了芝山老鬼，杀死了潭非，又杀了庙堂灵蜥和善庸、殷通，这难道还不够吗？"

景溪争辩道："在杜鹃城里，悌血国的皇后已经说得很清楚了，真正的伊河总兵潭非已经在几年前就死了，我爷爷杀的那其实是一个假潭非，他只是悌血国蛋蛋王安插在伊河的替身，这不正可以表明我爷爷是为国锄奸吗？至于善庸、殷通二人更是十恶不赦之辈，庙堂灵蜥虽然是你派去的信使，可是他本身就是七夺教的人，我爷爷杀了他，也没什么大错。"

"那你爷爷放走了芝山老鬼，这又怎么解释？"芮轩继续追问。

景溪叹道："我相信我爷爷做事必定有他自己的道理，你现在问我，我又如何能答得上来？"

芮轩看着景溪一脸无助的样子，心有不忍，道："景溪，我其实也不相信爷爷是那样的人，只是眼下他老人家杳无音讯，我身为斑狱司的执笔巡察，找出事情的真相是我的职责。"

就在这时，窗外一声冷笑，道："既然你是巡察，那你应该拿出证据，找出真相，而不是就这样无故猜测。"正是盛秋水的声音，她说着，便一跃而进，道："景溪姐姐只是想提醒你，好好守卫皇宫，避免圣上有个什么差池，你倒好，反而数落起她来了。"

芮轩朝盛秋水一揖，道："芮某不敢！"

景溪道："我话已经传到，芮大人你去安排吧，务必要保护好圣上。"

盛秋水看着景溪道："姐姐！相思妹妹我找到了！"

景溪大喜，道："哦？她人在哪里？"

盛秋水道："她——她受了重伤，尤前辈正在给她救治——"

景溪吃了一惊，花相思的武技得自平霄汉的真传，平霄汉还将自己毕生的内力都输于她体内，更是达到了登峰造极的地步，要论真打实斗，四大门派的掌门也未必能赢得了花相思——蓝衣人居然能重创花相思？这简直令人不可思议。

"她现在在哪里？"景溪急问道。

盛秋水一脸沉重地道："在四海镖局——"

"四海镖局？"景溪不解，道，"怎么会在四海镖局呢？难道那蓝衣人是四海镖局的人？这不可能啊，四海镖局只不过是普通的镖行，不可能有如此的高手。"

盛秋水道："我是在四海镖局附近找到的她，当时——当时她已经快不行了，我怕胡乱移动，反而会导致她伤情加重，便顺势将她安置了下来，随即去找了尤前辈——"

还不等盛秋水说完，景溪拉着盛秋水的手，道："我们快去！"

在四海镖局，景溪见到了花相思。此时的花相思一动不动地躺在了一张草席编织的床毡上，双目紧闭，脸色发青，喂莺人正在弯腰替她扎针。

景溪急切地道："尤前辈，相思她——她怎么样？"

喂莺人凝重地道："她受了严重的内伤，我已经给她喂服了药，正在施针，护住她的心脉。"

景溪看着一动不动的花相思，眼中忍不住滚落出了两行泪。这是景溪第一次哭泣——长大成人之后的景溪从来不哭，可不知道为什么，此时她却情不自已。

此时，景溪脑海中闪现出与花相思自从结识以来一幕幕的情形，尤其是花相思与自己并肩作战的这些日子，更是历历在目，有几次她还救过自己的命。爷爷黄泥叟杀了花相思的师傅漠北幽狼，花相思虽然内心沉痛，可她依然与自己姐妹情深，不离不弃，这让景溪心里很是愧疚。

看着眼前奄奄一息的花相思，景溪的心中难过极了，眼前的这个小妹妹如此柔弱，似乎才是一个出生不久的婴儿一般，这令景溪心如刀绞。

喂莺人给花相思施完了针，缓缓直起了身，轻轻摇了摇头。

景溪的心咯噔了一下，她从喂莺人的表情上看出了花相思已回天乏术。

"还有什么办法？"景溪哽咽地眼睛盯着喂莺人，道，"尤前辈！难道连你也救不了她？"

喂莺人叹了一口气，道："这孩子的内伤非人力所为，好像是遭到了天雷重击一般，五脏六腑已经全部损毁，除非——"

景溪急道："除非什么？"

喂莺人定眼看着景溪，道："除非你爷爷来救——"

景溪奇道："我爷爷？尤前辈的意思是，用我爷爷的洪流功来救她？"

喂莺人摇摇头，道："相思姑娘体内自身的内力已经是炉火纯青，她之所以到此时还没有咽气，正是因为她体内的真气充盈，才一直勉强维持着性命。"

"那我爷爷怎么会救她？"景溪道。

"御龙丹！"喂莺人郑重其事地看着景溪，道："眼下，只有御龙丹可以救她的性命。"

景溪和盛秋水面面相觑，不约而同地道："御龙丹？"

喂莺人点头，看着景溪道："不错。想当年，你爷爷为了救你父母的性命，曾经恳请我为他炼制御龙丹，可惜当时有一味药始终求不得，以至于你父母双双去世。后来你爷爷发誓一定要找到这味药，他也终于如愿以偿了，我便为他炼制了三颗御龙丹，我自己留了一颗，两颗给了他——"

景溪一下子想起来小时候的那个雨夜——一个穿蓝色长衫的人前来找爷爷黄泥叟求药的情形，不禁脱口而出："难道是他？"

盛秋水道："姐姐！是谁？"

景溪摇摇头，喃喃自语道："不可能！绝对不可能！"

喂莺人转头看了看草席上的花相思，道："当年我自己留下的那颗御龙丹，已经在我十几年前试药中毒的时候，自己服食了，现在这世上，只有你爷爷手里有两颗。"

第八十八章　被毁千红

景溪知道，爷爷的手里已经没有御龙丹了。爷爷手里只有两颗御龙丹，很多年前的那个雨夜，被三皇子讨去了一颗，仅有的最后一颗已经给自己服了——那还是在自己七八岁的时候，有一天忽然高烧不退，黄泥叟想尽了一切办法，始终无法使自己的高烧退下来，连续多日，最终景溪陷入了昏迷状态。束手无策之下，黄泥叟便将那颗御龙丹喂给了他的这个宝贝孙女。

"如此说来，相思妹妹已经没办法——"盛秋水急得差一点哭了出来，看着喂莺人道，"御龙丹既然是尤前辈所炼，那为何不现在再炼制一颗？"

喂莺人哭笑不得，道："秋水姑娘，你有所不知。这御龙丹可不是随随便便就可以炼制成的，且不说炼药的时间长短，仅它其中需要的一味千红，就非常不易得到。"

"千红？"盛秋水道，"这是一味什么药？"

喂莺人道："说是一味药，其实是用一千种红花经过七七四十九天炼成丸，再经过七七四十九天储于银罐之中，埋于深水中，待其烈焰之性全部去除，方可入药，再配以千年人参、野灵芝等几十味药，制成丹丸——"

景溪道："尤前辈，当年我爷爷是如何收集到的千红？"

喂莺人叹道："当年，你爷爷为了集齐千红，可谓是费尽周折，历时三年才得以成功。眼前，相思姑娘的这个情形，别说三年，就是三天也未必能熬过去——"

景溪眼前一亮："尤前辈，堂堂大杞国皇宫之中的御医房，难道也没有此味奇药？"

喂莺人听到景溪这句话，一回神："莫愁城的御医房中，应该有此药引。"

盛秋水急道："事不宜迟，我们赶紧去求圣上御赐此药呀！"

当下，景溪让盛秋水留下来与喂莺人一起守护生命垂危的花相思，以防不测，自己则火速赶去了皇宫，她要紧急面见圣上音宗帝。

然而，景溪此去，却犹如一下子跌进了万丈冰窟。

当音宗帝听完景溪的来意之后，沉默了一会，道："景溪姑娘，此事恐怕要让姑娘失望了，寡人实在无能为力。"

景溪一愣，用哀求的眼光看着音宗，颤声道："圣上，此次出征，相思妹妹舍生忘死，为大杞立下奇功，你就忍心这样见死不救？"

音宗苦笑地摇摇头，道："景溪姑娘稍安勿躁，并非寡人无情，而是——而是——"

景溪急道："圣上——"

音宗叹了一口气，道："原先宫中的御医房的的确确有此味药，至于千年人参、灵芝牛黄等应有尽有，可是，就在两三个月前，御医房失火，被烧毁的一间，正是存有千红的药房。"

景溪愕然，"啊"了一声，心中叫苦，喃喃道："完了——完了——"

音宗接着道："景溪姑娘，你知道寡人为何如此焦急地诏你们回京吗？"

景溪呆呆地看着音宗，等他的下文。

音宗道："起先，宫中失火，其实以前也是有的，御医房失火，寡人一开始也没有觉得有什么稀奇的，可是，接下来的事情令寡人有了一些不安。有人隔三岔五莫名其妙死去，既非有人投毒，也非瘟疫，其中必定有蹊跷。所以，我便紧急诏芮卿回京，他统管斑狱司，查案非他不可。"

景溪恍恍惚惚地听着，她此时的脑海中只一直回荡着一句话："相思妹妹难道这次真的没救了吗？"

音宗对景溪的茫然似乎并没有太在意，继续道："随之而来的便是一连下着大雨，时至今日，已经有月余，这天象绝非好兆。更为诡异的是，寡人这些天来，一直噩梦缠绕，总是梦见有一条乌龙在莫愁城的上空盘旋，瞪着火球大小的眼睛，张着血盆大口怒视着寡人，还有——还有我的那几个死去的胞弟，也都在梦中扑向我，找我来索命——"

景溪正茫然间，忽然听到音宗口中"总是梦见有一条乌龙在莫愁城的上空盘旋"这句话，不由得一下子回过了神来，道："此梦的确异乎寻常，天降暴雨，一下就是几个月，圣上又连连梦到恶龙怒目，倒真的是不祥之兆。"

音宗叹道："景溪姑娘所言极是，想我大杞自建国以来，历朝历代，以敬天爱民为治国圭臬，都不曾有过重大的劫难，难不成此番就有颠覆之虞？"

景溪没有接音宗的话，此时她的心中五味杂陈——看来盛秋水跟她说起乐神战悭臾的前世之事确凿无疑，悭臾来寻仇了，这会殃及莫愁城，不，殃及大杞的根基。

可是悭臾是谁？自己在明处，对手在暗处，这可如何是好？

忽然，景溪想起了离开悌血国的时候，皇后娘娘说过的一句话——近忧虽除，大祸将至。

悭臾当年被自己重创，如今已经辗转轮回了几世，它既然前来寻仇，想必已经做足了充分的准备。

可是，这前世的恩怨是因自己而起，一切后果理应由自己来承担，为什么偏偏把这弥天灾祸落在了花相思身上？

景溪的内心充满了自责。

突然，景溪的内心一颤，她想起了昨天的那顶轿子，心道："我和秋水去追那顶轿子的时候，正是悭臾掳走万尘尘的那一刻，如此说来，对方至少是两个人？一个是悭臾，那轿子里坐着的那个人是谁？悭臾又为何单单与尘尘妹妹过不去？"万尘尘在清溪教坊深居简出，她不可能得罪人的，更何况是悭臾？

花相思为了救回万尘尘，追着对方而去，这才导致的受伤，花相思的身手景溪很是清楚，对方即使是悭臾，也绝不可能在一招之间将她重创，二人势必经过了一番生死搏斗，既然如此，花相思一定看清楚了对方的长相，可惜，此时的花相思昏迷不醒，无法告诉景溪发生的一切。

有可能花相思再也不可能醒来。

第八十九章　吓破胆的都统

在皇宫之中，景溪的内心感到无比的绝望，芮轩看在眼中，也是爱莫能助。辞别了音宗，景溪走在斑狱司的门前，心中空落落的，空的甚至于有点让她发慌。

芮轩陪着她，道："你也别太难过了，生死有命，这也可能是相思姑娘的命——"

景溪正眼盯着芮轩看，愤愤地道："什么叫是她的命？她的命难道就是要为别人而去死吗？"

芮轩语塞，他非常理解景溪此时的心情，便看着斑狱司的高墙大院，叹道："第一次见到相思姑娘，还是在这斑狱司内，没承想现在她竟然遭此不幸——"

景溪忽然心中一动，道："芮大人，我记得你们斑狱司中关押着一个人，已经十几年了——"

还没有等景溪说完，芮轩便道："你说的是囚水鼋王？"

"他不是囚水鼋王，"景溪道，"真正的囚水鼋王其实就是庞金山，圣上其实心里比谁都清楚。"当下，景溪便将悌血国皇后告知她的有关当年音宗在边陲要隘设下内线替补的事情一一说了。

芮轩听了也是吃惊，道："原来如此。"

景溪道："关押的这人的真实身份难道你们未曾调查过？"

"调查是肯定的，"芮轩道，"此人当年参与过行刺圣上，被剑侯定乾坤当场拿下。后查明，他曾是前朝三皇子的护卫都统，三皇子出宫归隐之后，便又被编入了二皇子的护卫中。"

景溪沉吟道："前朝三皇子的护卫都统？后又被编入了二皇子的护卫

中？此人现在何处？"

芮轩道："现在仍然被关押着呢，怎么啦？"

景溪道："你带我去看看——"

芮轩的心中充满了狐疑，他不明白景溪为什么忽然对斑狱司关押的一个犯人如此有兴趣，便带着景溪走进了斑狱司内。

当景溪再一次在斑狱司内见到被关押的"囚水鼋王"时，不由得目瞪口呆。

——铁笼里的那个人满脸虬髯，蓬头垢面，蜷缩在铁笼的角落里，浑身瑟瑟发抖，口中念念有词，道："来了！来了！他又来了——"

见此情景，景溪与芮轩面面相觑，景溪愕然道："他——他怎么变成了这样？"

芮轩摇头道："我也不知道，在我回来之后，见到的就是这副模样。"

景溪仔细观察笼中人，道："他好像受到了极度的惊吓，才导致精神失常。可是，既然在此被囚了十几年了，又有什么好害怕的呢？"

芮轩道："是啊，我也问过了斑狱司的看押，他们都说，他以前只是狂傲地大喊大叫，自从宫中的御医房失火之后，他便变得极度狂躁惊惧起来，后来越来越严重，直到现在，已经吓破胆了一般。"

景溪自言自语道："如此看来，他肯定看到了令他胆寒的事情，或者是见过让他极度害怕之人。"

芮轩道："皇宫之中，戒备森严，斑狱司更是宫中的重地，他又被关押在此，已经十几年没有出这个囚笼，他又能看到什么呢？"

就在这时，铁笼中的那人口中还是在不断地念叨着："他来了！他真的来了，可不得了了！"

景溪皱眉道："此人心智失常，其中必有缘由。暂且先不管他了。只是我有一件事不明白。"

芮轩道："景溪姑娘请说！"

景溪道："既然圣上明明知道此人不是囚水鼋王，可为何还偏偏说他就是囚水鼋王呢?"

芮轩一愣,失笑道:"哦,是这样的,当初剑侯制服了此人之后,他自报家门说自己便是囚水鼋王,圣上便也信了。后来经我调查,他虽然以前曾在宫中当差,却也的的确确是囚水鼋王。"

景溪疑道:"伊河的庞金山也是囚水鼋王,难道世上有两个囚水鼋王?"

芮轩道:"悌血国的凤娘娘说错了也是有可能的。"

景溪道:"这件事情关系重大,看来只有圣上才知晓其中的机关。不过,也有另外一种可能,那就是——圣上为了掩盖他在伊河安插内线一事,故意隐瞒了庞金山的身份,将计就计,顺势认定了此人便是囚水鼋王?这样一来别人都以为囚水鼋王被禁在莫愁城,而庞金山的真实身份自然就没有人怀疑了。"

芮轩点头,道:"景溪姑娘说的不无道理。"

景溪静静地看着铁笼中吓得蜷缩在角落里的那人,沉吟道:"他当年行刺圣上,被剑侯定乾坤擒,并且将他挑断脚筋,按理说,他最害怕的那人便是定乾坤老前辈了,可是定老前辈已经仙逝,不可能死而复生。"

芮轩道:"看他此时虽然疯疯癫癫的,但很明显,他对那人应该很是熟悉。"

景溪忽然道:"你说他曾经是前朝三皇子的护卫都统,三皇子出宫归隐之后,便又被编入了二皇子的护卫中?"

芮轩点头道:"是的,这一点我已经查得清清楚楚,不会有差错。"

景溪道:"那对他来说,最熟悉不过的人,应该是以前的三皇子?或者是二皇子?"

芮轩道:"二皇子十几年前就在那次宫斗中被杀了——"

"二皇子被杀,可是三皇子依然活在世上。"景溪说出这句话的时候,感到自己的背脊一阵发凉。

芮轩愕然,一脸惊讶地看着景溪,道:"景溪姑娘,你的意思是——"

景溪没有说话,此时她的心也很乱,她不知道该如何向芮轩解释这一团乱麻，因为她自己也理不清头绪——景溪隐隐约约感到了一种无来由的恐惧。

"难道三皇子便是那转世的悭央？不，这怎么可能呢？"景溪在心中不停地问自己，"可是抓走尘尘、打伤相思的人，是一个穿蓝色长衫的人，而我曾经记得当年三皇子在那个雨夜去找爷爷求药，穿的正是一件蓝色的长衫。不，不，这一定是一种巧合，三皇子从小体弱多病，他无意于皇位之争才早年出宫隐居，他又怎么可能敌得过武功如此高绝的相思妹妹呢？"

第九十章　至情至深

花相思失踪了。当景溪赶到四海镖局的时候，盛秋水正急得团团转，喂莺人也在不停地自责道："唉，都怪我！都怪我！"

景溪急道："怎么回事？"

盛秋水急得都要哭了，道："姐姐，尤前辈说让我和他去隔壁腾一间暖和一点的房，好让相思妹妹躺着，哪知道一会工夫我们回来的时候，相思妹妹她已经不见了。"

景溪惊骇道："不见了？这——这怎么可能呢？"景溪知道盛秋水和喂莺人二人的功夫，喂莺人虽说不会武功，可是他内力超强，有谁能在这么短的时间内从他们二人的眼皮子底下把人偷走？

盛秋水压声道："想必一直有人在暗中窥探着我们，姐姐，会不会是四海镖局的人？"

景溪摇头道："不会的，一开始我也怀疑这四海镖局有蹊跷，后来一想，如果对方真是四海镖局的人，那他绝不会把相思妹妹留在这里，很显然，对方是故意将我们的注意力引到镖局。"

喂莺人担忧地道："相思姑娘重伤在身，本来就命悬一线——"

景溪沮丧地道："事已至此，焦急也没有用，眼下我们要赶紧找到她，只是——只是即使找到了相思妹妹，恐怕也救不了她，御医房的千红已经在两个月前就在一次大火中被毁了。"

喂莺人长叹一声，道："唉，天意如此，恐怕这次相思姑娘是在劫难逃了。"

盛秋水道："难道对方是想偷走相思妹妹，然后好引我们上钩？"

景溪强自镇定，道："如果对方有恶意要伤害相思，完全可以趁你们不在她身边的时候，在她身上补上一刀，没有必要将她偷走呀？还有，如果对方是冲着你们而来，你们试想，连相思妹妹都被重创至斯，秋水的功夫不及相思妹妹，对方完全可以在这里动手，又何必将相思偷走？"

盛秋水和喂莺人均点头，道："不错，那既然如此，为什么要将一个半死不活的人偷走呢？"

"照这样说来，对方将相思妹妹偷偷地弄走，也并不一定就是恶意？"景溪喃喃自语，道，"眼下外面正在下着倾盆大雨，他们能去哪里呢？"景溪沉吟着，探身在屋内仔细寻找了起来。

就在这时，景溪发现草席下面的地上有一个黑乎乎的东西，她弯腰捡起来一看，原来是一只小小的黑色皮囊。

盛秋水奇道："姐姐，这是什么？"

景溪仔细端详着，道："这皮囊我怎么看着这么眼熟呢？"

喂莺人接过景溪手里的小皮囊，道："这皮囊制得精巧别致——"凑近鼻子闻了闻，道："这应该是装药丸用的——"

"我想起来了，"忽然景溪失声差一点叫了起来，道，"这是城外伏龙寺浩云大师装药丸用的皮囊——"

喂莺人愕然，道："伏龙寺？浩云大师我也认得，他的皮囊怎么会出现在这里？"

景溪道："我们赶紧去，如果没猜错的话，相思妹妹此时一定在伏龙寺。"

三人冒着大雨，赶到了城外的伏龙寺，见寺院在雨中肃穆而立。进得寺院内，里面空无一人，只有里面一间禅房内亮着一盏昏暗的灯。

景溪等三人相互看了一眼，便悄悄潜到了窗外的檐下。景溪轻轻地将窗纸捅破了一个小洞，朝里面探视，这一看不要紧，却差一点把景溪惊出了一身冷汗。

——只见里面的一张禅床上一动不动地平躺着一人，正是花相思。旁边的蒲团上端坐着浩云大师，张着嘴巴纹丝不动，显然被人点了穴道。

——禅床边弯腰站立着一人，正在忙碌着手里的一包药粉样的东西，竟然是漠北幽狼。

景溪这一惊非同小可，她的一颗心差一点飞出了嗓子眼——景溪亲眼所见漠北幽狼死在了伊河郊外，此时怎么又复活到了这里？

漠北幽狼一边在鼓捣着手里的药粉，口中不停地道："相思莫怕！相思莫怕！师傅来救你了——"声音非常地柔和，好像是一个母亲在哄自己的孩子一般。

窗外的景溪等三人惊得大气都不敢喘。

漠北幽狼对一旁的浩云大师道："幸亏有大师的续命丸助我一臂之力，我卞荼无以为报，待我救活了我的弟子，自然会放了你。要是我的相思活不过来，那——那——那我该怎么办呢？不，不，相思，你一定能活过来的——"

喂莺人虽然看不到禅房里的情景，但是他也听出来了里面漠北幽狼的声音，不禁心里暗暗叫苦，心道："唉，连我都束手无策，师妹你又何必做这样徒劳无功之事呢？"

此时的景溪诧异莫名，也顾不得思量着漠北幽狼死而复生的事情，只是一心想看看漠北幽狼是如何救花相思。

禅房内的漠北幽狼将手里的几种粉末来回在几个小瓶里掺杂着，一边自言自语地看着躺着的花相思，道："相思，你别怕，师傅一定能救活

305

你。天底下人都只道尤小粱是医家之神，可是殊不知，你师傅卜茶也是南山玉人的亲传弟子。当年你师祖南山玉人将一部《移花经》一分为二，师傅我虽然得到的是下册的毒经，可是天下之毒，将它用到极致，一样可以起死回生。"

花相思的内伤连喂莺人都救治不了，景溪原本对花相思能活过来已经不抱什么希望了，可是，此时她听到禅房内的漠北幽狼说出"天下之毒，将它用到极致，一样可以起死回生"这样一句话来，不禁内心大动，暗暗生盼着出现奇迹来。

漠北幽狼不愧是南山玉人的弟子，她在如此急迫的情形下，调配药粉的手法丝毫不乱，只听她道："好徒儿！你可千万死不得。师傅知道你以前恨我，怕我，可是现在你只要能活过来，就算师傅这辈子为你做的最后一件事了，师傅为什么舍不得死？千里迢迢又回来找你？师傅是真的喜欢你，可是师傅知道你不情愿，师傅也不再为难你了，只要你开心，师傅这辈子不见你都行——"

窗外的景溪三人听禅房里的漠北幽狼自言自语地说着，都暗暗为漠北幽狼的这番话而动容。

第九十一章　起死回生

漠北幽狼将手里的几瓶药粉调和好了之后，倒入身边的一个陶罐里，再掺入了一点粉红色的液体，搁置在一旁，喜滋滋地道："这下可好了！好徒儿，师傅这是按你师祖《移花经》上的要诀配置的，也是师傅我第一次用此法调药，先喂你服下。"说着，便将禅床上的花相思扶起，慢慢将药灌了进去。

窗外的景溪心里怦怦直跳，她既想阻止，又怕失去了花相思这唯一的一次复活的机会。

漠北幽狼一边将药慢慢灌进花相思的口中，一边自顾自地柔声道："好徒儿！你那榆木疙瘩的师伯尤小粱，号称神医，却是个迂腐的家伙，你祖师奶奶所著的《移花经》高深莫测，他尤小粱自以为是，只道上卷是医经，下卷是毒经，其实下卷的毒经之中，也全是治病救人之法，要不然你祖师奶奶就不是南山玉人，而是南山毒人了——"

喂莺人在窗外的檐下听得仔细，不禁暗自惊奇，心道："惭愧！惭愧！我尤小粱枉然自负得到了师傅南山玉人的真传，却如萤虫逐火，殊不知蝇蝇火苗之上，还悬着一轮明月。卜师妹看似误入歧途，其实她才真正悟出了《移花经》的真谛。"

不一会儿，漠北幽狼已经将半罐药全部喂进了花相思的嘴里，她又将花相思放平了躺下，继续道："好徒儿，你先躺一会。你刚才喝下去的半罐接木粉，经书上虽然没有说可以起死回生，而是注明了叫断命散，可是师傅我宁愿一试，如若你由此而死，也是命中注定，你死了，师傅我也决计不会独活——"漠北幽狼的话语之中有哽咽之色。

喂莺人乍一听"断命散"三字，不由得眼前一亮——师傅南山玉人曾经说过，世间万物，都是断断续续，断可续，续可断，断命散就是取其意。

换言之，断命散乃是一味奇方，顺续之命服之，命便断了。

——断命之人服了它，便可以续上。

喂莺人虽然记得师傅南山玉人曾经提及过此方，可是《移花经》上卷上却并没有见到，他也就当是南山玉人当年讲解的只是一种医家大道，此时喂莺人听到漠北幽狼说出了"断命散"，顿时便知道，原来此方记载于《移花经》的下卷内，心道："冥冥之中，自有天意。卜师妹救徒心切，不惜冒死以断命散喂入相思姑娘的腹中，足可见她的内心有多么地想让相思姑娘活下来。"

就在这时，忽然听到禅房内的一侧偏门"砰"地被踹倒了，一个人冲了进来，竟然是芝山老鬼。

芝山老鬼的出现，让景溪又惊又喜——在疯羊滩，原本盛秋水和花相思完全可以杀了芝山老鬼，可是正是爷爷黄泥叟出手干预，才让芝山老鬼逃脱了。

"芝山老鬼突然现身，那也就是说爷爷也来了？"景溪的心里一阵狂喜。这么多天以来，景溪无时不刻不在想着爷爷黄泥叟，"爷爷绝对不是坏人，"景溪心里无数次跟自己说，"爷爷杀的人都是坏人，潭非和殷通是悌血国的替身，本身就是大杞的祸害，善庸更是叛国投敌，死有余辜。至于庙堂灵蜥，他亦正亦邪，爷爷杀他肯定是有道理的。"

漠北幽狼冷笑道："老鬼，你真的是阴魂不散，难道以为我怕你不成？"

芝山老鬼阴沉着脸，道："景公饶你一死，可不是让你躲在这破寺庙里消灾避难的，眼见与对方约定的时间就要到了——"

"你住口！"漠北幽狼怒道，"天底下还有什么事情比救我徒儿的性命更重要？"

芝山老鬼"嘿嘿"一笑，道："好，既然这样，那我就杀了她，也好断了你的念想。"说着便朝禅床扑了过去。

景溪的手里早就紧扣着两枚御龙绵针，就在芝山老鬼身形微动的一刹那，景溪手里的御龙针便已经掷了出去。

"嗤嗤"两声轻响，两枚御龙绵针射向了芝山老鬼，与此同时，景溪和盛秋水、喂莺人也破窗而入。

芝山老鬼原本是要全神贯注应付漠北幽狼的，他哪里会料到窗外有人，幸亏御龙绵针隔着一层窗户纸，让芝山老鬼在千钧一发之际有了一丝应变的余地，否则景溪射出的两枚御龙绵针定会即刻要了芝山老鬼的性命，饶是如此，也把芝山老鬼惊出了一身冷汗。

漠北幽狼吃了一惊，脱口而出道："师兄！你们怎么来了？"

喂莺人道："师妹，别来无恙！"

景溪和盛秋水挡在了芝山老鬼的前面，景溪叱道："芝山老鬼，你休想伤了我相思妹妹！"

芝山老鬼冷笑道："我当是谁？原来你们三个躲在窗外。"他对着喂莺人道："想不到一代宗师尤先生，也做此等鬼鬼祟祟的事情，嘿嘿，嘿嘿——"

喂莺人微微一笑，道："彼此彼此，你刚才不也做出了乘人之危的事情来吗？"

芝山老鬼脸上一红，道："眼下十万火急，卞荼却纠缠这些无足轻重的小事，岂不是令人失望，我老鬼干脆将她的这半死不活的徒弟杀了，一了百了，干干净净。"

盛秋水杏目一瞪，道："芝山老鬼，你好大的口气，难道你这么快就忘记了在疯羊滩我们交过手，你是我们的手下败将。"

芝山老鬼怒道："说起那次，我老鬼就气不打一处来，那次要不是这半死不活的臭丫头，我早就将你掳了去做我的压寨夫人了——"

盛秋水大羞，斥道："你——你这个淫贼——"

景溪喝道："废话少说，我爷爷呢？"

芝山老鬼怪眼一翻，道："景公有要事在身，你想找他，可于明夜子时到斑狱司大牢中相见。"

"斑狱司大牢？"景溪一愣，奇道，"我爷爷怎么会去那里？"

芝山老鬼道："景公神断，他算准了明夜那人一定会去斑狱司大牢之中杀一个人。我们便可提前在斑狱司设伏。"

景溪和盛秋水相互看了看，景溪道："他要杀的人是不是一脸虬髯？"

芝山老鬼道："不错，那人要杀的正是他。"

"你说的那人是谁？"景溪问道。

芝山老鬼顿了一下，道："这——这我可不敢说——"

就在这时，禅床上的花相思忽然发出了轻轻的"噫"一声，漠北幽狼大喜，道："你们快看，她——她醒过来了！"

第九十二章　初斗隐龙

暴雨还是没有停。

漠北幽狼用断命散误打误撞救了花相思的性命，这让景溪等无不欣喜若狂。花相思体内有平霄汉毕生的深厚内力，不出两个时辰，花相思便可由景溪扶着坐起来了。

花相思醒来的时候，漠北幽狼已经和芝山老鬼离开了伏龙寺。漠北幽狼看了看快要苏醒过来的花相思，对景溪叹道："相思她不喜欢见到我，你替我好好照顾她——"说着便掩面与芝山老鬼走了。

过了一会儿，花相思悠悠醒来，道："姐姐，我这是在哪里？我还活着？"

景溪点点头，道："相思妹妹！是你师傅漠北幽狼救了你——"

花相思又惊又奇，道："我师傅？！我师傅她——她不是已经——她现在人在哪儿？"

景溪道："你师傅她没死，她走了！"

花相思叹道："十几年前，就是她在漠北把我从野兽的口中救下来的，想不到今日我又欠我师傅一条命。"

喂莺人知道花相思刚从鬼门关门前走了一遭，便赶紧将一粒归元丸送入她的嘴里，让她服下。花相思默默地流下了泪来，道："多谢你们的救命之恩，我——我——"

景溪把花相思搂在怀里，道："是谁打伤了你？尘尘呢？"

"是一个穿蓝长衫的人，"花相思道，"他把尘尘抓走了。我追到一个镖局门口的河边，两个人就打起来了——"

景溪急道："是不是高高瘦瘦的？"

花相思点点头，道："是的，他脸色蜡黄，好像是一个病夫。"

景溪缓缓点点头，道："果然是他——"

盛秋水和喂莺人相互看看，异口同声道："是谁啊？"

景溪道："三皇子。"

盛秋水和喂莺人惊讶莫名，都长大了嘴巴。喂莺人愕然，道："三皇子？"

景溪正色地道："我现在终于想明白了，三皇子就是悭臾。"

盛秋水惊讶道："这——这怎么可能呢？"

景溪沉吟道："怪不得他从小体弱多病，原来他是天生胎带来的伤，秋水，你不是说当年轿子山斗法，他大败吗？这就是他今生的病根——"

盛秋水若有所思，道："姐姐说的没错。"

景溪道："被关押在斑狱司死牢里的那人，以前曾经是他的护卫都统，那虬髯都统一定是掌握了三皇子的一些秘密，所以他要杀人灭口。"

花相思挣扎着想站起来，道："姐姐，我随你们去——"

景溪将花相思轻轻地按住，道："你在这里等我！"景溪对盛秋水和喂莺人道："相思妹妹就拜托你们了，万不可有任何闪失！"

盛秋水道："姐姐，我陪你一起去！"

景溪摇摇头，道："我爷爷既然有了安排，我想多一个人少一个人也无所谓。相思妹妹重创初愈，有你和尤前辈在身边，我才安心！"

喂莺人点头，道："景溪姑娘说的是。放心吧！四海镖局的覆辙不可能再发生了。我和秋水姑娘保证跟相思姑娘寸步不离！"

花相思忽然在怀里摸摸索索地，掏出来一把短剑，递给了景溪，道："姐姐，这是我师傅平霄汉临终之前给我的，让我日后转交给海前辈——"

景溪接过，吃了一惊，道："碧凌剑？怎么会在你手里？"

喂莺人捻着花白的胡须，道："这就是了，当年青龙、白虎、玄武、朱雀四大门派掌门受先皇之邀，赴宴莫愁城，却不想被宫中的剑侯定乾坤将此剑骗去，后来四大门派的掌门在塞外围攻定乾坤，为的就是拿回

311

乱世八艳

此剑，想不到机缘巧合，这碧凌剑最终却落在了相思姑娘的手里，想必这该是托碧凌天尊之福，得让此剑物归原主。"

景溪点头道："我定当将此剑交于海远清前辈。离明夜子时还有一天加两个时辰，我要去先会一会那铁笼里的人！"朝喂莺人深深一揖，转身而去。

盛秋水目送景溪，心里很是挂念，可是她知道，景溪用心良苦——此时的花相思好不容易捡回一条命，她经不起一点差池，而她身边要是没有人照顾，那万一再出现一个意外，则是神仙难救。

景溪出了伏龙寺，径直朝皇宫而去。

到了皇宫，芮轩急道："圣上突发头痛，尤前辈何在？"

景溪道："先让御医给圣上喂食安宁药剂，我有话跟你说。"

当下景溪将子夜设伏斑狱司死牢之事跟芮轩说了，芮轩惊讶，道："明夜子时？可是——可是现在才——我看斑狱司内外风平浪静，并没有异常呀？"

景溪道："先带我去看。"

芮轩带着景溪去了关押虬髯客的死牢，虬髯客依旧是惶恐不安地在铁笼中蜷缩着，如临大敌道："来了！他要来了！"

景溪静静地看着铁笼里的虬髯汉子，道："都统大人，你就这么怕三皇子？"

铁笼里的人一下子冷静了下来，一脸茫然，道："对啊，我为什么要怕他？"忽然，他斜眼睛看着景溪，道："这是皇宫重地呀，他如何进来杀我？哈哈，哈哈哈哈！"

芮轩看看景溪，不由得背脊一阵暗自发凉。

景溪正色看着铁笼中的虬髯人，道："你很怕三皇子吗？"

"他不是人，"铁笼中的虬髯都统道，"他是龙——一条恶龙——"

景溪强作镇定，道："恶龙？你见过？"

虬髯都统双手抓住铁笼，歇斯底里地大笑，一脸的高深莫测，道：

"我见过，那是在他还没有出宫之前，我有一次无意间亲眼见过他化身，太可怕了，太可怕了——"

"后来如何？"景溪追问道。

虬髯都统张口嘴巴，道："后来？后来——第二天他就请辞出宫了呀——"

景溪道："那再后来呢？"

虬髯都统道："再后来？再后来我就被编入了二皇子的禁军之列了——"他忽然对景溪诡异地笑了笑，道："我可对谁都没有说，他——他真的不是人，他是妖——"虬髯都统说着，忽然一阵哀号，叫道："别——别杀我——"身子朝后退去。

景溪大吃一惊，叱道："韶华，你不要再作恶了——"手指间的两根御龙绵针掷出。

只听虬髯都统一声哀号，双手掩面，滚倒在地上。

第九十三章　手足相见

芮轩大惊失色，叫道："景溪姑娘，这——怎么啦？"

"他来了！"景溪低喝一声，身体悬空一转，双掌翻飞，似乎与影子搏斗之状。

芮轩赶忙急叫，道："快来人！"一阵急促的脚步声传来，有大批宫中的禁军赶到。

景溪忽然闷哼一声，朝后连连退去了几步，叫道："你别走！"

芮轩眼疾手快，一把将景溪扶住，道："景溪姑娘，你没事吧？"

景溪的嘴角微微渗出了一丝丝鲜血，道："我没事！他走了。"再定睛看铁笼里的虬髯都统，已经倒地气绝身亡。

芮轩对于刚才发生的事情感到万分惊恐，景溪刚才显然是在与"隐龙"相斗而落败。此时他更担心的是音宗——虽然音宗的身边有海远清和拿云子等在寸步不离地守护，可是有形之人可以抵御，而无形之恶，又如何防护？

景溪急道："三皇子身上的前世之伤已经痊愈，他已经到了宫中，快去保护圣上。"

就在这时，斑狱司外传来了几声惨叫，显然又有几名宫中的禁军遭到了毒手。

景溪和芮轩飞奔出去，只见一条乌青的影子朝音宗帝的寝宫疾飘了过去。景溪暗叫道："不好，海前辈他们要遇险了。"

海远清和拿云子此时正一左一右盘腿坐在音宗的身边，耳听一阵疾风直逼而来，海远清低声喝道："拿云兄小心！"

拿云子手里抱一把拂尘，道："来者不善！道兄也要当心了。保护圣上！"

此时，门外的禁军又有两个人遭到了无形之躯的屠戮，也就是这样稍一阻拦，景溪和芮轩已经到了寝宫前，景溪喝道："韶华皇子，既然来了，故地重游，又何不敢现身呢？"

眼前的那股旋转的影子慢慢地停了下来，最终成了一个人形，高高瘦瘦的，穿着一身蓝色的长衫，正是前朝的三皇子。

与此同时，海远清和拿云子二人陪护着音宗帝也缓缓走出了寝宫。

音宗帝道："韶华三弟，别来无恙！"

三皇子一脸漠然，道："我久居乡野，比不上你在皇宫之中，锦衣玉食来得舒坦。"

音宗淡淡一笑，道："没想到你我兄弟二人几十年不曾见面，今天是这样的一种情形，早知道如此，当年我便把帝位让与三弟，又有何不可？"

三皇子呵呵笑道："让与我？当初要不是我有自知之明，无法争夺这帝位，恐怕早就和其他几个傻瓜一样，成了你的刀下之鬼了。"

景溪趁这时候，疾步来到海远清身边，将怀中的碧凌剑递给了他，低声道："海前辈，这是相思姑娘让我转交给你的，此剑物归原主。"

海远清乍见碧凌剑，一时之间居然激动得说不出话来。

三皇子忽然转头看着景溪，道："长琴大人，这一切都是拜你所赐，难道你就对我没有一个交代吗？"

景溪冷眼看着三皇子，道："我曾经放过你一次，你还想要什么？"

三皇子忽然歇斯底里地怪叫了起来，道："你放过我一次不假，可是你用诸神聚玄功将我的五脏六腑全部震裂，以至于我投身皇宫之中，从小一副病体之态示人，这么多年来，我尝遍了病痛之苦，所幸我命不该绝，终于修成了正果，哈哈——哈哈哈哈——"

此时，芮轩已经令禁军将三皇子团团围住，陈逍也率领着一队精兵赶了过来，急道："大胆逆贼，还不束手就擒？"

三皇子扫视了四周一眼，傲然道："你们这些酒囊饭袋也配与我一战？不想死的，你们全都给我滚蛋，今日我只想与长琴大人和白虎、玄武二位掌门斗上一斗，要是我败了，任由诸位处置，要是我赢了，皇兄，你将帝位传与我，如何？"

景溪与海远清等面面相觑。音宗微笑道："三弟，事已至此，既然你都找上了门来，难道我还有的选吗？"

三皇子抚掌，道："那咱们是怎么个斗法？我可不想在宫中大开杀戒，再怎么说，日后我一统天下，我也不想这好端端的一座皇宫，弄得到处阴魂不散。"

海远清手里紧握着碧凌剑，原本想凝神聚气，对眼前的这位不可一世的三皇子发出致命一击，没想到对方竟然说出这番话来。

拿云子微笑道："那三皇子你划一个道来，你说如何斗法？"

景溪不等三皇子开口，道："韶华皇子，既然你将我视为世仇，那就由我来定一个决战的办法，你敢不敢？"

三皇子淡淡笑道："我有什么不敢的？长琴大人你说——"

景溪道："明日子时，我们郊外的伏龙寺相见，如何？"

三皇子忽然失笑，道："又是子时？你爷爷黄泥叟算准我明日子时来斑狱司杀人，可我偏偏让他算不准，便提前动手。嘿嘿，说来，你爷爷对我有恩，我才不跟他计较。想当年，要不是你爷爷送给我一颗御龙丹，我想我也不可能康复。但是，我们一码归一码，他是他，你是你。"

景溪道："那是自然，明日一战之后，你我恩怨一笔勾销。"

三皇子看了看海远清和拿云子，道："最好你们集齐了青龙、白虎、玄武、朱雀四大门派的掌门一起上，我也想趁此机会，见识一下碧凌神君创下的四大门派到底有什么不同凡响的地方。"

拿云子脱口道："什么？你居然想以一己之力，挑战碧凌神君旗下的四大门派？"

三皇子不以为意，道："这又有何难？到时候你们可以和长琴大人一起——"

景溪道："韶华皇子果然有气魄，那就这样定了。还有一件事想向韶华太子请教——清溪教坊的万尘尘与你无冤无仇，你为什么要将她掳走？"

三皇子恍然道："哦，万尘尘我根本就没有兴趣找她麻烦，我本来是想抓住莫寄雁，让她尝尝苦头，因为她的心上人裘无衣不禁占了我的风曼妙，还害得她惨死异国他乡。可是，我分不清楚什么尘尘，什么寄雁，错抓了一个，你们想要救她，可于明日一并解决。"

第九十四章　终极之战

一连数月的暴雨终于停了，天空已经被清洗得干干净净，连吹拂在脸上的风都是清新的，久违的一轮圆月高悬在天上，皎洁的月光照耀着大地。

伏龙寺在月色下的山坡上静谧地卧着。

芮轩和陈逍带领着禁军，将整个山都包围了起来。伏龙寺内，景溪和海远清等人闭目盘坐大殿之上，盛秋水与花相思端坐在景溪身边，严阵以待。

浩云大师得知今夜四大掌门于伏龙寺迎击前朝三皇子，既紧张又激动，合十道："没想到小小的伏龙寺竟然有此等荣幸，青龙、白虎、玄武、朱雀四大掌门齐聚于本刹不说，还有上古乐神亲临，实在是千古难得的盛会，阿弥陀佛！"

今日一战，景溪的心中并没有多少把握，悭臾之恶，人神畏惧，景溪虽然记不清当年在轿子山上是如何力斗悭臾的了，可是自己既然是奉了天帝之命去收服他，可见当时悭臾的武力有多么恐怖。

——四大门派的掌门人尽管各有绝技，可毕竟是肉体凡胎。

景溪想到这里，心里焦急，暗自道："爷爷怎么到现在没有来？难道他独自去会那个韶华皇子了？"

忽然山下一阵躁动，随即有乒乒乓乓的兵刃交击之声传来。景溪惊道："山下怎么会有打斗声？"

盛秋水道："难道是悭臾提前动手了？"

景溪摇头道："悭臾虽恶，可它自负高傲，不会言而无信的。"

就在这时，有人朝寺庙的山门奔来，却原来是茅起率领着麻衣军冲了上来，茅起叫道："为什么不让我上山？我要救尘尘姑娘——"

景溪皱眉道："茅大侠行事怎么如此莽撞？麻衣军虽然骁勇，可是面对悭臾，他们的命与蝼蚁又有什么分别？这不是枉送性命吗？"

海远清和拿云子、喂莺人一起出了大殿迎上去，芮轩也跟着赶了上来，喝道："茅大侠，你冒犯军纪，该当何罪？还不赶紧带上你的人下山去？"

茅起怒道："我要在此等尘尘姑娘，对方只不过是一个前朝皇子，用得着这样如临大敌吗？"

"你——你糊涂啊！"芮轩急道，"你再坏了今日大事，休怪军法无情。来人，给我将茅起拿下。"

顿时，禁军和茅起带来的麻衣军又混战一团。海远清和景溪等见此情形，不由得目瞪口呆，一时之间也无计可施。

景溪目睹着眼前的混战，顿足道："这——这不是胡闹吗？"突然，景溪看到人群之中有一个影子在穿梭前行，朝海远清疾扑而去，景溪惊叫道："海前辈小心！"

海远清不等景溪的话音落下，手中的碧凌剑已经刺了出去——几乎与此同时，拿云子也飞身上前，挥出一拂尘，替海远清荡去了对方的一股邪气。

——喂莺人指间的三枚药丸也在电光火石间疾射而出，分别指向黑影的上中下三路。

那黑影如鬼魅一般，游走，只听得"咔嚓"一声轻响，拿云子手里的拂尘一下子断为了两截，他的身体也微微一晃，险些站立不稳。花相思眼疾手快，一把将拿云子扶住，道："前辈小心！"

海远清剑锋到处，顿起一道虹光，迎面的影子左右支架，显得很是捉襟见肘，忽然影子化成了人形，正是三皇子韶华。

三皇子惊讶地道："这就是传说中的碧凌剑？"

海远清正气凛然地道："当年碧凌天君创青龙、白虎、玄武、朱雀四大门派，镇守苍穹四方，为的就是防止你们这些邪魔外道为恶人间，今夜你自取灭亡，也怪不得别人。"

三皇子正色道："碧凌剑——果然是不同凡响，剑气如虹，足以压制我的戾气，真不愧是天罡正宗——"

这时，茅起贴近海远清，叫道："海前辈，我们趁此机会杀了这个逆贼，从此以后大杞就天下太平了——"茅起话音未落，手里的一柄钢刀便插入了海远清的下腹，海远清一下子便瘫软了下来，道："你——你——"

这一变故，令所有的人惊愕不已。景溪叫道："茅大侠，你——"

茅起一脚将海远清踢出一仗开外，狂叫道："我要报仇！音宗皇帝杀我全家，我与当朝势不两立，如今有三皇子重拾大杞江山，又有何不可？"

三皇子哈哈大笑，道："茅起听令，我命你为开国先锋，杀进宫去，这里我来料理——"三皇子说着，身形突变，如团龙一般，旋转着扑向了景溪，低喝道："长琴大人接招——"

景溪被突如其来的一击，错愕不及，还没有来得及反应，三皇子的双爪已经到了面门。好在盛秋水和花相思跃前一步，双双出手。

三皇子的两只掌旋即一张，双掌顿时化为利爪，如死扣一般，分别抓住了盛秋水和花相思的手臂，硬生生地将二人甩了出去，几乎与此同时，三皇子的双肘一扬，平平地抵到了景溪的前胸。

景溪不由自主地双掌前按，压制住了三皇子的双臂。三皇子身子凌空一跃，却突然蜷缩了起来，双脚转瞬又变成两只乌黑的龙爪，直直地插向了景溪的胸膛。

千钧一发之际，漠北幽狼和芝山老鬼斜刺里闪电般袭来，三皇子左右两侧门户大开，他张开的双臂回斩，挡住了漠北幽狼和芝山老鬼致命的一击——一团黄影裹挟着排山倒海般的力道，如泰山压顶，直击三皇子的头顶心。

是黄泥叟！面对悭奂这样的对手，黄泥叟知道，只能一招制胜，否则绝对不会有第二次出手的机会。

——三皇子头顶心结结实实地中了黄泥叟的一击，顿觉体内的鼓荡之气顿时荡然无存，他张牙舞爪地挥动着双臂，在月色下发出了歇斯底里的号叫。

所有的人都静了下来，目睹着手脚乱舞的三皇子渐渐地匍匐倒地，他嘴里发出的哀号声也慢慢低了下来，断断续续道："长琴大人——这次——这次你——你没有赢，我是败给了我自己——"手脚伸直，竟然成了一具蛟龙的尸体，在场之人见状，无不毛骨悚然。

景溪看着地上的那具尸体，怅然若失，道："他就这样死了？尘尘呢？尘尘在哪里？"

尾 声

大杞国自沿海富商建国以来，至音宗帝，历时二十二世，悭臾作恶一节被载入《大杞纪事》。音宗念碧凌神君座下四大门派护国有功，分封擎天四柱，乐神长琴为大杞之庙神。茅起暗中勾结孽党而伏法，陈道不受朝廷敕封，与戴洗桐一道远赴海外隐居。景溪带着盛秋水、花相思继续踏上寻找万尘尘的生死之路；莫寄雁则继续留守清溪教坊，与曼妙娘为伴，直到终老——

（全书完）